Finding the Mother Tree
Uncovering the Wisdom and Intelligence of the Forest

森林之歌

[加] 苏珊娜·西马德 / 著
(Suzanne Simard)
胡小锐 / 译 刘红霞 / 审校

中信出版集团 | 北京

图书在版编目（CIP）数据

森林之歌 /（加）苏珊娜·西马德著；胡小锐译
. —北京：中信出版社，2022.6
书名原文：Finding the Mother Tree
ISBN 978–7–5217–4251–0

I. ①森… II. ①苏… ②胡… III. ①回忆录－加拿大－现代 IV. ①I711.55

中国版本图书馆 CIP 数据核字（2022）第 063354 号

FINDING THE MOTHER TREE by DR. SUZANNE SIMARD
Copyright © 2021 by Suzanne Simard
This edition arranged with The Marsh Agency Ltd & IDEA ARCHITECTS
Through BIG APPLE AGENCY, INC., LABUAN, MALAYSIA.
Simplified Chinese translation copyright © 2022 by CITIC Press Corporation
ALL RIGHTS RESERVED
本书仅限中国大陆地区发行销售

森林之歌

著者：[加]苏珊娜·西马德
译者：胡小锐
出版发行：中信出版集团股份有限公司
（北京市朝阳区惠新东街甲 4 号富盛大厦 2 座 邮编 100029）
承印者：宝蕾元仁浩（天津）印刷有限公司

开本：880mm×1230mm 1/32　印张：14
插页：8　字数：260 千字
版次：2022 年 6 月第 1 版　印次：2022 年 6 月第 1 次印刷
京权图字：01–2022–2631　书号：ISBN 978–7–5217–4251–0
定价：69.00 元

版权所有·侵权必究
如有印刷、装订问题，本公司负责调换。
服务热线：400–600–8099
投稿邮箱：author@citicpub.com

献给我的女儿
汉娜和纳瓦

但人类是自然的一部分,而他与自然的战争必然成为一场针对自身的战争。

——蕾切尔·卡逊

推荐语

《森林之歌》满足一切人们对自然写作的期待，它既有科学研究的缜密逻辑、冷峻客观，又在诗意的文字中任想象驰骋。它是对森林智慧与情感的颖悟，也是对自我生命与经历的沉思。"去找一棵树，你的树"，可以找到我们同自然之间最深沉的联系。

——侯深　中国人民大学历史学院教授，研究方向为环境史

以第一人称话语讲述不一样的森林故事。森林分地上和地下，前者存在的价值多少已经得到公认；后者则是"看不见的森林"，包含四通八达的真菌网络，或者简单点说是连成一片的蘑菇。健康林地不仅仅指平常所见的诸多草木，它是真菌、苔藓、蕨、石松、种子植物、地衣、藻类、动物的巨大共生体。维系整个共同体的健康才是好的举措。不过，单纯背下相关知识没什么意思，重要的是走进森林，切身感知。

——刘华杰　北京大学哲学系教授，博物学文化倡导者

在森林中出生和长大的苏珊娜·西马德，从一个伐木工成为世界著名的森林生态学家。因对森林的爱

与好奇而生出一段科学探索之旅,发现了森林中树木与真菌之间在漫长的历史演化中形成的菌根共生体如何将地球的土壤织成了一张绵延互助的生命网络,以及森林中的生命如何感知彼此,相互竞争和合作。她的发现和奋斗之旅告诉我们,树木的生存依赖于它们与之联系的土壤以及彼此之间的联系,生命的成长源于彼此的给予,人类亦是如此。

——刘红霞　北京林业大学林学院森林保护学科副教授

这本由女性科学家苏珊娜·西马德所著的《森林之歌》深深打动了我,森林中所发生的一切在作者的笔下徐徐道来、跃然纸上,"树维网""母亲树"这样的词语饱含生命力,她用女性柔和的视角讲述着自然界里树木的竞争与共存,原本严肃、专业的林学知识在作者的笔下变得生动有趣又富有哲理,动人心弦。

——张乃莉　北京林业大学林学院青年研究员、副教授

我和苏珊娜一样出生于寒冷的林区,目睹着树种单一的人工林慢慢取代枝繁叶茂但"毫无章法"的天然林;我和她一样习惯从树林中获得安慰,要不时背起沉重的背包徒步进山,独自和树待在一起。在《森林之歌》里,苏珊娜从加拿大伐木工的孩子成长为一位森林科学家,从吃泥土的女孩变成带女儿一起研究森林的母亲,这本书当然是她的研究成果,为我们展现了她洞悉树与树之间除了竞争亦有互助、庞大的真菌网络支撑起整片森林的整个过程,不可忽视的是,这也是她自己的一部生命史,正是爱与联结——而非竞争和对立——让她走下去,从失去弟弟、婚姻破裂、罹患癌症的痛苦中存活下来。

《森林之歌》毫无遮掩地书写了一位女性科学家所面临的困难，研究成果遭到男性权威的无端驳斥，因亲人和同侪对自己性别的质疑而感到愤怒，上台发言时因哺乳留下的奶渍窘迫难当，为见到两个女儿每周末开车9小时回家……然而，苏珊娜也因女性的经验而在自己奉献一生的森林议题上获得了启示与发现：关于联结，关于复杂性，关于身为母亲如何支持新生并传授营养和经验——她探讨的既是作为森林灵魂的母亲树，也是身为母亲的女人本身。

——冷建国　文化媒体人、中文播客《随机波动》主播

非常诚挚的书写，这种诚挚是她对森林和树木的情感，也是回顾自己人生的坦率。书中苏珊娜·西马德个人的成长、生活与她的科研生涯紧紧交织在一起，青年时代的发现、疑问和好奇心，最终引导她走上一条学术研究之路，而起点是出身于伐木家族、对森林演替的关切。她证实了树木通过地下的菌根网络连接在一起，能够交流和沟通，进行物质的传递，并且达成微妙的平衡和健康。而这个科学探索的过程非常严谨、细致，设计实验、收集数据、验证结果，一步步抽丝剥茧，也深入浅出。跟随着她的书写，视角也进入森林和树的内部，理解了树木在这个生态之网里如何感知和交流，她让我们重塑了对森林的观念，并且思考树木与土壤的关系、人与森林的关系。

——欧阳婷　自然写作者、博物爱好者，出版有自然随笔集《北方有棵树》

一部与HBO电视剧一样扣人心弦的科学回忆录……就像她挖出带着泥土芳香的蘑菇和最细微的菌丝一样，她以有感染力的简洁打动人心……使科学更

人性化是她在书中和她的一生中勇敢的使命,也是应对气候危机的关键之一。

——《观察家报》

这是我们需要听到的故事,是世界迫切需要听到的一种新的沟通方式……它提醒我们倾听更野性烂漫的自我,并谦卑地记住,我们对自然界的复杂性知之甚少。

——《卫报》

目 录 | CONTENTS

推荐序　万物有灵
　　　　——汲取森林的智慧　V

作者的几点说明　XI

引言　连接　XIII

"在做了一辈子的'森林侦探'之后，我对森林的看法发生了颠覆性的变化。每取得一个新的发现，我对森林的理解都会进一步加深。科学证据清楚明白地告诉我：树木连成一体，为的是智慧和感知、治愈能力。本书讨论的不是人类如何拯救树木，而是树木会如何拯救人类。"

第 1 章　森林深处的幽灵　001

"这份工作没有留给人软弱的余地……我生于野外，我来自野外。我说不清是我的血流淌进了这些树中，还是树融入了我的血液。"

第 2 章　手工伐木工人　025

"森林里有美不胜收的景色、层次分明的泥土和藏在地底下的秘密。我的童年在向我大喊：森林是一个完整的整体。"

第 3 章　水！水！　049

"这个精致的地下菌系看起来就像是一条生命线,为树和土壤中珍稀的水分建立了联系。双向交换,互利共生。"

第 4 章　陷入困境　075

"这些树拯救了我们,我想知道自己能否帮助公司找到一种新的砍伐方式,在砍伐这些树木的同时保护好植物、动物,以及森林里的母亲树。"

第 5 章　杀死土壤　093

"我发现地衣、苔藓、藻类和真菌也非常沉稳,它们会平静地开展合作,慢慢地制造出土壤。事物(还有人)协同发展,就有可能产生显著的结果。"

第 6 章　桤木洼地　125

"就像我的辫子一样,我的生活的不同方面也紧密地编织在一起。"

第 7 章　酒吧争执　159

"维系森林的主要力量是竞争关系吗?合作是否发挥了同样重要,甚至更重要的作用?"

第 8 章　放射性　179

"树木相互连接,相互协作。……分享能量和资源,意味着它们像一个系统那样运行,而且这是一个智能系统,可以感知和响应。"

第 9 章 互惠互利 207

"植物学会了取长补短,可以通过给予和获取,巧妙地达成一种微妙的平衡。……在错综复杂的关系中,在团结一致的行动中,在众志成城的决心中,都能看到翩翩君子风度。我们也可以在自己身上看到这种风度。"

第 10 章 给石头刷除草剂 229

"也许桦树和冷杉、奥氏蜜环菌和荧光假单胞菌都遭遇了囚徒困境,从长远来看,群体合作的好处大于在个体特权方面付出的代价。"

第 11 章 桦树小姐 245

"从此以后,我再也不需要遵守林务局的命令,可以用我筹集到的经费做任何我想做的事,可以去研究森林中事物的相互关系这类基本问题——研究的层次已经从树木之间的联系和交流等概念加深到对森林智慧更全面的理解。"

第 12 章 9 小时上班路 279

"这片森林也像万维网。……我觉得菌根真菌网络和我们的神经网络中发生的基本过程是一样的——当我们解决问题、做出重要决定或者调整我们的关系时,我们的神经网络经常让我们灵光一现。也许联系、沟通和凝聚力都源于这两个网络。"

第 13 章 钻芯取样 303

"衰老的草会把剩余的光合物传递给下一代。当受伤的母亲树慢慢放弃挣扎时,作为主动死亡过程的一部分,它们也会把剩余的碳和能量传给后代吗?"

第 *14* 章 生日 329

"我仍然不敢竭尽全力地坚持自己的信念。但是,健康取决于联系和沟通的能力,这不正是我研究的树木向我展示的东西吗?癌症诊断结果告诉我,我必须放慢脚步,挺起脊梁,大声说出我从树木那里学到的东西。"

第 *15* 章 传承 357

"'我的理想是成为一名森林生态学家,妈妈。'女儿一边说,一边抚摸着小树苗柔软的针叶。"

尾声　母亲树项目　391

致谢　395

参考文献　401

图片权利说明　421

推荐序

万物有灵
——汲取森林的智慧

　　最初了解到西马德教授的研究是无意中看到了她做过的一场TED演讲，她自始至终真挚亲切的微笑和不疾不徐娓娓道来的叙事风格，给我留下了深刻的印象，她无疑是一位业界顶尖的森林生态学家，讲解着最激动人心的前沿成果，但她更像是一位从未知领域探索归来的先驱者，带着饱经风霜之后的从容，向未曾去过此地的人们讲述她所见之奇闻轶事、所历之艰险磨难，那些早已与她的生命轨迹自然而然融为一体的部分。之后，我有幸成为西马德教授所著《森林之歌》中文版最初的读者之一，作为一名植物科学领域的从业人员，我花了两天的时间一口气读完了它，其间数次心潮澎湃、扼腕兴嗟，很多思绪在读罢全书的那一刻飞扬，现在我将这些思绪记录下来，不能算是序言，算是我的读后感，非常荣幸能用这样的方式与这位了不起的女科学家建立联系，并向她所做事业致敬。

首先，这是一本会颠覆你认知的科普书。

植物有感觉吗？植物会思考吗？植物是否一直是被动的呢？植物是食物链中的底层，它们对谁似乎都无权说"不"，但当我们看到瞬间收缩叶片的含羞草，巧设机关捕捉昆虫的食虫植物，用形态、气味欺骗昆虫的兰花时，相信我们每个人都无法毫不犹豫地说出答案。

如果你也曾经产生过这样的疑问，那么这本书将会给出颠覆你认知的答案。

西马德教授的研究向我们揭示了一个古老却又极易被人忽视的真相：植物是深刻的、主动的，森林是充满智慧的——它们有洞察力，有交流能力。解开植物秘密的关键藏于泥土之下那些很容易被人们忽略、实际上却扮演着重要角色的真菌，精致的地下菌系与植物的根部紧紧连接，将森林中成千上万的植物都连接在一起，编制成了一张精密"树维网"，通过这张网络，植物可以更好地吸收和交换水分、土壤中稀缺的资源、光合作用产物等诸多物质。人们普遍认为树木之间只存在生存竞争，可实际上它们互相依存、互惠互利。

更加令人惊奇的是，植物不仅可以通过菌根网络迅速地察觉到它们与邻居的距离，它们的邻居是谁，谁正在走向生命的终点，谁正在经历怎样的病虫害，还可以利用类似神经的生理机能感知并理解周围环境，然后调节自身，就像动物那样适应变化，调整，学习新事物，并学会忍受。而森林中的那些老树在这张网络中发挥着举足轻重的作用，像是母亲一样。它们是森林的中心，通过网络分享资源以增加它们后代的存活率。大树会通过这种方式照顾它的小树，就像人类照顾自己的孩子那样，血浓于水。

书中任何一个知识点都令人耳目一新，让你不禁生出"天哪，植物竟然这么聪明"，"植物们究竟是怎么做到如此高明的"，"我真应该重新认识一下我身边的植物"或者"真想好好去森林里走走，呼吸一下被古老森林净化过的空气"等类似的感叹！

其次，这是一本极富戏剧性的故事书。

不难发现，精彩的科学内容本身已具备了充分的戏剧性，甚至是不可多得的电影题材，实际上，母亲树的概念以及它与周围树木的联系已经进入了好莱坞，成为电影《阿凡达》中树木的中心概念，而本书的戏剧性还不止于此。本书记载了一位执着的科学家、一个血液里融入了森林的人，在荒野世界甘守寂寞、百折不挠，在科研领域披荆斩棘、无怨无悔，向世界揭示"阿凡达"真实存在的历程，这是另一个引人入胜的故事。

冲突是营造戏剧性不可或缺的因素，本书的15个章节讲述了西马德教授从幼年在森林边成长，对根菌产生好奇，到为伐木公司工作，对皆伐区的种植问题产生疑惑，直至走上科研道路，屡挫屡战，直至找出答案和对策的故事始终。这里有数不尽的冲突，不可调和的冲突：对木材的需求与森林里越来越少的大树，伐木公司的经济效益与森林的开发策略，多树共植与单一种植，除草剂与非目标植物，对内心召唤的坚守与对困难的妥协，对研究道路的追寻与外界的质疑，人类简单粗暴的零和思维与森林生命体间合作共赢的根本原则……

现实往往比电影更精彩，西马德教授的故事和所有精彩的故事一样，主人公总要不断被冲突缠绕，并不得不磨砺出被称为勇气、勤奋和坚韧等的闪光品质，来将冲突逐一化解，或者换一种方式与之共存，这可能就是勇敢者的人生真相。这个寻找"阿凡达"的故事，一定会令你时而会心一笑，时而为之一振，甚至会联想到你所经历过的某些人生情节。

最后，这还是一本传奇的人物传记。

森林之歌一直在那里，但只有少之又少的人听到了它，听懂了它的人更是寥寥，西马德教授便是这歌声悉心的聆听者与破译人。与森林亲密接触的成长经历，赋予了她异于常人的敏锐直觉、与森林站在一起的使命感，以及从森林和人类二者的立场来看待问题的视角，我认为她是森林与人类沟通的使者。

西马德教授在本书中记录了森林伴随她共度的人生，可以说是她的传记，她的人生与森林紧密交织，像编织在一起的辫子，她的童年、家庭成员、重要事件和纪念日、机遇与巧合，当然还有她的科学研究，所有的个人成长历程都围绕着这条线索悄悄编织在一起，无形中展开，彼此关联，并影响未来。她生于野外，她来自野外，她多次提到了"直觉"，这种微妙而准确的直觉仿佛是指引着她一路走出迷雾的光。她像一个梦想家，似乎在冥冥之中，或者很早之前，就已经把握到了藏匿答案的蛛丝马迹，而她传奇的人生经历只是将这歌声破解，将梦想实现。

这本书是一个整体，关于生命的秘密、精彩的故事和传奇的人生。森林给予我们的不仅仅是建造房屋的木材、造纸的纤维和治疗疾病的药物，在森林之歌中，我们可以汲取来自深远时空的智慧。这本书使我再一次认识到在这颗蓝色星球上，缄默不语的植物作为忍辱负重的生命体，在亿万年卓越奇幻的演化之路上，为所有动物提供了适合栖居的环境之余，还创造了自己的文明和智慧。

万物有灵，而这不可思议的一切，又充满着沉潜和内敛的情意。

殷茜
国家植物园科普中心高级实验师
植物科普作者

作者的几点说明

在表示"mycorrhiza"（菌根）的复数概念时，我使用的是英式英语拼写——"mycorrhizas"，因为我觉得这样比较自然，而且有可能便于读者记忆和使用。人们也经常使用"mycorrhizae"这个拼写，尤其是在北美洲。两种复数表达都是正确的。

关于物种名称，我在整本书中混合使用了拉丁学名和常用名。在提到树木和植物的种时，我通常使用常用名，但是在提到真菌时，我通常用它们所在属的拉丁学名。

我对一些人的姓名做了修改，以保护他们的身份信息。

引言

连 接

我们家世代以伐木为生。靠着这个不起眼的行当,我们生存了下来。

这是祖辈留给我的遗产。

我也砍过不少树木。

但是,地球上的所有生物都会死亡、腐烂。新的生命不断诞生,与此同时,原有的生命不断走向死亡。这种螺旋式生命历程也让我学会了播种育苗和照料幼树,使我成为森林中这个循环过程的一部分。而森林本身则参与了一些更大的循环,包括土壤形成、物种迁移和海洋环流等。这里有洁净的空气、纯净的水和美味的食物。在自然的交换中,有一种不可或缺的智慧:在平静中达成一致、追求平衡。

森林有一种异乎寻常的慷慨。

为了解开森林之谜，以及了解它们与大地、火和水之间的联系，我踏上了科研这条道路。我注视着森林，倾听着它的声音。我跟随着好奇心的指引，听家人和身边的人讲述他们的故事，向专家学者们求教。在解开一个又一个谜团的同时，我按部就班地把我所有的一切都投入拯救自然界的调查研究。

我很幸运地成为第一批进入伐木行业的新一代女性，但我没有看到我小时候所理解的那个世界，而是看到了大片大片的树被砍伐后光秃秃的土地。大自然的复杂性已经不复存在，取而代之的是将长期存在的严酷环境。大树被砍伐一空，留下的是一些脆弱的小树，以及看上去严重偏离方向的产业秩序。伐木业已经向多叶植物、阔叶树和各种昆虫宣战，他们认为生态系统的这些部分是经济作物的竞争对手和寄生虫，但我发现在地球恢复过程中它们必不可少。整个森林（对于我个人和我心目中的宇宙来说至关重要）都在遭受这种破坏，也正因为如此，世间万物都遭受了苦难。

为了弄清楚我们到底在哪里走错了，为了解开在没有遭到人类粗暴干涉时地球可以自我修复（面对我的祖辈有节制的砍伐，土地已经表现出了这种能力）的谜团，我开始了科学探索工作。随着研究变得深入，我惊奇地发现，我的研究与我个人生活的步调越来越一致，就像我正在研究的生态系统的不同组成部分一样，两者紧密地交织在了一起。

树木很快暴露出惊人的秘密。我发现它们通过地下管道系统的连接，构成了一个相互依存的网络。在这个网络中，它们通过自古就有、我们现在再也无法否认其存在的复杂机制和智慧，相互感知、连接并建立联系。我进行过数百次实验，取得了一个又一个发现。通过这些探索活动，我发现树与树之间的交流，以及构成森林社会的各种关系，可以带给我们某些启迪。最初取得的证据极具争议性，但现在人们都知道，这是一门通过了同行评审、发表了大量成果的严谨科学。它不是童话故事，不是奇幻飞行，不是神奇的独角兽，也不是好莱坞电影中的虚构故事。

这些发现对许多威胁到森林生存的管理措施（尤其是在自然界很难适应全球变暖的情况下）提出了质疑。

我之所以提出这些质疑，一开始是因为我严肃地关注着森林的未来，但随着一条又一条线索表明森林不仅仅是一片树木那么简单，强烈的好奇心变成了驱使我深入调查的动力。

在探索真相的过程中，树木向我展示了它们的感知和响应能力，以及它们之间的连接和对话。从祖辈继承的遗产后来变成了儿童乐园，给了我们慰藉，也为我们在加拿大西部的冒险提供了场所，现在更是让我对森林的智慧有了更充分的理解，还驱动我进一步探索如何唤醒对这种智慧的尊重，挽救人类与自然的关系。

最早的一条线索是我在研究树木通过一个神秘的地下真菌网络来回传递的信息时发现的。在追踪树木之间秘密对话的路径时，我发现这个网络遍及整个森林地面，它以树木为节点，以真菌为链路，将所有的树连接到了一起。令人震惊的是，一幅粗略的地图告诉我，真菌与再生幼苗之间的联系源于那些最大、最古老的树木。不仅如此,这些树木还连接着它们周围的所有树木(无论是老树还是小树)。在这个由链路、"突触"和节点构成的错综复杂的网络中,老树起到了非常关键的作用。我将带你走过这段旅程,让你见证它最令人震惊的一面——它与我们人类的大脑有很多相似之处。在这个网络中,老树和小树通过释放化学信号来感知、沟通和回应对方。它们释放的是和我们的神经递质一模一样的化学物质:大量离子穿过真菌膜时产生的信号。

老树能够辨别出哪些幼苗跟自己有亲属关系。

就像人类会养育自己的孩子一样,老树也会哺育幼树,为它们提供食物和水。这足以让人停下来,深吸一口气,思考森林的社会性,以及它对进化的重要性。真菌网络将树木连成一片,除了提升适合度以外,似乎还另有目的。这些老树在养育它们的孩子。

它们是母亲树。

母亲树对于森林的交流、保护和感知至关重要。母亲树死亡后,会将自己的智慧一代又一代地传递给自己的亲属,让它们分辨哪些东西有益,哪些东西有害,谁是朋友,谁是敌人,从而让它们学会适应不断变化的环境并生存下去。这是所有父母都会做的事。

它们发送警告及识别信息、完成安全调度的速度可以与人类的电话相媲美,这是如何做到的呢?它们是如何帮助对方应对痛苦和疾病的呢?它们为什么会有类似人类的行为,为什么会像文明社会一样运转呢?

在做了一辈子的"森林侦探"之后，我对森林的看法发生了颠覆性的变化。每取得一个新的发现，我对森林的理解都会进一步加深。科学证据清楚明白地告诉我：树木连成一体，为的是智慧和感知、治愈能力。

本书讨论的不是人类如何拯救树木，而是树木会如何拯救人类。

第1章

森林深处的幽灵

那年6月，我独自一人，在灰熊之乡的雪地里忍受严寒。20岁的我还是一个涉世未深的新手，在一家位于加拿大西部利卢埃特山脉的伐木公司从事季度性工作。

森林里笼罩着阴影，死一般沉寂。我总觉得周围鬼影幢幢，放眼望去，似乎看到一只幽灵正朝我飘来。我张开嘴想尖叫，却没有发出声音，于是我的心一下子提到了嗓子眼儿。我拼命让自己恢复理智——然后我就笑了。

所谓的幽灵只不过是浓雾而已。它绕着树干，不停地翻腾。根本就没有幽灵，只有伐木工砍下来的那些木材。树就是树。但加拿大的森林总是让我感到不安，尤其是因为我的祖辈，他们曾保卫或征服这片土地，他们来这里砍伐、焚烧和种植树木。

似乎森林是有记忆的。

尽管我们希望它忘记我们的罪过。

到了下午，薄雾弥漫在亚高山冷杉丛中，给它们蒙上了一层光泽。小水滴把光线折射向各个方向。枝条上满是今年新绿胜旧绿的生机。无论寒冬怎么摧残，春天一到，孕育着生命的嫩芽就会顽强地从枝头长出，迎来越来越长的白昼和日益温暖的天气。这真是一个奇迹！只要前几年夏天的气候适中，嫩芽就会如期长成锥叶。我摸了摸那些针叶，软软的，摸上去很舒服。它们通过气孔（二氧化碳从这些小孔中吸入，与水结合形成糖和纯氧）排出我需要的新鲜空气。

依偎在这些高大、勤劳的大树身边的是十几岁的小树，而依偎在这些小树身边的是更年轻的幼苗。在寒冷天气中，它们像一家人一样挤成一团。老树树皮斑驳，尖顶直挺挺地伸向天空，为周围的树遮风挡雨。这与爸爸妈妈、爷爷奶奶对我的精心呵护多么相似。天啊，我小时候总是麻烦不断，就像幼苗一样离不开大人们的照顾。12岁时，我爬上舒斯瓦普河边的一棵歪脖树，想看看自己能爬多远，但是在回退时不小心掉进了河水中。亨利爷爷跳进他那条手工打造的小船，在我快要被急流卷走时抓住了我的衣领。

这里一年有9个月的时间都覆盖着厚厚的积雪。树木的适应能力远强于我。它们的DNA（脱氧核糖核酸）十分强大，即使遭遇我无法忍受的极端内陆气候，它们也可以茁壮成长。一个枝条从一棵老树斜着伸出来，遮挡在羸弱的树苗上方。在树枝的弯曲处，还有一个掉落的松果静静地躺在那里。我轻轻拍了拍老树，以示感谢。

我把帽子拉下来盖住耳朵，走下伐木道，在雪地里向森林深处走去。尽管离天黑只有几个小时，我还是在一根原木前停了下来。这是清理道路用地时砍下来的。灰白的圆形切面上,可以看到睫毛一样细的年轮。早材呈鲜黄色,细胞中水分含量高。边上是深褐色的晚材细胞,它们形成于8月,此时太阳高照,干旱已经来临。我数了数年轮,每10年用铅笔做一个标记。这棵树已经有几百岁了,比我们家在这片森林里生活的年头的两倍还多。这些树是如何经受住生长和休眠的周期变化的呢?这与我们一家在一段短得多的时间内经历的欢乐和艰辛相比有什么异同点

在不列颠哥伦比亚省夕卡摩附近的舒斯瓦普河露营(1966)。自左至右:凯利,3岁;萝宾,7岁;妈妈埃伦·琼,29岁;我,5岁。我们是开着一辆1962年的福特流星来到这里的。在加拿大横贯公路上,我们险些遭遇落石。从山上飞下来的石头直接穿过车窗,落在妈妈的腿上

呢？有的年轮较宽，说明在这些年份这棵树长得较快，可能是因为雨水充沛，也可能是因为在邻近的树被风吹倒后，阳光比较充足。有的年轮窄得几乎看不见，这是因为受干旱、冷夏或其他压力影响后树木生长得比较缓慢。这些树经受过气候剧变、残酷的竞争，以及肆虐的火灾、虫害或风灾。论生长环境的恶劣程度，殖民主义、世界大战以及十几次总理换任给我们家族带来的影响远不能与之相比拟。它们是我祖先的祖先。

一只松鼠一边在那根木头上飞跑，一边发出吱吱吱的叫声，警告我不要碰它藏在树桩那儿的松子。我是第一个为伐木公司工作的女性。伐木公司从事的是一份艰苦危险的工作，从那时起，他们也向零零星星前来求职的女学生敞开了大门。几周前，就在我上班的第一天，我和老板泰德一起前往一个皆伐区（这片30公顷①土地上的树木被砍伐一空），检查那里是否按政府规定种上了新树苗。他有丰富的种树知识，但他非常低调，这让工人们忘记了疲惫。当我因为分不清"J根"和"穴盘育苗"而尴尬时，他一直很有耐心。通过观察学习，我不久之后就被委派了评估人造林（采伐后复植补种的幼苗）的工作。我是不会搞砸的。

今天评估的人造林就在这片古老的森林后面等着我。今年春天，公司砍伐了一大片柔软的亚高山冷杉，补种了多刺的针叶云杉幼苗。我的任务就是检查这些新苗的生长情况。通向皆伐区的那条伐木道被冲毁了，所以我没有走那条路——这对我来说反

---

① 1公顷=0.01平方千米。——编者注

在我父母小的时候，温带雨林是他们位于不列颠哥伦比亚省的家乡的一个典型特征

而是好事，否则我就欣赏不到雾气萦绕的美景了。但是走着走着，我停下了脚步，面前是一大堆新鲜的灰熊粪便。

树林仍然笼罩在雾气之中，但我可以肯定远处有什么东西在移动。我定睛一看，原来是一束束浅绿色地衣——老树上生长的那种陈旧地衣（因为它们挂在树枝上摇摆不定，所以又被称为"老人胡子"）。我按下气喇叭上的按钮，以驱散对熊的恐惧心理。我害怕熊，这是从母亲那里继承来的。她小时候在门廊里差一点儿遭到熊的袭击。在熊离她仅有几英寸①的紧要关头，她的外祖父（我的外曾祖父）查尔斯·弗格森及时赶到，开枪打死了那头熊。曾祖父查尔斯是20世纪初埃奇伍德的拓荒者（埃奇伍德是不列颠哥伦比亚省哥伦比亚盆地箭湖畔伊诺瑙克林山谷的一个偏远村镇），和妻子埃伦一起，凭借斧头和马，清理出一片锡尼克斯族用来种草养牛的土地。听说查尔斯曾与熊搏斗过，还射杀过前来偷鸡的狼。他和埃伦有三个孩子：艾维斯、杰拉尔德和我的外祖母温妮。

我爬上长满青苔和蘑菇的木头，呼吸着永远不会消散的薄雾。其中一根木头的树干裂纹和树根上长有大量小菇（*Mycena*），树根呈喇叭形展开，然后收拢，看上去就像是腐坏的纺锤。我一直在思考树根、真菌与森林的健康有什么关系。在健康的森林中，所有大大小小的事物（包括那些隐藏的和被忽视的东西）都能和谐相处。我对树根的迷恋始于儿时。当时，父母在我们的后

---

① 1英寸＝2.54厘米。——编者注

院里种了一些三角叶杨和柳树。在粗大树根的作用下,我们地下室的地基出现了裂纹,犬舍东倒西歪,人行道的路面变得高低不平。这种不可抗拒的力量让我惊诧不已,也让父母在焦虑不安的同时开始商讨对策。他们的本意是在我们家那一小片土地上重现他们小时候家周围树木环绕的感觉,却没想到造成了这样的问题。每年春天,我都会惊奇地看到,在树根周围散布的一圈圈蘑菇当中,三角叶杨的种子萌发出嫩芽。我11岁那年,城市管道把带有泡沫的污水注入我家旁边的河水中。我惊恐地发现,河岸上的三角叶杨一棵棵死掉了。它们先是树冠变得稀薄了,接着树干上树皮开裂,出现了黑色的溃烂;到了第二年春天,这些大树都死了。在流淌的黄色污水中,再也看不到新芽萌发了。我给市长写了信,但没有回音。

煎饼状蘑菇——牛肝菌

我摘下一朵小菇。这朵钟形蘑菇看上去就像精灵戴的帽子,顶部呈深棕色,边缘是半透明的黄色,下面可以看到菌褶和脆弱的菌柄。菌柄扎根在树皮的裂缝中,可以加快木头的腐烂。这些蘑菇非常娇嫩,似乎不可能分解掉整根木头,但我知道它们有这种能力。我小的时候,那些死掉的三角叶杨倒在河岸上,开裂的薄皮上会长出蘑菇。几年之内,腐烂木材的海绵状纤维就会完全消失在地下。这些真菌进化出了一种分解木材的方法:它们可以分泌酸和酶,并通过细胞吸收木材的能量和营养物质。我从木头上跳下来,鞋上的防滑钉扎进半腐层,然后抓着冷杉树幼丛,手脚并用地向山坡上爬去。这些幼树既需要阳光,又离不开雪水的滋养,因此它们在"选择"扎根的地点时会权衡这两个因素。

在几年前长出来的一棵幼树旁,有一株牛肝菌。棕色煎饼状菌盖表面粗糙,黄色的下腹部质地疏松,肉质菌柄扎到了地底下。在一阵大雨中,一朵朵蘑菇从一直延伸至密林深处的致密真菌丝网中破土而出,就像草莓在错综复杂的根和枝蔓中结出果实一样。在泥土中菌丝蕴含的能量推动下,菌盖像雨伞一样展开,褐色斑点点缀的菌柄仿佛裹上了带有花边的面纱,若隐若现。我摘下这朵蘑菇。这种真菌在结果之前主要生活在地底下。菌盖的下面就像一个日晷,有辐射状排列的孔隙。每个椭圆形开口内都有微小的茎秆,孢子就像鞭炮发出的火花一样从这些茎秆释放出来。孢子是真菌的"种子",里面有大量的DNA,可以根据不断变化的环境条件,通过结合、重组和突变产生多种多样的新型遗传物质。在蘑菇被采摘后留下的五颜六色的空洞周围,散落着一圈肉桂棕色的孢子。其他孢子应该已经随着上升气流飞走了，或者附着到了飞行昆虫的腿上，又或者成了松鼠的晚餐。

在这个小洞中，除了一截菌柄留存了下来，还有一些黄色细丝向下延伸，编织成一层由真菌菌丝体组成的复杂帷幔，覆盖在土壤中数不胜数的有机物和矿物颗粒上。在被我粗鲁地采摘之前，这朵蘑菇就是这个网络的组成部分，它的柄上还有断掉的菌丝。整个网络就像一块精心编织而成的厚厚的花边桌布，铺设在森林地面之下，而这朵蘑菇就是露出地面的一角。采摘后留下的菌丝在凋落层（由落叶、芽体和嫩枝组成）散开，寻找、缠绕、吸收地底下丰富的矿物质。我不知道这种牛肝菌是否类似小菇属，是一种可以分解木头和落叶枯枝的腐生真菌，还是一个截然不同的菌种。我把它和那朵小菇一起装进了口袋。

到目前为止，我还没有看到砍伐后用幼苗复植的那个皆伐区。天上乌云密布，因此我从背心里拿出黄色雨衣。因为在林中使用过，雨衣已经破损，防水效果也不好了。朝着远离卡车的方向每多走一步，危险的气氛就更浓一些，天黑前不能开车上路的预感也更强烈一些。但我从温妮外婆那里继承了一种迎难而上的本能。20世纪30年代初，当时温妮外婆还是一个10多岁的孩子，她的母亲埃伦就因为流感离开了人世。当邻居们终于进入了冰封的山谷，蹚过齐胸深的积雪，去查看弗格森一家的状况时，他们发现这家人都被大雪困得卧床不起，而埃伦死在了她的房间里。

我脚底一滑，虽然及时抓到了一棵树苗，但它被我连根拔起了。随后，我就滚下了斜坡。在压倒一些小树苗后，我被一根湿漉漉的木头挡住了，手里仍然抓着那团参差不齐的树根。这棵小树看起来有10多岁了，从逐年生长的泾渭分明的轮生侧枝看，树龄大约是15年。雨下起来了，我的牛仔裤湿透了，水珠从我破旧夹克的防水布上往下滴。

这份工作没有留给人软弱的余地。从我记事起，我就在一个男孩子的世界里摸爬滚打，因此性格坚韧。我想和我的弟弟凯利，还有那些名字具有典型魁北克特征的人（例如勒布朗、加尼翁、特伦布莱）一样厉害，所以我学会了在零下20摄氏度的时候和邻居们一起玩街头冰球。我当守门员，这是最不抢手的位置。他们大力射门时球会朝着我的膝盖飞过来，把我的双腿打得青一块紫一块的，但我总是用牛仔裤把这些伤痕遮盖起来，因为我要像温妮外婆那样学会咬牙坚持：在她母亲去世后不久，温妮外婆就尽她所能干起了自己的工作，骑着马穿过伊诺瑙克林山谷，挨家挨户地送邮件和面粉。

我盯着手里的那团树根。黑黝黝的腐殖质黏附在上面，让我想起了鸡粪。腐殖质就是森林地面上油腻的黑色腐烂物，它的上面是来自掉落的针叶和枯死的植物的新鲜凋落物，下面是基岩侵蚀形成的矿质土。腐殖质是植物腐烂的产物，里面有死去的植物、虫子和田鼠。它们就是大自然的堆肥。树木喜欢把根扎在腐殖质中，而不是腐殖质的上方或下方，因为腐殖质中有丰富的营养。

但是这些根尖呈黄色，与圣诞树上的小灯泡颜色相似，根尖末端是同样颜色的丝状菌丝体。这些像溪流一样的菌丝颜色和那些从牛肝菌菌柄散布到土壤中的很接近，于是我从口袋里拿出了我采摘的那朵牛肝菌。我一只手拿着那簇根尖——上面挂着大量黄色细丝，另一只手拿着那朵菌丝被扯断的牛肝菌，仔细研究了一番，但看不出有什么区别。

也许牛肝菌是树根的朋友，而不是像小菇那样具有分解腐败物质的能力？我始终倾向于从活着的生物那里寻找答案。我们都觉得最重要的线索很大，但这个世界经常提醒我们，重要线索也可能非常小。我开始挖掘森林地面。土壤的每一个微粒上似乎都覆盖着黄色的菌丝体，在我双手下面绵延着几百英里①长的菌丝。不管它们的生活方式如何，这些呈分支结构的真菌菌丝，再加上它们催生的果实——蘑菇，对于土壤中的海量菌丝

温妮弗雷德·比阿特丽斯·弗格森（温妮外婆）。1934年摄于加拿大不列颠哥伦比亚省埃奇伍德的弗格森农场，时年20岁，当时她的母亲去世不久。温妮在丧母后继续从事农场工作：养鸡，挤牛奶，抛草料。她能纵马狂奔，还能射中爬到苹果树上的熊。温妮外婆很少提起她的妈妈，但我最后一次和她在纳卡斯普湖滨散步时，86岁的她流着眼泪说："我想念我的妈妈。"

---

① 1英里≈1.6千米。——编者注

第1章　森林深处的幽灵

体来说都不过是九牛一毛。

我从背心后面的拉链口袋里取出水瓶，冲洗掉树根上的泥土。我从来没见过这么茂盛的真菌，当然也从来没有在真菌上看到过这么耀眼的黄色（还有白色和粉色）。每种颜色包裹着一条根尖，周围还有一些细丝。为了获取营养，树根需要克服困难，尽量向远处延伸。但为什么根尖上萌发的真菌丝不仅数量庞大，而且带有如此多的颜色？每种颜色都代表不同种类的真菌吗？它们在土壤中做的是不同的工作吗？

我喜欢这份工作。攀爬这片雄伟的林间空地带来的兴奋感比我对熊或幽灵的恐惧要强烈得多。我把我拔下来的那棵幼苗的根，连同那团颜色艳丽的真菌，放在一棵护卫树的旁边。幼苗们让我看到了森林地下世界的纹理和色调。黄色、白色和深浅不等的灰粉色让我想起了伴随我长大的野玫瑰。公司购买的这片土地就像一本书，五颜六色的书页一页页地叠着，每一页上都是万物如何生长的故事。

最后，我终于来到了那个皆伐区。明亮的光线透过蒙蒙细雨照射过来。我眯起眼睛，四下打量着。我能预料到会看到什么，但眼前的一切仍然让我深感震惊。所有的树都被砍成了树桩，地面上的部分被剥去了树皮，露出白色的木质部。经过风吹雨打，最后几片树皮也掉落了。我小心翼翼地从断枝中走过，感受着被弃之如敝屣带来的痛苦。我提起一根树枝，让压在下面的树苗露出来。小时候，我经常跑到附近山上拾垃圾，让压在垃圾下面努力开花的花儿重见天日。我知道这些动作有着非常重要的意义。树桩旁边那些柔弱的小杉树成了孤儿，它们正试图从失去父母的打击中恢复过来。由于砍伐后嫩枝生长缓慢，因此恢复的难度非常大。我摸了摸手边那棵杉树的顶芽。

一些开白花的杜鹃花和越橘也在斧锯加身时逃过了一劫。木材砍伐把它们自由自在、不受干扰的生长环境破坏无余，而我是这个行业的一名从业人员。为了保证木材厂正常运转、家人有饭吃，我的同事们正在制订新的皆伐计划。我也能理解这种需要。砍伐工作是不会停下来的，直到整个山谷被砍伐一空。

我朝杜鹃花和越橘丛中弯弯曲曲的一排幼苗走去。工作人员在砍伐了成材杉树之后复植的这些多刺云杉幼苗，现在已经长到脚踝的高度了。他们在砍伐亚高山冷杉后，没有用新的亚高山冷杉复植，这似乎有点儿奇怪。但是，云杉木材更值钱。云杉纹理紧密，耐腐蚀，有望产出高档木材。成年亚高山冷杉的材质则既脆弱又松软。

政府还鼓励像在花园中那样成行种植，以确保每一块土地都种上了幼苗。这是因为网格状均匀间隔的树木成材率高于疏疏落落的树木，至少理论上是这样的。他们发现，与自然生长相比，填满所有空地的种植方法可以产出更多的木材。他们认为，如果每个角落都得到充分利用，可以预料未来的收成会更好，而且成行种植更容易数清总数。出于这个原因，温妮外婆在花园里也会采取成行种植的方式，但是她深耕细作，而且每年种植不同的作物。

我检查的第一棵云杉幼苗还活着，但从发黄的针叶看，应该离死不远了。它纤细的主干看上去可怜巴巴的。它怎么可能在这么残酷的地带生存下来呢？我仔细检查了那一行新种植的树苗。它们全部处境堪忧，每一棵幼苗的长势都不好。为什么它们看起来这么糟糕呢？相比之下，为什么在那片没有砍伐过的土地上生长的野生冷杉已经发芽，而且看上去长势良好呢？我拿出野外作业手册，抹去防水封面上的针叶，擦拭干净我的眼镜。复植是为了治愈砍伐造成的创伤，但我们的努力遭到了惨败。我该给出什么样的指导意见呢？我想让公司从头再来，但所需的费用让人难以接受。由于担心遭到反驳，我只好草草写了一句："符合要求，但死掉的树苗需要补种。"

我拾起一片遮盖在幼苗上的树皮，把它扔进灌木丛。然后，我用草稿纸制作了一个临时信封，从树苗上采集了一些发黄的针叶。我很庆幸自己有一张办公桌，它在角落里，与制图桌和办公室有一段距离。办公室非常热闹，人们在那里交易，商谈木材价格和伐木成本，决定接下来砍伐哪片森林，批予像田径场上的锦旗绶带一样的合同。在自己的办公桌这个狭小的空间里，我可以两耳不闻窗外事，专心致志地考虑林场的问题。也许幼苗的这些症状在参考书中很容易找到，因为很多问题都有可能导致树叶发黄。

我想看看有没有长势健康的树苗，但一无所获。是什么引发了这种疾病呢？如果找不到正确原因，补种的树苗就可能会遇到相同问题。

我后悔自己为了替公司省事，掩盖了问题。林场的情况一团糟。泰德肯定会问我们是否无法按照政府要求在这个地方完成更新造林任务，因为不成功就意味着经济损失。他关心的是以最低成本满足恢复造林的基本规定，但我根本提不出任何合理建议。我把另一棵云杉幼苗从栽植穴里拔了出来，看看问题是不是出在幼苗的树根部，而不是出在针叶上。树根被紧紧地埋在颗粒状土壤里。时值夏末，栽植穴还很潮湿。栽种没有任何问题。森林表土被铲除了，树苗栽种在下面潮湿的矿质土里。一切都符合要求。我把树苗重新栽好，然后又查看了几棵。每棵树苗都栽种在用铲子开出的狭长口子里，然后土壤被填实，不留空隙，但塞子状根部看起来像是经过了防腐处理，就好像要把它们放进坟墓。所有树苗的根都没有发生人们预期的变化，没有萌发出用以在泥土里汲取养分的白色尖端。所有树根又粗又黑，栽到土里后就再也没有向任何方向发展。这些树苗的针叶发黄、脱落，是因为它们缺少某些东西。树根和土壤之间彻底断绝了联系。

附近有一颗种子意外地长出了一棵健康的亚高山冷杉。为了做比较，我把它连根拔起。拔栽种的云杉就像从土里拔胡萝卜一样简单，但这棵冷杉的根向四周延伸，固定得非常牢，我必须把两只脚分开，站到树干两边，使出全身力气去拔。我终于把树根从土里拔了出来。在树根出土的同时，我一屁股坐到了地上。冷杉底部根尖拒绝离开土壤，这无疑是在抗议。但我还是掸掉拔出来的那部分树根上的腐殖质和松散泥土，然后拿出水瓶，把剩下的零碎泥土冲洗掉。冷杉的部分根尖的顶端就像针尖那样纤细。

我惊讶地发现，就像我在成熟林中看到的那样，这些根尖上也包裹着亮黄色的真菌丝，与煎饼状牛肝菌菌柄上长出来的那团真菌丝颜色完全相同。我在拔起冷杉的地方继续挖掘，发现黄色的菌丝扎进了覆盖土壤的那层有机物中，它们编织成一张菌丝体网络，朝着各个方向不断延伸。

但这些不断分支的真菌丝到底是什么？在做什么呢？它们可能是有益的菌丝，在土壤中穿梭，汲取营养物质并传递给树苗以交换能量。它们也可能是致病菌，感染树根并以其为食，导致脆弱的树苗发黄并死亡。天气好的时候，牛肝菌可能会从地下组织中探出头来，传播孢子。

或者，这些黄色的菌丝根本就与牛肝菌无关，而是来自另一种真菌。地球上有100多万种真菌（大约是植物种类的6倍），但人们只认识其中大约10%的真菌。由于知识有限，我辨认出这些黄色菌丝种类的希望非常渺茫。如果这些菌丝和蘑菇不是有用的线索，那么新栽种的云杉在这里无法茁壮成长可能另有原因。

我擦去"符合要求"那条评论意见，然后注明林场补种失败。用同样的树苗和方法补种（用铲子种植在苗圃里大量生产的一年龄穴盘苗）对公司来说似乎成本最低廉，但如果每次都得到同样的失败结果而需要返工，成本就会大幅上升。要再造这片森林，我们必须换一种方法，但到底该怎么做呢？

栽种亚高山冷杉吗？所有苗圃都没有现成的树苗，而且人们认为它不是未来的经济作物。我们或许可以栽种根系更大的云杉幼苗。但是，如果不能长出新的根尖，它们仍然会死去。或者我们可以改进栽种方法，让它们的根接触土壤中的黄色真菌网络——也许这些黄色菌丝可以让这些幼苗保持健康。但是，规章制度要求树根必须栽种在下方的粒状矿质土中，不是腐殖质中（这是因为在夏末的时候，沙粒、淤泥和黏土能保持更多的水分，树苗生存的可能性更大），而真菌主要生活在腐殖质中。人们认为水是土壤提供给树根，使树苗得以存活的最重要的资源。修改规章制度的可能性似乎非常小，因此我们可以考虑在栽种时让树根能够接触到这些黄色菌丝。

站在树林中，我真希望能和人讨论我心中的感受，因为我越来越觉得这些真菌可能是树苗值得信赖的帮手。这些黄色真菌会不会含有某种我和所有人都不知道的秘密成分呢？

如果找不到答案，我肯定无法心安。我担心这个皆伐区会变成屠宰场，变成树木的埋骨之所。我们营造的将是杜鹃花和越橘灌木丛生的荒地，而不是新的森林，随着问题迅速发展，人造林将一片接一片地走向死亡。我不能听任这种事发生。我曾经看到，我的家人在我们家附近伐木后，森林很自然地恢复了生长，因此我知道森林在砍伐之后是有可能恢复的。也许是因为我的祖辈在每个地方只砍伐几棵树，附近的雪松、铁杉和冷杉可以方便地将种子播撒在砍伐留下的空隙处，而新生的植物很容易与土壤建立联系。我眯起眼睛，朝人造林的边缘望去，但距离太远了。这些皆伐区的面积都很大，也许大面积砍伐就是导致问题的一个原因。如果树木有健康的根，它们肯定能在这片宽阔的土地上再生。不过，到目前为止，我的任务是监督人造林再造，而人造林几乎没有可能变成曾经在这片土地上昂然挺立的繁茂森林。

就在这时，我听到了一阵咕噜声。几步远的地方，一只熊妈妈正在一片蓝色、紫色和黑色的浆果中大快朵颐。颈后的银色皮毛表明它是灰熊。一只棕黄色的小熊（和小熊维尼一样小）长着特大的毛茸茸的耳朵，就像是涂了胶水一样黏在熊妈妈身上。小熊柔和的黑眼睛和亮晶晶的鼻子正对着我，好像是想要跑进我的怀里。我笑了，但笑容马上就随着熊妈妈的吼声消失了。我和熊妈妈对视了一下，都很惊讶。我一动不动地站在那儿，而熊妈妈后腿着地直立了起来。

在荒郊野岭之中，我独自面对着一只受惊的灰熊。我按了按气喇叭——啊啊啊呜！灰熊反而盯得更紧了。我是应该挺直腰板还是蜷成一团呢？这两种方法，一种是对付黑熊的，另一种是对付灰熊的。我为什么没有在培训时认真听呢？

熊妈妈放下前爪，下巴擦着越橘灌木丛摇着头，用胳膊肘轻推了一下小熊，然后转身走了。当它们穿过灌木丛时，我慢慢地往后退。熊妈妈抓着树皮，把小熊送到树上。它的本能是保护它的孩子。

我跨过树苗和溪流，躲开砍伐留下的没有树皮的树桩，踩着鹿食草和火草向山下的成熟树林跑去。眼前的植物一片模糊，仿佛是一堵绿色的墙。除了自己粗重的呼吸声，我什么声音也听不到。我跨过一根又一根腐烂的木头，终于跑到公司的卡车旁。车停在路边的一棵树旁，似乎没有停正。

乙烯树脂座椅已经破旧了，变速杆也有些松动。我点着了火，挂上挡,然后踩下油门。车轮开始转动,但车没有动。我挂上倒挡,结果车轮反而陷得更深。卡车陷在一个泥坑中,动不了了。

我打开无线电,开始呼叫:"苏珊娜呼叫伍德兰兹,完毕。"没有回音。

夜幕降临时,我最后一次通过电波请求救助。熊一挥爪子就能轻松地打破车窗。在之后的几个小时里,尽管我努力保持清醒,以亲眼见证自己的死亡过程,但还是不时地打起盹儿来。似睡似醒中,我想到了母亲的逃生技巧。我假装她给我盖上了毯子。在我们驱车越过莫纳西山脉去外祖父母家之前,她都会给我盖上毯子。我有晕车的习惯,所以她还会在我腿上放一个盆,把

从左到右:我,5岁;妈妈,29岁;凯利,3岁;萝宾,7岁;爸爸,30岁。1965年摄于外祖父母温妮和伯特位于加拿大纳卡斯普的家中。我们所有的假期都是和外祖父母在纳卡斯普度过,或者和祖父母在梅布尔湖度过的

我的金色刘海拨到两边。"萝宾、苏西、凯利，睡一会儿吧。"在山口的沟壑间穿梭的间隙，她会轻声跟我们说："我们马上就到外祖父母家了。"每到夏天，她就可以从学校和婚姻生活中暂时解脱出来。姐姐、弟弟和我都很喜欢那些日子。我们在树林里漫步，远离父母因为钱、因为谁该对什么负责、因为我们而发生的无声的争端。凯利尤其高兴能够摆脱这些。他跟在伯特外公后面摘越橘，或者一起去政府的码头上钓鱼，或者开车去熊觅食的垃圾场。他会瞪大眼睛，听外公讲自己来弗格森农场买奶油时讨好温妮外婆的故事、在早春帮查理·弗格森给牛接生的故事，以及在秋季屠宰时把牛和猪的内脏装满货车的故事。

在黑暗中，我猛地惊醒过来，感到脖子酸痛，却不知道自己身在何处。我呼出的热气遇到挡风玻璃后凝成了一层薄雾。我用夹克袖口擦去玻璃上的雾水，然后尽力看向车外，看看那双狂野的眼睛是不是还躲在黑暗中。我瞥了一眼手表，已经凌晨4点了。灰熊在黄昏和黎明最活跃，所以我又检查了一遍车门锁。树叶沙沙作响，像幽灵在移动。我又睡着了，一阵猛烈的敲击玻璃声吓得我尖叫起来。看到有人隔着雾蒙蒙的挡风玻璃冲着我喊叫，我才松了口气。站在车外面的是木材公司派来的阿尔。他的边境牧羊犬拉斯卡一边跳起来抓着车门，一边汪汪叫着。我摇下车窗，以表明我毫发无伤。

"你没事吧？"身材极高大的阿尔说话的声音十分响亮。他还没有学会该怎么跟女性林务员说话，还在努力地接受我是他们当中的一员这个事实。"昨晚这里肯定黑得伸手不见五指。"

"还好。"我撒了个谎。

我们大体上营造出一种假象,好像昨晚的工作与平常没有多大不同。我打开车门,让拉斯卡挤进来,然后摸了摸它。每天下班后,阿尔都会开着车,和拉斯卡一起送我回家。阿尔会探出身子,对着车后追逐的狗学着狗叫,而那些狗总是一边狂吠一边掉头就跑,这让他非常高兴。看到我非常开心,受到鼓舞的阿尔就会叫得更加起劲。我很喜欢这样的场景。

我在车外伸展四肢,阿尔递给我一个装有咖啡的保温瓶,然后准备把车开出泥坑。打火后,冰冷的发动机无力地发出呻吟声。锈迹斑斑的发动机盖上沾着露珠,道路两旁的火草开着粉红色的花。我透过咖啡的蒸汽注视着,在想这台老掉牙的车子是不是该报废了。但是在第三次尝试时,车发动了。阿尔把油门踩到底,但车轮还是原地打转。

"你把差速锁锁上了吗?"他问道。差速锁位于前轮中间,在前轴的两端。将它们手动旋转90度,就能将车轮锁到车轴上,这样发动机的扭矩传到后轮的同时也会传给前轮。4个轮子同时转动的时候,在任何路面上都能顺利前进。但前轮差速锁打开后,车就会像油布上的猫一样寸步难行。他跳下车,转动差速锁,然后把车开出泥坑。我尴尬得要死。阿尔笑着把钥匙递给了我。

"哎呀。"我用手拍了拍脑门。

"没什么,苏珊娜,这是常有的事,"他低下头说,免得我难为情,"我也遇到过这样的事。"

我点了点头,然后满怀感激地跟着他出了山谷。

回到加工厂后，我怀着局促不安的心情，蓬头垢面地走进办公室，做好了被取笑的准备，同时告诉自己任何取笑我都能承受。出于好意，同事们抬头看了我一眼之后，就回过头继续聊天，高谈阔论他们修建道路、安装排水管、规划木材切割以及木材巡查的故事。我与城里的女人和绘图桌边的挂历女孩如此不同，因此我不知道他们会怎么看我，但他们大多都在忙自己的事，根本不管我。

　　过了一会儿，我去找泰德。我靠在他的办公室门框上，泰德抬起头，看着我。他的办公桌上堆满了苗木栽种规定和种苗订单。他有4个女儿，都不到10岁。他靠在转椅上，笑着说："瞧，这是谁来了啊？"我知道这是在表示他很高兴我能安全返回。他们一直在担心。另外，更重要的是，我们的标语上写着"216天无事故"。如果连续无事故的纪录在我这里终止，我应该也就没有机会听人们谈论这件事了。泰德建议我回家，但我说我还有点儿事要做。

　　当天，我完成了栽种调查报告，然后把装着黄色针叶的信封寄给政府实验室，让他们分析营养情况，并在办公室里查找有关蘑菇的参考资料。我找到了很多伐木方面的资料，但生物学方面的书极其稀缺。我打电话给镇图书馆，他们说图书馆的书架上有一本蘑菇参考指南。听到这个消息，我十分高兴。下午5点，泰德和他的那帮伙计准备去雷诺兹酒馆看足球比赛，然后从那儿回家。

"和我们一起吗?"他问道。我可不想和一群男人在一起狂欢,但我还是很感激他们的邀请。我向他表示感谢,并告诉他我需要在图书馆关门前赶到那里。他看起来松了一口气。

我拿到了那本蘑菇参考指南,然后提交了我的人造林调查报告,但我告诫自己不要大肆宣扬自己的发现,而是要做好功课。我经常担心,这家公司的员工都是清一色的男性,他们是把我当作时代变化的象征才接纳我的。如果仅仅有了一个不成熟的想法,就大谈什么蘑菇或覆盖在树根上的粉色、黄色真菌会对幼苗的生长产生某种影响,那我就完了。

凯文也是一名利用暑期打工的学生,他的任务是帮助工程师铺设通往未开发山谷的道路。在我收拾林业巡查员背心时,他来到我的办公桌前。我和他在大学里就是朋友。我们都很庆幸能够从事这些丛林工作。"我们去Mugs'n'Jugs酒馆吧。"他提议说。这家店在镇子的另一头,离雷诺兹比较远,可以避开那些家伙。

"好啊。"和同样学林业的学生一起出去玩是一件轻松惬意的事。我和他们当中的4个人一起,住在公司的简易宿舍里。我那个昏暗的房间里只有一张床垫,直接铺在地上。我们都不会做饭,所以晚上经常去酒馆。酒吧也是受欢迎的休憩场所,因为我还没有从失恋的伤痛中恢复过来。他想让我退学生孩子,但我想出人头地,我的目标是获得更大的成就。

到了酒馆后,凯文点了一扎啤酒和几个汉堡,而我在自动点唱机里找老鹰乐队那首劝人们放松一点儿的歌,然后看着机械臂跳到了第45首歌。啤酒端上来后,凯文给我倒了一杯。

"他们下周要派我去金桥铺路。"他说,"我担心他们会以甲虫泛滥为借口砍伐黑松林。"

"嗯,我相信他们会的。"我环顾四周,确定没有人在偷听。其他学生在旁边的桌子上大笑,喝啤酒,站起来扔飞镖。酒馆的内部装修得像一个小木屋,有一股轻微腐烂的松树的气味。整个城镇都是公司的地盘。我脱口而出:"我觉得我昨晚差点儿就死在那里了。"

"嘿,你该庆幸天气不冷。幸好车熄火了,否则的话,在那样的路上开夜车,你会遇到更大的麻烦。我们一直在联系你,想提醒你待在原地不动,但我猜你的无线电坏了。"凯文一边说着,一边抹掉胡子上的啤酒沫。一旦有人选择与森林为伍,就必须给他配备无线电。

"我吓坏了,"我坦白道,"但至少我看到了阿尔温柔体贴的一面。"

"我们都很担心。但我们知道你会想出安全的办法。"

我笑了笑。他在安慰我,让我觉得自己受到了重视,是团队的一员。点唱机里放着老鹰乐队《城里新来的孩子》(*New Kid in Town*),听上去有点儿悲伤。最后,反而是森林里泥泞不堪的道路庇护了我,把我从幽灵、熊和噩梦的威胁下解救了出来。

我生于野外,我来自野外。

我说不清是我的血流淌进了这些树中,还是树融入了我的血液。我一定要搞清楚为什么那些幼苗会死,这是我的责任。

第2章

手工伐木工人

我们认为科学是一个按部就班地向前发展的过程,在这个过程中我们会发现一个又一个事实。但是,在探寻那些幼苗濒临死亡的神秘原因时,我把目光投向了相反的方向。我不停地想:我们家祖祖辈辈都在砍伐树木,为什么幼苗总是能生根发芽呢?

每年夏天,我们都会去不列颠哥伦比亚省中南部莫纳西山脉的梅布尔湖上,在一艘船屋中度假。梅布尔湖周围有数百年树龄的北美乔柏、铁杉、白松和花旗松。西马德峰的海拔比梅布尔湖高约1 000米,是以我居住在魁北克的曾祖父一家的名字命名的。曾祖父母拿破仑和玛丽亚生有9个孩子,包括亨利(我的祖父)、威尔弗雷德、阿代拉尔以及其他6个孩子。

一个夏天的早晨,太阳刚刚从山那边升起,亨利爷爷和他的儿子——我的叔叔杰克就开着船来到了这里。我们爬下了床。叔祖父威尔弗雷德就在附近他自己的船屋里。我趁妈妈不注意推了凯利一把,他想绊倒我,但我们都没有吱声,因为妈妈不喜欢我们吵架。我母亲的名字叫埃伦·琼,但人们都用琼这个名字称呼她。她喜欢假期的清晨。那是我记得的她唯一一次彻底放松，但一声嚎叫把我们吓了一跳，我们赶紧爬上了码头和海岸之间的步桥。凯利的睡衣上有牛仔图案，萝宾和我的睡衣上有粉色和黄色的花朵。

威尔弗雷德的小猎犬吉格斯掉到厕所里了。

爷爷抓起一把铲子吼道："糟糕！"爸爸拿着一把铁锹跟在后面，威尔弗雷德也从海滩跑过去。所有人都沿着小路跑了起来。

威尔弗雷德猛地推开门，苍蝇和恶臭扑面而来。妈妈大笑起来，凯利喊道："吉格斯掉到厕所里了！吉格斯掉到厕所里了！"他喊了一遍又一遍，兴奋得不能自已。我随着大人们挤了

抬着一串鱼的威尔弗雷德·西马德和亨利·西马德兄弟（从左到右），摄于加拿大不列颠哥伦比亚省胡佩尔附近的西马德农场（1920）。舒斯瓦普河盛产红鲑鱼，这是斯普莱钦民族以及后来拓荒者的主要食物来源。西马德一家砍掉了住宅附近的林木，开辟出一片牧场养牛养猪。为了清理地面，他们点燃了地上的残枝落叶，但失控的火苗点着了山上的森林，大火一直烧到15千米外的金菲舍溪

进去。透过木洞，我看到吉格斯正在污水里扑腾。吉格斯也看见了我们，这下叫得更响了。但是它离我们太远，坑又太窄，人们都够不着它。因此，他们需要在厕所旁边挖洞，拓宽下面的坑。杰克叔叔在电锯事故中失去了一半的手指，他也拿着铁镐参加了救援行动。凯利、萝宾和我跟着妈妈躲到了旁边，我们都咯咯地笑着。

我沿着一条小道，跑到一棵白桦树旁，收集树根附近的腐殖质。那里的腐殖质最甜，因为这棵枝繁叶茂的阔叶树每年秋天都分泌出含糖的汁液，而且落叶富含营养成分。桦树的凋落物还会引来蠕虫，它们会把腐殖质和下面的矿质土壤混合在一起，但我并不介意。蠕虫越多，腐殖质就越丰富、越美味，而我从学会爬行的那一刻起就喜欢吃土。

妈妈不得不定期给我驱虫。

在开始挖坑之前，爷爷就已经把蘑菇都清理干净了，包括牛肝菌、鹅膏菌、羊肚菌。他把最珍贵的蘑菇——橙黄色漏斗形的鸡油菌——放在一棵桦树下妥善保管。即使厕所飘出阵阵臭气，鸡油菌散发出的杏子香气也清晰可辨。爷爷还在那圈糖粉状孢子中采摘了一些平盖的蜜褐色蜜环菌。这些东西并不好吃，但如果白桦树周围有很多这种蘑菇，就说明树根可能很软，很容易挖断。

大人们开始挖掘。他们先把树叶、树枝、松果和羽毛扫到一起，露出了下面由部分分解的针叶、芽和细根构成的混合层。在这些断枝残叶上面，覆盖着亮黄和雪白的真菌丝，就像敷在我

凯利（4岁）和我（6岁）在亨利爷爷的船屋上，摄于吉格斯掉进厕所的那天（1966）

膝盖擦伤处的纱布一样。蜗牛、弹尾虫、蜘蛛和蚂蚁在这些纤维状覆盖层的孔隙里爬来爬去。在挖掘下面的泥土之前，杰克叔叔先用铁镐划开了厚度约为斧头宽度的发酵层。腐殖质就在发酵层下面，已经完全分解，亮晶晶的，看上去就像妈妈给我们做热巧克力时用黑可可、糖和奶油混合到一起做成的糊。我专心致志地咀嚼着桦树壤土。虽然吃土这个爱好很怪异，但姐姐、弟弟和父母从来没有取笑过我。妈妈说她要带萝宾和凯利回去吃煎饼，但无论是什么诱惑，都不可能让我错过眼前这场好戏。随着大人们继续往下挖，可以看到在他们扔到一边的土块中，有蜈蚣和潮虫在爬动。

"见鬼！"爷爷骂道。腐殖质层中的细根像捆扎的干草一样细密，但爷爷生性坚韧。有一次，他独自一人用链锯砍伐雪松，

在梅布尔湖上挪动西马德船屋（1925）。亨利爷爷和叔祖父威尔弗雷德建造了船屋，还造了拖船和驳船，用来把马匹、卡车和伐木用具运到营地。到了秋天，天气好的时候，兄弟俩就会在湖水结冰之前把木材堰搬到舒斯瓦普河口，为春天开河后的水道放木做好准备。威尔弗雷德曾说过一句名言："只有傻瓜和新手才会想着预测天气。"

一根树枝把他的一只耳朵刮掉了。他用衬衫裹在头上止血，又在树枝下找到那只耳朵，然后开车回到了30千米外的家中。爸爸和杰克叔叔带他去了医院，医生花了一个小时把耳朵缝合了。

吉格斯的叫声逐渐变成了呜咽声。爷爷抓起一把铁镐，朝着硬邦邦的根茎挥去。树根几乎密不透风，柔和的白色、灰色、棕色和黑色交织在一起，再加上棕褐色和赭色，看上去就像是一只泥土色调的编织篮。

我一边品尝着甜巧克力味的腐殖质，一边看着他们在地底下挖掘。

杰克叔叔和爸爸挖穿了腐殖质层，开始进入矿质土壤。到目前为止，厕所旁边两铁锹宽的森林地表（包括凋落物层、发酵层和腐殖质层）都已经被彻底挖开了，露出了一层薄薄的白色沙子，白得像雪一样。后来我才知道，这一带山地的大多数土壤都有这样的表层，仿佛所有的生命都被渗入的雨水冲走了。沙滩上的沙子呈现出灰白色，也许就是因为风暴把虫子的血液和真菌的内脏都给冲洗掉了。在这些苍白色的矿物颗粒中，一团更密集的真菌缠绕在树根上，汲取着上层土中可能残留的营养物质。

再往下挖了一铁锹的高度后，土壤的颜色从白色变成了深红色。一阵微风从湖面向我们吹来，大地已经被挖出了一个很宽的口子。就像咀嚼逐渐没味道的口香糖一样，我咀嚼甜味腐殖质的频率也变快了。眼前这一幕，就好像是把土壤中跳动的动脉显露了出来，而我是现场目击者。我情不自禁地慢慢靠上前去，仔细观察这个新的土壤层。颗粒状土壤呈现氧化铁的颜色，外面包覆着一层黑色油脂。它们看起来像血。这些新挖出来的土块看起来就像是一颗颗完整的心脏。

挖掘的难度进一步加大了。爸爸挥起铁锹，狠狠劈向跟他小臂差不多粗的四通八达的树根，但他瘦弱的胳膊显然力量不够。徒劳无功的他笑着看了我一眼，我不由得大笑起来，因为我们曾经取笑他，还给他起了个绰号——"细胳膊皮特"。白色桦树、紫红色雪松、红褐色冷杉、黑褐色铁杉，这些树的根看起来各具形态，但它们都在顽强不屈地执行相同的任务：让树木在大地上茁壮成长，避免倒下，汲取地底深层的水分，留出一些空隙让水流淌、让虫子爬行，让根向下生长以获取矿物质，防止厕所的粪坑塌陷，还要大大增加挖掘的难度。

人们扔下铁锹，用斧头劈开地底下的那些树根，再换回铁锹，没想到又遇到了卵石。这些带有白色和黑色斑点的石头大小各异，有的像篮球那么大，有的像棒球那么小，嵌在泥土里，就像砌在墙里的砖块一样。爸爸跑到船屋，拿来一根撬棍。他们利用撬棍，通过各种方法，一块一块地把紧密镶嵌的石头撬出来。我一看，那片沙土原来是一堆碎石。一年四季，石头经秋雨浸泡，夏天高温干燥，冬天结冰开裂，春天解冻，数百万年来水滴石穿，变成了一堆粉尘。

吉格斯身处两个土壤层之间——上面一层是断枝残叶，下面一层是碎石。再往下挖一米，深红色的矿物就变成了黄色。土壤颜色随着向下挖掘逐渐艳丽起来，就像每天早晨梅布尔湖天空的颜色会随时间变化一样。树根越来越稀疏，岩石越来越多。在坑的一半高度，岩石和土壤呈浅灰色。吉格斯的叫声让人感觉它又累又渴。

"没事的，吉格斯。"我低头朝着它喊道，"你马上就自由了！"

玛莎奶奶在她的船屋里放着几只桶，用来收集雨水以供饮用。我跑了过去，拎回来一满桶水。我在手上系了根绳子，把桶放下去，让吉格斯把前爪搁在桶上喝水。

4个大人又骂骂咧咧地挖了一个小时，才肩挨着肩趴在坑沿，弯下腰去抓吉格斯的前爪。随着他们"一，二，三"的喊声，吉格斯尖叫着,被他们从粪堆里拉了出来。它打着寒战,踮着脚尖站在色彩鲜艳的树根彼此交错形成的一个立足点上,然后眨着眼朝我走过来。它的橙、黑、白三色相间的毛上粘着点点污渍,还有卫生纸。它连摇尾巴的力气都没有了。大人们都累得不想动弹,于是原地休息,抽起烟来。我低声说:"来吧,伙计。"在它恢复活力之后,我们冲进湖里洗了个澡。

过了一会儿,我坐到岸边,把一根漂流木扔到水里,让吉格斯去捡。它不知道,我也不知道,它的冒险为我打开了一个全

亨利爷爷(戴着白色帽子)与他的兄弟威尔弗雷德·西马德以及他的儿子奥迪一起,正在引导木料穿过斯库克姆查克激流,1950年摄于加拿大金菲舍。他们需要引导、滚动或推动木料,让木料顺流而下。这项工作极其危险。木料一旦堵在激流处,人们就得用炸药把它们炸开。年老失忆的亨利爷爷差点儿淹死在斯库克姆查克激流,因为在他顺流而下的时候,舷外发动机熄火了,而他忘了怎么拉绳子重启发动机。眼看着他快要冲进斯库克姆查克激流,岸上的玛莎奶奶不停地喊着。在最后一刻,他想起了该怎么操作

站在伐木脚手架上操作横锯的伐木工人，1898年摄于加拿大梅布尔湖。两个人要花一两天的时间才能砍倒这棵西部白松，它是这片混交林中价值最高的木材品种。由于20世纪初从亚洲传入的松疱锈病，古老的西部白松如今已经从这些森林中消失了

第 2 章 手工伐木工人　　033

新的世界，这里有树根、矿物质和岩石构成的土壤，有真菌、虫子和蠕虫，还有在土壤、溪流和树木之间流淌循环的水、营养物质和碳。

在梅布尔湖的水上营地度过的那些夏天里，我了解到祖辈的很多秘密。他们父子相传，以伐木为生，那是一段编织在我们骨子里的历史。我们家砍伐的内陆雨林似乎无惧破坏，那些高大的老树仿佛是整个森林的守护者。重要的是，在砍伐之前，伐木工人会放下手中的斧锯，仔细测量、评估每棵树的特性。通过沟渠和河流运送木料，使砍伐的规模和速度受到了限制，而卡车和伐木道则大幅扩大了作业规模。利卢埃特山脉的木材公司到底犯了什么严重错误呢？

爸爸喜欢给萝宾、凯利和我讲他年轻时在森林里发生的故事。这些故事，尤其是其中一些非常可怕的故事，让我们都瞪大了眼睛。比如有一次，他们用那匹2 000磅[①]重的灰马"王子"拖一根白松时，叔祖父威尔弗雷德的手指被木料上缠绕的拖索绞断了。听到威尔弗雷德发出的比链锯声还大的尖叫，爷爷才让王子停了下来。还有一次，一根雪松砸在爷爷的背上。从那以后，爷爷就有点儿驼背。在某种程度上，他们还是很幸运的。伐木工人被锯到一半的树木或马拉着的原木压死的惨剧时有发生。有的人被木料挤得粉身碎骨，还有的人在顺着舒斯瓦普河放木途中用炸药炸开拥堵点时被炸飞了双手。

[①] 1磅≈0.45千克。——编者注

在加拿大梅布尔湖拖运白松原木，摄于 1898 年。这片树林中最大的树木是西部白松和西部红松，这两种树木可以加工成贵重的木材。粗大完整的树干和稀疏的下层矮生植被表明这片原始森林储备充足，产量极高

在吉格斯掉进厕所的那年夏天的一个下午，爸爸带着萝宾、凯利和我踏上了寻宝之旅，沿着他小时候工作过的旧水滑道寻找丢弃的马蹄铁和拖索。他告诉我们，这就是亨利爷爷和威尔弗雷德叔祖父手工伐木的地方，他们在这里分割树木、去掉枝杈。当时还有很多针叶树，一些稀奇古怪的虫子或致病菌会破坏小片的花旗松和白松，偶尔也会破坏雪松或铁杉。我们家的人会砍伐任何便于砍伐的珍贵树种。

手工砍倒一棵树要花上大半天的时间，砍伐一小片树林往往需要一周时间。爷爷喜欢开玩笑的程度仅次于威尔弗雷德，同时他也是一个精明的商人。他们两个人都是发明家：威尔弗雷德

在他的两层农舍里用手推车造了一台手动升降机，爷爷在西马德溪上造了一台水车，为船屋发电。这片古老森林里的大树有15层楼那么高，爷爷总是挑最直的树，然后和威尔弗雷德面对面地站到简陋的伐木脚手架上。脚手架的位置高于树木膨大的根部，以便他们从稍细的部位下手。他们会研究树木的倾斜度和地形，然后制订砍伐计划，以确保树木倒向水滑道的方向。

当他们汗流浃背地来回推拉锯条时，横切锯发出滑奏吉他般美妙的声音。而当他们从地面斜坡的一侧水平地锯开顶部时，锯末就会落到他们毛衣的袖子上。锯到树干1/3处之后，他们停下来休息，嚼一点儿熏鲑鱼干。这时候，可以看到锯口有汁液渗出。爷爷一边研究着那棵树的倾斜角度，一边咒骂道："真讨厌！"他伸出被削掉了一半的食指，提醒说这棵树至少有两个可能的倾倒方向。忍着小臂酸痛又锯了一个小时后，他们在树干底部与下锯口成45度角的方向锯下去。这个锯口将与下锯口在心材处汇合。"我的小宝贝！"威尔弗雷德一边大声喊道，一边用斧背敲掉楔形边材，敲出来的口子就像是笑着打哈欠的嘴，而且就像是他们自己的嘴，因为他们在10多岁的时候大部分牙齿就成了蛀牙，现在都是假牙。

下方的正面锯口完成后，他们吃了一些草莓酥饼，从大桶里喝了几口水，然后开始卷烟。抽完烟后，他们爬回脚手架上，开始在树干另一边比上部锯口高约一英寸的位置锯背面锯口。如果计算出现任何错误，木材就可能向后倒，砸掉他们的脑袋。

当树向前移动一点点儿时，他们停下了锯子。此时，只有树心处还有一点儿纤维没有锯断。爷爷喃喃自语道:"老天保佑!"他一边说着,一边用斧头的钝端把一个金属楔子敲进背面的锯口。树干的木质部随之裂开,树在嘎吱声中倒向水滑道方向。与此同时,他们一边高声喊着"让开!",一边以最快的速度往坡上跑去。树在空中呼啸着倒向地面,树冠鼓满风的船帆,掀起了一股旋涡,下面的蕨类植物都被吹得向前倒伏,露出了它们苍白的背阴面。树枝和针叶在空中打着旋儿。几秒钟后,大树轰的一声倒在地上,地面一阵颤抖。枝杈像折断的骨头一样断开了。一个鸟窝随风飞起,在纷飞的羽毛中飘向地面。

亨利爷爷和威尔弗雷德叔祖父开始处理这棵树。他们用斧子砍去枝杈,把木料分割成每段10米,以便王子把它们拖到水道里。在拖之前,他们给木料的末端套上拖索,就像用套索套住小牛一样,但他们的"套索"是跟他们手腕一样粗的铁链。对于小一些的木头,他们用手工锻造的钳子夹住木头的一端,这些钳子都可以张得像狮子嘴巴那么大。拖索或钳子拴在车梁上,车梁是用小树削成的,挂在王子尾巴上方,以平衡重量。王子一边呻吟,一边打着响鼻,把分割好的原木从树桩拖到水滑道边。然后兄弟俩用钩棍(带铁钩的棍子,铁钩可以转动)把原木一根一根滚到水滑道的顶部。一切就绪,树木通过水流运往山下。他们站在那里,一起抽着烟。这意味着他们安然无恙地度过了一天,又度过了一天——至今,在我回想起我的家人手工伐木的劳动场景时,这幅画面以及挂在他们嘴边的这句话,仍然不时浮现在我的脑海里。

我一直相信大自然有很强的适应力，而且即使大自然发生剧变，大地也会反过来拯救我。但是，祖母十分了解丛林工作的危险性，因此她有些犹豫。在祖母20多岁时，她因感染导致的足下垂而跛足，她希望几个儿子过一种更自由、更安全的生活。尽管如此，杰克叔叔还是当了一名伐木工。不过，因为担心他的母亲，他在40岁之前一直住在家中。

但是，爸爸在年轻的时候就放弃了丛林工作。促使他做出这一决定的是当他13岁、杰克叔叔15岁时发生的一件事（在林中寻宝那天，他跟我们讲到了这件事。当时，夕阳西下，我们就坐在原木上，而我们欣喜地从地底下找到的金属拖索就堆在旁边）。他和杰克叔叔从中学退学，去帮助亨利爷爷和叔祖父威尔弗雷德。他们的工作是坐在用生牛皮捆绑在一起的原木上，沿着水滑道漂流而下，一直漂到梅布尔湖上的木材堰前。从西马德山蜿蜒而下的水槽有一千米长，雪松树段像无舵雪橇一样，不时撞击道壁，发出震耳欲聋的轰鸣声。自原木下水之后，沿途的运送

原木顺着亨利爷爷的水滑道呼啸而下，冲进梅布尔湖。这个水滑道在西马德溪的出水口附近注入梅布尔湖，亨利爷爷还在那里建造了水车，为伐木工的船屋发电

梅布尔湖原木木材堰前的水道放木工人。威尔弗雷德·西马德（左起第三个）手持一根 4 米长的木杆，用来引导木料的前行方向。钩棍比木杆短，末端有一个 U 形金属钩和一个用来帮助工人转动原木并保持自身平衡的长钉。这项工作很危险，但是如果放木工人从原木上摔下来，就会被认为不是男子汉。木材堰前面较短的原木是被锯成木材的花旗松，后面较长的是被作为电线杆和电话线杆出售的雪松原木。雪松原木的利润更大，但放木难度也更大，因为它们会堵塞水道

都是由爸爸和杰克叔叔负责，直到它们抵达木材堰前。

那是一个春天的早晨，在春雨中瑟瑟发抖的爸爸感到惶恐不安。他手里拿着一端插着铁矛的木杆，站在翻滚的原木上努力地保持着平衡。"来了！"杰克喊道。在浪花的拍打之下，杰克的脚几乎跟不上脚下原木翻滚的速度，而爸爸则快要收不住脚下的势头。雪松原木从水滑道底部腾空而起，就像奥运会跳台滑雪运动员一样，在空中划过一道异乎寻常的高高的弧线，然后落在他们前面 20 米远的水中，直插深不可测的湖中。很快，它就会像导弹一样冲出水面，但谁也不知道具体是在哪个位置。

第 2 章　手工伐木工人

时间仿佛停止了。爸爸告诉我们，他一下子回想起了他在退学前写的那篇关于第二次世界大战的文章："整整一夜，隆隆的炮声不绝于耳，轰！轰！轰！……"老师要求写500个单词，但是爸爸不知道怎么把这么多单词串在一起来描述士兵的恐慌心理。他确信那根原木会弹起来，把他撞成一团肉酱。

"皮特，快跑！"杰克喊道。

但他挪不动脚，尽管杰克已经朝岸边跑去，同时尖叫着让爸爸跟着他，逃离那根原木可能出现的方向。爸爸什么也听不见。时间在一秒一秒地过去。

轰！那根原木在他身后20米远的地方冲天而起，然后哗的一声落回到水面上。当爸爸把那根上下起伏的原木引向木材堰时，他的全身上下都在抖个不停。到了秋天，爷爷的小船普特普特号就会把木材堰拖到下游，然后把最大的原木卖给锯木厂，小一些的雪松卖给贝尔线杆公司做电线杆。

不久之后，爸爸进入了杂货管理行业，并在这个领域度过了他的整个职业生涯。但森林永远是我们生命中流淌的血液。

❦

很久以前原木在森林地面上滑过时留下的痕迹依然存在，这是种子最理想的落脚点。有的种子像沙粒那样小，有的种子有猫眼石那么大。西部红松和铁杉的种子来自人类指甲盖大小的球果。数量更多的是花旗松种子，它们来自拳头大小的球果。此外还有白松的种子，来自小臂那么长的白松球果。在被拖曳的树木扫过的那片土地上，老树的种子已经长出了浓密的幼苗，它们的白色根尖扎进了腐殖质和地下水中。它们很顽强，通过几代祖先的努力，获得了很强的适应力。森林中所有的物种都是根据它们的生长速度分层的。鹤立鸡群的花旗松和白松耸立在空地中间，那里矿质土直接暴露在地面上，日照时间最长。柔韧的雪松和铁杉躲在母亲树的阴影下，高度和那天下午参加寻宝之旅的我差不多。拖运路径中央的花旗松幼苗的高度是爸爸身高的两倍。

手工伐木、用马匹拖运木料、水道放木，这些使森林得以新老更替，始终充满活力。很明显，从我的这些记忆到我所在的

在舒斯瓦普河面的原木上行走的玛莎奶奶（约20岁），1925年摄于加拿大金菲舍

行业和我从事的这份工作，中间发生了很大的变化。

我坐在伍德兰兹办公室里看着窗外，心里想着我的人造林。

有很多方法可以改进，比如在苗圃中播种更多适合当地生长的种子，补种更大的树苗，更加细致地做好准备工作，伐木后尽早补种，清除竞争灌木。但那些线索告诉我，答案就在土壤里，在树苗的根与土壤之间的联系之中。我画了一株粗壮的树苗，它有分枝的根系和蔓生的真菌；还画了一株带病树苗，它的幼芽很小，根也发育不良。但我的想法暂时还不能付诸行动，因为今天我接到一个任务，要和雷一起前往冰川区博尔德溪谷的一座有200年历史的森林，那里距离利卢埃特只有几十千米。

今天，我要扮演刽子手的角色。

雷和我去那里是为了给皆伐工作划定范围。他的年龄并不比我大多少，和我们其他学生一起住在简易宿舍里，但他有在地势陡峭的太平洋沿海地区工作的经验。他让我想起了我的家人。他曾经在树林里被一头灰熊咬掉一块肉。灰熊用牙齿咬着他的屁股，把他叼到半空，幸亏同行的测绘员用猎枪把灰熊吓跑了。

我们从正在修建运送木材的新路的粉磨挖掘机和刮板式平路机旁边走过，在几棵古老的恩氏云杉旁边停了下来。这些树生长在山谷拐角处形成的三角洲沉积区，树冠很大，粗壮的树干呈灰色。雷把地图给我看了一眼（他不习惯和女孩分享信息，而且他要赶时间），从我匆匆一瞥的等高线看，山坡一直延伸到高耸的山脊。森林与土拨鼠栖息的岩壁接壤，随着高度增加，树木越来越稀疏。在小溪旁边，云杉被花旗松取代，那里的土壤足够深，可以支撑蔓生根系。森林每隔几百米就会被雪崩路径切断，断口还长有深及腰部的植物——像玫瑰一样扎人的刺人参和像斜针绣品一样带花边的蹄盖蕨。我记得梅布尔湖也有这些植物，因此喜悦之情油然而生，随后我觉得自己很想哭。我摘了一小枝黄水枝，它的白色小花小得像海面泛起的泡沫。

雷用红色蜡笔和指南针在航拍照片上画了一个完美的正方形，里面的树木将被全部砍伐。他把照片卷起来，用一根皮筋捆住。

"哎呀，雷，我没看清。"我说，"你能再给我看一下吗？"

他不情愿地拿出地图，我看不出他是什么表情。

"我们要砍掉所有树木吗？"我问道，"那些树龄最古老的树就不能留下一些吗？"我指着一棵高大的树，树上的地衣像窗帘一样耷拉着。

"你是环保主义者吗？"他是一位严谨的技术人员，与时代和这份工作步调一致。这是他的职业，他热爱这一行，而且拿了工资就要尽可能地把工作做好。

我看着这片即将大难临头的森林。能在这种广阔无垠、令人肃然起敬的环境中工作，我感到很兴奋；我甚至不介意考虑应该砍掉哪些树木。但是，如果一下子就把整片森林都毁了，再想让它恢复过来，就几乎没有可能了。这些树一簇簇地聚集在一起，树龄最老、体积最大的树（周长1米，高30米）生长在水分聚集的洼地深处，而树龄不等、体积各异的小树在它们附近，就像雷鸟幼崽被拢在它们妈妈身边一样。树皮上的凹槽里有一簇簇狼地衣，到了冬天，鹿可以方便地吃到这些地衣。在岩石之间生长着水牛果和无患子灌木。林间盛开着鲜红的火焰草，有丝绸般花朵的紫色羽扇豆，还有淡粉色的布袋兰。你甚至可以看到布袋兰色彩相间的珊瑚状根状茎在树干上呈现出的扇形。一轮皆伐后，这些草本植物都不会长得很茂盛。我来这里到底是要干什么？

根据雷的计算，我们用每隔10米左右挂一条粉色缎带的方式标出了这个正方形区域。伐木工人看到这条粉色边界线，就知道皆伐到哪儿为止。边界线以外的古树将幸存下来。

雷让我直接以260度的角度标出这条直线。这几乎是正东方向，与雪崩路径的边缘基本重合。我从背心后口袋里掏出一卷50米长的光滑的链绳。他跟在我身后，沿途为伐木工人留下更多的标志。

我调整了一下指南针的表盘，找到一棵树作为信标。链绳像跳绳一样散开，50个金属搭扣间距一米依次排开。我像郊狼一样，牵着链绳越过原木，从灌木丛和树丛中穿过。

当我跑到50米的距离时，雷高声喊道："拉好链绳！"他拉住绳子的那一端，我则在这边挂一条丝带作为标记。

我回答道："标记！"我提高嗓门，以盖过下面传来的哗哗的流水声。我喜欢大声喊"标记"！

雷对第一个链绳长度的准确性感到满意，他朝着我挂粉色丝带的地方攀爬过来。一只松鼠在栖木上吱吱叫着，我把手指伸进它挖的洞里，摸到了一块柔软的类似鹅卵石的东西。这是一朵像巧克力松露一样的菌类，就藏在森林地表下。我用刀子把它撬出来，切掉深入地下的黑色部分，然后塞进口袋。

"你看见那些大家伙了吗？"雷问道，他指的是几棵高大的冷杉，长在我们这个正方形的外面。他认为我们应该把它们列入砍伐计划。对于这些额外的奖励，老板们肯定会接受的。

我指出这些树在砍伐许可范围以外，而且距离边界线很远。将它们纳入砍伐计划是不合法的。树龄较老的大树不仅是开阔地上重要的种子来源，也是鸟类最喜欢的栖息之所，我还在根茎的下面看到过熊穴。

我们俩都没有权力做这样的决定。我知道他也爱这些树，这是我们选择这个职业的根本原因。"不能无缘无故就留下这么好的冷杉，"他权衡了一番，然后说道，"它们可以加工成饰面板。"

我们走到一棵禁止砍伐的老树面前，我真想冲着它大喊，让它跑开。我了解宣称自己有最好产品时的那种自豪感，那种诱惑——这也是一种淘金热，不过淘的是绿色的金子。品质最好的树能卖出最好的价钱。这意味着能给当地人提供就业机会，意味着木材厂能继续营业。我仔细查看这棵树的粗大树干，借用雷的眼光想象它能加工成什么样的板材。一旦你开始追求那种感觉，就很容易上瘾，就像人们总想攀登最高山峰一样。要不了多久，你的胃口就会大到无法满足。

"我们会被抓住的。"我表示反对。

"怎么会呢？"雷双臂交叉，满脸困惑。政府不可能沿着伐木区边界线逐寸检查。再说了，这些树都近在咫尺，唾手可得。

"它们是猫头鹰的栖息地。"上学期间，我听说干燥林中有一种稀有的猫头鹰——美洲角鸮，但对它们了解得不多。我不知道它们是不是栖息在博尔德溪,但现在它们就是我的救命稻草。

"明年夏天你想要这份工作吗?我肯定是要的。"公司会因为我们找到更多木材而表扬我们。他回头看了一眼,仿佛那棵树会爬起来跑掉。

我真想大声疾呼。但是,我一边在内心为自己的软弱哭泣,一边重新调整了边界线。我缩着肩膀,站在一棵高大冷杉矗立着的林线上。牛防风和柳树像帘子一样遮住了雪崩路径,但空气很安静。我迅速挂上粉红色缎带,把这棵树圈到了界线以内。再过一个星期,它就会失去生命,被去枝、分割、堆放在公路右侧,等待装上卡车。

雷和我把整个伐木区分界线都做了调整。随后,又一棵古树被我们判了死刑。

接着是第三棵,第四棵……最后,我们从雪崩路径的边缘"偷"了至少10多棵大树。休息时,他请我吃巧克力曲奇,说是他自己做的。我谢绝了。我用靴子和膝盖作为支撑,把尼龙链绳绕成数字8的形状。我建议说,我们可以说服公司在砍伐区中间留一些冷杉,让它们传播种子。我急切地说道:"你知道,德国人有时就会留下一些大树作为采种树。"

"但我们来这里的唯一目的就是砍光这些树木。"

我解释说,在我成长的地方,我们每次只砍伐一小片森林,而且拖运原木会搅动地表,为冷杉种子发芽创造有利条件。但是雷反驳说,就算我们留下一些零星的冷杉,它们也会被风吹倒,还有可能招惹小蠹虫。接着,他又补充说:"而且公司会损失一大笔钱。"看到我无法理解其中道理，他有点儿沮丧了。

看着威严耸立的冷杉被砍成树桩，造型雅致的林区变成一览无余的空地，会让人感到很不舒服。回到办公室，我郁闷地给这个皆伐区制定了集群种植的方法，并模仿自然的模式，在洼地里种花旗松，在露出地面的岩层上种美国黄松，在溪边种多刺云杉。雷说公司会拒绝我提出的保留一些大树以便为这片扰动土地留种的想法，他无疑说对了。但这种种植设计至少会保持这片土地的自然物种丰富性。

泰德告诉我，我们只能种松树。

"但是，那里本来没有黑松。"我说。

"没关系。黑松长得更快，也更便宜。"

其他暑期学生工从制图桌旁边走开了。周围办公室的林务员把手放在电话机听筒上，等着看我是否有勇气开口争辩。一本日历从墙上掉了下来，落在地板上。

我走到桌前，对种植建议进行了修改。我的心已经死了。在那个吃土、给树根扎辫子、看到错综复杂的自然奇观就心醉神迷的小女孩身上到底发生了什么？森林里有美不胜收的景色、层次分明的泥土和藏在地底下的秘密。我的童年在向我大喊：森林是一个完整的整体。

第3章

水！水！

我跨坐在自行车上，喝了一大口水。正午时分，太阳直射在干燥的森林上。骑了100千米后，我感到身体热得发烫，被夏天的太阳晒成深色的皮肤上湿漉漉的全是汗水。不列颠哥伦比亚省南部内陆的低矮山脉一直极度干燥，因为太平洋的沿海山脉绵延200千米，最东部距离这里仅有20千米，从太平洋向东吹来的气流将大部分雨水倾倒在这些山脉上，而内陆碧空如洗，一滴雨也见不到。这个周末，我把我和雷因为那棵古老花旗松而产生的矛盾抛诸脑后，把泰德关于种植建议的决定带给我的失望情绪埋在了心底，在这片土地上尽情享受独属于我的自由。

我正在前去看望弟弟凯利的路上。凯利在参加牛仔竞技会，牛仔和马就是他的世界。几个月前，我在妈妈家看到他，当时他正在难过地掉眼泪，因为他在阿尔伯塔的蹄铁工学校上学期间，他的女朋友——一位马术障碍赛选手——投入了另一个人的怀抱。我们站在黑暗中，他倚着他那辆黄铜色的卡车，车厢里放着他新买的马蹄铁锻炉和铁砧。他低着头，试图平复自己的悲伤，但他无法控制住自己的情绪，我也陪着他一起掉眼泪。

我凝视着山谷里几千米外的地方，那是一片长满鼠尾草的洼地，一条小河从中穿过。这种深及膝盖的多年生植物十分强韧，是唯一能在那片干旱土地上生存的植物。树在那儿得不到生存所需的水分。但是我所在的位置水分充足，树木可以在草丛中生长，形成开阔的林地。

可能是由于野火，下午的山谷笼罩在薄雾中，但仍能清楚地看到比山谷高出1千米的下一道山脊，尽管它离这里还有6千米的距离。随着海拔升高，降雨量也在增加，很快我就在分叉的沟壑中看到了一排排树木，它们指示出了蜿蜒曲折的水流走向。最终，树木沿着沟壑蔓延到那些小山丘上，那里覆盖着密密麻麻的森林。沿着山林继续往上看，就会再次看到小丘上的树木一簇簇地聚集在一起，以避开寒冷潮湿的土壤。再往上，树木就慢慢地消失了，取而代之的是浅绿色的高山草甸。

我放下自行车，向野草丛生的林地走去，寻找阴凉的地方。我穿过簇生的花旗松，从美国黄松顶着的"太阳伞"下走过。黄松生长在涓涓细流汇聚的洼地里。我爬上一个小丘，那里有一棵孤零零的黄松。为了节约宝贵的水分，黄松只长出了稀疏的几束长针叶。正因如此，它是这些地区最耐旱的树种。这棵黄松生长在一个特别危险的位置，就连那些根扎得很深的丛生禾草都变成了棕色，而且枝叶皱缩，以尽量减少水分的流失。我把水壶倒过来，把壶里仅剩的一点儿水倒给了黄松，然后忍不住笑了。在这样的环境中，它只有依靠自己的主根才有可能活下来。

浅浅的沟壑里有一片树龄较老的花旗松，我朝它们走去。被称作马勃的蘑菇把一团团棕色的孢子吹到我的脸上，蚱蜢发出咔嗒咔嗒的响声。凯利和我经常采摘马勃来做蘑菇汤。我摘下一朵马勃，它的菌柄上挂着真菌丝。我想我应该把这朵马勃送给凯利，他肯定会很高兴我在草地上找到它，因为寻找可吃的东西是我们童年最喜欢的游戏之一。

这些花旗松的树冠投下了巨大的树荫。它们生长在这些浅沟中，是因为它们仿佛瓶刷的浓密针叶需要大量水分，至少比稀疏的黄松针叶更需要水分。这使它们在生长环境上受到限制，同时也使它们长得更高，形成比黄松更密集的簇群。但是，花旗松和黄松减少水分流失的能力比云杉和亚高山冷杉强，这有助于它们应对干旱。为了减少水分流失，它们只在早晨露水很重的几个小时里打开气孔。在早晨的这几个小时里，它们通过开放的气孔吸收二氧化碳来制造糖。在这个过程中，根部汲取的水分会通过蒸腾作用失去。到了中午，它们关闭气孔，结束这一天的光合作用和蒸腾作用。

我坐在一棵老花旗松宽大的树冠下吃苹果，周围长出来的幼苗表明土壤温度不高，而且潮湿。皲裂的棕色树皮吸收热量，保护树木免受火灾。树皮很厚，还可以防止下层组织——韧皮部的水分流失，韧皮部通过长管状细胞构成一英寸宽的圆环，将光合作用制造的营养从针叶运输到根部。顶着"太阳伞"的黄松的橘色树皮还可以保护它们免受每20年左右发生一次的火灾侵袭。

1982年，我（22岁）坐在恩德比和萨蒙阿姆之间的一棵花旗松下休息。在20世纪80年代初，我和琼经常带上睡袋，口袋里揣上10美元，趁周末到内陆公路上游玩。拍照那天，我的钱包丢了。回到家后，一个开车的人打电话给爸爸，说他在公路边上发现了钱包，里面有我的驾照和10美元

尽管严重缺水，但这些幼苗长得很好。与之相比，西边沿海山区水源充足，我们复植的那些幼苗却快要死了。

一枚叛逆的草籽用头状花序的芒在我裸露的大腿上"挠痒痒"。就在这时，我瞥见一只蚂蚁从附近的蚁巢爬过来，蚁巢的高度和宽度与我坐着的身影差不多。蚁巢颤抖着，里面有成千上万忙碌的工蚁，正在搬运、堆放和储存散落在森林地面上的数不胜数的花旗松针叶。这些蚂蚁还会通过四肢和粪粒，把棕色腐烂蘑菇的孢子带进蚁巢。这会加速针叶的感染和分解，使蚁巢中的腐殖土稳定下来。另外，它们会把这些孢子带进树桩和倒在地上

的树木内部，加剧树木的腐烂——否则这些树木在干燥的夏天很难腐烂。我想起了梅布尔湖的腐生平菇，它们乳白色的光滑菌盖附着在枯死桦树的落叶和树干上，我还想起了这种树是被致病蜜环菌杀死的。平菇的致腐能力很强，还能杀死和消化昆虫以满足它们对蛋白质的需求。蘑菇种类繁多，它们的栖息环境同样多种多样。此外，它们还是多任务处理大师。

不知为什么，在这个炎热的山谷沟壑中，散布在花旗松和黄松周围的树苗和幼苗似乎都长得很好，尽管它们自身还没有长出深扎地下的主根。老树会不会通过根接，给幼树输送水分，帮助它们成长呢？根接就是不同树木的根拼接成单一的根，并有共用的韧皮部，就像接受皮肤移植治疗后静脉会长到一起一样。

该继续赶路了，不然我会错过凯利的骑牛比赛。他参加这项赛事，是因为参赛费用最低。他总是穷得叮当响。

我带着对水分问题的困惑，回到了自行车旁。就在这时，我看到马路对面有一簇颤杨，白色的树皮看上去十分光滑。它们同样从潮湿的沟壑一直蔓延到岩石密布的山坡上。宽大的树叶不停地颤动，每天肯定要排出几加仑[①]的水。颤杨有一个十分独特的地方：一株颤杨可以通过同一个根系上的地下芽长出多个枝干。我不知道这些颤杨是不是就像消防队一样，从沟壑中汲取水分，然后通过共同的根系向坡上输送。树冠下有盛开的野玫瑰，淡粉色的花瓣绽放，露出嫩黄色的雄蕊。这是凯利最喜欢的花。

---

① 1加仑≈0.004立方米。——编者注

还有一蓬蓬丝滑的紫色羽扇豆、长有心形叶子的金色山金车，以及玫瑰色的地角儿苗，从树荫处一直蔓延到阳光下。颤杨的根系是否会漏一些水分到土壤中供它们生长呢？也许那些水分就是这个植物群落能够在这干燥的浅表土壤中生存下来的原因。但我不知道水是怎么从高大的颤杨流到这些弱小的野花体内，而且没有在阳光下蒸发掉的。

我在一棵扭曲的黄松旁边停了下来，在长满青苔的土壤上挖了个洞，把我吃剩的苹果核埋了起来。坚硬的泥土中长满了树根和草根——这些地下匍匐茎就像草莓的茎一样，上面长有很多节。这些富含矿物质的土块十分干燥，但是里面长有大量呈扇形分布的白色、粉色和黑色的真菌丝。它们比我小时候在吉格斯掉进去的那个坑（壁上有五颜六色的根系和土壤）中看到过的真菌丝细，也比那年春天早些时候皆伐区下方亚高山冷杉林中厚厚一层纵横交错的黄色真菌丝细。一株粉红色的珊瑚真菌（因为形似海底的珊瑚而得名）从地面上的那层地衣中探出头来。我摘下这株只有一英寸高的真菌，仔细端详着那些细细的直立的分支。它们显然和其他真菌的菌褶、菌孔一样，为孢子的生产留出了足够大的空间。数百万个孢子飘到我的鼻子里，我打了个喷嚏。粉红色的真菌纤维从这株真菌基部飘落。

这株形状奇特的真菌的菌丝在发挥什么作用？它们对这株珊瑚真菌的生存起到了什么作用？我用拇指和食指捻了捻，菌丝上黏附着潮湿的土壤颗粒，有一种沙沙的感觉。这些菌丝可能承担着从土壤迷宫般的孔隙中收集水分的任务。在这种气候下，地表下残留的所有水分都会附着在混凝土般的土壤颗粒上。在稀疏的林地里，树木都生长在洼地和沟渠中，显然是因为水的问题限制它们只能生长在这些地方。我想，这些小小的蘑菇不仅能自给自足，或许还能帮助树木获得所需的水分或营养，使它们在寒冷的季节存活下来。如果我骑自行车穿过山谷进入那些高海拔的森林，我会在那里找到我在利卢埃特山看到的那种煎饼状牛肝菌吗？在水分充足的地方，这些粉色、黄色和白色的菌丝给树木输送的也许是营养物质，而不是水分。我把珊瑚真菌和马勃一起放进口袋里。

更令人疑惑的是，水分是否会通过这些在泥土中向四面八方蔓延的大量菌丝流向那些浅根植物呢？这些菌丝就像地下蜘蛛网一样，将树木和其他植物连成一体，它们的目的是帮助整个群落获取所需的水分吗？马勃和珊瑚真菌参与了吗？也许它们与此无关，因为人们普遍认为，树木之间只存在生存竞争。这是我在林校学到的知识，也是我所在的伐木公司喜欢保持间距、成排栽种速生林木的原因。但这一条并不适合这个生态系统，因为这里的树木和其他植物之间似乎都是相互依存的关系。遇到一个极端干燥的季节，树木如果无法适应极度干燥的天气，就有可能在酷热中死亡。

和往常一样，我在最后一刻赶到了洛根湖体育馆。凯利的比赛马上就要开始了。牛仔竞技场位于村庄的中心，这个村庄坐落在冰川覆盖的低矮内陆山脉中，周围是苍白干燥的冷杉和松树林，还有茂密的草地。只有几千人住在这里，其中包括牧民、伐木工、铜矿矿工。这些不引人注目的山脉是冰碛和火山岩屑经数百万年的风吹雨打压实形成的，这使我想起了生活在它们怀抱中的那些淳朴勤劳的人们。太阳照射在尘土飞扬的地面上，温暖了大地，也让牛马的气味变得更加强烈。狗在树荫下大口大口地喝着碗里的水，孩子们在鱼塘上的雨棚下嬉闹。男女牛仔们牵着令人艳羡的阿帕卢萨马、夸特马、美国花马，在马厩和竞技场之间来回穿梭。观众们已经做好准备，等着骑牛大赛开始。我在看台正面找到了一个较低的位置，然后看向牛圈，寻找凯利的棕色毡帽。

尽管天气炎热，牛仔们还是穿戴着全套服饰，上身是带抵肩的西式刺绣衬衫，下面穿着能看到折缝的紧身牛仔裤，优雅得就像伊丽莎白时代的贵族。我把棒球帽戴得很低，遮住刺眼的阳光。这时候，我真希望自己有顶牛仔帽。我穿着T恤和短裤，防晒效果不是很好。这些低洼的山区十分炎热，皮肤暴露在外，几分钟内就会被灼伤。

然后，我看到了凯利。

他牵着牛，跨坐在牛栏周围的栅栏上。牛栏位于椭圆形竞技场的另一头，它的宽度正好能容纳一头公牛，门是关着的。竞技场里有一个小丑。凯利被牛仔裤和皮革护腿包裹的双腿绷得紧紧的，他正在等待他的公牛稍微平静一些。他咧着嘴，笑着对那头牛说着什么。他的那双清澈的蓝眼睛高度专注，在乌黑眉毛的衬托下显得沉静稳定。他戴着一双破旧的皮手套，本来就不小的手显得更大了。我知道他的皮带上刻着"凯利"，花式银色皮带扣上雕刻着一头美洲狮，这是我们从小在这个美洲狮之国长大的证明。就是在这里，父母教会了我们露营、建造花园、钓鱼，还教会我们划独木舟，去畜牧场骑凯利那匹名叫米克的马。在这里，我们一起了解人在自然中的位置、发挥的价值和我们进入野外环境的原因，一起建造树堡，玩射击游戏，用长绳和松松垮垮的木排制作秋千，淋着凉爽的雨在梅布尔湖畔荡秋千。凯利那时候还是小孩子。他把那只蓝色的桶拴在两棵三叶杨之间，练习了好几个小时。我和萝宾使尽全身力气拉绳子，而骑在桶上的凯利想象自己骑着一头牛，正在踢着马刺发起冲锋。

他抽中了最暴烈的公牛，名叫"但丁的地狱"。记分牌上闪烁着它的统计数据：98%的牛仔被它摔下牛背，它的旋转、踢腿、落地和打滚得分率是45%。在骑牛大赛中，公牛的表现和牛仔配合、对抗公牛动作的流畅程度各占一半分值。当这头公牛撞向栏壁时，凯利在围栏外等待着。看台上的牛仔声嘶力竭地叫喊着。小丑跳起舞来，准备打开牛栏的门。凯利抬起头，在人群中寻找着。抽中这头牛有利有弊。如果在那令人痛苦的8秒钟过去之前摔下牛背，就不得分；但如果他能坚持下去，他就会因为骑术精湛而得高分。

"但丁的地狱"脸上沾满了唾沫，困在牛栏里的它因为周围的人群而更加生气了。我的脑海里浮现出凯利下嘴唇下面的那道伤疤,因为牙龈旁边常有的那团嚼烟而显得更长。那是他11岁时留下的——为了看我的新速度计能显示多快的速度,我们拼命蹬着自行车,没想到他一头撞上了停在那儿的一辆卡车。

他看到了看台上的我,对我露出了微笑——"别担心,我可以的。"

我焦躁不安地转动着手中那株珊瑚真菌。

那头牛一边呼哧呼哧地喘气,一边不停地蹦跳。与此同时,播音员通过扩音器喋喋不休。当听到他说凯利是冉冉升起的新星时,我骄傲地挺直了腰。凯利骑术精湛,在不列颠哥伦比亚省的切特温德、克内尔和克林顿这几个小镇,他已经是一个名人了。获胜者可以赢得奖金,而这些牛仔大部分都很缺钱。今天这场小型巡回比赛的冠军奖金是500美元。凯利和小丑开起了玩笑。他捂住耳朵,假装害怕公牛发出的沉闷撞击声。小丑的脸涂成了白色,嘴唇涂成了红色,身上穿着一件黄格子牛仔衬衫和宽松的牛仔裤。

"嘿,小丑。"播音员开始通过扩音器逗小丑。

小丑来了个侧手翻。"什么事?"他喊道。

"牛仔在哪里做饭?"

小丑耸了耸肩,但仍老练地盯着牛栏。

"在牧场上。"①

小丑倒在地上,以表示他非常痛苦,于是观众尖声大笑起

---

① 原文"on the range"既可以理解为"在牧场上",也可以理解为"在灶上"。——译者注

来。凯利已经在牛栏边上准备好了。那头牛稍微安定了一些。

"嘿,小丑。你听说那只三条腿的狗了吗?它走进一家酒吧,向酒吧招待提出一个问题。"

小丑把双手放在屁股上,摇了摇头,因为狗不会说话。

"我在找那个打了我爪子的人。"

小丑用手掌使劲地拍打着脑袋,观众们嚎叫起来,但随即又安静了下来。

我看到了韦恩舅舅,他坐在我前面几排,正专注地看着凯利,好像在默默地指导他。凯利是韦恩的徒弟,他非常崇拜韦恩。两人都来自弗格森家族世代经营的牧场,都是天生的牛仔。这些饱尝艰辛困苦的人宁愿骑着马在草地上死去,也不愿坐在椅子上看书。

我不像他们那样特立独行,但我知道骑牛对凯利来说是最重要的事情,是他无法割舍的情怀,就像树木深深地融入我的血液一样。

突然,那头公牛明白自己身处困境,于是站在那儿一动不动。

凯利向坐在牛栏对面围栏上的裁判脱帽致意。接着,他把拴在公牛躯干前部的编织绳紧紧地缠绕到自己的右手腕上,然后跨坐到它身上。在他粗壮有力的手臂和强壮的公牛的映衬下,从他手套腕带垂下来的生牛皮条显得特别雅致。凯利点点头,于是裁判用力拉紧公牛身侧的粗带子,把它紧紧地绑在公牛的腹股沟上。

小丑拉开牛栏的门，公牛咆哮着冲了出来，踢着腿，扭动、摇晃着身体。人们起身尖叫，整个竞技场地动山摇。那是我的弟弟，他让全场所有人都兴奋了起来。侧翼皮带发挥了作用，勒得非常紧，因此公牛弓着背，后蹄高高扬起。我身后一个瘦高的牛仔尖叫道："骑好了！"

凯利举着左臂，右手紧紧抓住绳子。我拼命压下紧张情绪。那头公牛打着转，四蹄腾空。凯利骑在牛背上，在公牛踢腿时精确地调整自己的动作。公牛冲到竞技场的边缘，我都担心它会撞破护板。随着凯利的马刺狠狠地扎在牛皮上，公牛开始咆哮。我知道，如果凯利激怒公牛，裁判就会给他加分。凯利脖子上的每根青筋都鼓起来了。小丑挥动红手帕，把公牛引向竞技场中心。

时间快到8秒了，我挥拳怒吼，嗓子都喊疼了。但我也知道，只要观众的尖叫声导致了场内发生一个意想不到的变化，凯利就有可能粉身碎骨。

在公牛尥起后蹄高高跃起、甩掉凯利的那一瞬间，尽管我不忍看下去，但我还是强迫自己没有扭过头。只见凯利弓着身子腾空而起，然后砰的一声，肩膀朝下，落在地面上。我的心往下一沉。在这紧急关头，凯利猛地一跳，躲开了冲过来的公牛。人群叹息着，坐回到座位上。倒计时钟显示时间过去了7秒。韦恩舅舅大叫："该死！"

当凯利摇摇晃晃地走向围栏时，小丑像体操运动员一样轻盈地跳到了公牛面前，让公牛追逐自己。一个牛仔骑着马飞奔到公牛身边，抓住了侧翼皮带。皮带扣松开了，皮带掉进了尘土里。但丁又一次尥起后蹄，然后绕着竞技场跑了起来，速度越来越慢。最后，三个牛仔把它赶进了旁边的畜栏。

"伙计们，给他一些掌声！"播音员吼道，然后他照例宣布："他交了报名费！"（这是对被甩下来的牛仔们的一种敬意。）人群鼓起掌来。下一个登场竞技的牛仔已经进入牛栏做准备了。

韦恩舅舅是套小牛的高手，在巡回赛中很受欢迎，以精心经营养牛场、农场销售额惊人和酗酒闻名。他正在和一些牛仔闲聊。当牛仔们大声谈论那7秒钟的精彩内容时，他手舞足蹈地模仿着凯利的动作。

我走到急救车前。金属车身热得烫手。医护人员正在接凯利脱臼的右臂。他的衬衫看上去很干净，但皱成了一团。医生给凯利的肩膀做了推拿，他肯定疼得要命，但看上去无比开心，与绕桶赛手女友分手带来的痛苦似乎彻底消失了。看到他垂下的手臂，我的心像被揪了一下。几个女孩走了进来，她们剪裁考究的衬衫与更加紧身的蓝色牛仔裤搭配得非常好，腰间系着银色饰钉腰带，裤脚塞在做工华丽的牛仔靴里。我的家人怎么会错过这么精彩的表演呢？一个羞涩的女孩站在这群人的后面，她的乌黑头发和宛若宝石的绿色眼睛引起了凯利的注意。他朝她笑了笑，然后挥手向所有的爱慕者致意。

医生最后一次转动他的肩膀，让他的肱骨球头滑回肩胛骨的关节盂中，凯利咬着牙没有发出声音。这些姑娘也在牧场干活，因此比我更习惯这种痛苦。她们满脸敬畏，挤得更近了。但我感觉到胃部一阵翻腾，所以我朝门口走去。

成为众人的关注点让凯利有点儿不知所措。他朝我喊道:"嗨,苏西,这么热的天,你还是骑车过来的吗?"他咧着嘴笑。黑头发的女孩一定察觉了我是他的姐姐,因为她后退了一点儿,为我们两个人的交流腾出了时间和空间。其他的女孩都走开了。

"是的,但是我出发得早。"我靠在木制医疗台上离他很近的位置。

"这已经是第二次了。医生说以后我很容易胳膊脱臼。"

"你会恢复好的。"我不想让他放弃,他正在不断进步。从我们小时候起,我就没见过他这么充满活力的样子。

凯利笑了。他不顾疼痛,左臂做了个曲臂动作,以证明我是对的。"你看起来也挺好的。"他说。

能和他正常交谈,我感到心情舒畅。我们父母的婚姻破裂后,凯利比我过得还糟。他年龄比我小,在父母都住进医院后,他是我们中唯一还住在家里的那个人。我去病房看母亲时,她竭力让我放心,说她会好起来的。但她说不清自己为什么住院,因此我不相信她的病情正在好转。父亲出院回到他的公寓后,整天抽烟,对着墙壁发呆。我想冲着他们怒吼,让他们振作起来,但我更想哭。在他们康复前,凯利从妈妈家搬到爸爸家,在他们康复后又搬了回去。他迫切希望能稳定下来,顺利地完成他的中学学业。他带爸爸去钓鱼,带妈妈去滑雪,但他无法帮助他们摆脱悲伤情绪。凯利经常因为沮丧而发脾气,无缘无故地大喊大叫。有一次他在修他的卡车时,我不小心按了喇叭,他就冲出车库,冲我吼起来。与此同时,正在上大学的萝宾没有安心学习,而是休了一年的假去旅行。我们都想从对方那里得到安慰，但作为无家可归的年轻人，我们都自顾不暇。

20 世纪 80 年代末，二十五六岁的凯利在加拿大福克兰牛仔竞技大赛中参加骑牛比赛

但是和凯利一起待在牛仔竞技场上，让我想起了我们过去在树林里搭帐篷、在林间小路上骑行的那些日子。

那个黑发女孩耐心地站在旁边。凯利问她叫什么名字，但她还没来得及回答，急救车就晃动了起来。韦恩舅舅一头冲进来，大声喊道："你竟然抽中了整个竞技场上最暴烈的公牛！"他的花式皮带扣有饭盘那么大，图案是一头长角牛。

"是啊，那个家伙比厕所里的老鼠还疯狂，"凯利一边把烟丝吐进痰盂，一边说，"挣点儿奖金不容易啊。"

"那头公牛很帅吧，苏珊？"韦恩舅舅用低沉的声音问我。他总是记错我的名字。我点了点头，表示同意。他看着那个女孩说："嗨，舍恩，马上就轮到你上场套小牛了，我已经等不及想看你的精彩表演了。你爸爸怎么样？还在商店工作吗？"那家商店位于一条旧淘金道路的岔路口，从那儿经过的人经常会停下来歇息一会儿，还可以给车加油。

"他很好。"她回答道。对于韦恩如此了解她的家庭情况，她显得有些惊讶。韦恩就是一个"包打听"。

"我有个朋友住在拉克拉阿什，离那家商店不远。"我插了一句，不知道还能说些什么。

这时，另一个女孩走了进来，给了凯利一些阿司匹林。舍恩快步向出口走去，凯利目送着她，直到她的背影消失。据我所知，他再也没有见到过她，但我永远感激她那天给他的一切：毫不掩饰的尊敬、赞许和喜爱。她突然希望从那儿逃离的心理，与经常出现在我心里的冲动如出一辙。凯利知道，在某些场合像我这样的人恨不得凭空消失，我也知道他有时候会觉得周围的变化太快，就好像他晚出生了一个世纪。我想把那朵马勃掏出来给凯利看，但又不想让他在韦恩舅舅面前尴尬，所以我戳了戳他没有受伤的二头肌，向他道别。

"嘿，"他说，"谢谢你冒着酷暑骑这么远来看我。"

"我想来就来。"我也笑着说，"你的下一次竞技表演在哪里？也许我还能赶过去呢。"

"奥马克、韦纳奇和普尔曼这三个小镇，"他说，"一个周末就搞定了。"

"天啊,"我回答说,"太远了。祝你好运。下次近一些的话,我再找你。"尽管还有很多话要说,但说到这里,我们都不知道说什么了。

凯利向我脱帽致意,然后又开始嚼烟草。

我蹬着自行车,穿过花旗松林,朝着我的大众甲壳虫车疾驰而去。只要用衣架把变速杆固定在适当的位置,这辆车还能平稳地跑起来。明天一大早,我就要赶到伍德兰兹办公室。一想到自己面临幼苗问题的困扰,却不好意思向凯利请教,我就有些后悔。凯利肯定会认真考虑,然后想出一个我永远想不到的答案。就像有一次我们骑马的时候,我的缰绳断了,他用三叶杨的枝条编织成绳子,帮我解决了问题。我能在家附近的松林里找到美味的草莓,而他可以给牛接生,为牛马烧灼伤口,帮它们消毒。遇到问题时,他善于根据事物的基本规律,提出一些奇思妙想。用三言两语解释清楚后,他就会笑一笑,然后再也不说话了。

骑车到半路,我突然觉得饿了,于是停下车,在一棵花旗松下吃起司三明治。一只松鼠一边冲着我叽叽咕咕叫着,一边以蜂鸟的节奏,快速地啃食着一块包裹着黑色外皮的巧克力色松露。那是它从这棵花旗松下的泥土里挖出来的。地面上有好几个洞穴,洞口边是它新挖出来的一堆堆泥土。

"我不会把三明治分给你的，"我说，"你有松露。"我两三口吃完三明治，赶走松鼠，并从自行车车篮里拿出刀，在其中一个洞穴的周围开始挖掘。松鼠跑回它的窝里，一边大声地叫着，一边嚼着松露。随着它的咀嚼，孢子四处飞舞。

黏土质地坚硬，分成好几层，每层都覆盖有辐射状的黑色真菌丝。我拿起一团黏土放到眼前，发现那些细小的菌丝直接插到了土壤的孔隙中。用刀把它划开后，我看到每一层都覆盖着真菌丝织成的网络。我的刀扎到一个松软的部位，感觉就像扎到了煮熟的土豆。我继续往下挖，直到一块黑色的圆形松露出现在我的眼前。它的黑色外皮裂开了。我就像在考古挖掘中寻找骨头碎片一样，小心翼翼地清扫着松露周围的泥土，直到我能用手把它的茎整个包住为止。

当洞挖掘的面积像我的脚那么大时，我发现有真菌丝从松露上伸出来。它看起来像一根黑色脐带，粗粗的，很结实，由多根真菌丝缠绕而成，就像五朔节花柱上缠绕的丝带一样。这些真菌丝先是呈辐射状分布，将一层层黑色黏土结合到一起，然后相互缠绕，形成一根菌索。这根绳子被黏土包裹，所以我继续挖掘，看看它去了哪里。顺着它挖了大约15分钟后，一大蓬白中带紫的肥厚花旗松根尖出现在我的眼前。我用刀捅了捅这些根尖，它们和蘑菇一样柔软，质地也差不多。

我盯着挖开的地方，脑子转个不停。那根菌索将被真菌包裹的花旗松根尖与松露连接起来。在黏土孔隙中呈辐射状分布的那些菌丝也来自这些根尖。

松露、菌索、呈辐射状分布的菌丝和根尖形成了一个整体。

真菌生长在这棵健康的树的根部。不仅如此,它还在地下长出了一朵蘑菇——松露。因为树和真菌之间的紧密关系,真菌结出了果实。

我呼了一口气,摇晃着站起来。因为根尖被真菌包裹,所以根尖汲取的所有水分,以及溶解在这些水分中的任何物质(如营养成分),都要经过真菌的过滤——它似乎装备有在根与土壤水分之间建立联系所需的全部工具。真菌延伸出来的部分,包括松露、菌索以及超细菌丝渗透到土壤孔隙中形成的辐射结构,在地下形成了一个完整的整体。土壤孔隙中的水分与土壤结合得十分紧密,而菌丝又非常细,因此需要上百万条菌丝共同努力,才能从土壤中汲取一滴水。呈辐射分布的菌丝从土壤孔隙中吸收的水分被输送到一缕缕菌丝形成的菌索,再由菌索传递到附着的松树根部。

但是,为什么真菌会把水分让给树根呢?也许是因为树的水分通过它的气孔蒸腾后导致体内水分不足,于是树根像吸尘器一样,或者就像口渴的孩子用吸管喝水那样,从真菌那里汲取水分。这个精致的地下菌系看起来就像是一条生命线,为树和土壤中珍稀的水分建立了联系。

当了半个小时的临时考古学家后,我得赶紧走了。我用包三明治的蜡纸把松露、菌索以及菌丝附着的根尖包好,然后把这些宝贝放进我那久经风霜的自行车筐里。我跳上自行车,向松鼠挥手告别,它还在尽情享用松露。我使劲蹬着车,在黄昏时骑到了我的大众甲壳虫旁边。我用绳子把自行车绑在车顶,然后穿上一件运动衫。一只自行车轮子挂在前面,另一只轮子挂在后面,那辆蓝色的老甲壳虫汽车看上去就像长出了一对蝴蝶翅膀。

我沿着弗雷泽河畔蜿蜒曲折的道路,朝利卢埃特驶去。由于疲劳,我开始打盹儿,不时地被想象中跑上公路的鹿惊醒过来。就这样,我在午夜前到达公司的宿舍。我蹑手蹑脚地走过走廊,从另外4名暑假打工学生的狭小卧室前走过,这些年轻小伙子已经睡着了。走进自己简陋的卧室后,我四处寻找从图书馆借来的那本有关蘑菇的书。我的卧室看上去就像一个步入式壁橱,里面的东西杂乱无章。我真希望我继承了父亲的一丝不苟。找到了!那本书被一堆牛仔裤和T恤衫压在下面。

我快速翻看了一遍这本书。马勃属于豆马勃属(*Pisolithus*),珊瑚菌属于珊瑚菌属(*Clavaria*)。我打开蜡纸包裹的宝贝,和那些图片一一比较。其实它并非松露,而是隶属须腹菌属(*Rhizopogon*),是与松露完全不同的物种,它在整个生命周期都生活在地下。因为疲劳,我的视线已经模糊不清了。这本书对每种真菌都有描述。在描述每种真菌时,书页的底部有一个脚注,用几乎看不清的小字写着"菌根真菌"。

我翻到词汇表。菌根真菌会与植物形成一种生死攸关的关系。如果没有这种伙伴关系,真菌和植物都无法生存。我采摘的那三种奇特的蘑菇都是这类真菌的子实体,它们从土壤中吸收水分和养分,以交换它们的植物伙伴通过光合作用产生的糖分。

双向交换,互利共生。

尽管眼皮沉重，但我还是把这些文字又读了一遍。对植物来说，培养真菌的效果好于培养更发达的根系，因为真菌的细胞壁很薄，不含纤维素和木质素，形成细胞壁所需的能量也少得多。菌根真菌的菌丝生长在植物根部的细胞之间，它们的海绵状细胞壁紧贴着较厚的植物细胞壁。真菌细胞就像厨师头上的发网一样，呈网状分布在每个植物细胞周围。植物通过其细胞壁将光合作用产生的糖传递给相邻的真菌细胞。有了这些糖分，真菌才能在土壤中布置真菌丝网，吸收水分和营养物质。作为回报，真菌通过紧紧贴在一起的多层真菌和植物细胞壁，将这些土壤中的资源回馈给植物，形成一种双向市场交换机制。

菌根的专业名词是*mycorrhiza*。怎么记住这个词呢？myco表示真菌，rhiza表示根，因此mycorrhiza的意思就是菌根，可以按照my-core-rise-ah这个读音来记。

哦，我想起来了，在某堂关于土壤的课上，教授提到过菌根。那是一堂农学课，而不是林学课，教授提到这个概念时只是一带而过，所以我没有做任何笔记。科学家最近发现，菌根真菌有助于粮食作物的生长，因为真菌可以获取植物无法获得的稀缺矿物质、营养物质和水。如果添加富含矿物质和营养物质的肥料，或者通过灌溉等方式精心照料，就会导致这些真菌消失。当植物不需要花精力投资真菌以满足自己的需求时，它们就会切断资源的流动。林务员并不认为菌根真菌对树木有那么大的帮助，至少不认为需要大肆宣扬它们的帮助作用，但他们也曾想过给苗木接种真菌孢子，看看是否有助于新芽的生长。但是由于效果不稳定，因此他们认为与培养健康的菌根相比，施肥这个办法要简单得多。人性的这个特点让我苦笑不已，我们总是那么急功近利。

其实，只要我们愿意多花点儿精力，就可以培养出高度协同进化的菌根关系。这是一种可持续的方法，但林务员根本没考虑到菌根。不仅如此，他们还在苗圃中施肥、灌溉，这给菌根带来了灭顶之灾。他们只关注那些破坏或杀死大树的真菌，也就是致病真菌。这些寄生真菌会感染根和茎，破坏木材，有时还会杀死树木。致病真菌可以在短时间内让伐木业蒙受巨大的经济损失。林业学院的教授们还教了我们关于腐生真菌（分解死亡物质的真菌）的知识，因为它们显然在营养成分的循环中起到了至关重要的作用。如果没有腐生真菌，森林就会因腐质堆积而无法正常运行，就像垃圾堆积会导致城镇无法正常运行一样。

但与致病真菌和腐生真菌相比，菌根真菌的作用并没有引起重视。然而，对于我的人造林里那些可怜的幼苗来说，它们似乎就是这些幼苗缺失的能决定生死的一环。栽种幼苗时，仅仅把没有菌根真菌的裸根栽到土壤中是不够的。树木似乎也需要这些有益的真菌共生体。

我背靠着墙坐在垫子上，盯着那三朵形状奇特的蘑菇。那本蘑菇书告诉我，它们就是菌根真菌，是植物的帮手。我又读了几段文字，发现其中一段特别令人吃惊。这种菌根共生被认为是大约7亿年前古代植物从海洋迁移到陆地的原因。有了这些真菌共生体后，植物可以从贫瘠、不适宜居住的岩石中获得足够的营养,从而在陆地上生存下来。这些作者认为这种合作关系对于进化而言具有至关重要的意义。

那么,为什么林务员总是一味强调竞争关系呢?

我把这段文字反复读了好几遍。皆伐区黄化苗的根部都是光秃秃的,这似乎是在告诉我它们生病的原因。有一团团孢子的珊瑚真菌和长有柔软菌丝的马勃也许知道答案,亚高山冷杉根部的黄色蛛网状细丝可能也知道答案。上个周末,我把这本书浏览了一遍,我知道那株煎饼状蘑菇是牛肝菌,但我没有注意到它是菌根真菌、腐生菌还是致病菌。因此,我又读了一遍对牛肝菌的描述。

牛肝菌也是一种菌根真菌,是植物的合作伙伴、中介和帮手!

也许从土壤中消失的那些真菌是弄清我的那些幼苗为什么垂死的关键。业界知道如何栽种在苗圃中培育的幼苗,但完全忽视了苗木与菌根的合作关系也需要培育。

我走到厨房去拿啤酒。谢天谢地,小伙子们在冰箱里留了几罐加拿大啤酒,旁边是牛排和培根。保鲜盒里装着奶酪、萨拉米香肠和卷心莴苣,为第二天午餐准备的切片白面包和饼干摆在亚宝来橱柜上。整个厨房十分整洁。我多么希望凯利就住在附近,那样的话他就可以和我一起思考这个难题了。现在,他可能已经回到威廉姆斯湖,准备明天早上开始给马钉上马蹄铁,尽管我几乎可以肯定他的伤势不允许他这样做。

一只飞蛾扑打着翅膀,在天花板上闪烁的灯泡周围飞来飞去。一列火车鸣着汽笛,沿着弗雷泽河岸呼啸而过。每晚都有两列火车沿着淘金路向北行驶，这是今天的第一列。我很庆幸自己不用做这种夜班工作。我坐到床上，黏糊糊的膝盖上盖着一条旧床单。我一边喝着啤酒，一边心不在焉地撕掉啤酒瓶上的标签。马勃、珊瑚真菌和煎饼状蘑菇可以帮助树木相互扶持。但它们是如何做到的呢？喝完啤酒、关了灯后，我躺了下来。尽管浑身酸痛，但我的大脑仍在高速运转。

那些濒死的幼苗没有菌根真菌，这意味着它们得不到足够的营养。健康幼苗的根尖被五颜六色的地下真菌网络覆盖，这有助于它们获取溶解在土壤水分中的营养物质。这个发现令人兴奋，但其中还有一些东西我没有弄明白。我想起了今天看到的那些树，那些在极为干燥的内陆山区的沟壑中成片生长的花旗松，还有那些聚集在高海拔的山丘上，仿佛要逃离寒冷潮湿的春天土壤的有柔软针叶的亚高山冷杉。聚集在一起（无论是生长在低地还是高山），对它们的生存有什么益处呢？在这些艰苦环境中，树木之所以聚集在一起，也许在一定程度上是因为真菌。真菌把这些树木聚集在一起，以实现一个共同目的，那就是茁壮成长。

我可以肯定，我的这些发现非常重要，有可能帮助遇到麻烦的人造林恢复健康。

出于某些原因，树苗上必须有大量菌根真菌，才能从土壤中获得资源。如果我能找到证据支持这个发现，我就需要说服公司做出彻底改变。这似乎不太可能，因为我连说服我的老板泰德在新砍伐的博尔德溪皆伐区种植混合树种都做不到。如果生存的关键是合作而不是竞争，我又该如何验证呢？

我把破损的推拉窗推上去，让风沿着宿舍后面陡峭的山坡吹进来，轻抚我的双臂。随着那一阵阵的微风，房间里开始充斥着树木的气味和小溪的声音。凯利的肩膀伤势严重，双手也疼痛难忍，这是他用力抓那根绳子造成的。我们为什么要不断超越极限，让自己变得更强呢？苦难为什么能让我们的关系更加紧密呢？每到傍晚，土地、森林和河流就会携手合作，慷慨地为我们送来阵阵清新的空气，让我们心平气和地度过一个个夜晚。我喜欢这一切。被古老森林净化过的空气在空中盘旋，顺山而下，吹走尘世留给我的尘埃。

第4章

陷入困境

那是我的22岁生日,我一心想着在北美西部最荒凉的山林庆祝自己的这个生日。仅仅一年之后,凯利的肩伤就彻底痊愈了,他又回到了牛仔竞技场上。那天,我是和朋友琼一起度过的。我们把目光投向了斯特林溪上游的高山。斯特林溪是斯泰因河南岸的第一条支流。斯泰因河全长75千米,向东流入位于不列颠哥伦比亚省利卢埃特市的一条大河,也就是弗雷泽河。我们在公司所在地利卢埃特市的南边,离市区仅有60千米。由利卢埃特向东北方向1 000千米就是弗雷泽河在落基山脉中的源头,向西南300多千米就是弗雷泽河位于温哥华海岸的终点。这个地方牢牢地吸引住了我,我觉得它有一种神秘的能量。我和琼是在5月份认识的。我们都在不列颠哥伦比亚林务局找了一份暑期工作,我在流动砍伐公司工作,当时正在休假,她在夏洛特皇后群岛的一家伐木公司工作,同样在休假。她在大学课堂上就已经注意到了我,但我生性安静,因此她以为我是说法语的交换生。那年夏天,我们很幸运地加入了一个生态学家团队,帮助不列颠哥伦比亚省利用政府的生态系统分类体系，对南部内陆高原的植物、藓类、地衣、蘑菇、土壤、岩石、鸟类和动物进行分类。工作了短短几个月后，我们就已经了解了数百个物种。

我们站在斯泰因河口。河水翻着白色浪花，在这里汇入斯特林溪，然后流入弗雷泽河。一想到未来10年斯泰因河流域砍伐计划，我就感到有点儿不安。我亲眼看到过人们在整条山谷中实施皆伐的场景。我跟在伐木工人后面，他们每完成一个区域的皆伐，我就会写出用小树苗进行复植的建议，然后前往下一个砍伐区。我越来越恐慌，因为我热爱林业，与此同时，眼前发生的这一切令我非常气愤。正是在这种茫然无措的情况下，我开始考虑下个周末是否要去斯泰因河北岸支流得克萨斯溪参加抗议活动。如果被发现参加这类活动，我可能会被解雇。

1983年，在不列颠哥伦比亚省利卢埃特附近丛林中工作的琼（24岁）。围在她腰部的臀链用于测量地块之间的距离，以便计算复植树木的数量。停车点边缘的树是颤杨，斜坡上的是花旗松。图中的车就是在我评估那些黄化小树苗时陷在泥坑里的那辆卡车

琼把地形图铺在她那辆车的引擎盖上。山谷主体比较狭窄，岩石密布，水从中间流过。在山谷两侧，恩拉卡帕穆克斯人几千年来来回行走留下

的小径彼此交错。"我在那儿看到过象形文字。"琼指着地图上的一处瀑布说,"是他们用红赭石画的狼、熊、乌鸦和老鹰。刚成年的年轻人喜欢跑到瀑布前面唱歌、跳舞。在梦中,他们会看到鸟儿或动物形状的守护神。他们会获得耐力、力量,不畏艰险,还可以变形,比如变成鹿。有一个故事说,如果一个人变成了鹿,这个部落就可以杀死并吃掉他;如果把他的骨头扔进水里,还会变回一个人。"

"别开玩笑。"我敬畏地看着她,"鹿真的是人吗?"

"是的。海岸萨利希人认为树木也有人格。它们告诫我们,森林是由多个部落组成的,所有部落和平共处,都在为我们这个世界做贡献。"

"树和我们人类一样?它们还会对我们提出告诫?"我问。琼是怎么知道的呢?

她点了点头。"海岸萨利希人说,这些树不仅向人类展示了它们形成的共生关系,还告诉我们森林地面下的真菌可以让树木彼此之间建立联系,帮助树木茁壮成长。"

听到我对真菌的猜想与那些关于自然界的猜想不谋而合之后,我尽量不表现出内心的惊讶,但我真的不敢相信在生日这天竟然能收到这样一份神奇的礼物。

我们带了葡萄酒、粥、金枪鱼砂锅菜和一包准备用营火烘焙的巧克力蛋糕。琼带上了细尼龙绳,好把这些食物吊到树上,以免被熊偷走。我带了植物指南。我们紧了紧登山靴,把30磅重的背包背到后背。我拉紧肩带(尽管缠上了管道胶带,勒在双肩上仍然很疼）和臀带。我们必须在天黑前赶到目的地。

黄松的不远处，有一株株穗序冰草，它们的种子交替地扣住主茎的两边，就像攀爬绳子的双手一样。为了应对干旱，几蓬羽毛状野胡萝卜花长到了膝盖那么高。听过那个树木之间有联系的故事后，我开始怀疑这条小路上的草、花和灌木也是菌根植物。除了少数几种植物（例如农场种植的那些植物，它们要么本来就是非菌根植物，要么就是有人给它们灌溉、施肥）以外，世界上所有的植物都需要真菌的帮助，才能吸收到生存所需的水分和养分。我拔起几束叶鞘呈浅蓝绿色的丛生禾草。我本以为它们的根尖也有我在那些健康树苗根部看到的五颜六色的肥厚真菌，映入眼帘的却是浓密的扇形根状茎，松松垮垮地垂在那里，看上去光秃秃的，就像是精致的纤维拖把。随后，我查看了一簇长得比较高的羊茅草。草种上毛茸茸的芒在我的小臂上挠痒痒。它们的根也是光秃秃的。刺状六月禾的根状茎同样如此。我失望地把那些草扔到小路上。

我们爬到一些间距较大的花旗松旁边，它们的枝丫向外伸展，颇有橡树的气势。这片森林比较潮湿。花旗松树冠下长有浓密的红拂子茅。与我们在黄松附近看到的那些穗序冰草相比，它们的叶片更鲜艳、更绿，也更多。我抓住一丛红拂子茅的浅红色草茎，想把它拔起来。手上突然一松，我一下子倒在背包上，就像一只四脚朝天的乌龟。红拂子茅的根更细，看上去乱蓬蓬的，像纤维一样，根尖光秃秃的，它们看起来不可能是菌根植物。

"你到底在干什么，修剪草坪吗？"琼咧嘴笑着说。

"我在找菌根,但这些根看起来都是光秃秃的。"我说。

琼扔给我一个单片眼镜大小的金属边手持放大镜,我眯起眼睛,仔细查看放大镜下面的草根。"这些草根似乎有点儿肥,"我说,"但不像花旗松的菌根根尖。"我在我的植物手册里找到了红拂子茅的描述。脚注里有"丛枝菌根"这几个字,同时指出只有用染料染色并放在显微镜下才能看到它们。

我翻到描述花旗松的那一页,看到脚注里有"外生菌根"这几个字。

我盯着手里的草根,它们就像一团打架时扯下来的头发。我真希望能看到根尖上长着什么东西。我敢发誓它们看起来有点儿膨胀。

"怪不得搞得我稀里糊涂的呢。"我一边翻阅着书,一边对琼抱怨。草类的丛枝菌根真菌只生长在根部细胞内部,是看不见的。这与树和灌木的外生菌根真菌不同,后者就像双层绒线帽一样,长在根部细胞的外面。太阳已经升高了,我们必须继续前进,否则等到天黑就会迷路。但我不敢相信我从书中看到的那些文字:"这有点儿恶心。丛枝菌根真菌直接穿过草的细胞壁,进入细胞质和细胞器所在的位置,就好像它们能穿过皮肤,一直长到内脏里。"

"就像癣一样?"琼问道。

"不完全一样。菌根真菌不是寄生虫,而是一个帮手。"我解释说,在植物细胞内,真菌会长成橡树的形状。"嗯,它会形成一种树冠状的波浪形薄膜。"

琼仿佛化身成了亲爱的华生。她把手指举向空中，指出这就是它们被称为丛枝菌根的原因。"树是乔木，"她说，"但是为什么草的菌根与树的菌根不一样呢？"

我耸了耸肩。书中说，乔木形状的膜的表面积很大，所以真菌可以用磷和水与植物交换糖，这有利于植物适应干燥气候和含磷量低的土壤。

我把树根扔到那片红拂子茅上。我们爬过高大的花旗松林，踏上了高原上一条平坦的小径。除了林下层奇形怪状的多刺云杉和叶绿色锡特卡桤木，这片森林里基本上都是瘦削的美国黑松。这种树的树干笔直，搭建乡间小屋时用来支撑屋顶的效果非常好，因此得名。①它们的树干上没有树枝，高高的树冠又小又密，不会影响到邻近的树木。

我拾起一根烧焦的木头，惊讶地发现这根不重的木头竟然很硬，好像石化了一样。它可能是一场大火遗留下来的。大火使松果裂开，于是有了这片树丛。只有当松果鳞片上的树脂开始融化时，美国黑松的球果才会张开。由于气候凉爽干燥，雷击频繁，因此这些山地森林每百年就会发生一次火灾。大火会席卷整片树林，烧毁上层植被。分散的桤木有助于补充野火消耗的氮。它们的根部有一种特殊的共生细菌，可以将氮气变回植物和树木可以利用的形式。如果没有反复发生的火灾，这些喜光的松树在100年后就会自然消亡，而耐阴的云杉最终会占据树冠层，这是

---

① 美国黑松的英文名称为"lodgepole pine"，意思是"屋柱松"。——译者注

事物的自然演替。

在红拂子茅包围的灌木丛中，生长有茂盛的越橘。我查看了它们的根尖，发现也是光秃秃的。它们的菌根帮手属于另一类——杜鹃花类菌根，这类真菌会在植物细胞内长成螺旋状，让我想起了妈妈以前给我扎头发时使用的发卷。再往前走，我看到一株幽灵般的蜡白色植物，叶子半透明，盔状花冠就像一把闪闪发光的剑插在灌木丛中。翻看了几分钟的书后，我们确定这是一种寄生在绿色植物上的幽灵之花——水晶兰，它本身是没有叶绿素的。水晶兰会形成一种特殊的菌根，叫作水晶兰类菌根。我们发出了一声介于笑与呻吟之间的惊叹，因为这又是一个新的类型。到底有多少种菌根啊？水晶兰类菌根与外生菌根相似，都会在根尖的外面形成真菌帽，但它们还会像丛枝菌根和杜鹃花类菌根那样在植物细胞内部生长，因此可能是一个中间过渡类型。水晶兰类菌根也会生长在树根上，窃取它们的碳。

琼开玩笑地说："真菌不是法国人的主要食物吗？他们甚至会吃致幻蘑菇吧？你产生幻觉了。"她说那瓶酒越来越重了，但她和我一样笑得很开心。

在登高了1千米、行走了10千米之后，我们来到了第一个岩滑堆前。沿着碎石堆一路往下，长满了斯考勒氏柳树和锡特卡桤木，这为熊提供了一个很好的栖息地。险峭的刃脊顶部阳光充沛，底部有一间矿工小屋，里面栖息着许多老鼠和松鼠。小屋只有一个房间，是用松木和钉子搭建的，旁边还开辟了一个园子，可能是用来种土豆和胡萝卜的，也有可能是用来埋葬死人的。尽管头皮发麻，但我们饿坏了。琼拿出制作三明治的原料。我们有完善的三明治制作技术，可以在几秒钟内用奶酪和裸麦粗面包做出不会散开的三明治。一想到幽灵之花水晶兰正从森林边缘向我们爬过来，我就觉得这个地方阴森森的。就在这时，琼突然说："过去可能有矿工死在这里。"

她总是在我想咽下嘴里的东西时说出诸如此类的话。

我们再次出发，前面还有几十段迂回曲折的道路在等着我们。在一个之字形路口，瀑布的雾气如雨点般洒向我们，路边的岩石上长满了长长的苔藓。树龄较小的瘦削黑松越来越稀疏，逐渐被树龄较大的亚高山冷杉和恩氏云杉所取代。约下午3点，我们转过最后一道弯，来到了山间悬谷中的一片平地。一条小溪从断崖上直冲而下。我们站在瀑布顶上，张开双臂，感受迎面扑来的清凉空气和脚底下的岩壁。高山距离我们只有几个小时的路程。

我环顾四周，从我们脚底一直到头顶几千米高的积雪峭壁，一路上碧草如茵。冰雪和强风把亚高山冷杉的树冠塑造成锥形，仿佛一根根手指。随着高度增加，它们逐渐消失在高山岩石中。在靠近小溪的地方，亚高山冷杉和恩氏云杉更加密集，树苗在冰雪、闪电和狂风造成的岩缝中冒出了头。

"我想去那儿过生日。"我指着山脊说。

在呼啸而下的小溪旁边，翠绿的桤木和柔韧的柳树掩映着一条小路，看起来好像很久都没有人走过了。我们想快点儿走，但那条小路有不同的意见。淤泥沾满了我们的靴子，把我们困在洼地里。每隔10多米,就会有木头横在路上,我们只能从木头上方爬过去,或者从木头下面钻过去。刺人参在我们的胳膊上留下了一道道伤痕。转过一个弯后,琼在一堆熊粪前停了下来。它的面积有装火鸡的盘子那么大。"这是灰熊的粪,"她说,"黑熊的粪便没有这么多。"

熊粪上沾着亮晶晶的越橘和青草。我们一边不停地喊着,一边在桤木和柳树间钻来钻去,然后又找到了一堆粪便。这堆粪便更多、更新。

琼摸了摸粪便。"已经冷了,但没有变硬。"她低声说,"大约有一天了。"

"我有点儿害怕。"我说。不仅如此,小溪边声音嘈杂,灌木丛生,除非我们直接跟到熊的面前,否则它都看不到我们。今年夏初,琼已经救过我一次了。当时,我们在温哥华岛西海岸步道上的楚西艾特瀑布。因为被潮水困住了,我们面临着被冲进海里的危险。我不够强壮,爬不上那10米高的悬崖,所以她用一只胳膊抱着我,一路拉着我爬到悬崖上。我还背着一个背包,加在一起约有68千克重。

"我们再往前走一点儿,我真的很想在山上过生日。"我说。但是又转过一个弯后,我的心一下子提了起来。泥地里有几个脚印,脚印的深度足以没过我的脚踝,像我的小臂那么长。距离脚趾印末端大约一指的距离,还有深深的爪印。

"肯定是灰熊,"琼大声说道,"这些爪印很大。看看这些树。"

在小溪旁边笔挺的三叶杨上，可以看到新鲜的爪印。5条笔直的爪痕平行分布，每一条都有一米长。清澈的汁液从这些新鲜的白色爪痕中流出，就像伤口流出的鲜血。一株两米高的牛防风草被连根拔起，破损的叶子正在渗出有毒的化学物质。自从我认识琼以来，我还是第一次看到她害怕的样子。

"快走！"我叫道。我们可以待在矿工小屋里。毫无疑问，我们在这里待得太久，已经不受欢迎了。我解开腰带上的熊角，和琼一起跑向弯道。因为我们没有把肩带调整成下坡模式，所以沉重的背包不断地碰撞着后背。傍晚时分，我们赶到了小屋，它比我记忆中的还要破，松木之间有缝隙，门窗上覆盖着破烂的塑料布。尽管如此，它还是比我们的帐篷安全。

为了忘掉恐惧，我们开始做蛋糕。我们在琼的煎锅里加入水和奶粉，搅拌好做蛋糕的原料，用锡纸盖上，然后放在琼的野营炉上烘烤。看到锅边冒起泡泡，我们笑了起来。庆祝活动开始了。我们在星空下喝着红酒，吃着热巧克力蛋糕，像朝着月亮嚎叫的狼那样大声唱着"生日快乐"。恩拉卡帕穆克斯人说一个人化身为狼后，就会得到勇气和力量。

我们坐在营火旁，一直聊到深夜。在我们那次西海岸徒步之旅以后，琼一直在与抑郁斗争。我们谈论了有可能终结生命的悲伤和恐惧情绪。当我父母的婚姻破裂、我第一次被不可动摇的忧郁所困扰时，我充分体会到了这种感觉。生活中的困扰使我的头脑一片混乱。琼说，她有时觉得自己就像正在慈善机构里与疾病斗争的母亲一样。我给酒杯倒满酒。随着酒精在血管里流动，天上的星星似乎都变得更加明亮了。我们谈论了一些两人都有的、通过一些小事解决问题的习惯,例如:列出"起床""刷牙"等诸如此类的小任务,以不断给自己成就感;在陡峭的山路上骑自行车,一直骑到筋疲力尽;在阳光下沿着山脊线徒步行走,对着阳光开心地笑。与她经历过的难事相比,我遇到的那些困难根本不值一提。我真心希望琼一切顺利。

最后,我们浇灭了火,回到漆黑的小屋里。借着头灯微弱的光,我们把睡袋铺在松木床上。我拉上睡袋的拉链,拼命往里面钻,仿佛它能让我免受寒冷之外的伤害。

第二天早上,在琼准备早餐时,我来到一个碧绿的水塘边洗脸。我环顾四周,看看树林里是否有灰熊的踪迹。周围一片沉寂,在一大串甘草蕨覆盖的岩壁底部,有一小块腐殖质,上面长出了一簇黑色细茎的铁线蕨。我捧起水洗脸。腐殖质的缝隙中长

1982年,我在斯特林溪的矿工小屋吃早餐,时年22岁

有蹄盖蕨，而树荫笼罩的高处则到处都是纤小的羽节蕨。就像达尔文雀类一样，这些蕨类都找到了适合自己的位置。

突然，我闻到了一股强烈的腐烂气味，于是我四下张望。乔木和灌木纹丝不动，那些蕨类也很安静。我突然想到，那股气味是灰熊夜里拖过来储藏在这附近的腐肉的气味。

我急忙跑回屋，大声说道："琼！我们得离开这里！"

当暗淡的太阳从地平线上的山峰后面冉冉升起时，我们匆忙地背上背包。在池塘边的小路上，我们看到了鹿的腿骨。

我们一边顺着小路狂奔，一边声嘶力竭地唱着歌。几分钟后，我们就走进了那片黑松中。令人头疼的是，黑松瘦削的树干上没有树枝，即使爬上去，干枯的树皮也会划伤我们的腿。我拼命地想可以在哪里找到藏身之所。路上的每一个弯道，可能遇到的每一条小溪，每一根不高的树枝，都有可能是我们可以利用的逃生路线。沿着这片松林走了很长一段时间后，小路开始向下延伸，进入一片更高的花旗松林。

花旗松有粗大的树枝和柔软的禾草类下层植物，因此给我们一种友好安全的感觉。干燥的花旗松林并不是灰熊最喜欢的栖息地，它们更喜欢8月份的高海拔森林和高山草甸，因为那里比较凉爽，而且浆果已经成熟。我放松下来，和琼不紧不慢地向前走着。

我感觉到背包在不断往下滑，越背越沉。临时缠绕在右肩带的管道胶带已经磨损了，我拨弄着这些胶带，没有注意到面前的草和花正在起伏不已。突然，琼大喊一声："灰熊！"

在几米外，一只母熊和两只小熊正瞪着我们。我伸手去拿汽笛，但它不知掉到什么地方了。

熊和我们一样吃惊。它们离我们很近，我们都能闻到它们呼吸中的腐肉味。我们慢慢地退到最近的几棵树旁。琼放下背包，踩着树枝，往一棵花旗松上爬去。我趁着熊妈妈对着熊宝宝尖声长叫时，也抱住了旁边一棵树的树干。我的头就像攻城槌一样，不断顶开茂密的树枝。琼爬得比我足足高5米，我手脚并用，希望能赶上她的速度。如果爬得不够高，灰熊不费劲儿就能把我扯下来。血从我的脸上和手臂上的裂口和擦伤中涌出。令我担心的是，我爬的这棵树正在摇晃。琼爬的那棵树的树干粗大，因此她可以飞快地爬到树冠里。在匆忙中，我忘记丢弃背包了，而且选了一棵小得多的树！当我爬到不能再往上爬的高度时，树开始来回摇晃，我担心自己会掉到熊妈妈和她的幼崽们身上，它们正在我的脚底下徘徊。

熊妈妈瞪了我一会儿，然后把小熊送到了两棵黄松上，以保证在它对付我们时小熊能保持安全的距离。橙色的黄松树干没有树枝，但小熊很轻，而且它们的爪子很锋利。它们沿着树干往上爬，一直爬到比我们高得多的树冠里，才停下来休息。熊妈妈喷着鼻息，给它的幼崽下达指示。然后，它转过身来，用后腿直立起来，以便看得更清楚些。灰熊的视力不好是出了名的。发现我们逃不掉后，它在这4棵树之间来回活动。谢天谢地，尽管这里是它说了算，但我待在高高的树冠里。我的脚趾卡在树杈间，双手血流不止。我靠在树干上休息，树皮的温暖和针叶的芳香让我暂时平静下来。琼向我示意，然后朝那两头小熊点点头。它们不长的棕色毛发中露出黑眼睛，正盯着我们。琼忍不住对它们笑了笑。

几个小时过去了。我挪了挪脚，以缓解背部的疼痛，然后重新整理了一下背包。我担心我们会整夜都困在这里。幸运的是，因为一直在行走，我体内非常缺水，所以没有小便。我敢发誓，那两头小熊睡着了，但熊妈妈在严密监视着我们。

我希望我也能入睡，但我一直抖个不停。

我想起了妈妈，因为从黄松树皮上飘出的香草气息让我想起了她的厨房，我真想问她怎么摆脱这种困境。

琼的那棵树非常棒，不像我的这棵树摇晃不停，要么是因为琼比我更勇敢（我毫不怀疑这一点），要么就是那棵树更粗壮。它高大挺拔，气宇轩昂，真的像一位领导者。与周围的树相比，它的树冠更深、更大，庇护着下面那些小树。几百年来，从它身上掉落的树种不断进化。它的枝杈遮天蔽日，鸣鸟躲在里面栖息、筑巢，狼地衣和槲寄生也见缝插针，在这里扎下了根。这里还是松鼠的天堂（当然，它也需要这些松鼠）。它们在树干上跑来跑去寻找松果，然后藏到残枝败叶之中，作为以后的食物。它们还会把蘑菇挂在树枝上晒干再吃。这棵树单凭一己之力，就为多样性创造了条件，也推动了森林的循环。

我紧紧地抱住树干。小熊睡着后，熊妈妈也在黄松树下安顿下来。我颤抖的幅度小了一些，也没有那么恐惧了。在感受到这棵树带来的安全感后，我觉得自己慢慢地融入了树皮，融入了心材。我惊讶地发现躲在树枝中的自己是那么平静。一只啄木鸟正在啄着附近的一棵病树。随着树皮纷飞，它为自己的家庭准备好了一个新的树洞。隔壁的一棵死树上有一个更大的洞，看起来也像是啄木鸟啄出来的，但那个洞看上去更大、更粗糙，因为那棵树已经开始腐烂，洞的边缘也已经破损了。那个洞肯定不能帮助啄木鸟躲避捕食者。洞里有什么东西在动。随后，就看到一只猫头鹰将它的白脸和黄眼睛偷偷地探了出来。它扭头叫了一声，也许是冲着啄木鸟叫，也许是对这骚动感到好奇。啄木鸟和猫头鹰似乎彼此认识。两个邻居不仅分享了巢穴，还分享了警告信号。古老的树木见证了这一切。

落日的余晖照在树上。我的思绪飘向琼的背包里那些吃剩下的生日蛋糕。熊妈妈从黄松那儿走过来，在背包周围嗅来嗅去。

她喷着鼻息，发出了命令。嚓—嚓—嚓，小熊急急忙忙地从树上爬了下来，和妈妈一起穿过灌木丛。树叶在它们身后沙沙作响。

然后，周围一片沉寂。树枝被我压得下垂了，我想它们肯定希望我赶紧下去。

"你认为它们走了吗？"我压低声音问琼。

"我不知道，但我饿了。该离开这里了。"她开始往下滑。因为担心，我大叫起来，但琼说我们不能永远待在树上。她说得很有道理。

我也往下滑。琼刚落地，我的脚也落到了地面上。她看了看我擦伤的胳膊。让她想不到的是,她的伤口更深。"我们很幸运,它们没有闻到血的气味。"她一边说,一边检查她的背包。上面没有齿痕。她拉开其中一个有大象耳朵那么大的侧口袋的拉链。这是她感到自豪的一个原因:这些口袋使她的背包容量扩大了一倍。我们把剩下的蛋糕吃了下去。"我猜它们不喜欢吃巧克力。"琼坚持说她听到了山谷里有石头掉落的声音,这意味着我们安全了。

她藏身过的那棵树冷静而安详地目送我们离开。我瞥了一眼我藏身过的那棵树,发现它的顶枝依偎在琼那棵树的树冠下。我怀疑琼的那棵树是母亲树,因为大多数种子都落在附近,几乎都在百米之内的地面上。一些厚重的种子会被松鼠、金花鼠和鸟儿搬到相隔几条小溪和几个洼地的更远的地方。有的种子还能随着上升气流,附着在鸟类翅膀上飞过山谷,但这种情况非常少见。大多数种子会落在树冠边缘。琼的那棵老树可能是我那棵树的母亲树。它似乎在保护我的那棵树,也在保护我们所有人。我向它脱帽致谢,并低声说我会再来,以便进一步了解它。

我们边跑边敲着锅,还对着被我们甩在身后的灰熊高声喊叫。尽管身处险境,我却被一种新的心平气和的感觉笼罩,被来自那些老树(包括冷杉和黄松)的本能的、有形的、令人无法抗拒的智慧包围。我感觉到了森林各个组成部分之间是彼此相连的,本地居民早已深刻理解了这种关联性。在雷和我确定了利卢埃特山皆伐区的范围后,我曾为那些即将惨遭砍伐的古树而哭泣。一想到让500年树龄的古树陷入灭顶之灾,我就内疚不已。

高效率的皆伐给人一种不舒服的、脱离自然的感觉，并没有考虑那些更安静、更关乎全局、更具灵性的树木。

但我和琼来到森林是有原因的。这些树拯救了我们，我想知道自己能否帮助公司找到一种新的砍伐方式，在砍伐这些树木的同时保护好植物、动物，以及森林里的母亲树。也许我们可以成为这个行业的领导者。只要人们还需要木材和纸张，砍伐就不会停止，所以必须找到新的方法。我的祖父在砍伐时，总是让森林保持活力并且很快恢复过来，而且他不会碰那些母亲树。他从来都不富裕，但他与森林和平相处的生活丰富多彩。他只取他需要的东西，在他留下的空地里很快会长出新的树木。我很幸运，他让我看到了该如何保护森林——森林为我们提供了建造房屋的木材、造纸的纤维和治疗疾病的药物，与此同时我们得保护它。我想成为一名恪守这一职责的新型造林学家。

第二年夏天，我又回到了这家伐木公司，一直待到9月底大学毕业。但是，由于大雪提前降临山区，艰苦的野外工作中止了，我也失业了。我想完成种植意见书和种苗订单，但泰德说到第二年春天才会再雇用我，我希望他到时候能给我一个永久岗位。

一个星期后，我在坎卢普斯邮局前碰到了泰德。坎卢普斯是距北部森林100千米处的一个城市，我妈妈就住在那里。我向泰德问好并问他我没完成的办公室工作是如何安排的,他看起来好像要躲开的样子。他神情不安地笑了笑,然后说公司雇用了雷,让他编写整个冬季的造林意见书。他的眼神在闪躲,也没有做任何解释。

我做错什么了吗?肯定不是因为斯泰因山谷的抗议,因为最后我没有参加那次活动。我觉得我可以从行业内部更好地解决这些问题。肯定也不是因为我的表现不好,因为大家都知道,我学到的森林生态和造林方面的知识比其他任何学生都多——包括雷。那么,是因为我和他们合不来吗?

又一年的春天,泰德打电话给我,像他承诺的那样,他让我回去做季节性造林工作,但我拒绝了他。我想换一种野外工作的方式。我希望这种方式能让我更深入地了解森林中母亲树的神秘举止。

我没有想到的是,这需要我先学会如何给树下毒。

第 5 章

杀死土壤

"苏西,我害怕。"妈妈发出了一声尖叫。我们正小心翼翼地在岩滑堆中穿行,头顶上陡峭的岩壁只有山羊才能通过,巨石就像发生了连环碰撞的汽车一样散落在周围。我回头一看,发现她站在一块巨石上,正朝着身后的一个宽阔的隘口滑去。

我跳过岩石,抓住她背包的顶部,拉着她往前爬。我们身处里兹湖边的高山中。这是一个分水岭,东边是斯泰因山谷,西边是利卢埃特湖。尽管妈妈是在莫纳西山长大的,但她没有攀岩经验,我不由得自责起来。由于没有得到冬季造林的工作,我的心情很糟糕,我带妈妈来这里,一方面是我喜欢这里的风景,另一方面是想向她征求意见。但我有必要让她身临险境吗?如果她摔断了胳膊,那就糟糕了。

"我们休息一会儿吧,妈妈。"我说。妈妈大汗淋漓,连背包上的补丁都汗湿了。这次旅行让她兴奋不已,还特地用皮革把背包上的洞都补好了。这个背包是我送给她的,因为我买了一个更大的登山包,就像琼的那个背包。我拿出什锦干果,她专挑巧克力吃。停下来安慰她一会儿,也挺好的。

"我走过西海岸步道,苏西,"她说,"但我从来没有背着包,在跟保龄球差不多大的石头堆里走过。"

"是啊,背上背着20磅重的包,在圆形石头上很难保持平衡,"我说。我模仿走钢丝的样子,以表明我知道保持平衡的难度。"在爬的时候,你要调整背包位置,它就是压舱石。这跟滑雪非常像。就像在滑过雪坡时你需要调整重心一样,现在你必须根据石头的角度调整你的重心。"离婚后,妈妈成了一名滑雪爱好者,每年她都给我们买一张当地滑雪场的家庭入场券。第一天乘上山缆索上斜坡时,她每次转弯都会摔倒。到这个滑雪季快结束时,她就可以用犁式滑雪从缆椅滑道滑下来了。到了第二年,她就可以用平行式滑雪,从山上有隆起点的滑雪场往下滑了。她希望自己可以像10多岁的孩子那样,成为一名滑雪高手。她经常用自己做的面包和饼干当午餐,然后把我们和朋友送去滑雪,就像狼妈妈带着一群狼崽一样。

"既然我能从酋长峰滑下来,我就能徒步穿过卵石地。"她一边说,一边把花生扔给一只灰白的土拨鼠。在土拨鼠吃花生时,她高兴地说:"我喜欢那些大土拨鼠。"山谷的另一边是冰川和雪崩雕琢而成的高耸入云的石墨山峰。在山峰下面,无论是高处的亚高山冷杉林地,还是低矮处的花旗松林,都能看到一片一片的皆伐区。在10月初加拿大感恩节这周的周末,砍伐区的灌木丛闪着红橙色的光。

"苏西,那些可爱的花是什么?"她指着那些银色的种子穗，纤细的花茎上还长着欧芹状的叶子。

"黄头宝宝。"我一边回答，一边用手抚摸着一个种子穗。在两块大石头之间有一小块腐殖质，上面长出了好几束花儿，在阳光下闪闪发光。

"黄头发宝贝！"她喊道。我更喜欢她这个混搭版的称呼。"我知道你为什么带我来这儿了，苏西。这个地方很特别。"

"那里更危险。"我指着用石头堆出来的路标指向的那些巨大隘口说。

"没问题。"她说，"你知道，我又不是第一次来斯泰因山上徒步旅行。"她像外祖父伯特一样争强好胜，又像外祖母温妮一样固执坚决。他们两个人的性格特点在她身上结合得那么完美，因此萝宾、凯利和我后来把他们的全名休伯特和温妮弗雷德糅合到一起，给她起了一个昵称"伯特弗雷德"。

"你以前来过这里？"我还处在自认为比父母懂得更多的年龄。但母亲经常会让我大吃一惊，她去过欧洲和亚洲，读过亚里士多德、乔姆斯基、莎士比亚和陀思妥耶夫斯基的著作。

"我和朋友远足时，到过斯泰因河与斯特林溪交汇口的祈祷石。"她一边说，一边把一块头巾围在脖子上。她那一头浓密的棕色头发很短，因此她得小心，防止脖子被晒伤。"祈祷石是一块巨大的岩石，因为水流冲击，上面出现了很多坑，恩拉卡帕穆克斯族的妇女会跑到那里分娩。"他们在小溪里给婴儿洗礼。在进入斯泰因山谷前，他们会在祈祷石前祈祷，希望进入山谷后不会遇到危险。

我和琼在夏天远足时怎么错过了这些呢？一想到我和她很

可能是因为不了解自然规律而被灰熊逼上了树,还被赶出了山谷,我就感到有些气馁。

到了下午,我们在一个岩架上搭起了帐篷。我把食物高高地挂在一棵亚高山冷杉上(很明显,这棵树是它周围那些小树的母亲树),以免被熊抢走。我们的下面是里兹湖,它就像一颗镶嵌在绿色天鹅绒中的宝石,在我们的上方,流淌着一条美丽诱人的冰川,旁边点缀着一些小型的高山湖泊。那天下午,我们一直在那些被流水冲刷的岩石上攀爬,脚趾都浸泡在水中。

"妈妈,看这块石头上的地衣。"在地衣的红色饼状外壳周围,是一些向外辐射的浅白色真菌丝。这是一种共生关系。"真菌爱上了藻类。"我说。

听到我说的笑话,妈妈噘了噘嘴:"这有点儿像我上周打扫男厕所时清理的干呕吐物。"母亲是一所小学的辅导老师,她的工作是辅导那些在阅读、写作和数学方面有困难的孩子。

这时,一个新的发现让我又发出了一声惊呼。一块石头上的腐殖层更厚,上面也覆盖了一层地衣,中间长出了白色的山石南。细小的花朵像仙女的铃铛一样挂在短小弯曲的茎上,茎上覆盖着革状鳞片形叶子。这些石南似乎很适应它们生长的地衣土壤。地衣根部分泌的酶可以分解岩石,而地衣的身体则提供有机物质,合在一起,就构成了植物生根和生长所需的腐殖质。我拽了拽其中的一根石南,它牢牢地固定在地衣制造的腐殖质中。石南的根上会附着一团真菌吗?还是附着有松露呢?我不想因为寻找菌根而破坏这片绿洲,所以我查看了我的那本植物指南。石南会和螺旋状欧石南类真菌形成一种共生关系，我和琼在斯特林溪的越橘上发现的就是这种真菌。这些地衣真菌把岩石变成沙子，释放出矿物质，慢慢形成其他植物可以生长的土壤。

我把这段文字大声读给妈妈听，她指着旁边的一些石头，点点头说："有道理。只要有一种植物能长起来，其他植物就会跟着长起来。"那些石头上有面积更大的绿洲，它们制造出了更厚的含有机物的土壤。粉红色的山石南和岩高兰在地衣壳层里生根。有的地衣上甚至长出了灌木的小枝。

"矮越橘。"我指着地衣腐殖质里长着的一些短茎说。那些短茎上面结满了小小的蓝色浆果。这种植物只生长在高山地区，与温妮外婆家的越橘不同。我和妈妈在这几片绿洲间流连忘返，还摘了一些浆果。

"如果让温妮外婆来这里建一个园子，她肯定知道怎么做。"我说。

妈妈笑了。她的妈妈是种植高手，只要有种子、堆肥和水，就能种出东西来。"这就像教孩子们读书，"她说，"只要教给他们基础知识，他们就会慢慢地学会阅读。"

"妈妈，他们把我的工作给了雷，我非常难过。"我脱口而出。"我该怎么办？"

她停下采摘浆果的脚步，面对着我。"苏西，申请别的工作吧。"她平淡地说，"振作起来。把你从这家公司学到的东西、从泰德身上学到的东西，都用起来。要向前看。"

"我无法理解，我又没有做错事。"我觉得这不公平，因此不想就这样算了。

"也许他们还没准备好雇用你。你会找到更好的工作。"

她说得对。为什么我会那么不耐烦呢？妈妈就不是这种性格。她可以连续几个月教她的学生学习字母发音。她可以日复一日地照顾我们，帮助我们一点一滴地成长。想到这里，我发现地衣、苔藓、藻类和真菌也非常沉稳，它们会平静地开展合作，慢慢地制造出土壤。事物（还有人）协同发展，就有可能产生显著的效果。就像我和妈妈一样，我们在一起聊天，腾出时间让我们步调一致。因此，每时每刻我们之间的联系都会变得更加紧密，直到我们不分彼此。我们之间的爱不仅多姿多彩，而且根深蒂固。

妈妈平静地笑了笑，然后躺下来休息。她出生在大萧条时期，家境贫寒，亲眼看见父亲从战争中归来后患上了创伤后应激障碍。她嫁给了一个优秀的男人，但这个人并不适合她。她满26岁前生了三个孩子，通过函授和暑期学校拿到了教育学的学位，在一个普遍认为女性应该待在家里的时代从事一份全职工作并供养家庭。她的阅读课的学生都是贫困、受虐待以及其他弱势家庭的孩子。她患过非常严重的头疼。她不听所有人的劝告和我父亲离婚，然后几乎凭一己之力把我们三个孩子都送进了大学。尽管她一路走来并不轻松，但在我心目中，她的成就不亚于第一个在月球上行走的人。

结束徒步旅行回家后，我马上掸掉简历上的灰尘，向多家伐木公司申请工作。

我得到了两次面试机会。第一次是在惠好公司。一位经理坐在一张巨大办公桌的后面，他告诉我，他迫切希望砍掉所有的原始森林，以便重新配置加工厂，加工人造林生产的细木材。第二次是在托尔克实业公司。面试官告诉我，他们准备尽最大可能实现机械化。两家公司都没有给我工作。

当我拖着疲惫的身体从托尔克回到家，扑倒在我们从现场旧货摊购买的棕色长沙发上时，琼告诉我："林务局新来了一位造林研究员，名叫艾伦·维斯。你找他看看。"我和琼在不列颠哥伦比亚省中南部的坎卢普斯合租一套公寓。坎卢普斯居住有大量纸浆厂蓝领工人，母亲也住在这个小镇里，距离我们公寓只有5分钟的路程。琼刚刚在林务局找到了一份为期一年的工作，调查干旱的花旗松林再生时面临的问题。

"或者我可以领失业救济金。"我边说边计算自己工作的周数，希望能凑够领取失业保险金所需的那个魔幻般的数字。

"艾伦有点儿粗暴，但头脑聪明。你会给他留下一个好印象的。"琼轻声说。

我走进艾伦·维斯的办公室，他微笑着和我握手。他凹陷的双颊和高科技运动鞋告诉我，他认真地对待跑步这项运动。他示意我坐在他的橡木办公桌旁。桌子的一边是一堆整整齐齐的期刊文章，而他的面前放着一份尚未完成的稿件。书架上堆满了关于森林、树木和鸟类的书籍，旁边是衣帽钩，上面挂着他的森林巡查员专用背心、雨衣和望远镜，下面是工作靴。这是一间政府办公室，有米黄色的墙壁，窗外是一个停车场，但整个房间很舒适，让人感觉这里进行过很重要的会谈。我瞥了一眼滴在我T恤前面的蛋黄。他即使注意到了，也没有表现出来。虽然他的表情很严肃，但他的眼睛里充满了善意。他询问了我的丛林工作经历、兴趣爱好、家庭背景和长期目标。

我挺直身体，向他介绍了我的暑期工作和在林务局做的生态系统分类工作。"那些是在行业内和政府部门的工作经历。"我说道。我认为对于一个只有23岁的人来说，这样的背景是非常全面的。我希望他持相同的看法。

"你做过研究吗？"他问道。他浑浊的绿眼睛盯着我，仿佛正确答案就藏在我的脑后。看来，他找到了我简历上的空白区。

"没有，但我在攻读本科学位期间担任过几门课程的助教，还在林务局做过研究助理。"我回答道。我的喉咙发紧，因此我得不断提醒自己不能畏缩。

"你了解森林再生吗？"他在黄色的便笺簿上潦草地写着什么。两个穿着绿色裤子、灰褐色衬衫的护林员从旁边大步走过，其中一个拿着铁锹，另一个拿着马桶水箱一样的东西——带手持水泵的背携式水罐，这是用于救火的。

我告诉艾伦我在利卢埃特山上栽种的幼苗都发黄了，我想知道那些人造林为什么会失败。我没有说我不打算回到那家伐木公司以继续研究这个问题。但我告诉他，我发现仅仅在栽种意见书上做文章，永远也解决不了我的问题，因为在这么多其他因素同时发生变化的情况下，要想孤立地考虑我遇到的树根问题是不可能的。我告诉他，我当时准备订购根系较大的树苗，把树苗栽种到半腐层中，栽种到有菌根真菌的其他植物旁边，希望这些真菌能接触到树苗。

他跟我说："要解决这个问题，你需要学习实验设计。"他从书架上抽出一本统计学方面的旧书。我注意到他的森林经济学硕士学位证书和林业本科学位证书都装在相框里，并排放在书架上。他的硕士学位是多伦多大学授予的，本科学位是阿伯丁大学授予的。艾伦有英国口音，但我猜他也有苏格兰血统。

"我在大学学过统计学。"我说。看着他桌上摆放的因为多年表现突出而获得的奖章（金色饰板上蚀刻着一棵树和他的名字），我觉得自己就是一个菜鸟。他告诉我，他的两个学位都没有让他为设计实验做好准备，所以他只好自学。听他这样说，我放松下来了。

艾伦那里没有空缺岗位，但他肯定地告诉我，春天可能需要人调查"自由生长人造林"，到时候他会给我打电话。

我根本不知道他说的"自由生长"是什么意思。离开他的办公室时，我还在想自己是否彻底没有机会了。我当时还不知道，政府出台了一项新的政策，要求彻底清除邻近的植物，使针叶树幼苗可以自由生长，不必遭遇任何非针叶树的竞争。非针叶树指的是所有原生植物，它们被视为必须根除的杂木。这一政策源于美国越来越将森林视为林场的集约化做法。但是我要表达的意思是幼苗必须在越橘、桤木和柳树附近生长。我真是个白痴，我想。我为什么要提到那些发黄的幼苗呢？他会觉得我的世界太小了，会认为我只关心那些发黄的幼苗。现在是11月，春天还很遥远，即使他认为我适合那份工作，到那时他也会忘记我的。

我申请了一份游泳池救生员的工作。如果所有的求职努力都失败了，我就有资格申领救济金，尽管领政府救济金会让爸爸不高兴。最后，我找到了一份兼职的办公室工作，负责编辑一份有关森林的政府工作报告。我在边远地区滑雪，后悔没有抽出时间去看望凯利。但他也很忙，要给马钉蹄铁，给牛接生。

2月份，艾伦打来电话。他为我找到了一个合同项目，让我调查高海拔皆伐区清除杂木的效果。这并不是我真正感兴趣的问题，但它可以培养我的研究技能。艾伦愿意帮我设计这个实验，并指导我完成研究。不过，我需要雇人帮忙做丛林里的工作。

我简直不敢相信。我打电话给妈妈，她说她要烤两只鸡庆祝。"也许你可以雇萝宾。"她说。与此同时，我还听到了锅碗瓢盆的声音，她正准备吃晚饭呢。萝宾的代课工作时间不固定，她需要一份暑期工作。

这是一个好主意。我给凯利打电话，向他通报了最新情况，他像韦恩舅舅一样大叫："天哪，苏西，这真是一个好消息！"他告诉我威廉姆斯湖非常冷，但他的蹄铁匠生意很好。更妙的是，他新结识了女友蒂法妮。

这片老龄林层次分明，上层是古老的北美乔柏母亲树，下层是西部铁杉、美国冷杉、美洲越橘和美洲大美莓。北美西海岸的原住民把北美乔柏称为生命之树，对他们来说，这种树具有非常重要的精神、文化、医学和生态意义。它的木料是制作图腾柱、房屋板材、独木舟、船桨和曲木箱子的重要材料，树皮和形成层可以制作篮子、衣服、绳子和帽子。北美乔柏是不列颠哥伦比亚省的省树

西方着色乳牛肝菌（*Suillus lakei*，亦称煎饼状蘑菇）是外生菌根真菌，只与花旗松共生。这是一种不太珍贵的食用菌，可以做成汤，也可以炖煮。菌盖下面的那些球果是花旗松球果。画面前方的植物是蔓生覆盆子和加拿大山茱萸。海达人经常将覆盆子和蔓越莓混到一起晾干

树龄大约500年的花旗松母亲树。粗糙的厚树皮可以保护树木免受火灾，粗大的树枝为冬鹩鹩、交嘴雀、松鼠、鼩鼱等鸟类和野生动物提供了栖息之所。原住民用它的木材生火、做鱼钩，用它的大枝铺装小屋和汗蒸房的地板

树龄大约1 000年的北美乔柏祖母树。纵向的裂缝表明原住民剥过它的树皮。内树皮与外树皮分开后，可以用于制作篮子、垫子、衣服和绳子。在采收之前，原住民会把手放在树干上祈祷，请求允许他们收割树皮，这使他们与树建立了牢固的联系。他们会采割宽三分之一树身周长、长30英尺的树皮，确保留下的浅疤痕不至于因太宽而无法愈合

小菇属（亦称帽子蘑菇）是腐生型真菌，这类蘑菇通常不能食用

毒蝇伞（*Amanita muscaria*），又称蛤蟆菌，可以和很多树种（包括花旗松、纸桦、松树、橡树以及云杉等）形成外生菌根。这种蘑菇具有神经毒性

在夏洛特皇后群岛上北美云杉母亲树的林下层，腐烂中的哺养木上长出了更新的铁杉树苗。哺养木可以使更新苗免受捕食者、病原体和干旱的伤害

外生菌根真菌的根尖和根状菌索

美色褐孔小牛肝菌（*Suillus spectabilis*，亦称 bolete filter），是一种外生菌根真菌。白色菌套包裹着根尖，形成羽状结构。菌套可以保护根尖免受损害或病原体的侵袭，也是真菌菌丝散发到土壤中寻找养分的基础。这种蘑菇可以食用，但味道酸涩辛辣

森林地表四通八达的白色真菌菌丝体

太平洋沿岸雨林中树龄近500年的北美乔柏。这种树是北美西海岸原住民的文化基石。尽管这种树被用于制作许多重要的文化物品，如服装、工具和药物，但在欧洲人来之前，原住民几乎不会砍倒它们，而是收集倒下的树木，或者顺着紫杉或鹿角楔入的纹路从活树上分解木板

北美乔柏母亲树和它的后代。它通过种子繁殖，也可以通过压条繁殖。母亲树的树枝俯冲下来碰到地面后，就会在触地点生根。一旦树枝牢固地扎根，树苗就会脱离母体，成为一棵独立的树。这棵树右边的枫树是一种常见的北美乔柏伴生树，两者通过丛枝菌根网络连在一起，在肥沃潮湿的土壤中一起茁壮成长

我们的实验将在落基山脉西面卡里布山脉的高海拔恩氏云杉和亚高山冷杉林中进行。我和萝宾来到了离实验场地最近的蓝河镇。为了支持皮毛贸易以及铁路和黄头高速公路的建设,这个小镇作为一个定居点早在100年前就已经建成了。在此居住了至少7 000年的恩拉卡帕穆克斯人被赶走,迁移到了蓝河和北汤普森河交汇处一个狭小的保护区。

我要干什么呢?我负责的实验要求我杀死植物,这同样是一种驱赶原住民的行为。我突然觉得我的任务与我的所有目标都背道而驰。

这片有300年历史的森林在几年前被砍伐一空,没有了遮蔽阳光的树冠,因此白色杜鹃、假杜鹃、黑越橘、醋栗、接骨木和山莓都长得非常茂盛。灌木的枝杈向周围伸展,结出了一片叶子、花朵和浆果的海洋。锡特卡缬草、橘黄山柳菊和铃兰等草本植物也在疯长。尖针云杉的种子在它们中间发芽。后来,作为对这种自然种植的增强,人们还栽种了苗圃培育的云杉幼苗。但是,栽种的树苗每年只能生长半厘米,远远不能满足未来砍伐的期望,而且许多树苗已经死亡。因此,这片皆伐区"补种新树苗的效果不佳"。

为了解决这个问题,公司的林务员计划喷洒除草剂,以杀死灌木,将栽种后存活的多刺云杉幼苗从这些灌木的遮蔽下"释放"出来,使它们独享阳光、水分和营养物质。孟山都公司在

20世纪70年代早期发明的除草剂镇草宁（亦称农达），可以让原生植物中毒，而不会影响到针叶树幼苗。尽管镇草宁深受欢迎，许多人在他们的草坪和花园随意使用这种除草剂，但执拗的温妮外婆是个例外。根据人造林的设计思想，杀死叶子茂盛的植物将使树苗免于竞争，然后这些公司就可以履行其"自由生长"式放养的法律义务。自由生长就像变魔法一样，100年后又能再来一次皆伐，这要比任由它自然生长快得多。因此，只要是自由生长的人造林，都会被认为管理有方。

1987年在加拿大梅布尔湖工作的萝宾（29岁）。惠好公司正沿着西马德林道，拖运从金菲舍溪附近的热带雨林中砍伐的木材。萝宾当时和琼一起，评估与伐木区树苗再生有关的问题

在我设计实验，测试不同剂量的除草剂杀死原生植物、"释放"下层树苗使其免于竞争的效果时，艾伦为我提供了帮助。根

据推测，使用除草剂有助于树苗存活和快速生长，从而满足种植数量和高度增加的标准，以符合自由生长政策的规定。这就是我和萝宾要在这片皆伐区完成的任务，尽管我有些担忧。艾伦也不喜欢这个新政策，但他的工作就是测试杀死灌木是否能提高人造林的生产率。他跟我说过，他认为这个政策是错误的，但我们必须从政府相信的事情出发，通过严谨、可信的科学研究，说服政府做出改变。

这意味着我们需要逐步弄清楚不同剂量的除草剂对树苗和植物群落的影响，看看我们是应该使用除草剂，还是应该拿起剪刀，或者干脆什么都不做；看看杀死非经济作物是否真的能创造出一个自由生长的、相比任由原生植物蓬勃生长更健康更多产的人造林。

在艾伦的帮助下，我设计了4个除草方案，测试了3种镇草宁剂量（每公顷施用1升、3升和6升）外加1个手动除草方案的效果。我们还增加了一个对照组，让那些灌木丛保持原样。这5个方案都需要重复实施10次，以确定哪种效果最佳。在利用50个圆形地块进行重复试验时，每个地块随机使用其中一个方案。一位统计学家批准认证了我们用图形表示的实验设计。一个全新的世界向我打开了大门。在艾伦的指导下，我设计了我的第一个实验！虽然我极不喜欢这个实验的目的，因为我知道它与我们的正确方向背道而驰，但我觉得离解决我那个发黄小树苗的难题又近了一步。

我们的营地设在蓝河市政府的土地上。我和萝宾搭起了小帐篷,她的帐篷是橙色的,我的帐篷是蓝色的。两个帐篷隔火相望,这是因为这个实验要花上好几个星期,而我们都有一个相同的特点——地盘意识,所以我们必须通过一种固有机制将彼此分开。我把"山寨"煤气炉放在一块圆木头上,萝宾把她的锅碗瓢盆放在野餐桌上,这样我们的生活空间就齐备了。她提出按照温妮外婆的食谱做一个越橘馅饼。萝宾喜欢做饭,这是她作为一个职业女性的长女学会的技能。外婆做馅饼的秘诀是在8月中旬采摘矮丛越橘(那个时候的越橘果实最甜,深蓝色中带有一丝浅白色),然后放到面包皮里,加大量黄油烤制。我们沿着穿过小镇的弯曲小径采摘了不到一个小时,就装满了两大桶。萝宾在我的小炉子上做馅饼,我在火上烤汉堡。

晚饭后,我们到城里逛了逛。前一年冬天,萝宾在蓝河酒店做厨师。那是一栋历史悠久的两层木制建筑,二楼有餐厅、啤酒厅和客房。当我们经过这家酒店时,她说:"那里的每个人都喜欢我做的馅饼。"漫步回营地后,萝宾开始看小说,而我继续采摘浆果。令我高兴的是,当我拔起一棵松树苗时,我发现它有一束紫色和粉红色的外生菌根根尖。

在随后的这个星期,我们开始做实验。我和萝宾按照我和艾伦画的图,利用指南针和尼龙链绳确定了50个圆形地块的中心点。每个地块的直径约为4米,跟绳球场差不多大小。中心点间距10米。总之,我们这个网格地块大小是100米乘50米,或者说0.5公顷。完成这些工作后,我们接着又用了一个星期的时间,辨认各个地块内的植物、苔藓、地衣和蘑菇并计算它们的数量，这样我们就能看到我们的除草方案效果如何了。

几天后，我们在凌晨5点出发，按照除草方案喷洒除草剂。在最后一个拐弯处，我在一个绳索路障前猛地刹住车。三名抗议者挥舞着标语牌，抗议我们喷洒除草剂。其中一个动作敏捷的人从萝宾在蓝河酒店工作时就认识她了。经过一番热烈的讨论，他们在确定我们做实验的目的是证明不需要使用除草剂，而且将来我们会阻止使用除草剂之后，才给我们放行。

我一直害怕的时刻到来了。我在坎卢普斯农场用品店的柜台上买镇草宁的时候发现任何人走进这家店都能买到镇草宁。我应该感到庆幸，起码我需要申请许可证才能在归政府所有的土地上喷洒。萝宾皱着眉头，因此她内心的担忧表现得不是那么明显。我按照每公顷1升的除草方案，量出所需的粉色液体，把它倒进蓝黄两色的20升背携式除草剂喷雾器中，然后加入适当的水进行稀释。我教萝宾像我一样戴上防毒面具，穿好雨衣。我仍然是她的妹妹，我们之间的关系（由谁做主）只是暂时调换了。她这辈子都是一个有责任心的姐姐，但现在轮到我来确保她不会中毒。

萝宾戴上防毒面具，把带子系紧。她透过护目镜直瞪瞪地看着我，好像在说我最好知道自己到底在做什么。她的黑色长发向后梳着，露出了褐色的、棱角分明的脸和魁北克人典型的瘦削鼻子。"好重啊。"她一边嘟哝，一边把那个笨重的方形水箱（大约25磅重）背到后背，然后解开了连接伸缩杆的皮管。

我向她展示了我在妈妈的院子里用水练习取得的成果，告诉她在喷雾时需要摇动手柄。

在测量植物时,我们可以轻松地避开木头和灌木丛,但是现在它们把我们脚下的路变成了障碍跑道。萝宾的眼镜蒙上了一层雾气,她冲着我喊道:"我看不见了,苏西!"由于戴着防毒面具,她的声音有点儿闷。我像导盲犬一样,把她引到了第一个地块。

她挥舞着黑色的伸缩杆,一边在盛开的杜鹃花上喷洒毒雾,一边抱怨说她觉得这样做是不对的。她和我一样,不愿意杀死这些植物。穿着雨衣,戴着防毒面具,还要背着一个装满毒药的水箱,这让她的心情糟透了。

我告诉她我会在旁边的10块土地上喷洒6升除草剂,希望能让她觉得我安排给她的任务没有那么令人痛苦。

当天晚上,我们去蓝河军团酒吧喝啤酒。酒吧的墙壁上挂着紫色挂毯,当地人坐在破塑料凳子上。一个女服务员给我们送来啤酒。萝宾礼貌地说啤酒没什么泡沫,那名服务员说:"亲爱的,我们这里不卖奶昔。"

在接下来的三天里,我们精确地完成了所有用到除草剂的方案。超级棒!几天后,我们又带着工具,对指定的那10块土地进行了手工除草,还留下10块地作为不处理的对照组。接下来,我们要等上一个月,才能衡量这些方案的效果。我非常愿意学习如何在森林里做实验,但我不愿意杀死这些植物以测试一个我本来就认为不正确的森林管理办法。

再次来到试验场地时,我们发现被喷洒最大剂量除草剂的杜鹃、假杜鹃和越橘已经枯萎死亡。死亡的不只是灌木，而是所有的植物——连野山姜和野兰花都死了。地衣和苔藓变成了棕色，蘑菇已经开始腐烂。一些灌木长出了新叶，但那些新生的叶子已经发黄，明显发育不良。一度饱满圆润的浆果从枝头掉了下来，连鸟都不吃。只有带刺的云杉幼苗还活着，它们的针叶仍然苍白，看起来发育得不好，有些还滴着粉红色的水滴，但毫无疑问，突然暴露在充足的阳光下，所有针叶都不太适应。大多数被喷洒中等剂量除草剂的目标植物也死亡了，但还有一些仍然没有变色，因为在喷洒除草剂时，它们藏在更高的植物的叶子下。在喷洒最小剂量除草剂的地块上，大多数植物仍然活着，但受到了伤害。剪过的灌木的茎已经重新发芽，盖过了树苗。由此可见，对于自由生长的人造林来说，最好的方案就是使用最大剂量的除草剂。

萝宾都快哭了。她想知道镇草宁是怎么杀死这些植物的。她说："我知道我们做了什么，但之后又发生了什么事呢？"当我们面对情感上的创伤时，她总是首当其冲。她会咬牙承受各种不公正，希望能解决问题。

我盯着自己的脚，因为我们都哭的话，就会越哭越伤心。这些植物是我的盟友，不是敌人。我在脑子里飞快地想了一遍这么做的理由。我想学习做实验，我想成为一名森林侦探。这是为了更远大的利益，是为了从根本上拯救那些树苗。我会找到证据，证明采用除草剂是一种愚蠢的做法，并提出帮助树苗生长的其他方法，供政府调查研究。我看着一株糙莓，它的茎光秃秃的,耷拉在一些新露出来的苍白的树苗上。尽管苦苦挣扎,但它取得的唯一成果就是在基部发出了一小簇黄色的叶子,就像插满针的针垫一样。这种除草剂应该不会伤害鸟类或动物,因为它的毒性只针对草本植物和灌木体内产生蛋白质的酶。

但那些蘑菇已经干瘪、死亡了。

那是我们最喜欢的鸡油菌,它们都死了。

根据直觉,我认为病苗面临的问题是它们无法与土壤结合,需要真菌的帮助。但即便得到了真菌的帮助,在这里幼苗也会生长得很慢,因为一年中有9个月在下雪。我对萝宾说,我们的任务就是杀死植物,包括一些是真菌宿主的灌木,而我认为真菌对树苗来说是有益的。各家公司都疯狂地用直升机地毯式喷洒镇草宁。也许我们的实验会证明这个计划并不像人们说的那么好。

萝宾说:"看看这乱七八糟的场面,难道还看不出这个计划是错误的吗?"很难想象,竟然有人认为"自由生长"是一个好主意。

那天晚上回到营地后,我们的心情很不好,都没有吃晚饭。我蜷缩在睡袋里,萝宾待在她的帐篷里,两个人一声不吭。很难说我们到底是因为除草剂感到不适,还是我们因为对植物使用除草剂感到后悔。

实验表明:除草剂的剂量越大,效果就越好。看到这个结果,艾伦摇了摇头。让我们感到安慰的是,他说这些证据仍然无法检测除草计划是否有助于树苗,它只是证明了大剂量的除草剂可以除掉所谓的杂木。没有时间悔恨，要想阐明树苗和邻近植物之间的复杂关系，我们还有很多工作要做。

❦

在学会如何进行"除草"试验之后，我得到了一份规模更大的工作合同，测试不同剂量的除草剂和手工除草能否杀死锡特卡桤木、叶形狭长的斯考勒氏柳树、白皮的纸桦（北美白桦）、会长根出条的颤杨和长得非常快的三叶杨，能否清除开紫花的火草、丛生的红拂子茅和顶部呈白色的锡特卡缬草，能否杀死本地植物——包括可能会阻碍苗圃树苗生长的树。苗圃培育的主要是多刺云杉、美国黑松和软针花旗松的树苗。这三种针叶树（尤其是美国黑松）利润丰厚，耐受力强，而且长得快，因此全省所有的皆伐区几乎都种上了这些树种。越早杀死这些讨厌的原生树木和植物，越早实现自由生长，就越有利于公司早日履行管理好人造林的义务。

自由生长政策的实施相当于针对原生植物和阔叶树发起的全面战争。我和萝宾不太情愿地成了专家，通过砍、锯、环割、喷洒除草剂等方法，消灭全省范围内新生森林里的阔叶树、灌木、草本植物、蕨类植物和其他毫无防备的生物。这些植物都必须被清除掉，至于它们为鸟类提供巢穴，为松鼠提供食物，为鹿和熊崽提供藏身之处，为土壤添加养分，防止土壤侵蚀，这些都无关紧要。人们根本不关心绿叶桤木能提高土壤中氮的含量，它们将被砍伐一空，烧成灰烬，为栽种树苗让路。人们不关心一束束的红拂子茅可以为花旗松的新芽遮蔽阳光，防止皆伐区无遮无挡的毒辣阳光将它们烤焦。人们也不关心杜鹃可以保护矮小的带刺云杉幼苗，防止它们被寒霜冻伤。开阔地的霜冻比树冠下厉害得多。

这些他们都不关心，他们的想法简单明了，那就是：不要竞争。一旦消灭原生植物，不让它们占用阳光、水分和养分，那些利润丰厚的针叶树就会独占这些资源，像红杉一样快速生长。这是一场零和游戏，成功者占有一切。

我就是一名士兵，参加了一场违背了我的信仰的战争。从我们开始这些新的实验时起，那种熟悉的负罪感就困扰着我。但我参加这个项目是为了获得最终的奖励：学习科研方法，找出栽种树苗的致病原因。

"我喉咙痛。"萝宾说。我们在基隆拿（坎卢普斯以南几百千米）附近的贝尔格溪给桤木喷过除草剂后，正准备返回酒店。为了躲开高温，我们凌晨三点就起床了。中午气温非常高，无法穿雨衣，而且除草剂还没来得及毒死植物就会蒸发掉。

"我的喉咙也很痛。"我说。

"会不会是除草剂导致的？"

"我觉得不是。我们整个夏天都在干这个活。也许是中暑了。"

诊所的医生很温和。他看得出我们很害怕,所以让我们一起进了检查室。"你的喉咙很红,"他告诉萝宾,"但腺体没有肿胀。你干什么了?"

我告诉他我们在喷镇草宁,他接着问道:"戴防护面罩了吗?"萝宾趁着他低头,瞪了我一眼。

医生听到我说戴防护面罩,就要求看一下。我去车上拿来一个,他拧开黑色塑料盖,吹了一声口哨。"没有过滤器。"他说。

"什么?"我一边说,一边警惕地盯着应该安装过滤器的位置。我们整天都在吸入镇草宁喷雾。萝宾紧紧地抓着桌角,我的腿开始颤抖。

"会没事的,你们的喉咙只是被化学物质烧伤了。"他说,"喝点儿奶昔,明天早上就会感觉好一些。"当我们跌跌撞撞地走出门时,他拍拍萝宾的肩膀让她放心,还冲我笑了笑,但我和萝宾都吓坏了。喝下几大杯巧克力奶昔后,我们的喉咙感觉清凉了一些。第二天早晨,喉咙就不疼了。

那是8月底,是我们做的最后一轮实验。几天后,萝宾就去纳尔逊(不列颠哥伦比亚省东南部的一个小镇,离我妈妈长大的地方不远)上班了,担任一年级的代课老师,她也想念男朋友比尔了。那天,虽然她没有跟我决裂,但这已经超出她忍耐的极限了。我们俩谁也不会忘记这个错误的严重性。

在所有的方案中,只有一种方案能促进针叶树生长。当然,它也会降低原生植物的多样性。以桦树为例,清除掉它们可以促进一些冷杉生长,但会导致更多的冷杉死亡——这与人们的预期相反。桦树的根受到砍伐和除草剂的压力后，无法抵抗土壤中天然存在的致病蜜环菌侵害。这些真菌感染了受到除草计划影响的桦树根部后，还会传播到附近的针叶树的根部。而在对照组中，未受影响的白皮桦树与针叶树混杂着生长，土壤中的致病菌受到了它们的抑制。就好像是桦树制造出了一种促使致病菌与土壤中其他生物保持稳态的环境。

我到底还能撑多久呢？

不久之后，我的好运来了。

林务局有一个永久性的造林研究工作岗位需要招人。我和4名年轻人一起提交了申请。一些科学家从首府飞了过来，以确保招聘过程的严格和公平。当我得知自己得到了这份工作时，简直不敢相信我会有这么好的运气。艾伦成了我的顶头上司。

现在，我可以自由地考虑我认为重要的问题了，至少我可以尝试说服出资单位，让他们相信哪些问题非常重要。我可以在实验中根据我对森林生长的认识解决问题，而不仅仅是测试政策驱动的那些处理措施——那些措施似乎会破坏森林的生态，使问题恶化。我可以基于自己积累的经验开展科学研究，了解如何更好地帮助森林从砍伐中恢复过来。我测试除草剂方案的日子已经结束了。现在，我真的可以认真考虑树苗到底需要从真菌、土壤和其他植物或树木那里得到什么这个问题了。

我得到了一笔研究经费，测试针叶树幼苗是否需要与土壤中的菌根真菌连接才能生存。我还添加了一项内容：研究原生植物是否有助于它们建立连接，并建议对栽种在不同群落中的树苗和那些单独种植在光地上的树苗进行比较。我对这个项目的想法,以及我能成功得到这笔经费,都在很大程度上归功于边境线以南林业出现的新情况。当时,由于森林破碎化和斑林鸮等物种受到的威胁令公众忧心忡忡,美国林务局进行了一些变革。科学家逐渐认识到,生物多样性(包括真菌、树木和野生动物的保护)对森林生产率来说很重要。

单一的物种能茁壮成长吗?

如果树苗与其他物种混合种植,会使森林更健康吗?将这些树和其他植物一起成片栽种,会促进它们生长吗?还是说应该让它们以棋盘格的形式,彼此间保持距离?

这些测试也可以帮助我了解高处的亚高山冷杉和低处的花旗松都成簇生长的确切原因,帮助我了解生长在针叶树旁边的原生植物对针叶树与土壤的联系是否有促进作用,生长在阔叶树和灌木旁边的针叶树根尖上是否有更多颜色鲜艳的真菌。

我选择纸桦作为我的试验物种,是因为我从小就知道它能产生丰富的腐殖质。这些腐殖质不仅是小时候的我喜欢的一道美味,对针叶树也是有益的。此外,纸桦似乎可以抵御根部致病真菌的侵害。对木材公司来说,桦树毫无价值。但对其他人来说,它浑身是宝:白色树皮有很好的防水效果,树叶可以遮阴,汁液可以提神。

这个实验应该非常简单吧。

但事实让我大吃一惊。

我计划测试三个利润丰厚的树种(落叶松、雪松和冷杉)

以不同方式与桦树混合种植的效果。我选择这三种树作为测试物种，是因为它们是那些未经砍伐的原始森林中的原生植物。我喜欢雪松像辫子一样的长针叶，喜欢花旗松像洗瓶刷一样光滑的侧枝，喜欢落叶松像星星一样的针叶，到了秋天它们会变成金色，然后散落在森林地面上。当时伐木业认为桦树是最恶毒的竞争树种之一，因为他们认为桦树会遮蔽他们青睐的针叶树，阻碍针叶树的生长。但是，如果桦树树苗对针叶树有益，哪种混合种植方案会产生最健康的森林呢？这三种针叶树对桦树遮阴面积的适应性各不相同。星形针叶的落叶松可以适应的遮阴面积很小，辫状针叶的雪松可以适应大面积的遮阴，洗瓶刷状冷杉①的适应能力介于两者之间。仅这一点就表明，最佳混合方案会随着物种不同而变化。

我确定了一个设计方案：首先在一块地上将纸桦与花旗松配对，然后在另一块地上混合种植纸桦与北美乔柏，再然后在第三块地上把纸桦与西部落叶松混合种植在一起。第三块地曾经是皆伐区，在这块地上进行过的人工种植失败了，连黑松都没有成活。我计划在另外两个皆伐区做同样的实验，看看地形稍有不同时，这些树会有什么反应。

我为每一种配对安排制订了多个混合方案，以便对这些针叶树独自生长时的情况和它们按照不同密度、不同比例与纸桦混合生长的情况进行比较，测试我的直觉是否准确——某些配置

---

① 这里的冷杉就是指花旗松。花旗松是松科冷杉亚科黄杉属植物，俗名北美黄杉，因此书中有时会以冷杉代指。——编者注

（例如：与落叶松混合时，纸桦的数量比落叶松少；与雪松混合时，纸桦比雪松多）是否真的会让混交林长得更好。我猜测纸桦会导致土壤的养分更加丰富，同时还是针叶树的菌根真菌来源。我之前做的实验也表明，桦树在某种程度上还能防止针叶树因为蜜环菌根病而过早死亡。

我总共设计了51个不同的混合方案。实验将在三个皆伐区进行，每个混合方案对应一个独立的地块。

我开始在人造林做除草实验，观察植物和树苗一起生长的效果。几百天之后，我感觉到树木和植物可以通过某种方式察觉到它们与邻居之间的距离，甚至能察觉到它们的邻居是谁。如果松树幼苗位于向四周蔓延、能将氮固定住的桤木中间，那么枝条向外伸展的程度会远远大于被茂密火草覆盖的树苗。云杉的芽会紧挨着鹿蹄草和车前草，但是与防风草保持较大距离。冷杉和雪松喜欢适度遮阴的桦树，但如果头顶上还有茂密的糙莓，它们就会萎缩。另外，落叶松需要与相邻的纸桦保持一定距离，才最有利于生长，根部病害致死率也最低。我不知道植物是如何感知这些条件的，但我的经验告诉我在试验这些混合种植方案时必须精确。树木之间的距离也必须精准，因此必须寻找地面平坦的皆伐区。鉴于不列颠哥伦比亚省的多山地形，要找到三处平坦的试验场地绝不是那么简单的事。

在查看树根、追踪调查针叶树种植在纸桦旁边时与土壤的连接是否比单独种植时更紧密之前，我尽可能做了精心准备：订购了一台立体显微镜和一本关于辨别菌根特点的书，并利用我在回家的路上采集的纸桦与冷杉进行练习。每次我把样品拖进公寓中由储藏室改成的办公室时，琼都会翻白眼，然后取笑我说我每次承诺做晚饭都会把锅烧煳。我善于做辣椒，她的专长是意大利面，但我们俩都对烹饪不感兴趣。我会躲在我的地下办公室里，在那里忙到午夜。切除根尖，制作横切片，然后把它们装在显微镜载物玻片上。很快，我就能熟练地辨别哈氏网、锁状联合、囊孢菌，以及菌根根尖上有助于区分不同种类真菌的多个部位。

软针冷杉上有一些真菌似乎与纸桦上的真菌同种。如果真的是这样，那么纸桦的菌根真菌或许会连到冷杉的根尖上，对它们进行交叉授粉。这种共同接种或共享真菌的现象，或者说共生关系，或许有益于新种下的花旗松幼苗，使它们的根不至于光秃秃的，使它们没有像我之前在利卢埃特山看到的发黄的树苗那样被判处死刑。林务员们推测，如果冷杉需要纸桦，纸桦就应该不会伤害冷杉。

事实恰恰相反。

经过几个月的搜寻，我找到了三个地势平坦的皆伐区，都是政府的土地。可能是因为生物失衡，在这些土壤上种植的人造松树林都失败了。在其中一块地上，我和一个在那里非法放牧的牧民发生了冲突。他大声抗议我把失败的人造林改造成试验场的想法，说他在这里住了多年，有使用这个皆伐区的权利。我反驳说，作为一名林业研究人员，我有权利用这个伐木区，而他是在侵犯公共财产，但他似乎不为所动。

见鬼了！这是我最不想见到的。

种植试验的准备工作又花了几个月时间。我需要在地面上逐一画出81 600个种植点。首先，我们必须处理这三个伐木区的根病感染问题。原先的砍伐留下了大约2万个树桩。由于蜜环菌根腐病会感染死树的根，并以寄生的形式传播到幸存的树木上，我们需要将这些树桩从土壤中清理出去。大约有3万棵受感染的松树已经死了或快要死了，或状况极差，所以它们必须和受感染的原生植物一起被清除掉。挖掘给森林地面造成了损害，留下了一堆堆树桩、死树苗和患病的原生植物。后来，推土机把它们都推到了树林边缘。至此，试验场地清理完毕。

在那些残枝败叶清理掉之后，我甚至不敢确定这个场地像农场还是像战场。我的研究经费不包括建造拦牛木栅的费用，所以我在入口处横贯马路画了一个假木栅。我听说牛不敢跨过马路上画的线，因为怕摔断腿。在最初的几个月里，这种方法确实奏效了。第二年夏天，我和同事在炎炎烈日下花了一个月的时间，历尽艰辛，终于把树苗种在了确切的位置上。

几周之内，所有的树苗都死了。

我惊呆了。我从未见过失败得如此彻底的人造林。检查发现，它们的茎有腐烂现象，但没有证据表明它们受到了严重的晒伤或冻伤。我把树根挖出来，放在家里的显微镜下检查，没有发现明显的病理性感染迹象。但它们让我想起了在利卢埃特看到的经过防腐处理的云杉根。它们没有长出新的根尖，只有黑色的、没有分枝的次生吸收根。我回到试验场地，看着那一丛丛茂盛的鸭茅，很奇怪它们为什么会出现在那里。就在这时，那位牧民开着车过来了。"你的树死了！"他笑着说，眯起眼睛看着那些死树苗。

"是的，不知道是怎么回事。"

后来我们才发现他清楚是怎么回事，而且十分清楚。失去这块放牧场地让他异常愤怒，于是他在这个皆伐区洒下了大量的草籽。

我和同事们一边小声嘀咕着（主要是我），一边把草清除掉，然后重新种上了树苗。但种植再一次失败了。所有的混合方案都失败了：首先死去的是白皮纸桦，然后是星形针叶的落叶松，再然后是叶子像软瓶刷一样的冷杉，最后是辫子状针叶的雪松。先后次序与它们对光线和水资源短缺的敏感程度一致。

第二年我们进行了第三次尝试，又失败了。

然后是第四次种植。

树苗仍然全部死亡。那个地方就像一个黑洞，除了茂盛的草什么都种不活。牛来到了场地上，对着我们得意地笑着，我想把所有的牛屎都收集起来，倒在那位牧民的卡车上。我猜想第一年种的树苗是被那些草抢去了水分，但我也有一种不安的感觉：我怀疑土壤本身也出了问题。我马上想到了那位牧民，但是我心里知道我的场地准备工作非常充分，已经把林地表面置换了一遍，表层土都刮走了。因此，把责任推给那位牧民肯定于事无补。

花旗松和落叶松只会与包裹在根尖外面的外生菌根真菌形成共生关系，而那些草只会与可以穿透根部皮层细胞的丛枝菌根真菌形成共生关系。这些树苗之所以死亡，是因为它们需要的菌根真菌被那些该死的草才会喜欢的菌根真菌所取代。我突然意识到，这位牧民帮助我解决了困扰我的那个最深刻的问题：与合适的土壤真菌建立连接，对树木的健康来说是否至关重要？

第五年，我再次种下了树苗，但这一次我从邻近森林的成年桦树和冷杉树下收集了一些活土。我在1/3的种植穴中各放了一杯活土。我打算把这些幼苗与另外的1/3种植穴中的树苗进行比较，后者是平整土地后没有加入活土就直接栽种的。我还在最后1/3的种植穴里放了在实验室里辐射处理以杀死真菌的老林土壤。这有助于我搞清楚一个问题：移土可以改善树苗状况，是否因为土壤里面有活的真菌或者有某些化学成分。在5次尝试之后，我感觉我很快就会有所发现。

第二年，我又回到了试验场地。种在老林土壤里的树苗长得非常好。不出所料，那些没有移土或移土经辐射处理变成了死土的树苗都死了，它们像往常一样遭遇了病害。多年来，病害问题一直困扰着它们，也困扰着我们。我挖出一些树苗作为样本，带回家用显微镜观察。果然，死苗没有新生的根尖。但是当我查看生长在老林土壤里的树苗时，我惊讶得跳了起来。

天啊！根尖上覆盖着令人眼花缭乱的各种真菌，黄色、白色、粉色、紫色、米色、黑色、灰色、奶油色，各种颜色应有尽有。

原来问题的根源在于土壤。

琼已经成了花旗松林和干旱寒冷地区树苗普遍生长不良问题的专家，我拉着她，让她也看一看。她摘下眼镜，朝显微镜里看了看，喊道："完美！"

我喜出望外。但我也知道，我只是触及了表面。西马德山上最近出现了无数个皆伐区，原始森林被彻底摧毁。我曾驾车在那条沿着海岸新修的伐道上驶过。我们过去常在那里停泊爷爷的船屋，吉格斯遇险的户外厕所以前就在那里，还有亨利爷爷的水车和水滑道。现在，那个地方到处都是皆伐区。砍伐、单作种植和喷洒除草剂彻底改变了我童年的森林。在我为自己的发现而欢欣鼓舞的同时，我也为无情的砍伐感到痛心。我感到自己有责任站出来。我认为政府的政策削弱了树木和土壤之间的联系，破坏了土地，也破坏了我们与森林之间的联系，因此我必须站出来反对这些政策。

我对这些政策和做法背后的狂热有所了解，那是一种金钱支撑的狂热。

在离开实验场地的那天，我停下来汲取森林的智慧。我走到老鹰河边一棵树龄较大的桦树前。我曾在那里收集一些泥土移到种植穴中，它的粗大结实的树干四周都长有纸一样的树皮。我抚摸着它的树皮，低声向它致谢，感谢它向我展示了它的一些秘密，感谢它拯救了我的实验。

然后，我许下一个诺言。

我承诺，我一定要弄清楚树木是如何感知和发送信号给其他植物、昆虫和真菌的。

搞清楚它们是如何把消息传送出去的。

土壤中真菌死亡，以及菌根共生关系终止，揭开了我第一批种植的小树苗发黄死亡的谜底。我已经确定菌根真菌被意外杀死也会导致树木死亡。我从原生植物那里获取腐殖质，并将腐殖质中的真菌放回人造林的土壤中，这种做法对树木起到了帮助作用。

远处，直升机正在向山谷喷洒化学制剂，以杀死颤杨、桤木和桦树，以便种植云杉、松树和冷杉等经济作物。我讨厌这种声音。我必须阻止它。

我对这场针对桤木的战争尤其感到困惑，因为弗兰克氏菌（桤木根部的共生细菌）有一种独特的能力，可以将大气中的氮转化为另一种形式的氮，而小灌木可以利用这些转化后的氮制造树叶。当桤木在秋天落叶并腐烂时，氮被释放到土壤中，松树可以通过根吸收这些氮。这种氮的转化过程对于松树来说是不可或缺的，因为这些森林每100年就会发生火灾，大部分氮随之被排放回大气中。

不过，如果我希望在森林实践方面有所作为，那么我还需要更多关于土壤条件以及树木如何与其他植物建立联系并向它们发出信号的证据。艾伦鼓励我回大学读研究生，继续提升自己的能力。我当时26岁，几个月后我来到位于美国科瓦利斯的俄勒冈州立大学，开始攻读硕士学位。我决定做一个实验，测试桤木是否像那些政策所认为的那样，是真正的松树杀手，还是说桤木可以利用氮素改善土壤，促进松树的生长。

我猜是后者。

事实证明，我的预感比我想象的更有先见之明。我知道，我对自由生长政策的深入研究可能会激怒政策制定者。我只是不知道他们会有多大的反应。

第6章

桤木洼地

押送犯人的卡车开过来的时候,我有点儿犹豫了。

20名身穿黑白条纹服装的囚犯跌跌撞撞地走上了伐道。这些被关押在坎卢普斯北部一个惩教中心的囚犯不是杀人犯,更像是小偷,他们的举止行为十分粗野。看守和林务局的一位同事让他们迅速排好队。萝宾和我站在伐木区,从上方200米的地方俯视着他们。一个多月来,萝宾一直和我一起,待在一个10年前留下来的到处都是锡特卡桤木洼地的伐木区里,帮助我完成我的硕士阶段实验。

这个皆伐区非常适合我目前的实验。我的实验目的是研究桤木灌木对美国黑松幼苗成活及生长的影响。为了让人造松树林实现自由生长,全省各地都在砍伐和喷洒药剂,使桤木陷入了濒临灭绝的境地。这项雄心勃勃的根除计划耗资数百万美元,在没有任何证据证明它有助于松树生长的情况下,就付诸实施。这是人们担心桤木灌木会抑制、杀死具有商业价值的树木这种心理引发的反应,而且是一种过于夸张的反应。

桤木生长在美国黑松原生林中的林下层。19世纪晚期，定居者在铺设铁路和寻找黄金时引发了山火，随后在被冰雪覆盖的内陆高原地面上再生出了这片广袤的树林。100年后，这片森林被伐木除枝机（装有机械手臂挥舞着锯子的拖拉机）夷为平地，那些可怜的桤木要么被车轮碾压，要么跟松树一起被砍断。没有了树冠的遮挡，阳光照在桤木树桩上，让它们长出了大量的枝叶。由于水土资源丰富，这里成了桤木的天堂。丛生的桤木在现有的根状茎上迅速向周围扩展，而在桤木茂密的树叶下，红拂子茅、火草和糙莓生长得非常茂盛。在驾车经过的森林管理员看来，栽种在大量桤木和杂草之中的松树幼苗似乎快要死了。在攻读硕士的那几年，我曾驾车穿过很多森林。为了看看这些人造林里面的情况，我曾下车走到挤在道路上的桤木当中。穿过这堵绿色的墙后，我通常会发现长势良好的松树。但是，林务员只要站在路边看到一片桤木的海洋，即使还能看到有许多松树探出了枝干，也会认为这足以证明应该使用化学武器或者使用锯子和剪刀，消灭这些桤木。

但这有什么用呢？没有人知道清除这些杂草是否会促进人造林的生长。我的实验就是为了填补这一知识空白，量化桤木和松树伴生植物的竞争效应。更让我感兴趣的是，这些原生灌木是否真的会与松树合作，帮助它们与土壤结合，从而创建一个健康的森林群落。

要了解桤木是否以及如何干扰松树，我必须减少齐肩高灌木的数量，使各块地上的密度都不相同，包括彻底清除某些地块上的灌木。这样一来，我可以把与不同数量的桤木比邻的松树生长情况，与单独生长、不受竞争影响的松树生长情况放到一起进行比较。我不再仅仅是间苗，而是决定砍光这些桤木，让它们在数量受控的条件下重新发芽，这样我要种植的齐脚踝高的松树苗就会面临现实条件下的敌人。让它们一起开始高度竞赛，我就能更好地判断他们在平等条件下是如何竞争的。如果在皆伐的时候能来现场做实验，我就可以在种植实验松树的同时对新长出的桤木进行间苗处理。但是，我是在桤木树桩长出的灌木已经完全长开之后才来的。大自然是一个不带感情的合作者。

囚犯们需要用弯刀砍掉所有的桤木，留下齐脚踝高的树桩。每棵桤木灌木有大约30根茎，都是从一个共同的根状茎上长出来的，这跟玫瑰丛的生长方式差不多，不过枝条更加密集。为了使桤木的密度各不相同，我计划在砍倒这些桤木后，通过控制措施，使某些桤木丛能长出新叶，某些不能长出新叶。方法是选择一些桤木丛，然后在茎的顶部刷除草剂。利用这个办法，我们可以创建5种不同的密度：从整块地上没有一棵桤木（将所有桤木顶部刷上除草剂）到每公顷2 400丛桤木（所有桤木都不刷除草剂，让它们都活下来），中间还有三个不同密度（每公顷有600、1 200、1 600丛桤木）。

在无桤木方案中，我还想让草本植物形成不同的覆盖梯度——包括红拂子茅、火草、越橘、糙莓和其他10多个少数物种，它们的数量各不相同。这样我就可以分离出桤木幼苗的竞争效应，分别评估这些植物成分对松树幼苗的竞争效应。桤木被认为是松树幼苗主要的敌人,但这些低矮植物也被认为是竞争对手。火草和红拂子茅都属于草本植物,越橘和糙莓是灌木,但它们的高度都不到我的膝盖,所以我把它们归类为"草本层"。为了评估草本层的竞争效应,我将制订三种不含桤木的草本层方案:100%的草本覆盖率,让天然覆盖的草本自由生长;50%的草本覆盖率,天然覆盖的草本植物减半;零草本覆盖率,将所有草本植物清除。在每一个方案中,我都会先砍掉桤木,给它们刷除草剂,然后喷洒除草剂,杀死指定比例的草本植物。在彻底清除方案中,我将给所有能看到的东西(包括灌木、草本植物和苔藓)喷洒除草剂,让那块土地变成不毛之地。

这种极端的光地方案让我想起了谷底的农田。这是一个可怕的作战计划,但我之所以制订这个计划,是因为在20世纪80年代,美国草类科学家沿着农业绿色革命(使用除草剂、化肥和各种高产作物)这条道路,发现这些条件催生了大量生长速度极快的作物,而加拿大不列颠哥伦比亚省的政策制定者认为他们可以复制这种方法,挖掘松树的最大生长潜力。他们认为,如果他们能让松树像豆子那样生长,森林生长的速度肯定就会加快,产出也会增加。测试他们的这个想法,是我应尽的责任。我需要比较这种做法与其他所有做法的效果。我们将重复这7种方案——其中4种保留一部分桤木,另外3种清除所有桤木但保留不同比例的草本层,每种方案实施三次。每块实验用地都是20米见方的正方形,21块地都在一个10公顷的皆伐区里,总面积大约1公顷。

在这7种方案中，我都会种植松树苗，这样我就可以测量它们与桤木及草本层竞争阳光、水分和养分的激烈程度，以及它们开展合作的强度。我知道桤木可能会提升土壤中氮的含量。我会调查这对松树有多大的帮助，还会调查它们对光、水及磷、钾、硫等养分的竞争。我还会了解对松树苗来说这些草本植物是激烈竞争的对手，还是在某种程度上也能提供保护的盟友。我要记录松树、桤木和这些草本植物获得的资源数量，还会检查在桤木与草本植物数量各不相同的所有7种方案中松树的生长速度和成活情况。

当这些人沿着小路行进时，我和萝宾俯瞰着随着山势高低绵延起伏的松树林。她当时28岁，比我大两岁。她希望从我这儿得到"不会出问题"的信号，但我很紧张。她当时穿着紧身背心。我说："我觉得你应该……"

"对。"她一边说，一边把她的伐木工夹克衫往上拉了拉，盖住了低胸上衣。囚犯们向我们走来，一路上都在小声爆着粗口，就像说顺口溜一样。他们叫嚷着爬过倒刺铁丝网。这是凯利从蹄铁匠生意中抽出一个星期的时间修建的。它绷得紧紧的，有5股铁丝，而且非常细致，它的作用是拦住牛。

我告诉看守，要贴着地面砍倒那些灌木。他接受了我的安排，但现场有可能出现爆发性的场面，而他唯一的武器是警棍。我和萝宾让他们开始工作，然后我们就逃到实验场地的另一头。

我们的剪刀和背携式喷雾器还留在原处。我决定和萝宾一起，亲自动手实施光地实验方案，这个极端方案不需要那些囚犯参与。为了尽可能地消灭场地上的植物，我们把每棵桤木都剪到只剩一点儿残根，然后把剪下来的枝干拖到旁边，让那些草本植物暴露在外面。我们在残根的顶部涂上2,4—二氯苯氧乙酸，还在草本植物上喷洒镇草宁，把它们全部杀死。在50%草本覆盖率方案中，我们以棋盘格的方式给1/2的草本植物喷洒镇草宁。场地看上去光秃秃的，杀死这些植物让我们的心情很不好，但这一次我们追求更远大目标的决心更加坚定。如果我们发现这些原生植物并不是政策制定者口中的杀手，也许他们就会重新考虑在全省范围内实施的那些严酷做法。

我们脱下塑料手套和雨衣，在最后一块光地边上休息。我们在凌晨三点给喷雾器装好过滤器后，就开始工作了。萝宾给我一块松饼，是用喷洒除草剂前采摘的越橘做的。尽管已经洗过手，而且坐到了喷洒过除草剂的那块地外面，但是在吃东西时我们还是在手上套上了塑料袋。

"看，田鼠！"她一边指着，一边喊道。在挂着粉红色除草剂液滴的枝叶中，那些田鼠正在跑来跑去，把剪下来的草拖到我们堆在地边的桤木堆上。"还有兔子！"

她还没有意识到这些小生物吃的是有毒的东西。我眼前闪现了这样的场景：它们把我们剪下来的枝叶和草带回洞中，把这些致命的食物喂给自己的幼崽吃，然后全部死在地下洞穴中。

"走开。"我大喊着朝它们跑去，"别吃这些东西！"

但我们无法阻止这些田鼠、兔子和地松鼠觅食。我们杀死了桤木，扰乱了它们的生活。我和萝宾无助地看着对方——根本不需要测量，我们就能清楚地看出生态系统被破坏了。

这时，我们听到了喊叫声。萝宾跟着我来到100米外的地方——那些囚犯所在的长有茂密桤木的那块地。喧闹声越来越大，越来越急。为了看得更清楚，我们趴在地上，从一丛浓密的灌木中钻了过去。

囚犯们齐声发出"啊嗯、啊嗯"的声音。

这是在表示他们有不同意见。一些人站在那里，跟着啊嗯声的节奏耸动着身体。一个怒气冲天的家伙在带节奏，另一个有深深的伤疤的人坐在树桩上，正在声嘶力竭地发着啊嗯声，脖子上的血管都鼓了起来。还有一个瘦骨嶙峋的家伙表情木然，让人害怕。他们放下了弯刀以示抗议。看守命令所有囚犯都站起来。我和萝宾屏住了呼吸。有20个囚犯，只有两个手无寸铁的人看着他们，再加上我们两个人，什么事都有可能发生。

带头的囚犯沉默了下来，看守和我在林务局的那名同事带他们沿着小路朝山下走去，然后上了车。他们在试验场地上只待了两个小时。

我们对他们的工作进行了检查，检查结果让我极度失望。我本来期望他们贴近根部砍断桤木，留下平整的切口，以便我们轻松地涂刷除草剂，控制再次抽芽的桤木的数量。结果发现那些桤木似乎被砍死了，树冠被砍了下来，留下尖尖的茎，到我的大腿那么高。树汁从扯开的树皮中渗出，沿着褐色的、布满斑点的茎往下流。树枝看上去就像长矛，能扎穿鹿的肚子。

第 6 章 桤木洼地

一周后，我和萝宾完成了我们原本希望囚犯们完成的剪枝工作。我的其他研究助理都到齐了。他们都是我的家人。萝宾把她的黑头发扎成了马尾辫。她手拿铲子，蹲在装着松树苗的盒子旁，恨不得马上把它们种到地里。凯利穿着牛仔裤和牛仔靴，腰间挂着一条木工腰带，一看就是一个干活的好手。他准备给防牛栅栏装上大门，拉紧铁丝——当地的牧民已经获得了放牧许可证。琼就像我的家庭成员，她拿着卡尺和卷尺，这是测量即将种植的树苗的尺寸并评估其状况的工具。妈妈坐在树桩上，手里拿着记事本，微笑地看着她的孩子们。从她的笑容可以看出她非常高兴。囚犯们带给我和萝宾的急躁情绪随着妈妈的出现烟消云散了。再过几个星期，爸爸就要来了。他小心翼翼地错开时间，以免和妈妈同时出现在同一个地方。

坐在我旁边的是唐，他一头卷发，是我今年1月在俄勒冈州立大学认识的朋友。他是一位教授的研究助理，而那位教授研究的是森林采伐对土壤长期生产率的影响。唐对我照顾有加，让我对研究生的学习生活有了基本的了解，包括如何使用电子表格，去哪里跑步，哪里有最好的酒吧。他说："你可以这样编写统计分析代码。"然后，他帮我解决了我一直搞不清的难题。我迫不及待地等着他的出现。他和大家很合得来，一起聊着林业上的事。有他在身边，我兴奋得浑身发热。我坠入爱河了。

"这些地块安排得太棒了，苏西。"唐盯着我们用来标记这

21块实验场地的柱子说。我很激动，他已经开始用我家人常用的昵称称呼我了。他一边说，一边伸出手拍了拍我的后背。

为了把他的注意力拉回到工作上，萝宾强调每块地将种植7行松树苗，每行种7棵苗，间距2.5米，两行之间还将多种植10棵苗，以便进行特殊的破坏性测量。她看得出唐是称职的，但她需要再确认一下。唐很从容，在说完接下来他要做的工作后，还引用了一句他最喜欢的演员格劳乔·马克斯的话："这些是我的原则，如果你不喜欢……那我还有另外的原则。"他们笑着起身上山，开始以不同密度种植那1 239棵树苗。

"轮到我们了。"琼对妈妈说。他们要跟在萝宾和唐的身后。琼走到第一排新栽的松树苗前，把挂有金属牌的木桩打进每棵树苗旁边的土壤里，然后用尺子测量树苗高度，用卡尺测量直径。妈妈负责把这些数字填到数据表中。发出新叶的桤木仿佛枝形大烛台，在它们的下面，松树苗的针叶呈螺旋形排列，一束针叶就像是一束花。这些松树苗最终会长成它们所取代的美国黑松那样，拥有修长的树干，上面是簇状树冠，就像点着的蜡烛。

栅栏还剩最后一段没有建好。我们走到那里的时候，凯利问我："你想安带锁的门还是直通门？"我和他共同研究了一下准备放柱子的土丘和凹陷处，那安静的几分钟让我深感宽慰。作为一个牛仔，他似乎无所不能，连修建栅栏都能轻松搞定。他的肩膀强壮有力，甚至可以徒手挖洞，尽管他曾因像10多岁时那样激情四射地参加骑牛而导致肩膀脱臼。最终，他在我的实验场地周围修建了一道十分牢固、几十年也不会倒的栅栏。

"我不是专家,但是装一个简单的直通门,也就是留一个人能通过而牛不能通过的 Y 形缺口,应该就足够了。"我说。

"是的,这最简单也最便宜。"他说。

"只要足够大,能让我们的设备通过就可以,比如说,我和爸爸几周后要用的那个压力计。"我比画着那台仪器的大致尺寸,它和温妮外婆的便携式胜家缝纫机的箱子差不多大。

"我给外门柱设计一个角度,让牛挤不进去,但你说的那个什么机器能通过,不就行了吗?"他的微笑让嘴唇下的伤疤显得更长了。"我真想看到爸爸赶着牛来这里。"

"那样的话就太有意思了。我们会在半夜把设备拖进去。"

"他今天没来真是太遗憾了。"凯利轻声说,他仍然没有忘记父母分手的事,尽管那已经是 13 年前的事了。

"妈妈在这里,他会非常紧张的。"

"下周末,我会在威廉姆斯湖牛仔竞技大会上见到他,我参加了套小牛和骑牛比赛。"

"太好了。"我感谢他修了这么结实的栅栏,并请他代我向蒂法妮问好。我还没见过她,但我听说她有一头乱蓬蓬的红头发,还会跳两步舞。

凯利脸上笑开了花。他说:"谢谢,我会的。"他为自己的成果感到骄傲,也为我的欣赏而感动。直到他拿起铁铲,朝我挥挥手,让我回去继续摆弄我的那些树,他的笑容都没有消失。

在琼和妈妈打下标记桩、收集第一批树苗的数据时,唐帮助我和萝宾种下了更多的树苗。"和我们那里比起来,你们这里真的是太荒凉、太空旷了。"他伸出手臂,对着眼前的景色扫了一圈,这让在这里成长的我感到骄傲。"我希望能来加拿大,和你永远在一起。"他的语速有点儿快。他很健谈,一张嘴就滔滔不绝。我很喜欢他的这一点。我们的日子被工作挤得满满的,每天都身心俱疲。晚上,我能从他的皮肤上闻到泥土的气息。

在唐回去继续从事助教工作的前一天,我和他用一个一英尺[①]长的T形土壤取样器收集了土壤样本。他教我把取样器的尖端插入森林地面,拉动把手,取出长长一管矿质土壤,然后装进单独的样品袋中。在所有植物都被我们杀死了的那些地方,土壤就像黄油一样。但是,在植物长得很结实的地方,取样的难度很大,含有大量碳的活根纵横交错,就像迷宫一样,取样器根本扎不进去。我们必须站到把手上,才能把取样器扎到地底下。到了中午,看到我浑身酸痛的样子,他给我按摩后背。

当他准备离开时,我忍不住哭了。他向我保证,他会在9月份回来,帮助测量最后一批树苗。我们约好去威尔斯格雷公园划独木舟。

几周后,我和萝宾回到实验场地,测量每种方案中光照、水分和营养成分等数据。既然我们选中的桤木又长出了新芽,留下来的草本植物也长出了叶子,那么它们抢占了松树苗多少光照呢?它们吸收了多少养分,留了多少给树苗?在其他植物对水分

[①] 1英尺=30.48厘米。——编者注

的需求得到满足后,土壤中可供松树吸收的水分还有多少?

为了测量土壤中的水分含量,我们使用了一个中子探测器。中子探测器就像它的名字所暗示的那样危险,是一个从外观来看就像炸药雷管的黄色金属盒子,里面有一个中子源,有放射性,它可以测量水与土壤孔隙的黏着度。水越稀少,它对土壤颗粒的附着力就越大,松树就越难吸收——中子探测器可以告诉我们附着力到底有多大。桤木、松树和草本植物都需要水来进行光合作用,但桤木需要的水分最多,因为它们需要产生足够的能量,将大气中的氮转化为桤木可以利用的铵。根据我的预测,因为要顺利完成这个需要大量能量的过程,所以桤木吸收的土壤水分应该最多。这是我的直觉。草本植物有一团纤维状的根,可能也会吸收大量水分。

我和萝宾把这个黄色盒子拿到一个埋到地下一米深的铝制圆筒前,然后小心翼翼地把它放到圆筒上面。我们在每块地里都埋设了这样的圆筒,用于测量土壤含水量。桤木吸收的水分越多,它的光合速率就越高,投入固氮过程中的能量也越多。与此同时,留给松树苗的水分也会越少。这是一种此消彼长的关系。

黄盒子里有一盘电缆,电缆的末端有一个套管,里面有发射中子的放射性小球。通过柱塞释放电缆,套管就会下降到圆筒中,这会导致小球发射出高速中子,与土壤中的水分子碰撞。电子探测器会记录有多少减速的中子反弹回来,以测量土壤的水分含量。只要按下一个按钮,电缆就会缩回盒子里,就像电源线缩回吸尘器一样快。

"我不知道这个东西的工作原理，但我以后还想生孩子。"萝宾说。

我将把手往下推，把电缆插进圆筒里。我讨厌中子探测器。它又旧又沉，电缆也黏糊糊的。我也不喜欢司机们看到我贴在汽车后挡板上的放射性警告标志时的奇怪眼神。最重要的是，我害怕辐射。

测量21个圆筒里的水分用了一整天。在夏天剩下的时间里，这种测量还会重复几次，看看每块地的干旱程度有多严重，尤其是有茂密桤木的那些地。这项工作不是那么容易，因为这台仪器不便携带，而且电缆有时放不下去。另外，如果我们放在圆筒上面的塑料咖啡杯被松鼠碰掉了，圆筒里就有可能积有半筒水。

剩下最后一个圆筒时，我终于松了一口气，紧张的一天就快要结束了。我看着地面，倒吸了一口气。装着中子源的套管没有任何遮掩地拖在我们脚边。锁紧装置很可能在使用上一个圆筒时就不起作用了，电缆没有收回来。我们暴露在辐射中。

"苏西！"萝宾喊道。

"天啊！"我也大叫一声。我按下黄色盒子上的按钮，电缆和套管缩回了盒子里。

这很危险吗？作为使用该设备的一项条件，加拿大原子能机构要求我们在衬衫口袋上戴着一枚胶片式辐射计量器，以测量重要器官受辐射的程度。

"我想我们会没事的。"我把辐射计量器跟她解释了一下。

萝宾想念比尔，她将在感恩节和比尔在妈妈的客厅里举行婚礼，这个疏忽对她来说是致命的一击。我承诺马上把计量器送去检验。我也很着急，毕竟，辐射会致癌。吃晚饭时，琼的话分散了我们的注意力。她说，她在评估人造林时不小心把化肥遗留在那里，一些牛吃了这些化肥后胀肚、放屁、打嗝。我在写给唐的信里情不自禁地诉说着我的恐惧。

当消息从加拿大原子能机构传来时，我一动不动地盯着检验结果。我们的暴露量远远低于被认为会导致问题的阈值。我们再一次逃过一劫。

从6月初到9月末，我和萝宾每两周回来一次，用探测器重复测量土壤含水量。通过每两周的电子读数，我分析了生长季节土壤水分的变化趋势。一种明显的模式逐渐变得清晰了。在春天，冰雪初融会让土壤孔隙充满水。桤木是否发芽都没有关系，因为两米厚的冬季积雪融化后，桤木再多也无法消耗掉那么多的水分。但到了8月初，在桤木生长茂密的地方，土壤孔隙已经干涸。桤木繁茂的枝叶通过它们开放的气孔迅速排出大量的水分，所以它们消耗掉了大部分的自由水分。但在桤木被我们彻底清除的那些地方，土壤里没有树根，土壤孔隙整个夏天都装满了水。啊，看来那些人热衷于除草是对的。在仲夏时节，桤木似乎只给松树苗留下了很少的水分。关键问题是：消灭桤木后，松树是否像政策制定者所预期的那样迅速生长，而不是像种植在桤木丛中的松树那样生长缓慢；另外，在水分充足的季节，它们是否会获取并利用多余的水分？

为了回答这个问题，我需要测量在仲夏季节松树幼苗里到底有多少水分。我找了爸爸来帮我。

❦

8月7日午夜，我们离开了小镇。根据我和萝宾用中子探测器测得的数据，被桤木遮蔽的土壤最干燥。开车到实验场地需要两个小时。高高瘦瘦的爸爸带着他的新婚妻子玛琳打包的丰盛午餐，钻进了我的卡车驾驶室。我们在公路上缓慢行驶的时候，他从保温瓶里给我们各倒了一杯咖啡。上了崎岖不平的伐木道后，越往树林深处，灌木丛就越阴暗。爸爸的眼睛瞪得更圆了。尽管他从小就怕黑，但在我们全家出去冒险时他从来不会拖后腿，包括我们前去梅布尔湖沙滩并在船屋里待了几个星期的那一次。那里荒无人烟，什么事都有可能发生。我让他放心，我的灯很亮，没什么可怕的。

在森林边缘等着我们的是一个驳船大小的高压氮气缸。我解释说，我们需要在半夜利用这些氮气，观察树苗是否从白天的干旱压力中恢复过来了。根据中子探测器的测量结果，土壤中有大量水分，因此我猜测，考虑到桤木会吸收水分，在夜间光地方案中的松树应该比那些种植在桤木中间的松树恢复得更充分。在午夜测量之后，我们会在中午重新评估这些树苗，看看它们在一天最热的时候所承受的压力。如果它们白天和晚上都缺水，我就会知道哪些树苗有大麻烦，甚至在夏天结束前就会死亡。这也能解释为什么种植在光秃秃的土壤里的树苗比种植在桤木当中的树苗长得快。

爸爸摆弄着跟他的拳头差不多大小的头灯上的橡皮头带。我把开关调到高挡，看到头灯发出明亮的光，他立刻笑了。我把我的头灯光度也调到高档，还打开了两只手电筒，然后关掉了卡车的灯。我们相互看了看。头灯和手电筒的灯光在漆黑的夜晚显得不是那么亮。"你就紧跟在我身后，爸爸。"我说。他点了点头。

我们要从大氮气缸里加一些氮气到保温瓶大小的氮气罐中，因为大氮气缸太重，无法拖到山上的实验场地。我向爸爸展示了如何利用调节阀减小从大缸流进管子（管子的另一头连接小罐子）中的气体的压力。如果没有调节阀，管子和小罐子都会被炸成碎片，我们自己或许也会被炸死。一想到可能犯错误，我就有点儿紧张，但我没有表现出来。

我们加好氮气，走进黑漆漆的灌木丛。由于距离很近，我们不时碰到对方的手肘。爸爸带着熊角和那罐氮气，我拖着20磅重的压力计，它可以测量树苗木质部（茎中负责运输水分的中心维管组织）中的水压。

我用灯照着大门，对爸爸说："这道栅栏是凯利修的。"

"他？"爸爸拉了拉上面的铁丝，看看它紧不紧，然后用食指贴在上面划过，好像那是一件精美的家具。"非常完美！"爸爸拼命工作，为凯利准备好了一切，也许是希望为他自己童年的贫困生活做出补偿。他给凯利买了最好的冰球装备，还去观看比赛。他给凯利报名了滑冰爆发力培训，支持他参加全明星队，希望他能像加拿大的许多男孩那样享受冰上的乐趣。

我们跌跌撞撞地在实施最多桤木方案的地块和实施光地方案的地块之间建立了一个测量站。我把一块胶合板平放在旧树桩上，然后把设备放在上面。爸爸紧紧地跟着我。压力舱的金属外壳很沉，看上去就像里面装过冷战时期的炸弹一样。打开外壳，就会看到舱室、刻度盘和一些旋钮，看起来就像是测谎仪或者对间谍实施电刑逼供的设备。"我爸爸也有类似的东西。"爸爸一边说，一边吹起了口哨。祖父在老房子地下室的工作间里摆满了各种各样奇怪的装置，大多数是他自制的伐木设备。

"爸爸，去那块长满桤木的地里，从系着标记的松树苗上剪下一根侧枝。"我把灯光照向一棵系着粉红色带子的松树。"剪侧枝，不要剪顶枝，否则松树就不会向上生长了。"

爸爸看着我，就像我让他跳悬崖似的，然后低声说："明白了。"

到目前为止，他显得很平静，但现在我开始担心了，他一生都极其害怕丛林中的危险，更不用说在漆黑的夜晚了，因此他可能会感到恐慌。"我就在这儿，爸爸。"我打开了从琼那里借来的随身听，夜空中开始飘荡恐怖海峡乐队的《生活之路》。爸爸消失在黑暗中，我仅能看到他晃动着的头灯。我不停地大声告诉他我就在这里。过了一会儿，他回来了，自豪地拿着一根生机勃勃的顶枝。

我接过顶枝，剥去针叶和韧皮部，只留下中央的一英寸长的木质部。木质部将水分从根部输送到枝条，以应对蒸腾作用（在光合作用过程中针叶气孔会释放出水蒸气）造成的水分不足。

第 6 章 桤木洼地

在白天，木质部的水压应该很低，因为根从干燥土壤吸收到的水分很难弥补蒸腾造成的水汽亏空。夜间木质部的压力读数应该较高，因为气孔关闭，而主根仍在获取地下水，使木质部处于饱和状态，而不会有任何水分不足的压力。但是，如果中午天气极其干燥，那么到了夜间树苗可能无法完全恢复，因此午夜时木质部的细胞可能仍然缺水。

我把中央木质部塞进我在一个25美分大小的橡皮塞中央戳出来的小孔中，让主枝其余的部分（嫩枝和针叶）倒挂在橡皮塞的底部。然后，我把橡皮塞塞进厚实的压力计螺旋盖中央钻出来的一个25美分大小的孔里，把柔软的嫩枝塞进梅森瓶那么大的氮气室里，再把盖子拧紧。这段树枝看起来就像一个倒挂在宽口玻璃瓶里的盆景。我用灯照着拧紧的盖子顶部，很高兴看到那块剥了皮的木质部像牙签一样直插在空中。

爸爸惊讶地看着我把连接在小氮气罐上的管子旋进压力室固定，然后转动旋钮，侧耳倾听有没有氮气流动的声音。当我施加的压力与木质部中水的阻力相等时，树枝的切口就会冒出一个水泡。树苗承受的压力越大，木质部与水分结合得就越紧密，旋钮转动的幅度就越大。

爸爸的工作就是在看到有气泡时大喊一声"停！"。

他兴奋起来，大声喊道："停！"响亮的声音把我吓一跳。我啪的一声关了氮气，冲着仪表读数吹了个口哨。读数是5格，这表明秧苗缺水，夜间没能完全恢复。爸爸肯定地告诉我，样本是他从那丛桤木的中间位置树苗上采集的。

桤木吸收了大部分的水，导致松树苗水分不足。我解释说，桤木可能需要大量的水来为氮转化成铵提供能量。土壤数据还告诉我，桤木树叶在秋天衰老分解时，会向土壤释放大量的氮。松树的根可以吸收这些氮。"尽管水分不足，但这棵树苗的针叶里应该有很多氮。"我说。

"能验证吗？"爸爸问。

我同意把这些针叶送到实验室，去检测氮的浓度。我打开氮气室，把树苗样本递给了他，他迅速把这些针叶装进了塑料袋。我开始觉得他有成为一名优秀技术员的潜力。

"接下来测量哪儿的树苗？"他渴望再次完成这份需要摸黑进行的工作。这一次，他在一片被清除了所有桤木的地方找到了一根合适的侧枝。缺水压力信号为零，说明木质部含有大量水分。桤木被清除后，土壤里有更多的水，所以到了晚上松树苗从缺水状态恢复了过来。我尽量不让自己失望，因为到目前为止，这些树苗都证明政策制定者是正确的：盛夏时桤木确实抢走了松树所需的水分。但我更大的探索目标恰恰是指出妄下结论和短视的危险。从长远来看，考虑到氮这个必不可少的重要成分使问题变得更加复杂，他们的观点到底是对还是错呢？

❦

我和萝宾又用中子探测器测量了三次土壤含水量。每一次测量之后，我和爸爸都会在午夜观察树苗对土壤水分波动的反应。

我们的发现让我大吃一惊。

8月底，中子探测器显示密集桤木遮掩的土壤再次补足了水分。密集桤木方案中的土壤含水量已经和光地方案持平了。土壤孔隙中不仅重新注入了夏季后期的雨露，还在夜间吸收了大量地下水。这些地下水是桤木主根吸收自土壤深处，然后通过水分再分配过程，经侧根排放到干燥的表层土壤的。

在清除了所有植物，只种植了松树苗的土壤里，还发生了另外一些变化。随着雨滴落到地里，在地面流淌的雨水会带走土壤的微小颗粒。由于缺少活树枝叶和树根的阻拦，淤泥、黏土和腐殖质颗粒会被涓涓细流冲走。8月下旬，生长有密集桤木的那些土地开始吸收水分，而光地则开始流失水分。

我和爸爸用压力计测试树苗是否能感觉到土壤含水量的变化。随着土壤补充水分，混杂在桤木当中的松树曾经面临的缺水压力完全消失了。除了8月初的一段短暂的时间外，被郁郁葱葱的桤木覆盖的那些地块上种植的松树所经受的缺水压力并不比在光地上种植的那些松树大。事实证明，清除桤木以便松树自由生长的做法，只会在水分吸收方面带来短暂的优势。现在看来，清除所有桤木更像是一种过度的做法。不仅如此，还会造成土壤流失的副作用。

接下来，我检查了光照情况。混杂在发芽桤木中的松树苗接收到的阳光与光地方案中的松树苗一样多，所以光照条件的改善并不能解释无桤木土地里的松树生长速度更快的现象。这里还要考虑另外一个重要变化：唐的土壤样品表明，消灭桤木使土壤中没有新的氮补充（氮添加终止），因为桤木的根部死亡后，固氮的弗兰克氏菌就会全部死亡。氮对于蛋白质、酶和DNA的形成来说必不可少，而这些都是形成树叶、进行光合作用和进化所需的物质。没有氮，植物就不能生长。氮还是温带森林中最重要的营养物质之一，因为它经常随着野火的烟雾排到空气中。众所周知，氮素缺乏和寒冷的温度是限制北方森林树木生长的两大原因。

但是，当桤木和伴生的弗兰克氏菌被消灭导致土壤的氮添加终止时（更准确地说，空气中的氮不再被转化成铵），随着枯枝烂根分解，在短时间内会有大量其他营养物质（磷、硫、钙）进入土壤。另外，随着这些枯枝烂根腐烂，桤木的蛋白质和DNA进一步矿化，或者说分解为铵和硝酸盐等无机氮化物。通过这些过程，氮得以循环利用，以无机氮的形式被释放。溶解在土壤水分中的无机化合物很容易被松树苗吸收，并在短时间里促进它们的生长。但是大约一年之后，死去的桤木已经全部分解，矿化的氮也已经被树苗、植物或微生物消耗掉，或者被地下水淋洗，与桤木自由生长的土壤相比，光地方案中土壤的氮含量骤然下降。尽管分解过程中释放的铵和硝酸盐会在短期内导致氮含量激增，但这些氮很快就被消耗殆尽，而且再也没有桤木帮助补充或提升氮含量。氮从战斗中销声匿迹了。

在第一年的秋天，水分和养分（通过分解过程释放）的短期增加，会导致这里种植的松树苗比在桤木重新发芽的那些地里种植的松树苗生长得更快。这是政策制定者看到的情况。但是，这些树苗会一直苗壮成长吗？它们会不会因为缺氮而受到影响？查看这些数据时，我们感觉很诡异，就好像我们查看的是树苗的星座运势似的。

❦

"我们要等到这片森林完全长成后，才能知道答案吗？"萝宾问道。

我不确定。我想了想我读过的那些文章。很明显，桤木等固氮植物会增加土壤中氮的含量，然后松树的根（或者说是寄生在它们根部的菌根真菌）从土壤中吸收这些氮。

我不明白的是，为什么松树（美国黑松林的根基）会等着接受这些残羹冷炙，难道它们不应该想出更好的生存方式吗？

也许在桤木和枯草的死根腐烂后，光地里的松树苗能够获得足够的氮，或者可能有更直接的来源。

至此已经触及我的知识储备的极限了。

到了10月，我拿到了树叶氮含量的数据。在桤木中生长的松树苗氮含量较高，而没有桤木陪伴的松树苗的氮含量要低得多。尽管在光地方案中，种植在死的桤木根当中的松树吸收了更多的磷和钙（这些都是桤木根腐败释放的），但由于土壤失去了氮添加，它们的氮含量更低。虽然在季中缺水的情况下，一些生长在稠密桤木中的树苗死掉了，但其余的生长状况都很好，氮和水都充足，长得和光地里的树苗一样快。这告诉我，除了8月份压力最大的那几个星期，大部分时间里桤木都在为土壤补充水分和氮。这片森林运转方式的复杂性远高于简单的自由生长政策所以为的程度。

我想，政策制定者肯定只看到了表明资源锐减的数据，于是认为桤木抢占了原本可以提供给松树苗的资源。但这只是站在路边走马观花看到的短期效果。

当我退后一步，用更长远的眼光去了解季节和场地的影响时，我发现这个观点并不全面。这些数据反映的情况似乎与政府补贴有关。

在所有桤木都被清除的那些地里，更多的松树苗成了田鼠和兔子的食物——它们直奔针叶而去。我和萝宾还曾为这些小动物担心，没想到它们在剪下来的桤木堆里疯狂地繁殖。松树苗是光地方案中仅存的绿色植物，就像磁铁一样引来了啮齿类动物，它们在第一个季节就愉快地啃光了那些甘美的嫩枝。地里的树苗大部分只剩下棕色的残根。兔子咬出来的断口与我和萝宾用剪刀剪出来的断口一样平整。还有一些幼苗死于霜冻，短短的针叶变成了黄色，最后除了苍白的枯死的茎以外什么也没有留下来。一些树苗被晒伤了，暴露在阳光下的基部留下了伤疤（正常情况下附近的多叶植物会为树苗的基部遮蔽阳光）。到了夏末，没有桤木做伴的树苗大部分都死了。光秃秃的地面看上去就像月球表面一样毫无生机。

另一方面，与桤木混杂种植的松树基本上还活着。它们的生长速度稍慢于光地方案中仅剩的那几棵树苗，但它们的针叶很健康，呈深绿色。在保留全部桤木的方案中，我们一共种了59棵松树苗，所有树苗的材积总和远大于光地上的材积总和。那块光地上只剩下几棵长得非常快的松树，大量小树的材积总和大于几棵大树的材积总和。

最终，不同于我每年喷洒除草剂以确保桤木和其他植物不会重新生长的那些地方，在桤木生长茂盛的这些地方，我会看到桤木在持续提升土壤的氮含量。15年后，这些地方的氮含量将是桤木被全部消灭的地方的三倍。光地方案用短期收益（水分、光照和养分暂时增加）换来了长期的痛苦，固定氮添加量长期减少。除草方案就是在剜肉补疮。

我回到科瓦利斯，继续完成我的研究生学业。我搬进了唐的那栋舒适的小房子里，和他住在一起，他把那间空着的卧室改成了我的书房。我们的生活很规律：骑自行车去学校，中午沿着乡间小路跑步，在花园里吃饭。他用我们一起摘的苹果和越橘做馅饼。他还种了番茄和南瓜，做好炖菜请朋友们吃晚饭。尽管见到他的朋友我会害羞，但他总是能通过轻松愉快的喋喋不休让我放松下来。我专注于我的课程和数据，而他则会工作、做饭、看世界职业棒球大赛。收集好土壤样本后，他会用仪器对它们进行分析，或者分析数据，以及管理好他导师的实验室。我们每天工作8个小时。他喜欢这种节奏，这也让我的生活有条不紊。他抽空教我如何用质谱仪分析样本，计算土壤的保水能力，还有整理我收集到的大量数据。在漫长的9月之后，我们迎来了凉爽的10月，送走11月的阵雨后，又迎来了12月的雪。雪很厚，我们甚至可以滑雪去学校。每天我都全神贯注地读书、写作、学习，但他并不介意，还对我破解松树和桤木秘密的探索产生了兴趣。到了周末，我们会去喀斯喀特徒步或滑雪。我终于在太平洋西北地区的这个大学城找到了家的感觉，他也很高兴能和我一起安顿下来。我想我们俩都没有意识到，那些日子里我们的生活有多安逸。

我的数据提示有麻烦在等着我。

很明显，去除桤木会减少土壤中转化氮的添加量。在种植后一年内，松针中氮素浓度已经降低，这是去除桤木影响土壤氮含量的一个明显标志。更重要的是，尽管没有桤木做伴的松树生长速度更快，但超过半数的松树都死了。我担心，从长远来看，在未来的几十年里，土壤氮素的减少会降低在开阔地种植的剩余松树的生长速度。最终，我将看到这些没有桤木做伴的松树营养不良，并因此受到山松甲虫的侵扰，剩余的松树大部分都会死去。30年后，原先按照光地方案种植的树苗只有10%能活下来。

除草计划的倡导者一直忽视氮素长期流失并最终导致人造林衰败的后果。我们怎么能忽略这个问题呢？我必须让他们相信桤木对于土壤的资源补给是必要的，而且从长远来看，它与松树生长是互补关系，而不是相互伤害的关系。我需要更多证据来证明桤木是助推者，而不仅仅是竞争者。但是，去除桤木的影响

（固氮、分解和矿化作用的减弱）可能需要几十年的时间才能以森林生产率减弱的形式表现出来。我不可能等那么久。此外，树苗几乎立刻就能感觉到氮素的耗竭。光地上松树的松针氮含量仅在一年之后就低于有桤木为伴的松树。在桤木和松树之间肯定有一条更直接的通道。

我不知道松树苗为什么能迅速地从桤木那里吸收氮素。传统观点认为转化后的氮储存在桤木叶子中，这些叶子在秋末脱落，并被昆虫组成的食物网腐蚀。它们形成了一个生物金字塔，大的吃小的。蚯蚓、蛞蝓、蜗牛、蜘蛛、甲虫、蜈蚣、弹尾虫、千足虫、线蚓、缓步动物、螨虫、少足虫、桡足类动物、细菌、原生动物、线虫、古菌、真菌、病毒，这些动物相互为食。一茶匙的土壤里生活着9 000多万只生物。它们在吃树叶的同时，还会制造越来越小的凋落物颗粒。当它们吞噬这些凋落物及土壤中的其他生物时，就会将多余的氮排泄到土壤的孔隙中，制造出松树根能够吸收的氮化物营养汤。但是在这个分解和矿化过程中，像草这样生长较快的植物可以先于松树攫取这些无机氮，这与那些与桤木和草一起生长的松树针叶中含有大量无机氮的现象并不相符。

一项特别令人不舒服的研究表明，从根尖长出的菌根真菌丝可能会侵入住在土壤中、以腐烂凋落物为食的弹尾虫的胃。真菌丝直接从弹尾虫的胃里吸取氮素，然后直接输送给它们的植物伙伴。当然，弹尾虫会死得很惨。真菌仅仅靠弹尾虫胃里的物质就能提供1/4的植物氮。

我不知道氮素从桤木向松树的转移是否有一种更直接的与真菌有关的途径，可以绕过像弹尾虫这样的分解者。

我查阅了一些期刊，与土壤科学家进行了交谈，还走访了几个真菌学实验室。我记得斯特林溪的"幽灵之花"水晶兰（没有叶绿素的白花）有一种特殊的水晶兰类菌根，它附着在松树上，从松树那里获取光合产物并直接输送给水晶兰，就像侠盗罗宾汉一样。

后来，我取得了一些发现。在大学图书馆查阅了几天的期刊后，我找到了瑞典的年轻研究员克里斯蒂娜·阿内布兰特新近发表的一篇文章。她在不久前发现一种共享的菌根真菌可以将桤木与松树连接到一起，直接输送氮素。快速看完这篇文章后，我惊呆了。

松树从桤木那里获取氮素时，根本不需要通过土壤，而是通过菌根真菌。就好像桤木通过一条管道直接把维生素输送给松树一样。菌根真菌在桤木的根部定植后，真菌丝就会朝着松树根生长，并将这两种植物连到一起。

我猜测氮素沿着这个管道，按照浓度梯度，从含有大量氮素的"富户"桤木，流向"贫困户"松树。

我从期刊堆中冲出，跑到门厅里给萝宾打了个电话。她那年秋天回到了纳尔逊，教一年级。

"等一下。"她朝一个孩子大喊，让他别在走廊里跑，而我则用急促的语气告诉她松树是通过菌根真菌从桤木那里获取氮素的。

"等一等！等一等！真菌管道怎么知道该怎么做呢？那桤木

为什么要自找麻烦呢？"

"哦，这个……"让她来难倒我吧。"也许桤木的氮含量超过了它们的需要。"

"或者松树会回报桤木？"她说。"我要挂了！"

我看了看话筒，它发出了拨号音。然后我跑到唐的办公室，他正在那里处理数据。我大声说找到了一篇很酷的文章，上面写着桤木可以通过真菌网络与松树连接，并向其输送氮素。

"嗯？什么？说慢点儿。"

我一屁股坐在他桌子旁边的椅子上，他的电脑有电视机那么大，屏幕上有一个程序正在处理大量的数据。我详细介绍了那篇文章的具体内容。

"有道理。"他说。他告诉我，加州的一项新研究显示，北美白橡木和花旗松都寄生有这种菌根真菌，科学家正试图弄清楚这两种树木之间是否存在联系，养分是否会在它们之间流动。

我从背包里翻出了他做的巧克力曲奇，它的味道比雷之前做的要好得多。我们交换想法时，我会消耗大量能量。如果像桤木这样可以转化氮的植物能把氮素输送给松树这样的树木，那么森林里的氮素可能不会像我们想象的那么有限。

我们深入讨论了这对农场的影响：例如，如果豆类能将氮素传递给玉米，我们就可以混合作物，不必再用化肥和除草剂污染土壤。

我的心就像上紧发条的钟摆一样不停地摆动。桤木和松树之间的直接联系（这就是松树能够快速感知桤木体内有新转化的、可以利用的氮素的原因）可能就是菌根真菌。由于有这种联系，去除桤木的影响可以立即被松树检测到。如果我能弄清楚桤木是如何把氮素传送给松树的，而且传送速度为什么那么快，我们就不用等上100年，不用等到森林长起来后才知道去除桤木对森林生产力产生了什么样的影响。

"你认为这能阻止他们向桤木喷洒除草剂吗？"我问。

唐敲着键盘，完成了他的计算。"苏西，"他说，"很遗憾，我对此表示怀疑。森林工业需要快速、廉价的木材，他们改善了种植方法，现在在俄勒冈海岸山脉种植花旗松只需要40年，而不是几百年。他们这么做已经有很多年了。他们给红桤木喷洒除草剂，施氮肥，轻轻松松就赚了大钱。"红桤木是一种树，不是像它的"近亲"锡特卡桤木那样的灌木，所以它更容易获得光照（尽管它向土壤中添加的氮素是后者的10倍多）。红桤木在黑名单上排在首位。

最后一个学生轻轻地走过走廊，准备去过夜生活了。我在实验中测量的那些数据只能说明一部分问题，缺少的恰恰是我们还没有完全搞清楚的东西：桤木根部的细菌和菌根以及土壤中其他看不见的生物，是如何帮助松树的。此外，这些数据没有阐明一个更重要的问题：资源上的互动不是赢家通吃的游戏，而是一个互谅互让、从小到大、寻求长期平衡的过程。唐的观点是对的，政府和有经济头脑的公司专注于多快好省的解决办法和经济效益。

看到我的肩膀耷拉了下来，唐告诉我要组织好说辞，用数据反驳他们。他的话让我又振作起来。我做过很多实验，发现给桤木喷洒除草剂并没有改善松树的生长状况,但我真正需要的是桤木帮助松树的证据。

"还记得我今年夏天在你的硕士实验场地取样,测量桤木固定了多少氮素,以及有多少矿化氮最终进入了松树吗?"他关掉了电脑,"我会用这些数据做一些长期预测。"如果他的预测能发表,也许在我们一起搬回加拿大的时候还能帮他找到工作。他会用我的种植数据和氮素数据校准预测模型,模拟不同数量的桤木对松树生长的长期影响。他已经利用红桤木和花旗松运行了这个模型,结果表明在清除了红桤木的地方花旗松的生长速度在100年内就会下降。

"也就是说,我们已经有了可以表明桤木是否在帮助松树的数据。"我兴奋地说,声音又大了起来。夕阳把墙壁染成了鲜亮的橙色。

他拿起他的自行车头盔,准备和我一起回家了。数据只是这场战斗的一部分。清除桤木可能会终止土壤中的氮添加,但到目前为止,我们只得到了一年的树苗生长实验结果。即使有了他的模型运行结果,我也还是需要一些长期数据,才会有说服力。

"林务员肯定要看实验结果。"他说。如果我想让外面的世界接受我的发现,这就是不可或缺的。

我敲了敲我的头盔,知道他说的没错。

"可我不善于演讲。"我说。我害怕公开演讲。"我经常做噩梦,梦见我把幻灯片撒了一地,只好乱说。"我有过一次毫无准备的演讲经历,当时我全身僵硬,差点儿因为尴尬晕了过去。

"是啊，所以我永远都是一名技术员。"他说，"但如果你想要改变，就不能躲避。"

我们骑车回家。在这个清冷的秋天，笼罩在街道上方的大叶槭树披上了灿烂的金色，红橡木仿佛一团团燃烧的火焰。拐进一条空无一人的街道后，我加快车速，和唐并肩而行。我们从工匠风格的平房旁边经过，看到敞开的门廊里有一群群的学生，他们或者在看书，或者在专心致志地交谈。我们从男生联谊会的白色多层建筑前经过，那里停着昂贵的汽车，一群群男孩在打排球和喝啤酒。在我读本科的不列颠哥伦比亚大学，我从未见过这样的男生联谊会或女生联谊会，所以这种美国文化对我来说非常诱人，我不由得看呆了。

我们在一只死负鼠旁边转了个弯。我想，如果它知道人们因为它喜欢在堆肥和烧烤材料中乱翻而说它的坏话，却对它能发挥的那些重要作用（例如捕食扁虱、蛞蝓和蜗牛）视而不见，不知道它会有什么感受。我们在一个十字路口停了下来。我问唐，如果科学妨碍了赚钱，这些公司可能会怎么做。

唐耸了耸肩。"它们会要求制订能保护它们收入的政策。你的说辞必须有说服力。"

他再次加快了速度，而我正苦苦思索到哪里去找能够帮助做出改变的人。我学会了以迂回的方式处理矛盾。我不太会坚持自己的立场，更别提发表演讲了。

"小心，苏西！"听到他的喊声，我猛地刹住车。一辆汽车从我们面前驶过，差点儿撞上我。

在我完成硕士学业之前,我在当地林业会议上得到了更多的演讲机会。我从精心准备幻灯片和简单地展示数据开始,慢慢地学习一些演讲技巧,打磨我的演讲风格。后来,我还要去掉其中一些技巧,让自己放松下来,以免演讲枯燥乏味。我犯了很多错误。就像有一次我说"这棵树苗看起来像屎",有人指出"年轻女性不应该说脏话"。但我也得到了一位重要的研究者的赞美,他说:"你有在公众面前演讲的天赋。"尽管我知道自己没有这种天赋,但我很感激他的鼓励,我有很长的路要走。现在,我得到了一个信息,但还不知道如何用一种引人入胜的方式传递给大家。

唐和我搬回了加拿大。那年秋天,我29岁,他已经32岁了,我们在坎卢普斯附近那片闪闪发光的颤杨树下结了婚。我并不急于结婚,但如果他希望留在加拿大,那么我们必须抓紧时间。结婚也不错,我爱他,没有不结婚的理由。

萝宾是我的首席伴娘,琼是伴娘。萝宾、琼和我穿的是简单的裙子和搭配的衬衫。我的奶油色裙子是妈妈挑的,颜色与颤杨树皮差不多。萝宾的裙子颜色接近湖岸芦苇叶留下的阴影。琼的裙子上有一些蓝色的小花,淡淡的像水一样。妈妈和温妮外婆穿着紫色的衣服。妈妈做了黄瓜三明治,婚礼蛋糕是浇了雪利酒并以冰镇杏仁蛋白软糖装饰的水果蛋糕。外婆把我的头发编成了一个法式发辫,还别上了满天星花。她一如既往地安静。编好辫子后，她整了整我的裙子，说我非常美丽。我知道她因我和她一样坚强，但又不过分强硬而感到自豪。5年前，她差点儿死于狼疮，但她重新振作了起来，还种了几个大园子。不过，随着年龄增长，她经常流泪。看着我站到唐的身边，她好不容易才止住了眼泪。

萝宾和比尔（现在已经变成了她的丈夫）在一起，用相机低调地抓拍。琼不久前也结婚了。爸爸和马琳一起来了，他们和妈妈开玩笑说萝宾、琼和我在三年内先后结婚了，凯利肯定也快了。马琳惊呼："天哪，有这么多场婚礼！"她很好地缓和了妈妈和爸爸之间的紧张关系。尽管天气不好，唐的父母还是大老远从圣路易斯赶来了。

凯利周末休息。他穿着淡蓝色的裤子和温妮外婆给他织的海军蓝毛衣，穿着皮鞋而不是牛仔靴。这是一年中最繁忙的时候，要在冬天来临前让牛群聚拢，还要把洒水装置的管子从地里拖回来，但他还是来了，因此我非常高兴。蒂法妮本来也是要来的，但她祖母病了。凯利带着梅布尔湖式的微笑，大步向我走来。他有女朋友，还有蹄铁匠生意，现在的他意气风发。"恭喜你，苏西。"他在我耳边说。

贝蒂阿姨负责在婚礼上弹奏钢琴。当我们17个人站到阳光下时，她弹起了《结婚进行曲》。我和唐说完"我愿意"，转身拥抱我们的家人，所有人静静地站了一会儿。

不久之后，我注意到凯利，他双手插在口袋里，独自一人在小树林里陷入了沉思。也许他只是在享受平静的时刻。我们从小就深知沉默要么是平静如水，要么是暗流翻涌，要控制自己的感情，隐藏一些烦心事。凯利抬头看着我。他面带微笑，以表示他没事。

比尔让我们在湖边摆好姿势照相。当我穿着绿色和紫色相间的高跟鞋深一脚浅一脚地走过去时，他指着一些覆盖着白霜的腐殖质，开玩笑地说："你的高跟鞋会陷入泥里。""别担心。"说完，我坐到一根圆木上，从背包里拿出了登山靴。

我们沿着小路往前走。当我们走到颤杨树下时，比尔拍下了我们在阳光下大笑的场景。凯利说："不要拍到脚踝以下，比尔。"岸边的水已经开始结冰了。

就像我的辫子一样，我的生活的不同方面也紧密地编织在一起。

第 7 章

酒吧争执

　　由于害怕,我走上讲台时头脑里一片空白。在明亮的灯光下,会议大厅里坐满了理着平头、戴着棒球帽的人。我握着汗津津的幻灯变换器。前一位演讲者来自孟山都公司,他刚刚竭力鼓吹应该使用农达除草剂,赢得了热烈的掌声。现在,会场逐渐安静了下来,但是他描述的那些场景仍然历历在目,例如:被枯死的颤杨包围着的自由生长的美国黑松,在了无生机的桦树丛中生长的花旗松,周围看不到一棵越橘的云杉。我蓝色棉质裤子下的双腿微微发颤,白色Polo衫湿透了。让我庆幸的是,在林务局当了三年研究技术员的芭布把她的海军蓝上装借给了我。我们都是33岁,身材适中,我们的个人情况却大不相同——她是三个10多岁孩子的聪明妈妈,而我仍在埋头读书。

　　"非常感谢让我站到了这里。"我开始了演讲。麦克风突然发出了尖厉的声音,台下的听众吓了一跳。一些野外林务员和政策制定者拿起他们的笔记本,那些年轻的女性目不转睛地看着我。还有一些人与邻座窃窃私语。后面的一个人高喊让我声音大一点儿。孟山都的人根本没有谈到的是,消灭原生植物以实现自由生长是否有助于针叶树更好地生存或更快地生长。

我和芭布来到位于威廉姆斯湖畔的这个牛仔小镇,是为了展示我的桤木研究成果。我是从科瓦利斯飞过来的,我在那里攻读博士学位,深入研究落叶树和针叶树之间的关系。芭布开着政府的绿色皮卡,从东南边300千米外的坎卢普斯来到机场接我。我一出机场就看到了她火红色的头发和小得离谱儿的粉色迪士尼背包,那是她的一个孩子用过的旧包。

我搂着她,大步走过一些记载威廉姆斯湖牛仔竞技大会历史的巨幅黑白照片。在一张照片上,皮肤粗糙的牛仔冒着生命危险,骑在没有鞍具的公牛和野马背上。旁边的照片拍的是为了黄金、皮毛和牛群在河里和陆地上辛勤工作,不幸死亡的年轻人。她提醒过我,林务局已经有人质疑我们实验的准确性了。但我还是抓住了这个机会,因为凯利住在威廉姆斯湖,来参加会议就有机会见到他。我们计划在酒吧见面,我希望蒂法妮也能来。几年前,凯利和蒂法妮在奥恩沃农场举行了一场牛仔婚礼。他们一直忙于牛仔竞技比赛和他的蹄铁匠工作,而我为政府制订了一个雄心勃勃的再植树造林研究项目计划,唐开拓了森林生态咨询业务。后来,我们休息了一段时间,就回校攻读博士学位了。

我点击了第一张精心准备的幻灯片。当我向大家展示一片绿叶繁茂的桤木和它们被砍光后留下的棕色树桩时,大家都非常开心。经过练习,我的声音不再颤抖,我记得爸爸告诉我要把听众想象成一堆卷心菜。我看了看一排排的"卷心菜",瞥了一眼芭布，紧张地喘了口气，然后说："我今天展示的所有研究都发表在通过了同行评审的论文中。"

一些"卷心菜"对着我的幻灯片不停点头，芭布满脸开心的表情。唐待在家里，做他的博士研究、烤面包、骑自行车去上课。在坎卢普斯郊区森林里我们建造的小木屋里住了几年之后，他又慢慢适应了俄勒冈的大学生活。虽然我们怀念在森林里建造的那个家，他也还是不能轻松地与道路对面纸浆厂小镇的工人们打交道，但在我们恢复规律生活之后，他十分开心。我们在科瓦利斯的乡村公路上跑步、骑车，他指导我分析数据，为我建立信心。

我呼了口气。下一张幻灯片指出，去除桤木——无论是全部清除还是只去掉一点儿，松树生长状况没有任何改善。去除桤木方案的本意是帮助人造林满足自由生长的规定（各家公司投入了数百万美元的成本），但树木的利润率并没有因此提高。尽管去除桤木让这些松树自由生长耗费了这么多资金，但它们的生长速度与那些有桤木为伴的松树没有区别。

令人尴尬的是，会场一片寂静。戴夫是我在更新造林研讨会上认识的一名无忧无虑的年轻林务员。他指着幻灯片，倾身对他的经理说着什么。他们一直尽职尽责地在他们的人造林里实施除草计划，而我的建议则是根本不需要清除桤木。在我的硕士实验中，唯一能促进松树生长的方案是制造光地惨剧，我们清除了所有的植物，让那块土地寸草不留。但这些不受灌木影响的松树（绝大多数死于霜冻、阳光灼伤或者沦为啮齿目动物的食物，只有为数不多的几棵树活了下来）一棵棵都长成了修长的大树，由于有充足的光照、水分和残枝烂叶腐败分解的养分，树干和树枝都非常粗，甚至到了不正常的程度。我深吸一口气，继续往下讲。

"仅仅去除桤木对松树没有任何好处。如果你想让松树快速生长，还必须清除所有的草本植物和红拂子茅。"我一边说，一边翻动着幻灯片，展示那块全面除草的地中散布的高大松树。台下听众开始小声嘀咕，因为这些树看上去很不寻常，扭曲的树干上有一块块疤痕和溃烂现象。这些林务人员知道这种快速生长的树木会有宽年轮和大节疤，与火灾后自然再生、缓慢生长的树木有很大的不同。但他们希望这些种植的树木能够克服这些缺陷，在50年后，也就是下一次采伐时，仍然有经济价值。我的数据对他们充满希望的假设提出了质疑。其实他们也知道，正常情况下他们永远不可能实现这种光地条件，因为修剪成本高得超乎想象。他们所能做的实际上只是砍掉桤木（而且只能砍一次），留下林下植物。根据我的数据，这样做没有任何好处。但他们的手脚被自由生长政策束缚住了，如果他们的人造林不清除长得较高的桤木灌丛，就会遭受罚款或者更严厉的处罚措施。我明白制定这项政策是为了确保公共森林在采伐之后还能留下自由生长的健康树木，但满腔热情的政策制定者似乎忘记了森林不仅仅是一堆速生树种。为了在将来获取利润，通过清除原生植物来实现早期快速生长，这种做法不会给对任何人带来好处。

我提醒他们，如果一项旨在种植大量经济作物的政策不能产生更健康的森林,它就不是好的政策。我的注意力都集中在我的笔记上,没有完全意识到那些政策制定者现在正抱着双臂。"从这张幻灯片可以看出,清除桤木确实可以使松树接收更多的光照,也会增加盛夏季节它们在一周时间里可以获取的水分,但是一旦那些枯死的植物被分解完毕,它们可以获取的氮素就会非常少。最终的结果是,5年后林分生长量①几乎没有净增长。"说完,我开始展示我的气象站数据,告诉他们清除所有植物会使当地出现极端气候——白天酷热,夜间土壤表面出现霜冻。随着幻灯片上的旋转风向标、翻斗式雨量计、杂乱无序的电线和传感器以及数据记录器似乎变成实物出现在我的身边,我又开始口齿不清了。芭布正在朝着获奖摄影师的方向发展,她帮我拍了一张照片,以示鼓舞。

一只手在挥舞,我向它的方向做了个手势。"你的研究是在特殊场地上进行的,在现实中会出现什么结果?"一名林务员问。他周围的人点了点头。

"问得好。"我兴奋地回答,"我一直在关注伐木公司砍掉了桤木但留下草本植物的那些地方,看看栽种的树木对定期涂刷除草剂的做法会有什么样的反应,并将它们与未做任何处理的控制区进行比较。我们一次又一次地得出了相同的结果:这些做法确实可以让树木自由生长,而且长得比其他植物高。但是,无论是使用除草剂还是使用割灌机,无论是在干燥还是潮湿的地方,向

---

① 林分生长量:林分的直径、树高和材积依年龄增加而产生的增长的数量,通常多指材积生长量。——编者注

南还是向北,无论作物是松树还是云杉,林分生长量并没有增加,即使他们可以宣布这些树木实现了自由生长,而且长得更快。我关心的是,现在有一半自由生长的松树受到了感染或伤害,最终会致死或致残。"

林务局的一位首席政策制定者皱了皱眉头。尽管这篇文章已经发表在了同行评审的期刊上,他仍然安排我的同事们审阅我写的关于这项研究的论文,寻找其中的缺陷。他被称为"牧师",因为他到处宣扬他帮助起草的那些政策是绝对真理,对所有森林的物种组成和健康状况产生了深远的影响。坐在他旁边的是乔,他是林务局的一名植被管理员,在我和芭布工作的那个办公室工作,芭布就是从他那里听到了关于我们实验可靠性的讨论。突然,"牧师"和乔同时给了我一种危险的感觉。

芭布朝我点了点头,这是让我继续讲下去的信号。于是,我接着说,根据唐的模型预测,在那些不再有桤木向土壤中添加氮素的地方,百年松树林的生产率将下降1/2。随着在连续多个采伐周期中桤木屡屡被清除,森林的活力会越来越弱。该模型显示,松树需要邻近的桤木为它们提供新的氮素,才能生长成健康的森林,尤其是在砍伐或火灾等干扰发生后氮资源消耗殆尽时。

一位年轻女性举起手来,没等我做出请她提问的手势,她就问道:"既然不能提高人造林的产量,甚至可能会让收成更差,那我们为什么要花这么多钱给桤木喷除草剂呢?"

一些听众在座位上扭动身体,窃窃私语。我脖子后面的肌肉绷紧了,但我咬紧牙坚持住。我直截了当地回答:"我们应该认真研究自由生长政策,看看投入这些成本是否合理。我很担心人造林的未来健康。"我多么希望艾伦在这里,我忘不了他对我和我的研究的支持。他要是在这里,应该可以帮助我回答这些问题。

"牧师"对乔说了什么,两个人一起笑了起来。他们不再是"卷心菜"了。受到鼓励之后,乔举起了手。他先说我的实验结果不是很成熟,然后问道:"我们是不是应该采取更谨慎的方法,等到取得了长期数据再说?"

他的语气温和,但立场明确。起初,乔支持我的工作,但是在结果逐渐成形时,他改变了主意。他一心想出人头地,与上级的政策唱反调会阻塞他的上升通道。我告诫自己不要示弱。如果我承认我的研究还没有完成,那么我的意见会被驳回,什么都不会改变。芭布向前挪了挪身子,鼓励我正面回答他的问题。我靠近麦克风。她瞪了一眼乔,然后转过头,将她的红头发对着乔的方向。让我自己都感到惊讶的是,我冷静地说,有长期的研究结果当然很好,但现在的这些研究已经能预示未来的情况。这些树在小时候的生长速度没有变快,后期也不大可能会有大的变化。我们不能指望森林的生产率会有提高。我接着说道:"这些为了实现自由生长而涂刷除草剂的做法,似乎给人造林带来了早期高死亡率的损失和长期低生长速度的危险。更谨慎的方法是让人造林在不破坏原生植物群落的情况下生长,同时还应关注造林计划在种植时机、种植品种以及场地准备等方面是否有不足之处。"

几个人起身离开了。坐在前排的一个人开始大声和旁边的人说话。我暗示他的行为妨碍了我,但他置若罔闻。我更加努力地演讲,就像我小时候在街头打曲棍球那样。一直乐于和我讨论新方法的戴夫对着那个妨碍我演讲的人皱起了眉头。

我真想停下来问对方是否有问题,但我还是压抑住了,选择了忍让,因为我不想弄得太难堪。温妮外婆会怎么做?她肯定不会放弃,而是平静地继续往下讲。我的手在颤抖,但我仍然播放下一张幻灯片,继续介绍我在其他植物群落中做过的大量实验——确切地说是130个实验。所有实验都可以复证,都是随机的,有可靠的对照组,都得出了相似的结论。

用刈割和除草剂对付柳树,不能改善云杉的生长速度或存活率。

用刈割、喷洒除草剂或放牧羊群的方式来对付火草,不能让云杉和美国黑松长得更好。

用刈割和放牧的方式对付糙莓,对云杉都没有帮助。

砍掉颤杨并不会让松树长得更粗。

无论我们是用刈割、喷洒除草剂还是放牧的方式来对付高海拔人造林里的杜鹃、假杜鹃和越橘群落,云杉的生长状况都没有丝毫变化。我回想起萝宾给杜鹃喷洒除草剂的情景,我们当时就怀疑这是在浪费时间。

在这些高海拔的森林里,人们花了很多钱,在开阔地带种植了那里没有自然生长过的树苗。与保留那些非经济作物灌木的做法相比,将这些灌木清除后树苗的成活率确实提高了20%,但这只是暂时现象。在相同的亚高山环境下，喷洒除草剂把蕨类植物变成针垫并不能提高云杉的长期成活率，但针叶树苗的短期生长高度比保留这些蕨类植物时高1/4。这些暂时的微薄收益足以让政策制定者感到满意。

"我们清除掉原生植物后，尽管树木是在自由生长，但成活率或者生长速度通常都没有改观。我想了很久，也没有想明白其中的原因。"我说，"我也想过为什么许多自由生长的树木会受到昆虫和致病菌的侵扰，甚至情况更糟。首先，我认为我们高估了这些原生植物与针叶树之间的竞争关系。在大多数的种植地点，原生植物的稠密程度不足以阻碍树木生长。另外，我猜测这些原生植物还可以保护树木免受枯萎病和恶劣天气的影响。我们应该把注意力从清除杂草帮助树木在短期内加快生长这个方面，转移到考虑如何长期提升森林的整体健康度。"

我想起了一些朋友，他们把眉毛拔得太彻底以至于都不长出来了。在这次会议上，我当然不能拿这个打比方。

我解释说，为了收成，我们正在把这些新森林当作农田来对待，并且对所有森林都应用"自由生长"的那些规则。大量财力被投注到地形各种各样的地块上，但通常只会削弱植物的多样性。

我和芭布称之为"快餐式林业"。对各种森林生态系统都不加区分地使用相同的方法，就像给所有国家的人送同样的汉堡，无论对方生活在纽约还是新德里。第三排一个戴着黄色鸭舌帽的人拿出一袋胡萝卜，开始大声地咀嚼起来。快到茶歇时间了。

"我们的除草剂刷错了对象。"我说。几个林务员笑了。芭布哈哈大笑,每次听我讲不好笑的笑话她都会大笑,但其他人面无表情。

一位政策制定者举起了手。"你研究的是我们不关心的植物,我们已经知道这些植物都不是大问题。""牧师"点了点头,尽管他和这位说话者都知道这些植物是他们政策的主要目标。"像红拂子茅和纸桦这样竞争性更强的植物呢?"

"说得好。"我说。"红拂子茅善于从土壤中吸收水分和养分,但我们发现,用除草剂或者挖掘机将它们清除掉,只能使松树苗的存活率和生长速度提升约20%。但这样做会有意想不到的副作用,也就是会使土壤变得板结,降低养分含量,还会加剧侵蚀,降低菌根真菌的多样性。"

"我们正准备用挖掘机清理所有长了红拂子茅的种植点呢。你是说这样做不值得吗?"一位年轻女士问。我稍微放松了一下,扫视房间,发现她满脸热切,赤褐色的头发在头顶扎了一个顶髻。周围的沉寂似乎并没有影响到她。"牧师"转过身来,想看看到底是谁会问这个问题。

"我们需要更好地了解这样做的利弊。"我说,"也许我们能找到改善人造林的其他方法,比把森林地面翻一遍的效果更好。土壤失去有机物质,而且变得板结,这对森林的长期健康来说并不是一个好兆头。我们需要更好的数据,才能全面应用这些方法。"

"苏珊娜,还有桦树呢?"从房间的后面传来一个声音,"这是自由生长政策的真正意义所在。"说话的是一位来自维多利亚的科学家,他也想弄清桦树和颤杨是如何阻碍或帮助针叶树的。和我一样,涂刷除草剂对生态造成的深远影响让他感兴趣,但他的立场在政策制定中得到了更深刻的体现。

话题终于被引到了我利用包含纸桦的植物群落得出的实验结果。"你说得对。利用刈割、喷洒除草剂或者环剥等方法对付纸桦,可以让花旗松长得更粗,有时周长可以增加1.5倍。"我一边说,一边打开了一张表示冷杉生长速度对不同处理方案的反应的直方图。有人靠在窗帘上,因此一束阳光照了进来。"卷心菜"们的身体向前倾。我真想跑出房间,呼吸晴朗、自由的空气。我很想谈一谈桦树,但这会引起一场大麻烦。

乔指着幻灯片,向"牧师"点点头,他终于看到了他想要的东西。

"但我们必须小心,因为清除的桦树越多,就会有越多的冷杉死于根病。"我说。"刈割和环剥会让桦树感到压力,使它们容易遭受根部感染。只要我们砍倒桦树,它们的根部就会大面积感染,而且感染会蔓延到冷杉的根部,其感染率是未经处理的林分的7倍。我担心的是,从长远来看,早期生长增速会导致较低的存活率。"

一位病理学家插嘴说我不应急于得出结论,因为我的研究没有显示疾病在整座森林中的表现。致病真菌生长在不同的地方,在不知道这些真菌在地下的确切位置的情况下,我随机分配的两个试验地块(一个进行了处理,另一个作为对照)可能会意外地与某个有致病真菌的地块存在或不存在某种关系。他认为我发现的这些结果可能是一种偶然，完全是由于选址上的巧合导致的。换句话说，我需要在更大的场地上研究森林对致病真菌的反应。我们私下讨论过这个问题，而且我们一致认为，我在那么多地方重复进行了实验，说明我的发现是有效的，所以他在这个时候提出这些不确定性，让我有些沮丧。

"是的，你说得对。"我尽量温和地说，"但是这个实验重复过15次，所以我对结果有信心。""卷心菜"们转向病理学家，想听他一锤定音。病理学家轻轻地摇了摇头，这充分显示了他在这个话题上的权威。似乎是为了证实这一点，那个嚼胡萝卜的家伙大口咬了一口。

我在稀稀拉拉的掌声中完成了演讲。野外林务人员因为这些证据与他们在丛林中看到的一些现象相符而欢欣鼓舞，但政策制定者在抱怨。他们继续用惯常的方式向我提问，解释说如果不对像桦树这样的"杂木"加以控制，人造林就会变成灌木林。他们需要长期数据，前提是这些数据更符合他们的愿景。他们肯定不会因为我的实验就改变政策。休息时间到了，人群散开了。

人们三五成群地站在那儿，喝咖啡吃松饼。放幻灯片的托盘从我手中滑落，幻灯片飞得到处都是。一个年轻人跑过来帮忙，其他人扫了一眼，又继续他们的谈话。我用颤抖的手倒了一杯咖啡。我不想喝咖啡，但我想端着咖啡到处走走，听听大家的反馈。一些林务员说："说得很好。"戴夫说我取得的研究成果有意义，但他们必须继续刷除草剂，因为这是规定。政策制定者们在深入交谈，似乎没有人愿意接近我，而且"牧师"是他们关注的焦点。芭布来到了我的身边，她知道想让别人认可是多么难熬，甚至会让人觉得屈辱。我从来都不擅长闲聊，更何况现在我的内心一片混乱。最后，她拉着我走了出去。微风吹来，一只灰噪鸦从我们身边飞过。

她说："你在努力了解我们到底对森林做了什么，这些人至少应该感谢你所做的工作。"

我已经筋疲力尽了。就像我和萝宾在给桤木喷洒完除草剂、脱掉那套湿透的工作服时一样，我觉得身体里的每个细胞都枯竭了，对所做的事既讨厌又喜欢。芭布对着停车场边上的成年云杉和颤杨，以及林下层的小云杉拍了几张照片。那个把赤褐色头发扎成顶髻的年轻女子走过来感谢我。政策不会在一夜之间改变，但如果其中一些观点能引起其他相关林务人员的共鸣，也许就有可能带来变化。

♠

昏暗的欧兰德酒吧闻起来有一股馊啤酒和牛屎的味道。戴着旧牛仔帽、穿着旧靴子的凯利正在和头发花白的牧民劳埃德讨价还价。他们骨瘦如柴的胳膊肘靠在破旧的、打了蜡的桌子上，膝关节内翻的双腿张得很开，似乎在宣布那是自己的地盘。我试图引起凯利的注意，但是与劳埃德谈笑逗趣似乎让他十分享受——这样的谈话与他说话时喜欢长时间停顿的自然节奏很合拍。我走到他们旁边,听到他们谈论的是关于阿帕卢萨种马的交易,但我觉得他们肯定需要经过漫长的、锱铢必较的谈判才能达成这笔交易。凯利一直没有注意到我,就像我们小时候我想引起他注意时一样。

在经历了一天的轻视之后——那种遭到排斥的感觉一直伴随着我,我的心情异常糟糕。芭布用手肘碰了碰我,让我看看角落里一个半满的铜痰盂。我们穿着T恤和短裤,显然是外地人,因此吸引了牛仔们的目光。一个家伙盯着我搭在衬衫上的会议统一制式夹克,对他的朋友低声说着一些有趣的事情。我并不太在意。我想见凯利,因为我们已有一年没见面了。看到他还在没完没了地讨价还价,没有过来跟我打个招呼,我不由得焦躁起来。蒂法妮不在这里,我不由得想起她曾经告诫凯利把事情协调好的场景。凯利感觉到了我的不耐烦,示意我再等两分钟。

5分钟后,就在我准备离开时,芭布给我们买了一罐啤酒。她坐到角落里的一张桌子旁,向我打了个手势。凯利和劳埃德的交易不出所料地陷入僵局。他提着一罐啤酒,慢悠悠地走了过来。劳埃德有很多现金,正准备采购。凯利的脸上绽开了笑容,我的烦躁心情一下子就消失了。见到他真好,我们开始大口大口地喝酒。这是很不顺的一天。

"最近见过韦恩舅舅吗?"我问。

"见过,他给我找了一份在驯鹿牛产公司放牛的工作。"他把嘴里的嚼烟啪的一声吐在痰盂里。芭布瞪大了眼睛看着他,这让我为我的弟弟感到骄傲。他是那么特别,引人注目,独一无二。见到他之前,我一直想念他,想念他对这种老古董式生活的执着追求——他希望做一个转世化身的牛仔,骑牛,嚼鼻烟,给牛接生,打铁。

"你住在农场吗?"

"是的,我和蒂法妮住在奥恩沃农场的宿舍里,离使命学校不远。你知道的,就是恋童癖神父开办的那所印第安寄宿学校。"他低下头看着自己的脚,想到那些混蛋对孩子们做了什么,他就无比憎恶。这是令加拿大感到羞耻的一段历史。凯利和我认识一些曾经在这所学校上学的孩子,他们亲眼见证了许多孩子被摧残的过程。有些人逃了出来,比如我们的朋友克拉伦斯,他现在是夏洛特皇后群岛的一名传统的雪松图腾雕刻师。

凯利的几个朋友走进酒吧,大声冲着他喊:"你明天能来给我的马钉蹄铁吗?"他挥了挥跟火腿差不多大的手,告诉他们可以,他肯定会去。

"蒂法妮在哪里?"我问。

"她有晨吐反应。"凯利的得意之情溢于言表。

"哇,太好了!恭喜!"我跳起来和他击掌。我们家的人都不喜欢拥抱,但微笑和手势有同样的效果。

和另一个牛仔闲聊的劳埃德走了过来,给我们的空杯子斟满了酒,然后举起了他的酒杯。我的动作过猛,酒洒了出来,于是劳埃德又帮我加满了。凯利开始像得克萨斯人一样慢吞吞地说话了。

"你的会议开得怎么样?"他说话有些含糊不清。

芭布插了一句:"那些人不喜欢听女人说话。"

"他们不相信我。"我平静地说。当我展示氮素和中子探测器测量结果时,乔弯下腰转向"牧师"的那一幕让我尤其反感。一想起这件事,我的身体就会像往常一样紧绷,做好了迅速逃离的准备。只要是涉及情感的话题,我们一家人都很难轻松驾驭。我瞥了一眼吧台对面凯利的朋友们。

"那些林业工人也不知道如何与牛打交道。这个工作太辛苦了,他们要我们以最快的速度把牛赶出他们的人造林。所以每天不等天亮我就得干活了。"凯利说。

我笑了。整个房间似乎开始摇晃起来,我晃晃悠悠地走进洗手间。在父母关系紧张的那些日子里,为了逃避,我和凯利跑到森林里骑自行车,把那些老树桩当作小牛,用套索去套它们。

我回到房间里,又端起了一杯啤酒。

"不过,你可以让母牛听话,"凯利说。他和我一样喝醉了。"如果你像管理女人那样管理他们。"

我盯着他迷离的眼睛,不确定我有没有听错。听到这种言论时我总会感到惊讶,同时脑子里还在想这句话会不会有别的意思,或者假装对方没有说过这样的话。有时,我会把对方说的话改得更委婉一些,通常还会言不由衷地表示同意。但是这一次,我醉得太厉害了,头脑已经不好使了。芭布坐得更直了,尽管我确信她也喝醉了。

20世纪90年代初在当地牛仔竞技会上套牛的凯利。套住小牛后,他会从奔跑的马背上下来,抓住小牛,然后把它的三条腿绑在一起

"你这是什么意思?"我感到脸部一阵阵发烧。吧台另一边的点唱机突然响起了威利·纳尔逊沙哑的声音,那是一首关于妈妈和孩子的歌。我希望结束谈话,以免引发不快。芭布用手推着桌子,想站起来,她的椅子发出了刺耳的声音。她也许是在匆忙地想着对策,想着怎么打断我,或者做点儿什么让我冷静下来。劳埃德在吧台那边开心地笑了,指着我们,让酒保给我们加酒,还怂恿我们继续喝酒。

"母牛是牛群的中心。它们唯一的工作就是喂养幼崽。"凯利的手在头顶来回挥舞,好像是用套索套牛。

"女性不是喂养婴儿的机器。你在跟我开玩笑吧?"我深受

第7章 酒吧争执

打击，再也无法控制住自己的声音，仿佛整个世界的不公正全部都堵在我的喉咙里。清醒的时候，我可能不会那么在意，因为我知道凯利说这些话不是为了冒犯我。他刚刚在马背上度过漫长的一周，正在慢慢放松下来。但此时此刻，我真想掐死他。

他含糊不清地接着说道："重要的是公牛，它们能控制那些母牛。"

"你是认真的吗？"我的杏仁核强有力地战胜了我的前额皮质。

我感觉到胆汁从胃里涌起。我推开面前的啤酒罐。芭布小心翼翼地拿了起来，走到吧台前，把啤酒罐还给了他们，就好像是在递交一名任性的逃学学生。

凯利还在咕咕哝哝地说着关于母牛的事。

"我们想做什么就做什么。只要我们愿意，我们甚至可以成为该死的首相！"我在座位上转过身来，模糊的身影在他身后的镜子里一晃而过。我从哪儿看也不像是要当首相的样子。我刚才说什么来着？

之后，除了"啊？"以外，我再也没听到凯利说了什么。眼前的一切都是那么模糊，隔着一张桌子，我几乎看不清他的脸。芭布说我们得走了。我摇摇晃晃地站起来，试图穿上夹克。

我对着凯利吼了句脏话，把夹克的一只袖子套在胳膊上，其余部分挂在身上，就这样深一脚浅一脚地向外走去。在酒吧里喝着威士忌的牛仔们转过头来，其中一个低声吹了一声口哨。

我跌跌撞撞地走出欧兰德酒吧，身后传来点唱机里哀怨的音乐声。凯利对着我的背影吼了一声。

我带着一生中从未有过的宿醉飞到了科瓦利斯。头很疼，嘴唇火辣辣的。进门后，我扑倒在沙发上，用一块湿布盖在眼睛上。唐拥抱了我，告诉我会没事的，凯利也会忘掉这件事。

❦

但是后来，我和凯利陷入了冷战，和那些政策制定者们也是如此。具有讽刺意味的是，我的博士论文研究的是自然界中的合作，而酒吧里发生的这场争执与我研究的问题正好背道而驰。维系森林的主要力量是竞争关系吗？合作是否发挥了同样重要，甚至更重要的作用？

我们在管理森林中的树木时一直很重视支配和竞争关系，管理农田里的农作物和农场里的牲畜时也同样如此。我们重视倾轧而不是联合。在林业中，我们通过除草、植距、间苗和其他促进有价值的个体快速生长的方法将优势论付诸实践。在农业中，优势论为花费数百万美元的除草剂、化肥和基因计划提供了依据，使单一的高产作物取代了多样化的作物。

告诉人们如何管理我们脚下的土地，似乎是我人生的主要目标。我努力过，但根本没有办法与那些有话语权的人建立联系。考虑到我很容易就觉得自己被忽视了，而且在处理酒吧争执时表现得很糟糕，我严重怀疑自己能否继续坚持下去。

与此同时，皆伐区像癌症一样在全省蔓延，林务人员正在进行一场消灭"杂草"的战争。激进分子站了出来，把自己捆在树上。在克拉阔克松德生态圈，爆发了反对砍伐森林的大规模抗议活动。但是我觉得，我集中精力从事研究，可能会发挥更大的作用。

那年夏天，我回到了我从小长大的那片森林。我给凯利寄了一张明信片表示歉意，但没有收到回信。妈妈说蒂法妮的怀孕情况一切顺利，但凯利不跟我联系让我很伤心。很快，我就要做姑姑了，我想参与进来。我决定等下去，让他在认为合适的时间来找我。我不会强迫他。小时候，我们常常安静地待上几个小时，用冷杉树荫下的桦树建造堡垒。他需要长时间的独处才能冷静下来。我们会和好的。

但我还是有些纳闷。我低着头想，为什么凯利这么久都不回复我？要保持联系，要维系一个家庭，为什么这么费劲呢？

第8章

放射性

我和芭布从她的卡车车厢里拖出40顶齐腰高的帐篷。"天啊，这些东西真重！"她说。每顶帐篷重约10磅，由遮阳布制成，呈锥形，安装在钢筋三脚架上。盖在她红色卷发上的黄色手帕上满是蚊子（6月中旬正是蚊子最多的时候），她肌肉发达的手臂上涂着防晒霜和驱虫药，闪闪发光。从外表来看她是一个干活的好手，而她的身体里始终跳动着一颗温暖的心。我们从蓝河以南80千米的铁路小镇瓦文比驱车，翻山越岭来到亚当斯湖北端的一个皆伐区，在这里完成我的博士研究中一个重要的野外实验。这是6个实验之一，但是它的重要性远远超过其他5个实验。

地上的桦树桩已经长出了小树。还有一些小树是附近树木洒落的种子长出来的，它们比我们一年前种的针叶树高，生长速度也快了一倍。我想知道这些白桦是否仅仅是竞争对手（争夺花旗松生存和生长所需的资源），还是说它们也是合作者，为整片森林繁荣昌盛创造了更有利的条件。如果原生的多叶植物与针叶树之间真的是合作关系，我想知道它们是如何合作的。为了帮助回答这些问题,我准备测试纸桦在遮蔽阳光、抑制冷杉通过光合作用制造食物的同时,是否在为冷杉提供资源。当桦树截获阳光并产生糖分时,它们是否会将"财富"分享给林下层中的花旗松,为后者变慢的光合速率做补偿呢?我的调查将帮助我弄清楚,桦树当中的冷杉到底是如何生存下来,甚至繁荣起来的。如果白桦真的能慷慨解囊,分享它们在光线充足的情况下产生的大量糖分,那么这些糖分可能是通过地下通道(在这两种树木之间牵线搭桥的菌根真菌)输送给树荫下的花旗松的。为了整个群落健康发展的远大目标,桦树与冷杉开展了合作。

"我不是一个好裁缝。"我一边嘟囔着,一边拉紧铁丝,把帐篷固定在三脚架上。

"但它们就像砖砌的茅厕。"巴布欣赏着这些像埃及金字塔一样肩并肩摆放着的帐篷。"多大的风都吹不倒。"她是不会听任我自怨自艾的。

它们只需要坚持一个月,就足以抑制冷杉的光合速率和糖分产生。绿色的厚帐篷会遮挡95%的光线,而黑色的薄帐篷则会将光线减半。酒吧争执已经过去两个月了,凯利仍然没有联系我,但芭布肯定地对我说,凯利会在他认为合适的时间联系我。

我和芭布拖着帐篷跨过地上的木头,穿过一丛丛假黄杨和火草,来到采伐区对面种植实验用树木的地方。我们的口袋里装着卷尺、卡尺和记事本。在搭帐篷时,我们还要用这些工具测树苗的"脉搏"。一个纸袋里装着60张小纸片,上面标有"0"、"50"或"95"。我从袋子里取出一张小纸片,以随机分配遮阴方案。我这样做是为了避免冷杉的响应产生偏差，因为冷杉的响应可能是我不知道的其他东西而不是阴影引起的，比如地下泉。小纸片上写着"95"。我把绿色厚布覆盖的锥形帐篷放到冷杉上方，把那棵冷杉遮掩得严严实实的。钢筋三脚架的腿插在地下一英尺深的金属板中［这是我一年前在每三棵树（包括一棵冷杉、一棵雪松以及我在它们旁边栽的一棵桦树苗）旁边埋设的，以限制它们交织在一起的树根］。我晃了晃金属板的边缘，发现它们牢牢地嵌在地面上。然后，我按住锥体帐篷的顶部向下用力，直到钢筋三脚架的脚牢固地扎到地底下。我从沾满铁锈的牛仔裤口袋里掏出一张皱巴巴的地图。我喜欢地图，因为地图会引导我们去冒险、去探索。这张地图上标注了我们放置这60个三脚架的位置，它们分散在一个奥运会游泳池大小的区域。

我计划用绿色厚帐篷遮盖1/3的花旗松，用浅黑色的帐篷遮盖另外1/3的花旗松，让剩下的1/3接受充足的阳光。通过这个方法，我将创造冷杉的光照梯度：从遮盖严实的很少光照，到尽可能充分的光照。我这是模拟在自然生长的桦树幼苗阴影下生长的冷杉幼苗所面临的环境：由于桦树的阴影变化不定，因此这些冷杉幼苗会遇到遮阴程度和光照量各异的生长环境。

自然生长的桦树通常是在皆伐后不久，由萌发的种子或者被砍倒的树木发出的嫩枝长成的，因此与人工种植的针叶树相比有高度优势，但我的实验中的桦树与之不同，它们和人工种植的冷杉一样高，根本不会遮蔽阳光。因此，我需要利用这些帐篷，以人工方式实现这个条件。然而，与自然条件不同的是，这些帐篷只会遮挡阳光,不会同时改变土壤中可以利用的水分或养分。它们将帮助我把树荫作为一个不受其他不可见关系影响的孤立因素加以研究。

因为有蚊子侵扰,芭布拿出了她的蚊虫帽(一顶罩着细网的宽边软呢帽)。她说,对于林务局允许我研究桦树与冷杉是否有合作关系,我应该感到庆幸。

"我把这项内容和其他实验放到一起,加入我的研究计划。"我笑着说。在申请资助时,我已经学会了在符合主流的研究中夹带一些有争议的内容。

20世纪80年代初,谢菲尔德大学教授戴维·里德爵士和他的学生发现,松树可以通过地下渠道将碳输送给另一棵松树。看到他的论文后,我就对桦树和冷杉是否有可能通过菌根真菌交换糖分的问题产生了浓厚的兴趣。戴维爵士把松树并排放在实验室的透明根箱里。他将菌根真菌接种到这些树苗的根部,通过地下真菌网络将树苗连接到一起,然后用放射性碳标记其中一棵松树(供体)产生的光合糖。为了实现这个目的,他把松树的枝条密封在透明的盒子里,将其中一个盒子里天然的二氧化碳换成了放射性二氧化碳。他让这棵松树连续几天吸收这些放射性二氧化碳,并通过光合作用将其转化为放射性糖分。然后,他在根盒的一侧放置了照相胶片。如果有放射性粒子通过真菌网络从供体传输到作为受体的松树,就会被记录到胶片上。冲洗胶片后,他看到了标记粒子从一棵松树移动到另一棵松树的路径。这些粒子是通过地下真菌网络传播的。

我想知道，在实验室之外真正的森林里，是否能检测到这种现象。糖分或许可以从一棵树的根部传送给另一棵树。如果是这样，添加的放射性碳14也许只会在同物种的树木之间传播（就像戴维爵士发现的那样）；但如果不同种的树木混在一起（这种情况在自然界经常发生），放射性碳14也能在这些树木之间传播吗？

如果碳真的可以在不同种的树木之间传播，这将是一个进化悖论，因为众所周知，树木是通过竞争而不是合作来进化的。另一方面，我觉得我的理论是有道理的，可信度非常高，因为让群落繁荣可以保证树木自己的需要得到满足，这符合树木自身的利益。我担心的是不知道林务局的人会怎么想，但我不能放弃这种可能性。在戴维爵士实验中担任供体的那棵松树将碳输送给作为受体的树苗，当受体被遮阴时，输送的碳更多，但他不知道受体是否会回馈一些碳。如果供体从它的邻居那里得到的回馈与它所付出的一样多，就表明交易是平衡的，双方都没有任何收获。戴维爵士的实验永远无法揭示这一点，因为他只给一棵树苗加了放射性碳的标记，并没有添加示踪剂，调查受体是否会逆向回馈同样多的碳。但如果真的有一方获得的碳更多，是否足以帮助它生长呢？如果是，这可能会挑战认为对于进化和生态来说合作不比竞争重要的流行理论。

我开始想象梅布尔湖岸边的那些桦树和冷杉像实验室中的松树一样，通过地下的菌根真菌连为一体，然后通过这些相互连接的菌丝来回传递信息。这与通过几年前（1989年）发明的万维网进行对话非常相似。但在我的想象中，它们传送的信息是碳而不是文字。我回想起上过的植物生理学课程，想象着白桦的叶子正在进行光合作用——通过结合空气中的二氧化碳和土壤中的水，将光能转化为化学能（储存在糖中）。树叶可以进行光合作用，是化学能的源（source），也是生命的引擎。糖（与氢和氧结合的碳环分子）会在树叶和树液的细胞中积累，然后进入叶脉，就像血液被泵入动脉一样。这些糖会从树叶进入韧皮部的传导细胞。韧皮部是位于树皮下方、包裹在树干周围的组织，它会形成一条从树叶到根尖的通道。糖液进入韧皮部最上层的筛胞后，就会在筛胞和相邻的韧皮部细胞之间形成渗透梯度。根系从土壤中吸收的水分会沿木质部（连接根和叶的最内层维管组织）向上运输，通过渗透作用进入韧皮部顶部的筛胞，稀释糖液，使其浓度与相互连接的筛胞达到平衡。细胞内压力（膨压）增加，就会迫使光合作用产物通过筛胞构成的光滑通道向下输送，最终到达根部。树根就像树木位于地表以上的部分（例如芽、种子）一样需要能量，是这一股股糖液的汇（sink）。叶是光合产物的源，而根是汇。根细胞会迅速代谢这些糖分，并将其中一部分转移到相邻的根细胞中，同时吸收水分，缓解膨压。糖液从一个根细胞流向另一个根细胞，在源与汇之间的梯度中扮演着自己的角色。糖液从根流向叶，然后又从树顶流向树底的过程被科学家称为压力流。这就像血液从我们的骨髓（我们的源）进入血管，然后进入细胞（我们的汇），以满足我们对氧气的需要。只要叶片通过光合作用合成糖分，增强源的强度，只要根系不断代谢运送过来的糖分，制造更多的根组织，增强汇的强度，糖液就会随着压力流，沿着源汇梯度的方向从树叶流向树根。

芭布和我拿着更多的帐篷走下山坡，来到剩下的那些树的旁边。我做这个实验是有风险的，因为还没有人知道森林里有没有形成地下网络，更不用说不同种类树木之间是否有网络了。更令人难以相信的是，这些网络可能会成为合作的渠道和糖分交易的通道。但我是在森林里长大的，从沿着树木茂密的山坡爬上西马德山的徒步活动以及和凯利一起爬树、搭帐篷的经历中，我已经领略到了协作的好处。

我想象中的糖液并没有流动到树根就停下来。我从文献资料中读到过，根尖会将光合产物"卸到"菌根真菌伙伴体内，就像货物从铁路棚车上卸到卡车上一样。真菌细胞吞噬根细胞，并以菌丝的形式携带大量糖分，从根细胞延伸到土壤中。就像进入树叶和韧皮部中的水分那样，从土壤中吸收的水分被真菌细胞接收后，也会平衡真菌细胞的糖浓度。随着水分流入，压力逐渐增大，就会迫使糖液通过包裹根部的真菌细胞丝扩散，然后通过菌丝扩散到土壤中，就像水通过一套连在一起的软管从水龙头流出一样。一些糖分会呈扇形散开，帮助更多的菌丝穿过土壤，这也有助于收集更多的水分和营养物质并带回根中。

我计划用放射性同位素碳14标记纸桦，以便追踪光合产物向花旗松的输送，同时我还会用稳定同位素碳13标记花旗松，追踪光合产物向纸桦的输送。通过这种方式，我不仅可以分辨碳是否从桦树转运到了冷杉，还可以分辨它是否就像双车道高速公路上的卡车一样，沿着相反的方向从冷杉移动到了桦树。通过测量每棵树苗中每种同位素的含量，我还可以计算出桦树向冷杉的输出是否大于它得到的回馈。这样，我就能知道树木之间是否仅仅存在竞争光照这么简单的关系。我将证实我的直觉是否正确，了解树木到底能不能相互协调并根据群落的运行情况改变自己的行为。

❦

一周后，我怀着激动的心情去检查那些树苗，这也让我从凯利带来的烦恼中解脱出来。树苗长得很好，从脚踝那么高长到高及膝盖了。我和芭布逐组检查，阵阵芬芳与柔和的斑纹似乎是在欢迎我们。这些小树依然活得好好的。"看来你们是要告诉我一些秘密啊。"我喃喃地说，一边用力拉了拉一棵冷杉的粗壮树干。它的瓶刷状针叶已经触碰到了旁边桦树柔软的锯齿状叶子。雪松长势喜人，桦树投下的树荫使它们脆弱的叶绿体没有受到炎炎烈日的摧残。在桦树叶子够不到的地方，雪松被晒成红色，这种颜色可以防止它们的叶绿素受到损害。三棵树苗相距很近，似乎同时卷入了同一个故事中——有开头、中间过程和结尾。

芭布问我为什么把雪松种在桦树和冷杉旁边。

雪松不能与桦树和冷杉形成菌根真菌伙伴关系，原因很简单：雪松会形成丛枝菌根，而不是像桦树和冷杉那样形成外生菌根。如果雪松的根可以获取冷杉或桦树固定的糖分，那么它们肯定是在这些糖分从冷杉或桦树树根渗入土壤后吸收的。我种植雪松是为了对照,以便了解有多少碳渗到了土壤中,又有多少碳可能通过连接桦树和冷杉的外生菌根网络传播。

我和芭布利用便携式红外气体分析仪(跟汽车电池差不多大,有一个透明的桶状气室),检查遮阴帐篷是否起到了抑制冷杉树苗光合速率的效果。我拧开分析仪上的开关,把气室夹在一棵没有帐篷遮挡的冷杉针叶上。放进气室的冷杉针叶会继续进行光合作用,但气室里的气体只能从分析仪中穿过,而不会直接飘到空气中。换句话说,气体分析仪可以测量光合速率。

阳光透过透明的塑料外壳照进气室,仪表上的指针在来回摆动,说明冷杉的针叶正在贪婪地吸收气室里的二氧化碳。仪器在告诉我们,冷杉正开足马力进行光合作用。芭布迅速记下了示数,然后我们朝下一组树苗走去。这一组中的冷杉上方被遮掩得非常严实,只能接收到5%的光线。我在遮阴帐篷里打开气室,然后把它夹在杉树的针叶上。看到读数后,我终于松了一口气,遮阴帐篷起作用了。在浓荫的遮掩下,冷杉树苗的光合速率只有阳光充足时的1/4。同样让人欣慰的是,帐篷没有影响空气的温度(它们的空隙足以让空气自由进出),而空气温度可能会影响光合速率。我们跑到下一棵树苗旁。它的上方有一个黑色的帐篷,遮住了一部分光线。这棵树苗的光合速率介于前两者之间。

检查完一棵又一棵冷杉之后,我们确定了这个模式。然后我们测试了桦树。在充足的光照下,桦树的光合速率是光照充足的冷杉树苗的2倍,是在绿色帐篷的浓荫下生长的冷杉树苗的

第8章 放射性

8倍，这证明其间存在陡峭的源汇梯度。如果这两种树之间有菌根网络连接，如果碳真的像戴维爵士所想的那样沿着源汇梯度流过连接的菌丝，那么桦树叶子中过剩的光合糖分会流入冷杉的根部。源是桦树的叶子，汇是冷杉的根部。看到这些数据，我兴奋得满脸通红。帐篷制造的树荫越大，从桦树到冷杉的源汇梯度就越陡峭。

一天的工作结束后，我们把气体分析仪装回卡车。我坐在后挡板上，把所有东西检查一遍，以确保没有忘记什么。芭布记录了二氧化碳、水和氧气的含量，针叶接收到的光照量，以及气室里的空气的温度。我想起瑞典的年轻研究员克里斯蒂娜·阿内布兰特在实验室完成的那项研究表明，桤木可以通过菌根连接将氮素传递给松树，于是第二天我回到实验场地，采集桦树和冷杉的树叶样本，测试其中的氮含量。

几周后，实验室反馈了数据：桦树叶子中的氮含量是冷杉针叶的2倍。这不仅有助于解释桦树的光合速率比冷杉高的原因（氮是叶绿素的关键成分），也意味着这两个物种之间存在氮源汇梯度，就像克里斯蒂娜研究的固氮桤木和非固氮松树一样。

我想知道在驱动碳元素从桦树流向冷杉的过程中，氮源汇梯度是否和碳源汇梯度发挥了同样重要的作用，还是说这两种元素的源汇梯度同时发挥着作用。碳并不是以完整糖分子的形式在真菌管道中流动的。糖会被分解成基本成分（碳、氢和水），游离碳可以结合从土壤中吸收的氮，并在叶、根等部位形成氨基酸（制造蛋白质时最终需要用到这种简单有机化合物）。随后，新形成的氨基酸和残留的糖分会快速穿过这个网络。由于碳和氮都有梯度（糖中的碳和氮，再加上氨基酸中的碳），桦树从冷杉那里接收到食物之后，完全有能力给出更多的回馈。

在那个月里，我需要等待帐篷阴影里的冷杉放慢生长速度，时间似乎过得特别慢。我和琼一起沿着斯泰因河远足，去祈祷石游玩，在冰川水中洗脚。我花了好几天时间，和同事一起完成其他实验中的树木测量工作。我查看了一下我的短信，看看凯利有没有打来电话。爸爸说他和蒂法妮过得挺好，但我还是想听到他的声音。我猜测随着时间流逝，桦树和冷杉之间的光合速率梯度会越来越陡。一周，两周，三周过去了。我想，浓荫下的冷杉的生理机能现在一定很迟缓，它就像寒冬的苍蝇一样。7月中旬，我的4周假期结束了，我也该去看看纸桦和花旗松是否在进行交流了。

我和大学的研究助理丹·杜拉勒博士一起回到了实验场地。丹是用碳同位素标记树木的专家，也是住在我科瓦利斯的家隔壁的邻居。他刚刚完成了美国环境保护署的一个项目。在那个项目中，他用碳14标记树木，发现其中一半的碳被送到了地下，储存在树根、土壤以及菌根真菌等微生物中。美国国家环境保护署需要这些信息来了解如何充分发挥森林的储碳能力，以减缓气候变化。20世纪90年代初，我在俄勒冈州立大学的一次午间研讨会上听说了有关气候变化的问题，并且听到了大灾难迫在眉睫的消息。这让我震惊不已。当我带着这个消息回到加拿大时，林务局的领导们并不相信我。

我们的第一项工作是在实验场地搭一个帐篷,因为那里的蚊子特别大,而且无处不在,还有黑蝇、鹿虻、马蝇和蠓,每次呼吸都能吸进一只飞虫。我们拖来了一个用桌子改装的实验室工作台,用来组装设备、处理样品。我只不过是跑到卡车前,抓起注射器和汽油罐,然后跑回帐篷,拉上门的拉链,脸上就被蚊虫叮得生疼。帐篷搭好,设备就位后,我非常高兴。如果没有这个庇护所,我们就会成为那些蚊虫的美食。有了它,我们才能勉强生存。

我们每天标记10组树苗,完成标记工作需要6天时间。每组有3棵树,我们要在其中的桦树和杉树上各放一个垃圾袋大小的透明塑料袋。在标记其中一半组别时,我们要把碳14同位素标记的二氧化碳注入桦树上的袋子,把碳13同位素标记的二氧化碳注入冷杉上的袋子,让它们在接下来的两个小时内通过光合作用吸收这些二氧化碳。通过这个方法,我们可以检测碳在这些树木之间的双向移动。碳13和碳14是碳12的常见同位素,比后者稍重(它们的原子量分别是13和14,而不是12),但它们在自然界中非常罕见,因此可以用作研究碳12在光合作用和糖分运输中的示踪剂。在标记另一半组别时,我把它们的对应关系进行了调整,用碳13标记桦树,碳14标记冷杉,这是为了防止桦树和冷杉能区分这些同位素,进而影响它们通过光合作用吸收到的和它们传送给邻近树的碳元素数量。即使树木真的能察觉这两种同位素质量的细微差别,我也可以计算出每种同位素转移的相对数量,然后修正细微的区分差异,以确保在检测树荫对碳通量的影响时，这种区分不会给我制造麻烦。

在两个小时标记时间结束后，当我们摘下塑料袋时，这些二氧化碳会随风飘走。丹和我说过，一定要保证花旗松从桦树那里得到的碳同位素不是风吹来的被标记的二氧化碳。我关注的是在菌根网络中迁移的碳，不太关心可能在空气中飘移的微量碳。此外，雪松是对照物，空气和土壤中的碳转移都会被它吸收，它会告诉我逃逸碳的总量。

但丹坚持认为我们可以做得更好。在摘下塑料袋之前，我们可以把未被吸收的同位素二氧化碳抽出来，装到塑料管里。这样做的话，就基本上排除了碳通过空气转移的可能。

在为标记树苗做了大量准备工作之后，我已经迫不及待了。这是我做过的最大胆的实验，它极有可能改变我们对森林的认识，但同时也有可能只是白忙活一场。这就像跳伞一样，说不定我会降落在复活节岛上。我不由得紧张起来，肾上腺素飙升。一旦有了结果，我一定要当面展示给凯利看。尽管我们现在还没有恢复联系，但我会去看他和蒂法妮。至于我们在酒吧里发生的争执，让它见鬼去吧。

第二天，我们在帐篷里测试了我们设计的用碳13标记树苗的方法。我直接从一家特殊商品供应商那里邮购了99%纯度的碳13二氧化碳气体，它装在两只玉米芯大小的储气瓶里，每瓶1 000美元，占了我预算的20%。为了练习从储气瓶中提取碳13二氧化碳气体，丹拿起一只储气瓶，在上面装了一个调节阀，然后用夹子把一根一米长的乳胶管固定在接口上。我们的想法是把气体慢慢地释放到管子里,这个过程就像是在吹一个香肠形状的气球。管子充满后,我们就会用一个大注射器抽取50毫升碳13二氧化碳气体,注入树苗上的塑料袋,以便树苗通过光合作用吸收这些二氧化碳,或者通过菌根真菌将一部分碳同位素传输给它的邻居。我的工作是在丹拧开储气瓶上的阀门将二氧化碳充进管子时,确保管子末端的夹子夹紧。

"准备好了吗?"他问。他满头汗水,在实验室工作台上来回忙碌着。

"准备好了。"我回答说。我紧张地夹紧夹子。在大学的化学实验室里,我的表现还算不错,但在丛林里摆弄这些化学物质让我感到害怕。

丹转动调节器上的旋钮。

"怎么有嘶嘶声?"我问。管子掉在地上,像蛇一样扭动着,价值一千美元的二氧化碳从管子的一头喷了出来。夹子在压力下松开了。当二氧化碳嘶嘶地喷完后,我终于在管子上打好了一个结。

丹目瞪口呆。我看着他,就好像我刚刚打碎了一个明代花瓶。

很庆幸,我们有两只储气瓶。

我们完善了将同位素气体注入袋中的方法。标记树苗的这一天终于来了。皆伐区的气温较高,穿上塑料工作服后就更热了。碳14有放射性,我担心自己会暴露在辐射下,所以穿上了雨衣,戴上了防毒面具和硕大的塑料护目镜,还用管道胶带把衣袖扎到橡胶手套里。丹觉得我这身装扮太傻了，他知道我们使用的碳14没有那么危险，因此只是穿着他那件简单的白色实验服。这些粒子的能量非常低，几乎无法穿透皮肤，手术手套就能轻松地挡住它们。碳14最可怕的地方在于，如果它真的进入你的体内，比如你的肺里，它会停留很长一段时间，因为它的半衰期是5 730年（+/-40年）。碳13不一样，它是一种非放射性同位素，不需要担心。

来到第一组树苗旁边，我把遮阴帐篷从花旗松苗上取下来，在上面放一个番茄笼，然后在纸桦树苗上也放了一个，但雪松树苗上没有放。这些笼子是用来放塑料标签袋的，它们可以保证在标记期间塑料袋的各个侧面始终处于膨胀状态。

放好番茄笼之后，就万事俱备，只欠东风了。我很快就会知道纸桦和冷杉有没有交换碳，它们会不会通过地下网络相互交流。从我整整一年前把树苗种到地里开始，我就一直在等待这一刻的到来，一直在做着准备。它就像是一个决定性的转折点——我猜测森林中开展的合作对森林的活力来说有至关重要的意义，这个直觉正确与否，马上就会揭晓了。如果我的直觉是正确的，我就要担负起一项重大的责任：阻止大规模清除本地植物的疯狂行为。我把气密袋放到第一组番茄笼的上面（就像给鹦鹉笼盖上帘子），把那棵桦树和那棵冷杉完全覆盖在下面。我们用管道胶带把气密袋的底部固定在树干和番茄笼脚周围，确保不会漏气。在扎好最后一条管道胶带之前，丹把手伸进一只袋子里，用胶带固定好一小瓶冷冻的放射性碳酸氢钠。他将一个巨大的玻璃注射器插入气密袋上的一个小孔，小心翼翼地将乳酸注入冷冻的放射性碳酸氢钠溶液中。针头一插进去，乳酸就慢慢滴进了冷冻的小瓶中，随之就有含碳14的二氧化碳从小瓶释放出来，供纸桦树苗通过光合作用吸收。

与此同时，我回到了帐篷里，用注射器从玉米芯大小的储气罐里抽出50毫升含碳13的二氧化碳，以便注入盖在花旗松上的另一只气密袋里。我汗流浃背，护目镜也蒙上了一层雾气。就这样，我和丹各自拿着注射器，给一组又一组的树苗"打针"。遮天蔽日的蚊子和苍蝇紧随着我们。用液氮冷冻的小瓶碳酸氢钠放在实验室的工作台上，因此丹需要在树苗和实验室之间来回奔波。我的速度比他慢，我用注射器从实验台那里抽取一管含碳13的二氧化碳，然后拖着脚步走向下一组树苗。

我们等了两个小时，让树苗吸收这些标记过的二氧化碳气体，然后抽掉可能有剩余的同位素气体，把袋子拿下来。即使还有残留的二氧化碳气体，也会迅速被微风吹散。

袋子拿掉后，丹跑回实验室帐篷，以躲避成群结队的蚊虫。我以最快的速度，深一脚浅一脚地跟在他身后走进去。拉好门上的拉链后，我扯掉我的全副武装。唐像外科医生一样摘下乳胶手套，扔进装废旧装备的垃圾袋里。我们相互看着对方。"大功告成！"我叫道。

丹说："也许吧。"我们还要用盖革计数器检查那些树苗。

他说得没错。我穿上我的塑料套装，戴上外科手套，抓起盖革计数器，跑回最近的那组树苗。微风渐起，桦树苗的叶子在旋转的叶柄上翩然起舞，冷杉苗镇定地顺着风向倾斜着身体。湖对岸的天空乌云堆积，就像一朵朵黑色的蘑菇。一只松鼠跑到我前面，停在一个树桩上四下观望。

我把盖革计数器举到被碳14标记的桦树叶子旁边，屏住呼吸。它们有放射性吗？如果没有，那么我们所有的准备都将付诸东流。如果供体没有吸收放射性二氧化碳，我们就不知道它们是否会将有机化合物传送给邻近的冷杉。丹走到我身边，看上去有些紧张。

我打开开关。计数器发出噼啪声。丹露出了喜色。仪表上的指针猛地向右摆动，显示出很高的辐射计数。

"哦，太好了。我没犯错。"丹松了口气。

"你认为我们能从旁边这棵冷杉上发现什么吗？"我问。

"我认为不能。从标记到现在才过去几个小时。"多年的教育已经让他养成了对早期结果保持谨慎的习惯。根据里德的研究，放射性可能需要几天时间才能由桦树经地下通道传送给冷杉。即使它真的被传送给了邻近的冷杉，其数量也可能低于盖革计数器的检测极限，我们需要等到在实验室检测样本后才能知道结果。

但现在用盖革计数器检查一下，又有什么坏处呢？我们可以试着提前得到一些数据，看看是否有迹象表明花旗松针叶里藏有答案。我让自己冷静下来。我确信丹是对的，他比大多数人都更懂植物标记。

但管它呢，试一试又不费事。我下意识地走到旁边的冷杉旁，跪了下来。丹忍不住跟在我身后，从我肩上探过身来。我们俩都闻到了冷杉针叶发出的沁人心脾的松香味，一时间我忘记了数年埋首研究的艰辛和接二连三的挫折。我用手拂过计数器的末端，以确保没有任何东西能遮掩信号。关键时刻到了。我仿佛化身成了乐队指挥，面对着准备好演奏乐器的全体成员举起手。我把耳朵歪向树干，把盖革计数器放到冷杉针叶上，开始了测量。

我的手腕略微上举，盖革计数器发出微弱的噼啪声，仪表盘上的指针微微向上摆动了一下。在那一刻，仿佛有弦乐、木管乐、铜管乐和打击乐同时在我耳边响起，演奏出了欢快强烈、具有魔性的和谐乐章。我心醉神迷，不由自主地沉浸其中。微风吹过桦树、冷杉和雪松树苗的树冠，似乎带着我高高地飘了起来。我参与了一项极其伟大的工作。我看了丹一眼，他张着嘴愣在那里。

"丹！"我大声喊道，"你听到了吗？"

他盯着盖革计数器。他一心希望标记能够发挥作用，而我们从冷杉那里听到的消息超出了他的预期。

我们正在倾听纸桦和冷杉的交流。

太棒了！

但是，在利用闪烁计数器和质谱仪对组织样本进行正式分析之前，我们还不能完全确定。闪烁计数器对放射性碳14更敏感，而质谱仪可以测量碳13。利用这两种仪器，我们可以准确量化标记的光合产物在桦树和冷杉之间的传输。尽管如此，看到这个最初的线索，丹的眼睛还是放射出了喜悦的光芒。我也欣喜若狂，脸上的笑容难以抑制。我迎着风举起双臂，大声喊道："太好了！"尽管藏在心底，但我们知道自己发现了两个树种之间的某种梦幻般的神奇联系，就像从电波中截获了足以改变历史进程的秘密谈话一样。

我走到这组树苗中的雪松旁边，手心都开始出汗了。我似乎已经知道答案了。我举起盖革计数器，开始测量雪松树叶。

没有反应。看来雪松没有受到影响。完美！

同位素需要多长时间才能完成在树苗间的旅程，这是一个谜，所以我打算等6天，留出足够的时间让更多的同位素从供体的根部通过真菌进入邻近树苗的组织。我坐了下来，丹也坐到了我身边，我们把手里的工具放在腿上。风小了一些，一只孤零零的草地鹨在唱歌。在那一刻，工作给我带来的挫败感、被拒绝的感觉，以及与凯利争吵而产生的悲伤和自责都烟消云散了。我搂着丹的肩膀小声说："我们的这个发现真是太棒了！"

等了6天后，我们把树苗从地里挖了出来。桦树、冷杉和雪松的根系都很大，它们缠绕在一起，上面覆盖着菌根。采集完样本后，我说："看起来这里来过一群地鼠。"我们把根和芽分别放进袋子里，把蚊帐和桌子改装的实验台打好包。

驱车离开时，我回头看了看那一小片土地，它将告诉我们，这些树苗相互间的联系和交流达到了什么程度。一只渡鸦飞过，发出低沉的叫声。我想起来我们在恩纳拉卡帕穆克斯人的土地上做过这个实验,他们把渡鸦视为变化的象征。

第二天,我用冷藏箱装好样本,开车去维多利亚。我将利用一个指定的实验室设备把这些组织样本磨成粉末,然后送到加州大学戴维斯分校的一个实验室进行分析,检测每个组织样本中碳14和碳13的含量。我把这些放射性样本放进通风橱(一种特殊的带玻璃窗户的封闭橱,可以通过上方的一个通风管道抽出空气),这样所有的放射性粒子都会被吸出通风橱,安全地排到某个隐蔽的封闭空间里,然后收集并妥当处理。研磨组织样本的工作不仅乏味,而且很难操作。我必须把咖啡壶大小的金属研磨机放到通风橱里,随时吸走木屑,以免放射性物质扩散到整个实验室,同时也避免这些木屑落到我的身上,或者被我吸入肺中。

第一天,我在早上8点进入实验室,穿上实验服,戴上护目镜,系好防尘口罩,在研磨机里装满树根样本,然后倾身向通风橱。我连续工作了数小时,尽可能把样本研磨成很细的粉末。下午5点,我把这一天研磨的样品堆放在一个盒子里。我清理了通风橱、实验室工作台和地板,用盖革计数器检查了它们的表面,以确保没有放射性粒子残留,然后洗手离开了大楼。我走进酒店房间,洗了个澡,在隔壁酒吧吃了个汉堡,然后扑通一声倒在床上,开着电视就睡着了。接下来的4天,我都被早上6点的闹钟叫醒,然后重复前一天做过的工作。

研磨所有样品花了5天,每天10个小时。最后一天,我清理完通风橱,正在摆弄我的防尘口罩时,注意到口罩顶部有一个金属片盖在我的鼻子上。出乎意料的是,当我从两侧挤压它的时候,口罩竟然紧紧地贴到了我的鼻子上。我的心一沉,我之前没有把防尘口罩上的鼻夹捏紧。

我扯下口罩,看着里面一层薄薄的粉尘。等到我从鼻子里掏出一些木屑后,我差点儿晕过去。我一直在吸入这些磨碎的微小颗粒。我跌坐在实验室的凳子上,简直不敢相信竟然会发生这样的事。

没有任何补救的办法,错误已经铸成。

我打电话给丹,他安慰我说我可能没有把粉尘吸进肺里,只要清洗干净,应该就没事了。我希望他是对的。我用洗眼装置清洗了眼睛、鼻子和嘴巴。把最后一件设备收好后,我把剩下的样品装进箱子里,准备运到加利福尼亚。

几个月后,我在俄勒冈州立大学处理加州实验室反馈的同位素数据。我的那间办公室很小,没有窗户,以前是昆虫饲养实验室。加热灯早已断开了,管线毫无生气地挂在白砖墙上。为了写学位论文,唐正在不列颠哥伦比亚省的一个跟俄勒冈州差不多大小的地方,研究皆伐对森林成分和碳储存模式的影响。不久之后,他发现皆伐会导致二氧化碳以前所未有的速率涌入大气。我们的生活变得极为简单,要么是在分析数据、跑步,要么是跟其他研究生一起喝啤酒。

除了分析同位素数据，其余时间我都泡在显微镜实验室里，研究花旗松和纸桦幼苗的根尖是否有菌根。在另一个温室实验里，我用从野外场地采集的土壤种植了纸桦和花旗松树苗。一部分桦树和冷杉分别种在单独的盆里，还有一部分种在同一个盆里。经过8个月的浇水和观察，我拔起了单独种植的树苗，并在显微镜下观察它们的根尖。土壤中的孢子和菌丝已在一些根尖上定植。虽然桦树和冷杉是分开种植的，但定植在它们根部的菌根真菌大多是相同的品种。不止有一种真菌，而是有5种。真菌种类繁多，就像它们繁殖出的蘑菇一样。

Phialocephala 属真菌：我在桦树和冷杉根部的里外都发现了这种真菌的黑色透明菌丝。

空团菌属（*Cenococcum*）：菌套呈墨黑色，覆盖在一小部分根尖上，长有像刺猬身上一样的粗壮刺毛。

威氏盘菌属（*Wilcoxina*）：菌套质地光滑，棕色，透明菌丝从精致的米色菌盖中向外延伸。

疣革菌（*Thelephora terrestris*）：这种真菌会形成白色奶油状根尖，肉质部分质地坚硬，棕色，形状像扇形展开的莲座，边缘呈白色。

体小量多的红蜡蘑（*Laccaria laccata*）：根尖平淡无奇，雪白的菌丝向外发散，光秃秃的菌盖呈橙棕色。

我满脸期待地走到结对生长的桦树和冷杉旁边。早期的研究表明，不同树种形成的群体会产生这些树木在单独生长时无法产生的全新菌根物种，就好像它们需要相互引导和刺激（或许是通过真菌连接将碳提供给它们的邻居来实现）。

当我把混交盆里的冷杉根放在显微镜下时，我惊讶得差点儿跳起来。这些根看起来又大又浓密，就像厨房拖把一样。更引人注目的是，根上定植了各种各样的真菌，就像热带森林里的树木一样品种繁多。不仅如此，在冷杉和桦树上出现了两个全新的菌种。一个是乳菇属（*Lactarius*）真菌，它的奶油状菌套呈白色，和从乳白色菌盖的菌褶里滴下的乳白色液体颜色一样。另一个是块菌属（*Tuber*）真菌，它圆鼓鼓的淡黄色棒状结构覆盖在根尖上，还会在地下长出形状与佩里戈尔松露相似的黑色松露。

我跑到我的博士导师戴夫·佩里的办公室。他正低着头看电脑。看到我进来，他抬起头，把老花镜往上推到白发苍苍的头顶上。他的桌子上有好几摞堆得高高的期刊，这是他几十年来积攒的，把桌面堆得满满的，几乎不留一点儿空隙。我大声说道，和桦树种在一起的冷杉就像是精心装饰的圣诞树一样，而单独生长的冷杉则没有多少菌根。

"哦，太棒了！"戴夫跳了起来，跟我击掌。当我告诉他混交盆里长出了五颜六色的真菌，并兴奋地比画着根尖的大小时，他边听边点头。他已经知道花旗松和黄松有相同种类的菌根，但他不知道这些菌根是否会在树木之间建立联系，也不知道它们能传递营养物质。我和戴夫都知道，这样的结果意味着桦树和冷杉有可能形成一个强健、复杂的互联网络。但更重要的是，正如我在分析野外实验同位素数据时所猜测的那样，我们知道自己即将搞清楚树木是否可以通过这些网络进行交流。戴夫从桌子上拿起一瓶苏格兰威士忌，往两个大酒杯里各倒了一点儿。他的学生第一次取得令人瞠目的发现，这是他乐于看到的。我想象着桦树和冷杉编织出一张像波斯地毯一样绚丽的网。

我们后来发现，在桦树和冷杉所共有的几十种真菌中，这7种真菌只占了很小的比例。至于雪松，正如我所预料的那样，它的根上只定植了丛枝菌根真菌，并不是将纸桦和花旗松连成一体的那个网络的组成部分。

❦

当现场碳转移数据从实验室传过来时，我屏住了呼吸。对了，就是这样。科学是可靠的。这个实验把每个变量都考虑进去了。我独自一人在没有窗户的办公室里浏览实验报告。我的眼睛在数据栏上来回扫视，与此同时，我感到脸颊发烫。我运行了统计代码，对桦树和冷杉吸收的碳13和碳14的数量进行了比较，以了解给冷杉遮阴是否影响了碳13和碳14的含量。为了确保万无一失，我反复核对这些数字。我坐在那里，简直不敢相信自己的眼睛。纸桦和花旗松竟然会通过这个网络来回交换光合碳。更令人惊讶的是，花旗松从纸桦那里得到的碳远多于它输出的碳。

桦树不是"恶魔杂木"，而是在慷慨地为冷杉提供资源。

而且数量大得惊人，足以满足冷杉制造种子和繁殖的需要。但真正让我震惊的是遮阴的效果：桦树投下的阴影越多，它提供给冷杉的碳就越多。桦树正在与冷杉合作，并且与冷杉步调一致。

我一遍又一遍地重新分析数据，以确保我没有犯错误。

但不管我怎么分析，最终结果都没有变化。桦树和冷杉在交换碳，在交流。桦树可以察觉并适应冷杉的需要。不仅如此，我还发现冷杉会回馈一些碳给桦树。互惠互利好像是它们日常关系的一部分。

树木相互连接，相互协作。

我惊呆了。我觉得大地似乎都在晃动，因此我靠到办公室的瓷砖墙上，希望能搞明白眼前的这一切。分享能量和资源，意味着它们像一个系统那样运行，而且这是一个智能系统，可以感知和响应。

呼吸，思考，吸收，处理。我想给凯利打电话，但我们还在僵持中。不过，我们应该很快就会恢复联系。

根单独生长时不会长得特别茂盛。树木需要彼此扶助。

我整理了一堆记录树木受相互竞争影响的文章，旁边是一堆越摞越高的关于树木互利的文章。我收集这些文件，是因为我沮丧地发现，研究人员分成了泾渭分明的不同阵营。研讨会上硝烟四起。每个人都掌握了一些真相，但没有人全面彻底地了解树木之间复杂的相互作用。尽管各方意见不一，但无差别清除原生植物的做法仍在继续，森林的多样性仍在遭受破坏。我面临一个选择：我可以向政策制定者全面展示我的这些发现，这样做的结果是我可能会受到他们的压制；我也可以待在实验室里，希望最终会有人用到我的这些发现。

第 8 章　放射性

办公室的电话响了。

我离开办公桌去接电话,尽管打到这里的电话几乎从来都不是找我的。

我拿起话筒。

电话里传来蒂法妮的抽泣声,声音似乎很遥远,然后就听到她突然说道:"苏西,听着,凯利死了。"

我使劲地抓住桌子边沿,耳朵紧紧贴在听筒上。

蒂法妮断断续续地说着事情的经过:更换洒水装置的喷头,把拖拉机倒回仓库的正前方,倒进停车场,让它空转着,钻到仓库门下面,仓门撞到了,把他撞到一辆自卸卡车上。

我木然地听着。

她告诉我凯利有预感。就在上周五,他还把牛群从高山上赶到了下面的牧场。草上结了冰,小溪也结了冰,牛群在11月的大雾中挤作一团。透过薄雾,他看到一个牛仔慢慢向他走来,看到他,凯利非常高兴。毕竟,骑着马、带着他的边境牧羊犬尼珀放牧50头牛是一项艰巨的工作。

凯利定睛一看,认出走过来的是一个老朋友,他轻轻抬起他的旧帽子向凯利致意,长满灰色胡子的脸上露出笑意。他轻松地骑在马鞍上,一双长腿套在暖和的皮套裤里。

凯利突然不寒而栗。

凯利认识这个牛仔,但他在前一年就已经去世了。

那个老牛仔招了招手,凯利跟了上去。这位已经死了的牧民骑着马慢慢地穿过变幻不定的大雾,凯利难以置信地策马跟上。牛仔转过头,回头看看凯利是否跟来了。凯利确实跟上来了。

他突然消失在雾中,跟他出现时一样突兀。

凯利吓坏了。

蒂法妮开始号啕大哭:"我在医院里,坐在他的旁边,他的身体冷冰冰的。他怎么能离开我呢?"再过三个月,他们的孩子就要出生了。

挂了电话之后,我什么也听不见,好像所有的声音都停止了。时间静止了。我不停地发抖。唐出去打棒球了,但我不知道具体地点。在回家的路上,我还没有从震惊中清醒过来。我需要打几个电话,通知母亲、父亲、姐姐和祖父母。但每个电话都会是一次严重打击,会再一次加剧我的创伤。因此我迟迟没有行动,而是一直等到唐回家,让他帮我通知了所有的人。

第二天,我飞回了坎卢普斯。我已经感觉麻木了,就像自己是古老默片中的一个角色。

葬礼在极度寒冷中举行。颤杨的叶子落光了,冷杉的树冠在白雪的重压下耷拉着脑袋。蒂法妮的双手托着她的肚子,仿佛抱着肚中的孩子。她的皮肤像瓷器一样光滑,她沉浸在悲痛之中,脸色很平静。我想站在她身边陪陪她,但我要忙着照顾父母。萝宾也有6个月的身孕,她和比尔、蒂法妮一起站在教堂的后面。凯利的朋友都来了,牛仔帽遮住了他们的眼睛。他们说凯利是一个多么好的人,讲述着他们在一起的时光。教堂的木质长凳非常结实,在我们每个人出生之前它们就已经在这里了,在我们所有人都离世之后它们还会在这里。看到这些长凳，一种庄严肃穆的感觉在我们心头油然而生。凯利冰冷的身体躺在一个简陋的松木棺材里。我感觉喘不过气来。我想吻他的额头，但我弯不下腰。我悔恨不已。我永远也无法弥补了。我们再也无法和解。那次喝醉后，我们因为愤怒和误解而在临别时说的那些令人不舒服的话，再也无法收回。

从此以后，我们姐弟俩再也无法团聚。

第 9 章

互惠互利

悲伤随着泪水、悔恨和愤怒阵阵袭来。唐还在美国写学位论文,所以我独自一人在家。科瓦利斯的邻居玛丽打电话来安慰我,告诉我这种痛苦需要时间来消弭,我很感激她的好意。但我一直无法摆脱悲伤情绪。我无法集中精力工作,于是我决定去越野滑雪。无论是白天还是夜晚,还有那漫长得令人筋疲力尽的滑雪之旅,对我来说都是一种折磨。尽管我还深陷痛苦之中,但我也有某种感悟,觉得在森林里不断折磨自己才有可能让我恢复过来。

有时候,当最坏的情况发生时,我们就再也不会害怕那些无关生死的小事,尽管这些事情也曾让我们为之感到害怕。我全身心投入研究,哪怕只是为了让自己遗忘那无法弥补的绝望。在与这些树木打交道的同时,我努力寻找我和弟弟之间再也不能继续保持的联系。我决定发表研究结果。我不知道在我做出这个决定时,凯利起到了促进作用还是阻碍作用。在戴夫、唐和我的博士委员会其他成员的鼓励下,我向《自然》杂志投了一篇文章。

一周后，我收到了编辑的来信。他拒绝了我的投稿。

遭到他批评的问题似乎很容易纠正，而且我不再担心任何损失，所以我修改了文章，然后重新提交给编辑，就像我曾经一次次地把不断漂到岸边的漂流木扔回梅布尔湖一样，就像我和凯利不停地修理我们自制的木筏以便探索隔壁湖湾的那条小溪一样。

1997年8月，《自然》期刊决定用我的修改稿作为那一期的封面文章。他们还采用了一张琼在蓝河附近拍摄的已经成材的纸桦—冷杉混交林照片。我很吃惊，没想到我的文章竟然击败了果蝇基因组的发现，登上了期刊封面。该期刊还邀请戴维·里德爵士为我的文章撰写了一篇独立评论，并与我的文章一起发表在同一期。他写道："西马德等人的研究……首次（解决了）野外环境中的这些复杂问题……明确表明，在温带森林中，大量的碳（所有生态系统的能量货币）可以通过共享真菌共生体的菌丝在树木之间流动，甚至在物种之间流动。森林覆盖了北半球大部分的陆地表面，为大气中的二氧化碳提供了最重要的汇，因此了解森林碳经济的这些方面具有至关重要的意义。"

《自然》称我的发现为"树维网"（wood-wide web）。于是，闸门一下子打开了，媒体接二连三地打来电话，电子邮件也潮水般涌入我的收件箱。我和同事们一样，都对发表在《自然》的文章引发的关注度感到震惊不已。一天晚上，我内心深处的那道闸门也打开了，眼泪夺眶而出……我家的人通常都不会哭。我一直把悲伤藏在心底，好让父母平静地表达他们的悲伤，但现在我再也无法控制自己悲伤的眼泪，哭得天昏地暗。当伦敦的《泰晤士报》和加拿大的《哈利法克斯纪事先驱报》先后给我打来电话时，我振作了起来。随后，我收到一封来自法国的信，还有一封皱巴巴的、盖着中国邮戳的信。

成为全球关注的焦点后，也许会引起林务局的注意吧。

我救不了凯利，但也许我可以拯救一些东西。

♣

一天下午，艾伦靠在我办公室的门上。这个冬天过得好慢，我的情绪一直很沮丧。尽管国际媒体报道了我发表在《自然》期刊的那篇文章，但它并没有改变林务局的政策，这让我不确定自己下一步的工作重点该放在哪里。艾伦让我穿上靴子，回到野外，找回自我。他说，等我感觉好些后，我们会把制定政策的那些家伙带到森林里，向他们展示这项研究的意义。我抓起钥匙，前往我的混交林实验场地。那个老牧民为了阻止我，往这片地里撒过草籽。

到了老鹰河后，我开着皮卡下了加拿大横贯公路。碎石路上的冰雪没有人走过的痕迹，我知道自秋天以来我是第一个过来的人。我来到一棵老桦树前，为了让我的树苗恢复活力，我曾在那里采集泥土。我拿出手机，想给萝宾打电话，却发现没有信号。她的预产期还有几周，蒂法妮也是。我也想要孩子，但唐还在科瓦利斯完成他的论文，预计完成时间与计划在威廉姆斯湖牛仔竞技大会开始时为凯利举行的纪念活动正好撞上了。这样也很好，唐和牛仔待在一起，显然不会相处得那么融洽。

我放弃了打电话，拿起我的巡查员背心和防熊喷雾器，走完了最后一千米。我需要呼吸清冷潮湿的空气，这样才会有一种真实的感觉。我在树林中漫步，闻着流淌的树液的气息，感受着这些树木的存在，也让它们知道我就在这里，在聆听它们的声音。

我穿着厚重的雨裤，蹚过足有一英尺深的雪，走进了混交实验林旁边的原始森林。天上有一缕云，闪烁着一丝微光，令人神往。看着树枝上挂着的一缕缕奶油色地衣，我仿佛看到凯利的白衬衫仍然挂在蒂法妮的衣橱里。在这片树林深处，有我的第二个博士野外实验场地。我在茂密的树冠层下种了20组花旗松，每组5棵，以了解这些树苗在浓荫下能存活多少，在黑暗中能存活多久。在1/2的组别中，5棵树苗的根与古树的菌根网络自由交织在一起；在另外10组中，我用一米深的金属板围住那些树苗，使它们的根接触不到那些古树。我在把冷杉、桦树和雪松放到一起做"树维网"实验时，也曾使用过类似办法，但在这个实验里，我在树冠层的阴影下只种植了冷杉。在林线①里面，冷杉树苗与它们的"老邻居"建立联系、进行交流的可能性更大。

在那里，母亲树旁边丛生的新树苗为了生存抱成一团。

在那里，能否与百年老树的菌根网络相连可能意味着生与

---

① 林线：郁闭森林的海拔上限与林线之间的过渡带，由边界明显的树岛或孤立木组成。通俗地说，就是森林界线。——编者注

死的区别。

在那里，老树可以供养小树，以便小树填补老树死亡后留下的林窗，也给新一代创造抢跑的机会。这些参天大树是这些冷杉树苗的碳源，就像我在皆伐区标记的三棵树组合一样，组合中的纸桦树苗是冷杉树苗的碳源。但是考虑到这片林下植被的阴凉程度，我猜想这些大树作为碳源肯定比那些纸桦树苗强大得多，两者之间就像尼亚加拉大瀑布与潺潺小溪一样有天壤之别。这里的源汇梯度异常陡峭，与这些原始森林守望者的地位相一致。

茂密树林里的第一组冷杉只有一棵树还活着，病恹恹的黄色顶枝勉强从积雪中探出头来。我本来还很乐意做这个实验，但它似乎注定要失败。我感觉喉咙哽噎，心也隐隐作痛。冰冷的水从树冠上滴下来，顺着我的脖子往下流。白雪覆盖的雪松树枝下垂的样子让我想起鱼骨架。在腐殖质沼泽中苏醒的臭菘发出微弱的光，与周围的苍白色几乎融为一体。

我一边打着寒战，一边扒掉覆盖在那棵仅剩的树苗上的雪，它还这么年轻，但它的生命已经快结束了。我拂去了其他4棵黑暗中生长的树苗上的冰晶，它们死去的根被"囚禁"了起来。我在这些树苗周围布置那些金属板，是为了将它们与老树分隔开，现在看来这是为它们挖好了坟墓。为了验证我的这个想法，我四处摸了摸，找到了那些金属板。在这片黑暗的林下叶层中，与家族的联系似乎至关重要。

我按照手绘地图的引导，穿过薄雾，向下一组树苗走去。一丛绿色顶枝挺立在雪地里。我在种植这些树苗时没有设置障碍，因此它们可以与那些大树丰富的真菌网络建立连接。从去年夏天到现在，它们全部长高了一厘米，而且都长出了一个粗粗的顶芽。我拂去积雪（因为树苗茎部不断散发热量，所以周围的积雪很薄），然后扒开几厘米厚的枯枝落叶。厚实的菌根色彩丰富，在有机层中纵横穿插，看上去就像一幅文艺复兴时期的油画，我突然感到更轻松，更加充满希望。我挖开一棵树苗的根，沿着深色的须腹菌（*Rhizopogon*），一直追踪到几米外与之相连的一棵巨大的花旗松。另一条根须被黄色菌根真菌——发肤菌（*Piloderma*）覆盖，它肉嘟嘟的黄色菌丝指引着我找到了一棵老桦树。这个发现让我大吃一惊。这棵小树苗同时与成熟的花旗松和纸桦纠缠到一起，建立了一个繁荣的菌根网络。

我拉了拉帽子遮住耳朵。这个网络似乎确实在支撑着这棵树苗。老树或许会通过成簇的肉质真菌，把糖分或氨基酸输送给它，以补偿树苗的针叶在昏暗光线下缓慢进行的光合作用和幼嫩根系从土壤中吸取的微薄养分。又或者老树只是利用自身形形色色的菌根真菌，把树苗接入土壤中，以便这些树苗在没有其他帮助的情况下获得牢牢固定在土壤中的养分。

我挖开另一棵树苗周围的地面，发现它的根部还有6种菌根。到现在为止，我知道这片森林里的菌根真菌至少有100多种，其中约1/2是多宿主型，既连接纸桦，又与花旗松暗通款曲，形成了一个多样化的网络，就像是一块精美的毯子。而剩下的一半则是专一宿主型，要么忠诚于桦树，要么对冷杉青眼相加，但不会同时与两者相关联。人们认为，这些专一宿主型真菌各有专长,有的善于从腐殖质中获取磷,有的则善于从成年树木中获取氮;有的善于从土壤深处吸收水分,有的善于从土壤浅层吸收水分;有的在春天活跃,有的则在秋天活跃;有的会产生富含能量的分泌物,为细菌完成其他工作(例如分解腐殖质、转化氮、对抗疾病)提供动力,而有的真菌产生的分泌物较少,因为它们完成的工作不需要太多的能量。我刚才看到的与桦树相连的发肤菌菌根表面光洁,表明它含有丰富的碳,表面有一层由发光的荧光假单胞菌构成的生物膜,而这种细菌产生的抗体可以阻止根部致病菌奥氏蜜环菌生长。块菌属菌根是转化氮的芽孢杆菌(*Bacillus*)的宿主。桦树叶子中的氮含量比冷杉针叶高得多,这可能是其中一个原因。

但我们对绝大多数菌根真菌的功能几乎一无所知。我们只知道古老森林里的真菌种类多于人造林,而这些与古树密切相关的真菌都厚实粗壮,能够获取深藏在土壤中难以获取的资源。它们可以释放被牢牢锁在腐殖质和矿物颗粒密实结构中达几百年之久的氮原子和磷原子,这些古老的生命必需的营养物质被封存在层状硅酸盐黏土中,并被束缚在像铁丝网一样的碳环中。

我和丹有多年采集蘑菇的经验,知道这些原始森林里有特殊的古老真菌,其中有的只会在降雨量非常大的月份或年份出现,有的只出现一次,还有的只会在干燥的月份成熟,剩下的则会不分季节地萌发。我们还曾在森林里挖出树龄从几年到几百年不等的桦树和冷杉的根,分析它们的DNA,并将其与通用基因库中的数据进行比较,以确定真菌的种类。

我向森林深处走去。在那里,铁杉和云杉混杂在一起,生长在冷杉和桦树的下面。我在一棵脱掉了风雪大衣的小树苗前停了下来。随着我扫去小树苗上残留的一点儿冰雪,它柔软的主茎慢慢挺直了腰。我们就是为了恢复健康来到人世的。我在一些铁杉树苗前停住了脚步。这些树苗就像我在梅布尔湖看到的那样,顺着一根哺养木(nurse log)排成了一行。我猜想这会给它们带来很多好处——可以避免受到土壤中病原体的侵扰,还可以顺着这架"梯子"爬向阳光。这根破烂木头的上面和下面都有铁杉树苗的根,它们把榛子、锡特卡花楸和假黄杨的树根和匍匐茎紧紧地包裹在一起,形成了一个结构紧凑的"城镇"。它们很可能互相连接,处在一个外生菌根的共享网络中。即使是北美乔柏和紫杉,还有我知道会长出丛枝菌根的蕨类植物和延龄草,也很可能形成了一个与外生菌根网络完全不同的丛枝菌根无缝网络。尽管有的菌根网络是分开的,但是这片森林中的所有植物都彼此相属。

现在,我知道了桦树和冷杉之间有联系和交流,但是桦树给冷杉的碳总是比它收到的碳多,这是不合理的。如果情况一直如此,冷杉最终可能会耗尽桦树的生命。

在它的一生中,冷杉是否有过付出超过收获的时候呢?也许当森林变老、冷杉的生长速度自然地超过桦树时,碳就会发生从冷杉到桦树的净转移吧。

在树木间隙中透射过来的光线指引下,我来到邻近的皆伐区边缘。这里是我的第三个野外博士实验场地,也是那位牧民撒草籽进行报复的地方。我很幸运，尽管长着草，但树苗都长得很好。这些树苗5岁了，已经比我高了。我蹲在一棵桦树旁。地面上露出了一圈厚实的塑料板，包围在树苗周围。这是我在树苗根系周围埋设的塑料墙，深1米。它的作用与我在森林中使用的金属板相似。不过，这些塑料墙并不是包围成组的树苗，而是将按网格模式种植的64棵树苗逐棵分隔开。塑料墙仍然很坚固，没有破损，它的完整性还能保持很多年。这个实验要测试两个问题：纸桦是否会一直帮助冷杉，直到冷杉成年；冷杉最后是否会回馈这些帮助（也许是在纸桦没有叶子的早春和晚秋），另外，随着冷杉的高度缓慢而自然地超过刚刚进入成年期的纸桦，冷杉是否会加大回馈的力度。

为了弄清楚这两个问题，我将这片挖有沟渠的树林与附近的64棵未经任何处理、相互交错的桦树和冷杉进行了比较。在这里挖沟渠，就像在一座树桩砌成的古城堡中进行考古挖掘。为了完成这些一米深的沟渠，我和芭布雇了5个人，其中一个人开着小型挖掘机，另外还有4名年轻女子拿着铁锹工作。我们挖出了蔓生的根系，挖出了花岗岩卵石，沿着8行树挖出了9道沟渠——第9道沟渠在最后一行树的外面。然后，我们又沿着垂直的方向挖出了9道沟渠。纵横交错的沟渠把这块地分割成了64座孤岛，每个岛上有一棵树。我们给每座孤岛都围上一圈塑料墙（树根和菌根无法破墙而出），然后用泥土回填沟渠，把这个完美的8×8拉丁方阵藏到了地底下，地面上唯一能看到的东西就是一小截露在外面的塑料墙。

我想知道这片地里的冷杉是不是真的比另一块地里的冷杉小（那块地里的冷杉树根可以自由地和周围的树根纠缠在一起）。一棵树苗死了，白雪映衬下的红色针叶就像一滴滴陈血。我把它从土里拔了出来。树干上的树皮已经开始剥落，腐烂的根茎上覆盖着一串串蔓生的黑色真菌——根状菌索。我掏出小刀，弹出刀刃，从茎的根部切开树皮，露出木质部。雪白的真菌丝变成了夺命绞索，从而证实致死原因是致病菌奥氏蜜环菌。我沿着塑料沟渠搜寻更多的死树，发现有1/3的冷杉已经死亡。

在没有挖沟渠的那块土地上，所有树苗都活着，而且我敢发誓，它们长得更高大。一只渡鸦扑棱一声飞过，与此同时，火车发出的汽笛声划破了天空。我拿出卡尺和笔记本，测量了这两块土地上所有桦树和冷杉的直径。当太阳躲到山的另一侧时，我回到了车上，浑身湿透，冻得直哆嗦。我打着火，把暖气调到最大，在逐渐变得昏暗的光线中用计算器处理那些数据。

我的猜测是正确的。与附近桦树建立了连接的冷杉不仅都活着，而且长得比被沟渠包围的那些冷杉大。另一方面，桦树没有因为与冷杉的亲密关系而受到影响，也没有因为与冷杉的密切联系而失去活力。桦树并没有因为输送碳而看起来很脆弱，而是在确保不牺牲自身活力的前提下，输送出足以促进冷杉生存和生长的碳。

纸桦能在感觉到冷杉不再需要帮助的时候停止碳输送吗？一直困扰我的问题是：桦树是否也会在其他某个时候，通过其他某种途径，以我们从这些简单测量数据无法轻易看出的方式，从冷杉那里得到某些好处。这些冷杉均未表现出任何蜜环菌根病的迹象。就像我在许多其他实验中看到的那样，与桦树一起生长，似乎可以保护冷杉不生病。我说服正在攻读硕士的朗达（我在林业局进行夏季野外实验的助手）继续跟进我对荧光假单胞菌的研究（我发现这些荧光杆菌对奥氏蜜环菌有拮抗作用）。她比较了不同类型森林中有益细菌的数量，发现桦树林中有益细菌的数量是冷杉林中的4倍，这可能是因为桦树的根和菌根真菌在更高速率的光合作用推动下，为细菌提供食物的能力强于冷杉。她还发现，当这两种树混合在一起时，冷杉与桦树上的细菌数量相同，就好像两种树亲密地混合在一起时，细菌可以从富含碳的桦树传播到冷杉上。

整个春天，我独自一人住在我们位于坎卢普斯的木屋里，与树木为伍，而唐在1 000千米外的科瓦利斯，正在完成他的学位论文。如果他也在这里，我们就可以在红拂子茅和山金车丛中漫步，考虑我们的未来，决定要不要孩子。他会在适当的时候提醒我给园子翻土，清理桌子上的图书资料，打扫厨房，做一些好吃的。但是现在，我全身心地投入实验了，整天待在深山里，徜徉在与草地和松树林交界的干燥开阔地里，调查哪些树活了下来，哪些树长得更快，蓬头垢面地在小路上开着车，座位上堆满了地图，空咖啡杯里塞满了苹果核，不时地向总机查询电话留言。

4月，蒂法妮生下了马修·凯利·查尔斯。两周后，萝宾和比尔的第二个孩子凯莉·萝丝·伊丽莎白诞生，比哥哥奥利弗晚三年来到人世间。这两个孩子的名字中都包含了我的已故弟弟的名字。我给马修送了一张婴儿床，给凯莉·萝丝送了一件蕾丝裙。白天变长了，土壤的温度逐渐上升，我开始在孤独中重新寻找那份宁静。

6月的一天，我回到凌乱不堪的办公室，发现桌上有一张安全传唤证，说我放在那儿的几堆期刊构成了火灾隐患。芭布走进来，看到传唤证后不由得哈哈大笑。传唤证下面是《自然》期刊编辑写的一封信。英格兰的一个实验室提交了一篇评论文章，编辑希望我进行评审，然后告诉他们这篇文章是否值得发表。

第一条批评意见指出，根据我的检测，通过土壤输送给雪松的碳非常多（是桦树与冷杉之间的菌根网络输送的碳的1/5），有可能超过通过真菌输送的碳，从而表明菌根网络并不是一个非常重要的输送途径。我一边开始回复这条评论意见，一边对芭布解释：这些人没有注意到，我做的统计检测表明通过土壤输送的碳不仅远少于真菌网络输送的碳，而且两者之间差距十分显著。此外，我已经说得很清楚，交流的途径不止一种。

第二条批评意见是，冷杉输送给桦树的碳太少（只有桦树输送给冷杉的碳的1/10），可能是机器误读数据的结果，所以实验结果不能证明这是双向传输。"我们在另一个案例中证实了这是双向传输。"我说，并向芭布展示了我在实验室模拟现场实验的研究成果。

第三条批评意见是，我把过量的含碳13二氧化碳注入了标记袋，因此提升了树苗的光合速率，使根部聚集了大量糖分。他们认为，如果发生这种情况，运送至邻近植物体内的碳就会比正常情况下多。他们之所以提出这条意见，是因为我使用了大量的含碳13二氧化碳，这样做的目的是让质谱仪轻松地检测到被运送至植物组织的碳13。这与我使用碳14的方式不同，因为探测碳14这种同位素的闪烁计数器高度敏感，足以检测到低脉冲碳14二氧化碳。芭布帮我找到了我的博士实验室研究资料，这些资料表明我在野外使用的二氧化碳剂量对树苗不同部位的碳分配或迁移量没有影响。

看到最后一条意见，我差点儿没能控制住自己的情绪。这条批评意见称，我无法断定我研究的那些树苗是纯粹的、没有相互竞争的合作关系。但我已经指出它们之间的关系是多方面的，桦树通过分享碳来实现合作，尽管它也会争夺光照。我并没有说它们之间没有竞争。他们曲解了我的论文。令我生气的是，他们提出这些批评意见，似乎是为了驳斥我的发现。在反驳了这些意见之后，我给出了结论：这篇评论文章毫无价值。芭布把我的评审意见和我另外一些可以用于佐证的研究成果放进一个马尼拉信封里，然后送到了收发中心。不到一周，《自然》杂志就回复说，他们决定不发表这篇评论。

我没有意识到自己犯了一个错误。

不到一个月的时间，我就收到了一位同事的电子邮件，他在澳大利亚听了一个主题演讲，发表方就是评论我的论文的那个实验室。我对此不屑一顾，因为科学建立在同行评审的基础上。学者们喜欢发表自己的见解，我认为自己更像是科学家，而不是学者。此外，他们可能把英国的丛枝菌根草地（他们发现那里的花草之间没有发生碳转移）和让我痴迷的外生菌根树林（在这里，碳可以像雪橇一样跑来跑去）搞混了。但我的同事坚持说我错了，这是一次公开抨击。随后，又一位同事发来了一封邮件，谈到了他在佛罗里达的一次谈话。哦，天哪，我这才意识到自己太天真了——我应该公开回应这些批评意见。艾伦说过，引起公众注意是一把双刃剑。唐建议我不要理会这些言论，或者选择更好的做法，做出回复。他是对的，但他的两条建议我都无法接受。我告诉自己事情会平息下来的。我太累了，也太天真了，没有意识到这件事的重要性，也没有做出公开回复。当初的那群人很快发表了一篇文章，详细阐述了他们的批评意见。

很快，一些文章出现在期刊上，它们在引用我的研究成果的同时还引用了那篇反驳文章，把那些批评意见放到了同等地位。我的研究蒙上了阴影。唐认为，正确的应对措施仍然是平抑烦躁心情，做出公开回应。听到他的建议，我总是绞拧着双手说："我知道。"戴夫看到我没有动静，就针对那篇批评文章又写了一篇驳斥文章，并发表在《生态和进化趋势》上。其他人也站出来声援我。

在很长一段时间里，我都不知道到底发生了什么，但很快我就发现自己卷入了英国的一场科学辩论。戴维·里德爵士在他的实验室研究中观察到的松树间碳迁移在自然界中是否有意义的问题引发了讨论，进而引发了一些争议，包括共生关系对进化是否具有重要意义的争议。长期以来，人们一直认为决定森林生长的主要因素是竞争关系，这是因为对于自然选择来说这个假设具有至关重要的意义。但是现在,这个假设引起了争议。这个英国实验室对丛枝菌根植物的研究表明,菌根网络的碳传递无关紧要。我的研究似乎凭空提出了一个相反的观点,这让我成为风暴中心。后来,我在两篇独立的论文中发表了我的反驳,但那时我的博士研究已经受到了质疑。

几年后,我在一次会议上发表了一篇论文,为了澄清误会,我找到了当初写那篇评论的教授。他正在专注地和人交谈,我在等待着机会。我不知道他是否看见了我,我也不知道他怎么可能没有看见我,但他始终没有转向我。在似乎等待了好几年之后,我走开了。我接受了一个事实:这场战争与我关系不大,更多的是与那些早在我之前就在角力的科学家有关。我只是一个来自加拿大的年轻女子,不过是在已经燃烧起来的火中加了一把柴而已。我对他们鲜花点缀的英国草地一无所知,而他们对我这里巍然耸立的森林也一无所知。

但是,在受到批评后的一年内没有发表自己的反驳意见,这是一个错误。在学术界,这无异于承认错误。每当我读到一篇文章在引用我的博士论文后,紧接着又引用那些反驳文章来驳斥我做出的贡献时,我都会深刻认识到自己做错了。我得想办法振作起来,站起来反驳他们。但我为林务局工作,我的研究对他们的职责来说并不具有十分明确的意义,似乎没有必要继续下去,而且得不到资金支持。我没有向我在政府部门的同事介绍我的那些成果,也没有在学术辩论中讨论那些成果。相反,我偃旗息鼓,不断退缩。我想要孩子,想和唐在一起,让自己平静下来,重新学会喜欢自己。我需要感受悲伤，做一些不那么令人焦虑不安的事情，所以我把注意力转向了森林面临的其他令人担忧的问题：随着夏天和冬天的气温异常升高，树木受到的昆虫和疾病损害在不断加剧。

但是梅勒妮·琼斯博士非常关心这件事，不愿就此罢休。她是我的博士论文评审委员会成员之一，也是奥卡纳甘大学的教授。作为我的博士论文的共同作者，她想处理这些批评意见，平息争论。她申请了一项资助，我们和她的学生利恩一起，重做了我发表在《自然》上的那个实验。但这一次，我们不仅在夏季使用了同位素，也在春季和秋季使用了同位素，以观察净迁移的方向是否随季节而改变，看看在冷杉生长、桦树没有叶子的春秋两季，是否可以观察到与夏季相反的情况：冷杉对桦树的付出更多。

第一次标记是在早春进行的，此时冷杉的芽已经绽开，开始长针叶，而桦树的叶子还没有长出来。这时候，冷杉是糖分的源，而桦树是汇。第二次标记是在仲夏进行的，就像我在《自然》期刊上发表的那个实验中一样，此时桦树的叶子已经完全张开，因为含有糖分而带有甜味，但树荫下的冷杉生长得慢一些了。在这种情况下，我们期望观察到相同的情况：碳沿着源汇梯度从桦树向冷杉迁移。第三次标记是在秋天进行的，此时冷杉还在长粗，根系也在生长，而桦树的叶子已经变黄，停止了光合作用。冷杉再次变成了源，桦树变成了汇。

我们的预感是对的。碳在树木之间的迁移随着生长季节变化而变化。在夏天，更多的碳由桦树向冷杉迁移，但到了春秋两季，情况就会有所不同，冷杉会把更多的碳输送给桦树。这两个物种之间的交易系统随着季节变化而变化，表明树木处于一种复杂的交换模式，整整一年后可能会达到某种平衡。

桦树从冷杉那里获益，冷杉同样会从桦树那里得到好处。

两者互惠互利。

冷杉并没有把桦树的碳消耗殆尽，而是在平季把碳回馈给了桦树。这两个物种根据大小差异和源汇状态变化，建立了一个交互回馈体系，并因此和谐相处。这样，菌根网络的动态变化就好理解了。通过共存于真菌和细菌组成的网络中，桦树和冷杉共享资源。即使其中一棵树长得更高并遮掩在另一棵树上方，这种状况也不会发生改变。通过这种相互作用，它们得以保持健康和生产力。

但我仍然需要在真实的人造林中长期检验这些猜测。最重要的是将基础科学应用到现实环境中，以帮助林务员了解如何改变他们的做法，如何将不同的物种混合到一起，树木应保持多大间距，何时种植、涂刷药剂、宽行栽培、间苗。我在混交林中设计了数十个实验，以便从多个方面展开研究，了解地形、气候、物种密度对应关系对植物群落运转的影响，以及植物群落运转与树木的年龄和状况之间的关系。

在这些实验中，我对桦树和冷杉相互竞争和合作的强度进行了量化。这些强度取决于树木的高度与年龄，土地的不同类型——贫瘠还是肥沃、干燥还是潮湿，以及从长远来看树木相互间是合作还是对抗，或二者皆有。通过这项研究，我可以了解多大的树木竞争最激烈,或者合作最密切,或者两者兼而有之,以及哪种土地最成问题。掌握了这些知识,清除杂草时就能做到有的放矢。在另一项研究中,我测试了桦树和冷杉竞争和合作的间距,以及这一距离随场地类型而变化的情况,以便帮助林务员制定方案,仅将少量桦树从针叶树周围的局部区域中清除出去。在另一项研究中,我通过均匀间苗将较高的桦树调整至不同密度,观察林下层较矮针叶树的反应。

我尝试通过不同的方法,有选择地对桦树进行处理,把陷入困境的针叶树解放出来。我用剪刀剪断一棵又一棵桦树,向它们喷洒除草剂,用铁链对它们实施环剥,然后进行比较。

我调查了针叶树与桦树的这些关系是否会因针叶树的种类不同(是花旗松、西部落叶松、北美乔柏还是云杉)而有所不同,结果发现确实如此。在不同的生境中,各物种之间存在着不同程度和不同方式的合作与竞争关系。了解土地的特点真的很重要。

这些实验已经进行了二三十年,但这些树仍然年轻,我们无法预知它们未来会长成什么样。森林里的实验进展缓慢,与之相比科学家的寿命太短了。要提前了解未来的情况,我们可以使用计算机模型预测森林在几百年后会长成什么样。这个方法可以让我们看到未来,想象我们离开人世多年后的情况

唐完成了他的博士学位,现在和我一起回到家乡,回到了坎卢普斯的树林里。他租了一间办公室从事林业咨询业务,分析和预测不同做法对林木生长的影响。我问他是否能设计一个模型,对单独生长与冷杉、桦树混合生长100年后冷杉的产量进行

比较。我把自己这些年里收集到的成堆期刊都给了他，让他从中搜寻所需的数据：树木生长的速度和高度，树木分配给叶、枝、干的生物量，林分密度，树木储存在组织中的氮素数量，叶子光合作用及腐烂的速率等。他利用这些信息仔细地校准模型，通过慢慢地调整，使它尽可能真实地反映森林的情况。

他运行模型时，我从林务局的办公室跑了过来。他挪开椅子上的一堆期刊，让我坐下，然后开始敲击键盘。屏幕上滚过一行行绿色的计算机代码，显示出一张又一张图表。"正如你所想的那样。"他指着那些矩形图说。从这些图表看，彻底清除桦树对森林的长期生产率有害。图上数字表明，每经过一个连续的百年采伐除草周期，森林的生长量都会下降。没有桦树的陪伴，只是凭借自身的微生物沿着菌根网络转化氮素，凭借自身的细菌帮助防止根病，纯花旗松林分的生长速度会下降到已经证实的花旗松—桦树混交林生长速度的1/2。另一方面，桦树在没有冷杉的情况下仍能保持产量。根据这个模型，桦树对冷杉似乎根本没有依赖性。"但我敢打赌，它肯定在其他某个方面依赖冷杉。"我一边说，一边凑过去吻了他一下。

🍂

尽管我取得了一些突破（树木确实依赖于它们与土壤以及彼此之间的联系），但我最想要的是与凯利交谈、与他一起调整心情。我记得小时候，有一次我们在祖父母家的院子里采越橘，一只虫子钻进了他装了两个越橘的桶里,他又气又急地央求道:"爷爷,快把它弄出去。"我想象着他站在奶奶的花园里,拿着最大的那个番茄的样子;想象着我们用柳枝做的钓竿在码头上钓米诺鱼的情景;想象着在炎热的夏日,我们东倒西歪地站在翻滚的木头上,在箭湖冰凉的湖水中嬉戏的情景;想象着我们划着独木舟越过北汤普森河,然后骑着米克穿过玉米地和三叶杨林的情景。

第二年春天,我建了一个园子。

不是那种老式的园子,而是根据凯利死后我取得的那些发现建成的园子。在这里,植物可以共享资源,相互依赖。它们不是成行种植的,也没有被远远分隔开,而是混合在一起,以便相互交流,相互关照。我采用了印第安人发明的"三姐妹"技术,让玉米、南瓜和豆角相互为伴,以促进所有作物的生长。

以前在我的小园子里种菜时,我总是把每一种蔬菜排成一行。但今年,我把肥沃的泥土堆成堆,间距约30厘米。然后,我化身为陶工,像温妮外婆教的那样,把每堆土整理成碗的形状,以防水分流失。我在每个土堆里分别种下"三姐妹"的一粒种子,每天浇水,一周后,黑色的谷粒上长出了细小的子叶。

与大多数树木上的外生菌根真菌不同,园林植物通常与丛枝菌根真菌共生。全世界有几千种外生菌根,而丛枝菌根只有几百种。这些丛枝菌根真菌是多宿主型,因此尽管园子里自然出现的真菌只有几种,也能保证大多数蔬菜(例如玉米、南瓜、豆角、豌豆、番茄、洋葱、胡萝卜、茄子、莴苣、大蒜、土豆、山药)的根上定植有丛枝菌根,并因此连接到一起。

在发芽后的几周内，这些蔬菜的根就被菌根绑在了一起。我拔起一棵豆苗，看到它的根从上到下都长着白色的小结节，里面有固氮菌。豆角不停地转化氮素，然后将其添加到它与玉米、南瓜共享的那个土堆中。作为回报，玉米为豆角攀爬提供了支架，而南瓜则充当覆盖物，保持土壤湿润，防止杂草和虫子滋生。

我想象着菌根网络在这出舞台剧中扮演了怎样的角色。在我的这个园子里，菌根网络将氮从固氮的豆角那里运送给玉米和南瓜，植株高大、光照充足的玉米向被它遮阴的豆角和南瓜输送碳，而南瓜把它储存的水分输送给干渴的玉米和豆角。

整个园子一派欣欣向荣的气象。

我能感受到植物间的体谅。

我经常踏上林间小道，走进房子周围的树林。脚下的道路是动物踩出来的，阴凉的林间空地上长有苔藓，潮湿洼地里有浓密的水桦，在那绿草如茵的斜坡上，兔子躲在树根腐烂后留下来的洞穴中，古老的树木和它们的后代挤在一起。我会在露营小帐篷那么大的蚁巢旁驻足，倾听成千上万只蚂蚁发出的声音，看着一些蚂蚁排成一列纵队爬行。然后，我会跨过漂浮着针叶和地衣的溪流，沿着主路向那棵老松树走去。

我想到了关于花旗松完成的水分再分配的新研究。根扎得很深的花旗松在夜间将水分提升到土壤表面，补充给浅根树苗，使它们在白天充满活力。有人研究过冷杉是否会通过菌根网络传送水分吗？也许它们会在困难时期为同伴补充水分，通过分享水分，保持群落的完整性。

植物学会了取长补短，可以通过给予和获取，巧妙地达成一种微妙的平衡。给人一种简约美感的园子，和复杂的蚂蚁社会一样，都能实现这种平衡。在错综复杂的关系中，在团结一致的行动中，在众志成城的决心中，都能看到翩翩君子风度。我们也可以在自己身上看到这种风度，无论我们是在单独行动，还是在共同行动。我们自己的根和身体交错纠结，在无数个微妙的瞬间分分合合，若即若离。

❦

电话铃响了，我从厨房桌子边站了起来。我喜欢我们的木屋，它掩映于花旗松和美国黄松之间，草地上盛开着灰粉色的玫瑰和黄色的香根。我的眼角余光瞥见一只有羽冠的红色啄木鸟从窗前掠过，落在一根冷杉树枝上，看着我。我拿起话筒，电话是加拿大广播公司的一位记者打来的，问我明天是否可以接受电台采访。那只鸟歪着头。他们肯定会问到那篇评论。啄木鸟的喙用力地啄着那根树枝，这是这只鸟和这棵树的共同需要。木屑四飞，溅落在窗户上。我为什么要这么在意别人的批评呢？我做这项工作是为了森林，不是因为学术上的狂妄自大。我的研究已经结束了，该我发言了。

那棵树没有被啄木鸟的攻击吓倒，它那饱经风霜的树皮和鸟喙构成了一个协调一致的系统，就像结构复杂的钟表一样。

"可以。"我说道。

第 10 章

给石头刷除草剂

11月，落基山脉白雪皑皑。

我独自一人滑着雪，前往阿悉尼伯因山的一个山沟，途中在人迹罕至的希利山口短暂逗留。亚高山冷杉被冰雪压弯了身子，白皮松枝叶散开，仿佛一根根白色的骨头，有的死于山松甲虫害，有的则因气候变化压力引发了锈病。这时候，我已经怀孕三个月了。在唐写学位论文的时候，我们已经两地分居长达一年。或许是因为凯利去世后我们在漫漫长夜里感受到了孤独，我逐渐明白了一个让人无言的事实：我36岁，他39岁，该要孩子了。我滑雪深入阿悉尼伯因山区，就是为了庆祝老天送给我的这份礼物。

峡谷中甲虫肆虐。虫害的这次暴发始于4年前位于西北方的斯帕齐兹高原荒野省立公园。1992年的冬天，气温上升了好几摄氏度，最冷的那几个月气温也没有低于零下30摄氏度，因此躲在老松树厚皮中的甲虫幼虫得以茁壮成长。在这片土地上，一直与甲虫共同进化的美国黑松在活了100年后走到了生命的尽头，它们的死亡为下一代创造了空间。随着树木减少，可燃物自然而然地越积越多，闪电或人为因素引发了野火。火焰把松树种子从松果中释放出来，让存活了几千年的颤杨的根系萌发出新芽，饱含水分的树叶使幼林不再一点就着。火势蔓延到颤杨覆盖的林间开阔地之后就逐渐消失了，留下了一片片年代各不相同的森林，它们彼此交错，这本身就能抵御未来的火灾。但在19世纪晚期，欧洲殖民者破坏了这种平衡。他们为了寻找黄金，将这些森林全部烧成灰烬，取而代之的是一大片新的松树林。后来，因为灭火和为了确保颤杨不影响利润而喷洒的除草剂，森林的整体统一性被进一步加强。当这些松树长到100岁，气候变暖时，甲虫数量激增。就像血液从水中流过一样，整个大地都变成了红色。

我呼吸着清新的空气，循着地上的痕迹，在死去的白皮松间向前滑行，不时地在落石和树坑旁边完成一个转弯。这一切让我陶醉不已。这天下午，唐在做摇篮。我们俩都感到非常满足。滑到山的鞍部中心位置时，我停下来查看新雪上的痕迹。突然，我感到一阵熟悉的恐惧。雪地上的爪印有碟子那么大，有一英寸深。

这是狼留下的。对它们来说，孤单的滑雪者就是送上门的猎物。

我掉转方向，朝山口对面滑去，但我很快就迷路了。等到我再次绕回鞍部中心时，看着我之前留下的痕迹，我不由得全身冰凉，站在雪中颤抖不已。

雪地里多了一些新的爪印。

也许有三匹狼。它们是在找我吗?

我本能地沿着山口向下滑行。光秃秃的高山落叶松被我甩在身后。这些松树在山峰下面的洼地里聚集成群,金色的针叶已经掉落了。在它们的下方,是一小簇一小簇的亚高山冷杉,随着我向下滑行,它们的数量越来越多。我必须绷紧双腿,才能在负重30磅的情况下以弓步式转弯姿势朝前滑行。我的孩子现在只有一盎司黄金那么大,因此不会影响到我的平衡。我收紧臀部的安全带扣,以便在高低起伏的结冰地面上保持平衡。转弯时我也小心翼翼,滑行的速度很慢。

我向东绕了一大圈以避开一道沟,在返回前还绕过了一段陡峭的路。树木很密,所以视线非常差。周围都是年轻的美国黑松。由此可见,几十年前这里肯定发生过一场火灾。不久我又偏离了方向,只好停下来查看指南针。如果不能沿着正确方向回到主路上,后果可能会很可怕。

因为恐惧,我始终感受到了一定程度的挫败感。我有越来越多的证据表明森林是有智慧的——它们有洞察力,有交流能力,但我觉得我还没有准备好挑战当权者。他们会无视我,甚至会嘲笑我关于植物有知觉的说法。算了,我怀孕了,为了保护孩子,我必须闭上嘴巴,因为孩子是我生命中最珍贵的东西。加拿大广播公司的采访引起了当地博物学家和环保主义者的兴趣,就连一些林务人员也表示有同样的想法,但政府部门对此保持沉默。我甚至连政府部门的邮件都没有收到。因此,我开始怀疑我是否应该接受采访或者在会议上发言。我不能继续在公众面前露脸,现在的风险太大了。

我往回滑了100米,发现地面上有滑雪者留下的痕迹。狼的脚印跟这些痕迹交叉了三次。现在可以看出至少有5匹狼。

凯利说过很多他放牧时狼群在他旁边窥伺的故事。

我继续滑行。美国黑松越来越稀疏,蓬松的树冠已经快要触及地面了。应该能找到一个特别的词,来形容清楚地知道即将发生令人痛心的事时的心情。10年内,有18万平方千米成熟松林将会消失,这相当于不列颠哥伦比亚省森林面积的1/3。甲虫将继续啃食白皮松、西部白松和美国黄松,从俄勒冈州进入美国境内,一直啃到黄石公园;然后,它们会侵扰加拿大北方针叶林的混交班克松林,在北美造成一个跟加州差不多大的疫区。这次虫灾的规模将超过任何历史记录,与此同时为未来毁灭性的野火提供燃料。甲虫还会侵扰人造林,特别是那些附近的桦树和颤杨被彻底清除、生长迅速的松树。

我从一片光秃秃的颤杨林旁边滑过。狼的脚印被热气腾腾的尿液浇没了,只留下深橙黄色的印迹。我沿着主路滑出狭窄的山谷,在肾上腺素的作用下,背包仿佛轻了很多。狼群就在前面,但是不在我的视线范围内,我只能看到它们留下来的痕迹。

看到它们的足迹直指北面的主干道,我突然平静下来。狼群不是在追我,恰恰相反,如果我跟在它们后面就能走出山谷。随着视野变得开阔,我走的这条路与一条南边过来的路会合了。我在那条路上滑行,而狼的足迹转了个大弯,掉头向北了。一阵风吹过来,它们的足迹消失在树林里。

似乎狼群已经说再见了。

我在雪地里点了根蜡烛,悼念我的弟弟,我觉得他的灵魂就寄存在那些狼身上。美国黑松又高又壮,高高的树冠不仅在我的头顶上投下了阴影,还从几棵亚高山冷杉上方坚定地注视着我。这里有峡谷岩石,有冰雪覆盖的树冠,还有狼群。我需要在这里歇歇脚。我扬起脸,看着从花岗岩山峰后面爬起来的太阳,然后拿出三明治。我愿意永远留在这里,因为我觉得这里欢迎我的到来,在这里我是一个完整的人,纯粹、干净、没有烦恼。

我一边吃着,一边想:为什么这些树(这些颤杨和松树)会支持菌根真菌将碳(或者氮)输送给旁边的树木呢?与同类树木(特别是同一个遗传族系的树木)分享这些资源,似乎明显有好处。树木在重力、风、鸟类或松鼠的帮助下散播种子时,大多数种子都会落在树木周围的狭小区域内,这意味着许多邻近的树木是有亲缘关系的。在这片草地边缘丛生的松树很可能属于同一家族,从遥远的父亲树那里飘来的花粉为它们的基因赋予了多样性。这些母亲树的部分基因和周围树木相同,而分享碳可以增加它们的幼苗(它们的后代)的存活率,这有助于确保这些基因能够一代代传承下去。之后的一项研究表明,在一片松树林中,至少有1/2的松树根是连在一起的,大树会将碳补充给小树。血浓于水。从个人选择的角度来看,这是完全合理的,与进化论不谋而合。

但我的研究表明,一些碳也会迁移至没有亲缘关系甚至属于完全不同的物种的个体,例如从桦树迁移至冷杉再迁移回来。

我的面前有一棵白杨，它的树皮正在享受日光浴。不知道它是否会把碳送给树冠下的那些亚高山冷杉，也不知道那些冷杉会不会反过来把碳送给这棵白杨。为了规避生存风险，多宿主型菌根真菌可能会投资多个树种。在将碳转送给有亲属关系的树木时，一部分碳可能会被转送给没有亲属关系的树木，但这种可能性很小，即使发生，也是成本（附属损失）的一部分。但我研究的那些树木没有显示发生了这种情况，而是向我提供了一些证据，证明碳迁移的模式不是偶然的，也不是世事无常造成的不幸结果。与之相反，我的这些树证明了这与它们的利益密切相关。实验一再表明碳会从源树向汇树迁移（从富碳树木向贫碳树木迁移），而这些树木对碳迁移的去向和数量有一定的控制能力。

在一棵长满节瘤的落基山刺柏上，一只松鼠正在吱吱地叫着，等着我把三明治碎屑扔给它。它一直盯着落在一棵松树树梢上的北美星鸦，可能是因为星鸦嘴里叼着一颗白皮松子。一只渡鸦发出咕咕的叫声，它同样垂涎这些富含能量的种子。除了这些动物以外，白皮松还依赖于包括灰熊在内的其他物种，帮助自己散播沉重的种子。既然这些鸟类和松鼠等动物对这些种子感兴趣仅仅是因为它们要以此为食，那么老松树为什么会把成功繁殖的希望寄托在它们身上呢？老树必须留下一些种子发芽并长成小树，才能保证成功繁殖，那么它们凭什么相信会有足够的种子留下来呢？原因很简单，如果其中一个种子传播者在一场大火中或者一个特别寒冷的冬天里消失了，那么其他的传播者会担起这项重任。同样地，既然那些多宿主型真菌（例如乳牛肝菌、丝膜菌）构成的网络会把接收到的碳传递给没有亲属关系的树木，为什么树木还会把碳传递给它们呢？例如，由松树传递给林下层的亚高山冷杉。

看到我把三明治碎屑扔向那只松鼠，那只渡鸦和那只星鸦同时冲了过来。松鼠抽动了一下尾巴，从树桩上跳了起来。老白皮松乐于把种子作为食物送给鸟类和松鼠，依赖多个物种传播种子，同样地，寄生有多种菌根真菌并通过它们构成交错互联的菌根网络，也肯定会给树木带来类似的进化优势。即使其中某个元素缺失，它们也可以从有多个组成部分的"保险套装"那里获益。

也许更重要的是真菌的快速繁殖能力。因为生命周期非常短，所以它们适应快速变化的环境（火、风和气候变化）的能力远强于那些坚固、长寿的树木。最古老的落基山刺柏大约有1 500岁，最古老的白皮松大约有1 300岁，分别在犹他州和爱达荷州。它们需要几十年的时间才能产生第一批球果和种子，之后它们只会偶尔长出一些种子；但每次下雨时它们的真菌网络都有可能长出蘑菇和孢子，因此它们的基因一年可以重组好几次。也许这些快速循环的真菌可以帮助树木快速调整，以应对变化和不确定性。与其等待下一代树木提升适应能力，应对土壤随着气候变化不断变暖、变干的问题，还不如让那些与树木共生的菌根真菌以更快的速度，进化出从越来越紧密的土壤中获取资源的能力。也许乳牛肝菌、牛肝菌和丝膜菌可以对导致山松甲虫害暴发的暖冬做出更迅速的反应，帮助树木收集养分和水分，维持一定的抵抗力。

渡鸦赢了这场三明治碎屑争夺战,在纷飞的羽毛和粗厉的叫声中盘旋着从北美星鸦面前飞过。松鼠不仅动作太慢,而且根本不可能从鸟嘴里抢到任何东西。它只能等到鸟儿埋好白皮松种子后,再把它们从土里挖出来。或者,它可以饱餐放在松树枝上晾干的蘑菇。如果它必须依赖于渡鸦和星鸦这些邻居遗漏的白皮松种子,那么它是活不长的。同样地,为了规避风险,真菌可以把孢子挂到动物的腿上或者鸟儿的羽毛上,或者跟着上升的气流,去寻找新的宿主。

如果真菌从一棵树上获取的碳多于自身生长和生存所需,就会把多余的碳供应给网络上其他有需要的树木,使其碳投资组合实现多样化——为其获取必要资源加了一道保险。在盛夏时节,这种真菌可以将富碳的颤杨产生的碳运送给贫碳的松树,以确保它有两个不同的健康宿主(光合碳的来源),以防灾难发生时其中一个死亡。这与同时投资股票和债券,以防市场崩盘的做法相似。因此,如果森林网络中的一棵树死了,比如松树死于山松甲虫害,那么真菌至少还可以依赖颤杨来满足其能量需求。这种由多个树种组合而成的更安全的碳源可以在困难时期增加真菌的生存概率。真菌可能并不在乎宿主是什么物种,只要至少有一个碳源能够存活下来,就万事大吉。投资不同的植物群落,比投资单一的植物群落风险更低。环境压力越大,那些与多个树种建立了联系的真菌就越能取得成功。

我觉得调整了一下臀带,让背包保持平衡后,自己强壮有力，动作敏捷。我在岔路口掉转方向，沿着布赖恩特溪向南滑去。

虽然苦思冥想的结果让我高兴起来，但我还是觉得有点儿不对劲。我想到了那个由相互影响的物种构成的更大群体：包含植物、动物、真菌和细菌的整个群落。个体选择或许可以解释，荧光假单胞菌与桦树菌根真菌的相互作用如何减少花旗松感染蜜环菌根病的概率。选择也可以在群体层面上进行吗？个体物种组成复杂的群落结构，提升了整个群体的适合度。各个物种是否会组成与人类社会中的协会相类似的协作组织？在这些组织中，多个树种通过网络连接到一起，以便互相帮助，就像集全村之力抚养一个孩子一样，尽管这种协作组织中可能会有浑水摸鱼者。只要我们的行为严格遵循礼尚往来的原则（例如桦树和冷杉之间的双向迁移，以及它们之间的互惠原则——在整个夏天，净迁移的方向会发生变化），这种分享机制就会起作用，实现互利互惠。但是，如果交换过程中发生长期变化该怎么办呢？比如冷杉的高度最终超过了桦树。约定的互利互惠规则会改变吗？这与我们人类的生活有可比性吗？随着年龄增长，人类的生活越来越复杂，人际关系也会发生变化。（如果琼帮我照顾孩子，那么在她搬到很远的地方之后，我该怎么回报她呢？）我想知道，考虑到未来的不确定性，为什么两个树种还会在一段相当长的时间内持续进行碳交易。

我回想起做桤木实验时的那些囚犯。因为看守和监管者都没有武器，任何囚犯都有可能逃跑。那个盯着林线的家伙似乎随时都会逃跑。一个人独自决定逃跑有可能使所有狱友都面临刑期延长的危险，因此这无异于背叛。如果这名紧张不安的囚犯只考虑了自身利益，他可能当时已经逃跑了。另一方面，如果他选择合作，而其他人也选择合作，那么他们有可能因为表现良好而减刑。但他们无法知道结果，这就产生了经典的囚徒困境。逃跑似乎更有道理，但仔细想想，囚犯的本能是合作。研究一再表明，群体通常会选择合作，即使背叛他人可能会给个人带来更好的回报。

也许桦树和冷杉、奥氏蜜环菌和荧光假单胞菌都遭遇了囚徒困境，从长远来看，群体合作的好处大于在个体特权方面付出的代价。没有桦树，冷杉无法生存，因为感染蜜环菌的风险很高；没有冷杉，桦树也无法长期生存，因为土壤中会积累过多的氮素，导致土壤酸化，进而导致桦树衰败。在这种情况下，小小的荧光假单胞菌可以发挥两个作用：它们可以产生一些化合物，抑制蜜环菌根病在树木中的传播，确保生物群落仍然有碳能来源；它们还可以利用菌根网络分泌的碳，完成氮转化。这是否仍然是单个物种层面上的选择，还是已经上升到了群体的层面？

狼在与森林、雪和山峰相处的过程中茁壮成长。它们在树林中为幼崽寻找食物和庇护，并与驼鹿、山羊、熊和白皮松相互作用，创建了一个多样化的群落。所有参与者共同进化，一起学习，而且联系紧密，构成了一个整体。一不注意，我差点儿撞上了几名生物学家，他们正在追踪戴有无线电项圈的狼。他们很了解这群狼，知道头狼是一匹老母狼。

山峰的影子越拉越长。我问这些生物学家为什么要追踪这群狼，领头的那位扎着黑色马尾辫的女生物学家告诉我，为了缓解驯鹿数量下降的问题，公园只好选择性地宰杀一些狼。因为长期吹风，这位身材瘦削的生物学家患了皮肤炎。她边说边把墨镜推到头上，一副智珠在握的样子。她的助手是一个年轻小伙子，背着一个连琼都会望而生畏的背包。他正在摆弄无线电装置。

"都是因为皆伐。"我迎着她的目光说道。发芽的柳树和桤木对驼鹿来说是很有吸引力的食物，这导致它们数量增加，而驼鹿数量增加又引来了狼。问题是，狼不仅猎杀驼鹿，还会猎杀驯鹿。由于栖息地丧失，再加上与人类的相互作用，驯鹿的数量急剧下降。她点头表示同意，站在雪橇上挪动了一下身体，检查雪崩信标机是不是开着。

"是的，皆伐区的雪积得太深了，驯鹿根本跑不过狼。"她一边说，一边望着母狼走过的小径。随着人们抢收被甲虫咬死的松树，皆伐区的数量在不断增加。

"我们得走了，不然就跟丢了。"助理一边说，一边眯着眼看了看追踪装置，然后拉紧背包上的胸带。领头的研究员也眯缝着眼睛，看向前面的山口。

她说："再见。"我也跟她说了再见，她的执着追求令我钦佩。他们凭空出现在这里，又无声无息地消失在松林里。这提醒我，在这里一个人很容易消失得无影无踪。已经过了中午，我得继续前进，否则就得在黑暗中滑完最后几千米了。

布赖恩特溪畔的道路大多是下坡，我的滑行速度很快。我背对着太阳滑过随风摇曳的松树，把雪崩留下的痕迹抛在身后，一边暗自庆幸那些追踪狼群的生物学家用滑雪板压出了这条路。回到车旁后,我顺着山坡沉积层朝上看去,天空上的粉色和紫色条纹已经褪成了黑色。

生态系统与人类社会非常相似,它们也建立在各种关系之上。关系越牢固,系统的适应性就越强。人类世界的系统是由一个个有机体组成的,因此有改变的能力。我们有适应能力,我们的基因会进化,而且我们可以从经验中学习。因为系统的组成部分(树木、真菌和人)在不断地对彼此和环境做出反应,所以系统在不停地变化。我们在共同进化上的成功——我们作为一个有生产能力的社会取得的成功,只取决于我们与其他个体和物种联系的强度。因此,我们学会了适应和进化,并在这个过程中形成了有助于我们生存、成长和繁荣的行为特点。

我们可以把狼、驯鹿、树木和真菌组成的生态系统具有的生物多样性,想象成由木管、铜管、打击乐器和弦乐演奏者组成的乐队演奏的交响乐,或者由神经元、轴突和神经递质组成的大脑产生的思想和怜悯心,也可以想象成兄弟姐妹一起克服疾病或死亡等创伤时产生的一加一大于二的效果。生物多样性的凝聚力可以帮助森林利用稀缺资源繁荣生长,就像乐队成员和家庭成员可以通过对话、反馈、记忆和从过去中学习(即使过去的经历异常混乱,不可预测)不断成长一样。凭借这种凝聚力,我们的系统可以发展成有适应能力的整体。这些系统非常复杂,有自我管理的能力,有智能的要素。认识到森林生态系统像人类社会一样有这些智能要素,有助于我们抛弃那些认为森林生态系统惰性、简单、线性、可预测的旧观念。正是这些旧观念助长了快速开发森林的做法，使森林系统中各种生物的未来生存受到了威胁。

就像我在园子里种植的"三姐妹"一样，这些狼也向我发出了一个信号：也许我可以解决掉林业上的那些错误做法。如果我更大胆一点儿，我的孩子也许不会受到影响，甚至还会茁壮成长。也许她会像我一样，不轻易放弃希望。

母狼和跟踪她的生物学家让我受到了鼓舞。

我能感觉到狼群的存在。

我能感觉到凯利在支持我。

我心中的焦躁不安与担忧消除了一些，对勇敢向前的渴望更加强烈了。我的研究指出了一个明确的方向，我渴望沿着这个方向完成一些改变。记者们仍然会就我发表在《自然》上的那篇文章提出一些问题。一位来自安大略省的女士给我写了一封信，感谢我"为人类做了一些切切实实的工作"，另一位关心加州水资源短缺问题的母亲谈到了我的"希望寄语"。我坐在那里，看着这些信。我知道，为了我的孩子，为了所有的孩子，为了我们的子子孙孙，我必须继续努力。我掌握的证据可以质疑生态理论，甚至森林政策。我要把这些小小的变革的种子保存好。

几个月后，一位记者在我的办公室找到了我。我说我怀孕了，孩子随时都有可能出生，我们还开玩笑说增重约23千克是多么容易。笑声未落，她就问我的那些发现对除草剂的使用有什么启示。我大声说："我告诉你，但是你不要刊登出来。林务人员确实也做了一些好事，但他们大可以给石头也刷上除草剂。"她表示感谢，说文章几天后就会刊登。

我紧张地走到艾伦的办公室，把我说的给石头刷除草剂的那番话告诉了他。他的脸色很差，严肃地说："她肯定会把这句话刊登出来的。"

"但我告诉过她不要这样做。"我突然后悔起来。肚子里的孩子在踢我，吓了我一跳。艾伦示意我坐下。他开始拨打那位记者的电话，一个小时后终于与远在多伦多的她通上了话。艾伦告诉她，刊登这条评论会激怒政府，可能会让我丢掉工作。她没有给出任何承诺。我觉得自己真傻，竟然如此疏忽大意，同时我有一种遭到了背叛的感觉。要知道，在我们谈论生孩子这个话题时，她的某个言论可能比我的森林复杂性言论更能引起关注。更糟糕的是，这让艾伦陷入了一个尴尬的境地，他需要好好琢磨如何消弭这场灾难。

那天晚上，我和唐在附近一条小路上散步。他试着安慰我。刚刚发出新枝的三叶杨合上了叶子。我希望我的孩子在春天花朵绽放的时候出生，但预产期已经过去了两周，萨斯卡通的灌木丛已经开满了白色的花朵。"她是一位负责任的环境记者，我看过她的作品。"唐边说边将一根树枝扔向邻居家的黑色拉布拉多犬。我很想相信他。他接着说："你有更重要的事情要考虑。"在这之前，我再次做出改变，决定继续坚持我的发现。我不会让我的孩子受到伤害，作为母亲，为了保护孩子，我会随时做好战斗准备。我们转身，朝着香根旁边的家走去。唐说，他的父母准备从圣路易斯来看我们。

那天晚上，冲完澡之后，我停止走动，同时把这些乱七八糟的想法从大脑中赶了出去。唐生好火，看了一场棒球比赛。我躺在床上，告诉自己一切都会好起来的。午夜时分，我醒了过来，觉得全身肌肉就像腰间的松紧带一样绷得紧紧的。我用手抚摸着肚子，让宝宝安静下来，然后又睡着了。

第二天早晨，我来到厨房外的大门前，蹲下身子捡起晨报，同时看了一眼草地。红拂子茅已经发出了分蘖，另一边是我去年种植的紫黄相间的番红花。我翻开《温哥华太阳报》，看到了"研究表明，杂木对森林至关重要"这个标题。在标题后面的导语中，有我说的给石头刷除草剂的那些话。

我们的原木墙表面就像人行道散发的热浪一样起伏不定。唐一直盯着我。一只扑动䴕径直飞进了窗户。唐一口吞下最后一片面包，然后猛地站起身。他的目光扫过愁眉苦脸的我，落到报纸的大标题上。他拉着我坐下，然后从我手里接过报纸。"很快就会过去的。"他说。

"这是我喜欢做的工作，我想把它做完。"我说，"你觉得我应该这样做吗？"

"好主意。"唐说。他一边安慰我，一边坐到我的身边。

第二次宫缩到来时，他抓起我的包，扶我站了起来。

12个小时后，汉娜出生了。

第11章

桦树小姐

给石头刷除草剂的那番话在首府维多利亚引发了一场小地震,至少我是这么听说的。政策制定者们大发雷霆时,我正在休产假。他们讨论我的命运时(我是这么猜的),我在哺育汉娜。她那乌黑的头发和深沉的眼睛使人一下子就想到了唐,这把我们三个人紧密地联系在了一起。

一位非常赞赏我的勇敢行为的同事,给我发了一封电子邮件表示祝贺,还附上了一堆涂色石头的照片。

另一个同事送给我一块他自己涂色的石头。

一位特立独行的博士后研究员邀请我到不列颠哥伦比亚大学参加一个研讨会。他显然是把我当成了当地的女英雄,但这是我最不愿意看到的。

报纸上的那篇文章让我在林务局的工作岌岌可危,同时也让我发表在《自然》上的那篇文章再次引起了关注。加拿大广播公司的节目《黎明》和《怪癖与夸克》采访了我,多伦多的《环球邮报》等也刊登了关于我的文章。只要没睡觉,汉娜的目光就会一刻不停地追随着我。当我与记者在电话上交谈时,她会目不转睛地盯着我的一举一动。有她形影不离地跟在身边,我在说话时都是小心翼翼的,力求简明扼要,以免让她不安。在应对各类采访的同时,我变得越发的勇敢好斗。

尽管晚上给汉娜喂奶让我无法入睡,疲惫不堪,但是到了早上,我就会异常平静,而且很有耐心。汉娜让我心无旁骛,我很快就忘掉了那些涂色石头。唐在去咨询办公室上班之前,会做一些苏格兰燕麦当早餐。我经常把睡着的汉娜放在胸前的背带里,走到冷杉、黄松和颤杨树丛下,在一片片春绿色的红拂子茅、开着黄花的蛋黄草和随风摇曳的紫棕相间双花贝母旁边散步,一走就是几个小时。不知为什么,我自然而然就知道该怎么做。每天,我都想看看在她醒来之前我能走多远。有时我会一路走到那块高海拔草地上,那里有一个沼泽湖,草地鹨用尖厉的声音唱着歌,栖息在芦苇上的美洲红翼鸫不停地叫着"哦—卡—李",而蓝知更鸟则躲在松针织就的鸟巢里。下午回到家,我把汉娜放在那棵老花旗松的树荫下小睡一会儿,她的摇篮和那里长出来的树苗差不多高。我靠在花旗松的树皮上,和她一起打瞌睡。在旁边杂乱的水桦丛中,高山山雀和松金翅雀正在完成它们的日常琐务。"嘿,亲爱的。"这是山雀的声音,而松金翅雀在飞行时会不停地发出"啼—嗒—啼—嗒"的叫声。媒体采访进行得很顺利,骚乱平息了,我的生活也平静了下来。

但是,在汉娜三个月大的时候出了一次例外情况。我接到一个委员会的通知,要求我对自己的研究预算进行答辩。我在全省各地的同事也收到了同样的传召。我们每人有5分钟的时间，来证明我们来年资金预算的合理性。我雄心勃勃地列出了一系列项目。再次出现在公众面前，我感到很紧张。那天早上，我觉得自己就像个新生儿，不知道媒体会不会对我产生强烈反应。汉娜每两个小时就要吃一次奶，所以在轮到我发言之前，我在报告厅后面哄她吃奶，以确保她能一觉睡到我结束答辩。芭布和我一起站在背光处。委员会成员坐在第一排，面前放着削好的铅笔和黄色便签本。就在我快要上场时，汉娜哭了起来，于是我又喂了她一次。

叫到我的名字了。汉娜紧紧地抱着我，就像狼獾紧紧地抱住驼鹿的腿一样，我好不容易才把她拉开。我把她塞进芭布的怀里，然后朝过道那头跑去。上台后，我开始快速地翻动幻灯片。很快，我就发现那些人一副吃惊的模样，有人低头看着自己的脚，有人低头翻阅资料。一个计算器掉在地板上。我瞥了一眼我宽松的紫色上衣，上面有两块湿漉漉的，仿佛下面有两处喷泉。"哎呀。"我喃喃地说道。我的脸火辣辣的，虽然面带笑容，但脸上的肌肉十分紧张。我真恨不得当场死掉。一位年长的审核人员大声咳嗽起来。我的父亲露出不知是困惑还是震惊的神情——母乳喂养在他们那一代并不流行，女同事们同样尴尬地张大了嘴巴。我飞快地翻完幻灯片，然后掉头就跑，从后面逃了出去。芭布也跟着跑了出去。我们惊魂未定地站在阳光下，但已经是个镇定的妈妈的芭布突然大笑起来，而且怎么也止不住。最后，我也跟着笑起来。一个月后，我收到了我的预算，比我要求的要低，但足以让我的研究继续下去。

汉娜8个月大的时候,我休完产假继续上班了,在这之前我一直在纠结是否要做一名全职的家庭主妇。但我渴望继续从事我的研究,而且我和唐需要我的那份收入。我请的保姆黛比让我放心,但是当我第一次把汉娜交给她的时候,我的宝贝女儿看着我的样子好像我背叛了她。汉娜穿着淡紫色的工装裤,手腕上还有一圈一圈的婴儿肥,她的呼吸保持着和我一样的节奏——这是我一生的挚爱!我把她从胸口拽开时,她使劲抓着我,并且大声哭喊着。我把门关上,但她的哭声在外面都能听到。我站在那里,胸膛剧烈地起伏着。在那一刻,我觉得整个世界都分崩离析了。

我在做什么?把孩子交给别人,好让自己坐在政府办公室里盯着窗外发呆,这么做值得吗?不到一个星期,我感觉好一些了。又过了一个星期,我们就已经形成规律了。这时候,我开始想起我的研究。我需要继续做下去。这么长的时间过去了,我更加强烈地感觉到,向政策制定者和森林从业者解释我的发现仍然是我的责任。

艾伦曾经想过利用两天时间召开会议、进行实地考察,以评估省里对阔叶植物与针叶树竞争关系的了解程度。我和他最后决定将这个想法付诸实践。我们将邀请36位决策者、林务员和科学家,鼓励他们讨论自由生长政策,以及清除杂树杂草的做法是否改善了小树的生存和生长状况。

第一天,我又看了一遍我的幻灯片,还给汉娜准备了一顿特别丰盛的日托午餐,包括三瓶奶、鳄梨片、鸡肉块、奶酪棒和草莓酸奶。汉娜已经1岁半了，体重也达到24磅。看到我紧张又暴躁，汉娜知道肯定是有什么事。唐把她送到日托所，把我送到学校，然后上班去了。

艾伦在开幕词中对参会人员表示欢迎，然后介绍了日程安排，其中包括一些同事展示他们对皆伐以及给各种森林（包括海边富饶的冲积平原、亚北方带生长缓慢的人造云杉林、高海拔亚高山冷杉和落基山地沟的松树）涂刷除草剂的研究成果。看到来自首府的政策制定者们坐在大厅前面的两张圆桌上，我感到很紧张。本地的林务人员坐在后一排，而科学家们则分散在更靠后的位置，就像是要保持独立性。艾伦总是说，让研究人员瞄准一个共同目标就像照看一群猫那样难。根据安排，我最后一个发言，重点介绍我对当地山区生态系统的研究（第二天我们将实地考察这些山区）。一些发言人指出，在糙莓和火草异常稠密的草地上喷洒除草剂后，针叶树的生长速度会大幅提高，但大多数发言人指出针叶树生长速度提升幅度极小，甚至根本没有提升。

特蕾莎是一位敏锐而谨慎的研究员，来自北方。她在发言时指出，她的实验场地上留有几棵颤杨，而云杉的生长速度可能并没有减慢，她还说这几棵颤杨有助于针叶树免受霜冻损害。她说得很快，不时瞥一眼那些决策者。森林经营者里克的个子很高，说话语速很快。他打断了特蕾莎的发言，指出在她的一张幻灯片上清除了杂树杂草的几块地里有几棵树特别大，跟周围几十棵小树相比给人一种鹤立鸡群的感觉，这证明自由生长的树确实有可能长得特别高大，至少在短期内是这样。坐在后面的戴夫

（和我同时获得硕士和博士学位的那位朋友）站起来赞同特蕾莎的观点，说彻底清除阔叶树是没有必要的，因为只有一小部分的针叶树受益，大多数仍然长不大，而且没有颤杨遮在头顶上，它们更容易冻伤。此外，这种不加区别地清除杂树杂草的做法代价很大，会损害生物多样性，这说明自由生长并不是一个很好的一揽子政策。但他承认，这对北部某些地区的针叶树有好处，因为采伐后加拿大拂子茅侵入了这些地区。

轮到我发言的时候，我展示了几个实验的数据，然后说很多植物（通常是除草计划针对的目标）即使会对种植的针叶树造成伤害，伤害程度也没有预期的那么严重。在大多数采伐过的地方，无论是否清除原生植物（火草、红拂子茅、柳树），针叶树的生长速度都一样。桦树对冷杉的影响非常复杂，取决于林分密度、土壤的肥沃程度、场地的准备情况、定植苗的质量、森林原有树木感染蜜环菌根病的情况。到底会有什么反应，取决于每个地点当前的状况和它以往的经历，我们需要对当地森林有所了解。我还通过数据告诉大家，在某些特定情况下留下多少桦树，可以确保针叶树的生长不受影响，根病发生率降至最低，同时还可以维持生物多样性。我的研究很严谨，但也和我一样不是那么成熟。同事们看到我的发现与他们的相一致时，就会点点头。我带着乐观的情绪，继续展示最后几张幻灯片。

我告诉台下听众，桤木、无患子等灌木对邻近的针叶树是有益的，因为它们能充当固氮细菌的宿主。我心里想，除此以外，它们还能为鸟类提供食物，为人类提供药物，为土壤提供碳，还能防止水土流失、火灾和疾病，帮助森林变成一方乐土。起初，坐在前排的政策制定者们静静地看着我，但随后我看到有人皱起了眉头。更令我不安的是，一位60多岁的资深经营者打断我说："你的数据太新了，无法证明这些植物不会压过针叶树。"

邻桌坐着一位年轻林务员，一顶绿色的棒球帽遮住了他的眼睛。他大声说我的研究与他的森林里的植物不相符。他瞥了几位年长者一眼，希望得到他们的赞许。"牧师"一直保持沉默，一动不动地坐在那里；同桌的其他人都开始收拾东西，准备收工。我想，暂时还行。我的发言结束后，艾伦感谢了所有人，那些科研人员看起来想喝杯啤酒。政策制定者们谈论了一会儿规章制度就站了起来，跟着戴夫和特蕾莎去达菲酒吧放松。让我感到安慰的是，我无意中听到一位一直在安静地做笔记的林务员对他的朋友说："嗯，这很有用。我可不想在不需要的地方涂刷除草剂。"

唐和汉娜坐在车里等着。看到我，汉娜尖声叫了起来。我吻了吻她，然后一屁股坐到唐的身边，把头往后一仰，呻吟道："哦，天哪。其他研究人员已经提供了有用的数据，但那些制定政策的家伙仍然对我的结果持怀疑态度。"

一向比我乐观的唐语气肯定地说，等我们所有人走出去，看到那些树，情况就会好转。

第二天，我计划以三个花旗松人造林为例，展现"好、差、糟糕"这三种状态。这三个人造林代表着整个区域内在皆伐区里生根发芽的桦树发生的自然变化。其中一个人造林代表的是绝大多数的人造林——皆伐后,在这些人造林里自行生根发芽的桦树密度较低。另外两个人造林代表了比较罕见的情况,地里要么有大量的种子找到了立足之地,甚至已经长出了密密麻麻的芽苗,要么只有寥寥无几的种子扎下了根,芽苗也寥若晨星。这些人造林还很年轻,大约10年,这通常是清除杂树杂草以满足自由生长需要的年龄。我选择这些地点是为了告诉人们,桦树不像政策通常所设想的那样具有竞争力,因此林务员开出的干预措施与当地情况不符。高估邻近的几棵桦树的威胁会带来意想不到的后果,未来可能导致森林抗风险的能力极差。生物多样性的降低会降低生产率,增加健康状况不佳的风险,并加剧火灾的蔓延。毕竟,森林和孩子一样,我们在其发展初期做的事情,将决定它们未来的适应力。

我觉得,直接走到森林中,站在树木中间提出我的观点,可能更容易让所有人知道我们必须做出调整,让政策更好地反映自然界当前的情况。因为我们有一个共同点:我们都热爱森林。我和艾伦租了一辆崭新的雪佛兰Suburban,带领车队从坎卢普斯沿河而上,森林经营者里克和"牧师"坐在我们这辆车后排座位上。琼和芭布开着我们跑野外的那辆卡车,排在最后。艾伦是一位和蔼可亲的主持人,他轻松地谈到了全省的采伐率和皆伐区重新造林不足而积压下来的工作。所有人都在讨论谁可能领导下一个研究基金计划,但我保持沉默。而且我有点儿想吐。我第二次怀孕已有几个月了。我假装在看地图和笔记。里克喋喋不休地谈论着他在北方做的那个实验,说那些草类植物阻碍了云杉的生长。那是他最喜欢的实验,也是他制定政策的一个参考点。当我们从长着美国黑杨的沙坝和长着花旗松的碎石坡旁边疾驰而过时,"牧师"谈起了森林疏伐的事。他和建模者都认为,一旦森林超过某个特定密度,就会对林木有害,应该进行疏伐。通过疏伐,他们可以提高森林的统一性,使森林长得更快,前景更容易预测。我无法理解他们的谈话;我会让森林替我说话。

到东巴里尔湖后,车队在一片花旗松和纸桦树林边停了下来。我从没把自己想成歌中唱的精灵郊狼或者花白旱獭,但我已经在担心这次现场之旅可能会坐实我的反叛者身份。

但是,当我站在被冷杉(高约35米)和纸桦(高度不及冷杉,枝叶在树冠层间隙中见缝插针)环抱的小丘上时,眼前古老的森林给我一种宁静、宽容的感觉。林间空地上有几簇小树,它们是那些古老杉树的后代。人们推推搡搡,一边说说笑笑,一边啜饮着咖啡。特蕾莎指着一只吸汁啄木鸟,和里克谈起了洞巢鸟。艾伦双膝向外弯曲,站在另一位重要的政策制定者旁边,两个人正在谈论苏格兰高密度人造云杉林应该还原成原生橡树林,以改善鸟类栖息环境这个话题。艾伦善于从思想上寻找共鸣点。他指着桦树洞里的一只猫头鹰说,这里的桦树就像不列颠群岛的橡树。虽然"牧师"抱怨天气很冷,但现场气氛一点儿也不像前一天那么紧张。琼和芭布拿着大剪刀,在队伍前面扫清障碍。

"首先,我必须指出,我们的数据显示,这些混交林比纯针叶林生产的木材总量多。"我说,"尽管这里的冷杉材积比不上纯冷杉林，但单株冷杉生长得更快。如果把桦树材积和冷杉的材积相加，这个地方的总材积大约比纯冷杉林多1/4。原因之一是桦树为针叶树提供了大量的氮，而针叶树恰恰需要氮。桦树还能保护冷杉不受蜜环菌根病的侵害。树木感染蜜环菌根病后即使不死亡，生长速度也会变慢。"

里克说："嗯，可能是这样，但我们得面对现实，这些桦树在市场上没有价值。"我脖子上青筋抽搐了一下。"牧师"已经忘记了关于猫头鹰和它们筑巢需求的那次愉快谈话，他补充说，反正大部分老桦树都腐烂了。特蕾莎和戴夫站在那里没有说话，他们知道桦木的市场价格确实很低，而且这些桦树确实有很多已经腐烂了。

"你说的是老行情吧。"艾伦不假思索地加入谈话，就好像一直站在跳水板末端镇定地准备起跳一样。"市场时刻在变化，桦木的价格最终会涨上去的。"他的自信让我放松下来。"在这里它很容易生长，花一大笔钱阻止它自然生长是没有意义的。最好的做法是为桦木产品开拓市场。然后我们就可以建立家庭手工业，生产桦木地板和家具，而不是从瑞典进口。看看美国黑松，20年前我们称它为杂木，现在它是我们最赚钱的商业树种之一。"风沙沙地吹过这些作为探路者的树木，它们的叶子微微前倾，仿佛一个个淡绿色的箭头。

"不过没人会买我们的桦树。"里克说。"它们树龄太老、腐烂、还弯弯曲曲的，不适合加工，我们也竞争不过主导市场的瑞典桦木。"

我知道他是对的，因此我回答说："你说得没错。但我一直在做实验，按照不同的密度给桦树间苗。我们逐株查看，选择最直的树苗保存下来。我们还清除那些腐烂和弯曲的树苗，而不是让它们自行解决过于稠密的问题。只要精心照料，我们就能用针叶树1/4的成材时间，种出挺拔结实的桦树。"

"可是，把这些老桦树从树丛里拖出来太费钱了。"那位戴着绿色棒球帽的年轻林务员说。针叶树被砍伐后，这些桦树还留在地里，就是出于这个原因。特蕾莎点点头。我知道他说的是事实，但我希望我们能解决这个问题，一起讨论如何利用其中一些老树的树干，如何在保持林分健康的前提下培育自然再生的桦树。为什么"牧师"这么安静？

"也许政府可以采取一些激励措施。"艾伦建议道，"这些公司可以免费得到老桦树，无须向树冠公司支付任何费用，我们可以让年轻的桦树作为新人造林的主伐木，用苏珊娜在研究的选择技术实施管理。"艾伦捡起一个砍柴人留下的一段桦木，递给"牧师"，表明它即使是处在现在这种状态也是有价值的。戴夫用手指着一朵鸡油菌，说住在这里的人需要桦树，但是政府看不到这种依赖关系。

"我们已经打开了针叶树市场。""牧师"争辩道，这是他这个下午发表的第一个评论，他看了看那块木柴，然后把它扔到地上。

一位细心、敏感的病原体专家把一根长着蜂蜜色蘑菇的桦木翻了过来，剥去树皮，露出里面潮湿、柔软、松脆的木质部。

他摘下那朵蘑菇，指出这个发出冷光的菌丝体就是导致柔软木质部感染的罪魁祸首。人们围了过来。桦树长到50岁左右，接近寿命尽头时，很容易受到芥黄蜜环菌（*Armillaria sinapina*）的感染，很多时候都会面临茎部和根部感染的风险。芥黄蜜环菌与奥氏蜜环菌相似，但主要感染阔叶树（如桦树）而非针叶树。这两种真菌天然存在于这些森林中。它们会导致一些树木死亡，为其他物种增加多样性开辟空间。这有利于自然演替，还会增加森林的异质性。但是，奥氏蜜环菌被林务员视为有害菌，因为它专门祸害那些生长速度快、在市场上十分抢手的针叶树。把皆伐区里的桦树和颤杨清除掉后，情况反而变得更加糟糕了，因为这些新树桩可以大量提供奥氏蜜环菌生长所需的食物，从而增加种植在那里的针叶树幼苗感染的可能性。杀死桦树也会导致有益微生物减少，从而降低针叶树抗感染的能力。另一方面，芥黄蜜环菌则不那么受关注，因为它通常不会感染作为主伐木的针叶树。但是，它最终会杀死桦树。随着年迈的桦树大面积腐烂，它们的叶子会变黄，树枝掉落，于是昆虫和其他真菌会赶过来，享用残枝败叶中的糖分。啄木鸟以这些昆虫为食。它们会在木头上找到一个理想位置钻洞，然后产卵。长寿的针叶树会不断进入新的空间，占用那里的光线和雨水，吸收被释放的营养物质。"真菌杀死桦树留下的空隙会成为其他物种的家园，这会增加多样性。这就是这些森林的自然演化史。"这位病理学专家说。人们纷纷赞同。

"但是，在桦树年轻的时候，它进行光合作用的速率快于针叶树，它会把更多的糖分输送到根部，最终导致土壤中储存有大量糖分。如果我们希望通过管理增加森林的碳储存——减缓气候变化，那么桦树可能是一个不错的选择。"我继续说道。一只金翅雀攀附在一根满是斑点的桦树枝上，啄食着桦树的种子。一些种子掉落在森林地面上。

"气候变化？我们不用担心气候变化。"另一个人说。的确，关于全球变化还有很多未知因素，以至于我们迟迟没有将虫害的暴发与冬季气温变高联系起来。由于气候变化存在太多的不确定性，因此政府并没有认真对待气候变化。

"但是环保局认为我们应该关心。"我的语气十分自信，连我自己都感到惊讶。"我已经看到了一些预测，有人认为气候变化不久将成为我们最大的威胁。我们需要桦树和颤杨快速生长，把更多的碳锁在土壤中，避免它在火灾中化为灰烬。"我继续解释。在大多数年份，加拿大在野火中排放的碳超过了化石燃料燃烧的碳。为了减少这种风险，我们应该试着在计划森林景观时用混交林取代针叶林，用桦树和颤杨构筑防火带——因为跟针叶树相比，这两种树的树叶含水量更大，树脂含量更低。

"气候变化不会在这里发生。"那名戴着棒球帽的林务员说。"看，有史以来，今年夏天的温度最低，也最潮湿。"

"我知道，当我们感觉不到的时候，很难相信气候会发生变化。但气候模型会让你大吃一惊。"我说，一边用手画出曲棍球棒的形状，表示自20世纪50年代以来大气中二氧化碳浓度正在急剧上升。

"你就是喜欢桦树。"这个戴着绿色帽子的家伙尖声说。

"是的，我想是的。"我尴尬地笑了。

"我们去下一站吧。""牧师"建议道。他对里克耳语了几句，然后一起转身离开。其他人一窝蜂地跟在后面。我在寒风中拉上了毛衣的拉链。

那个戴棒球帽的家伙问他是否可以上我的那辆车，坐我的座位。我迫不及待地答应了，因为我想坐琼和芭布的那辆车。但是我后悔自己答应得太快了，希望艾伦不会介意我抛弃了他。"你做得很好。"琼拍了拍我的胳膊，但脸上的神情显得不是那么有信心。

"我们肯定会遇到麻烦的。"芭布一边说着，一边带着车队向前驶去。

我附和了一句："他们在第一个人造林那里看到桦树后会发疯的。"我感觉热量在我的神经中肆虐，就像在草地上迅速蔓延的地表火一样。

但这些人知道这些林地的存在，所以我们不能避而不谈。

我们来到那片茂密的纸桦林边。纸桦的下方长着几棵零乱的我称之为"丑树"的冷杉。这片树林从一开始就管理不善。清理桦树的伐木工把地面挖得面目全非，讽刺的是，那些体积很小的有翅种子在深秋飞过来后，反而把它变成了一个完美的苗床。然后，负责再植的林务员指定了更适应南方气候的冷杉苗。于是，精心栽种的这一轮冷杉注定难逃厄运，而"杂树"桦树卷土重来。现在这些桦树已经有三米高了，而栽种的那些冷杉由于无法抵御严寒，几乎都快死了。这绝对是桦树赢得竞赛的一个极端案例。但这一站的活动分为两个部分，第二部分会突出我想说的重点。在路对面，他们砍倒了所有的桦树，因此冷杉可以自由生长，但那些冷杉仍然很小，而且叶子发黄，这表明为了达到政策目标而清除桦树的做法并不能解决问题。

当我们走进那片茂密的冷杉林时，我意识到我的想法出了偏差。这次实地考察正在朝着彻底失败的方向发展。

"看到了吗？这显然表明桦树会导致针叶树死亡。"里克喃喃地说，因为他发现了一棵惨兮兮的花旗松幼苗。那名戴绿色棒球帽的林务员看上去异常激动。

戴夫说："我用来表明生长与光照之间关系的模型预测，这棵花旗松将在几年后死亡。"几年下来，我已经开始喜欢戴夫这个人了，因为他在谈到数据时总是那么诚实。但是这些话他说得太早了，我们还没来得及走到路的另一边，还没看到那里的冷杉也快要死了——尽管那里的桦树已经被清理掉了。我真想掐死他。

"是的，但我想强调的是，这种类型的树林非常罕见。"我一边反驳，一边领着他们走到路对面。那里的桦树都被砍掉了。清除桦树并没有对给冷杉的健康带来丝毫起色——它们长得不好，是因为栽错了地方。"我们只要栽种更合适的树苗，规划好场地准备的时间，错开桦树传播种子的季节，就可以很容易地避免出现这种树林。在接下来的几个地方我们将看到，通过更合理地完成场地准备，并选择更合适的定植苗，我们取得了完全不同的结果。"我当时很紧张，但我设计这次实地考察，最终目的就是让人们清楚地看到解决办法。

我们继续前进，来到状态为"差"的那片人造林前。为了帮助冷杉自由生长，那里的桦树被清理得很彻底，树桩涂刷了除草剂。单一栽培的冷杉在山腰的桦树和雪松的映衬下显得格外突出，就像在大草原上整理出了一块草坪。琼跑向死去的桦树树桩。她把这些树桩涂成了蓝色，看上去就像是撒了五彩纸屑一样。然后，她指着一些栽种的冷杉。由于得了根病，这些冷杉略微有点儿发黄。有的冷杉要好一些，但1/10的冷杉已经完全死了，只剩下一些参差不齐的灰色枯枝。桦树被砍掉后，奥氏蜜环菌感染了承受压力的桦树根部，并蔓延到混种的冷杉的根部。花旗松、美国黑松和西部落叶松是最受青睐的栽种树种，但矛盾的是它们也最容易遭受这种类型的感染。里克和"牧师"走过这些生病的冷杉，指着一些健康冷杉的0.3米长的顶枝说，大多数人造林不会感染这种病。那位病理学家说："北纬52度以北没有蜜环菌。"他朝那些树皮上覆盖着地衣的桦树挥挥手，意思是说这种病对于我们省的北部地区来说不是问题。里克瞄准的就是那里。

我陷入了四面楚歌的境地。

艾伦分发了一些彩色图表。从这些图表看，在他的一个物种试验中，尽管没有砍掉桦树，但冷杉的生长高度是这里的两倍。当他们认真研究那些彩色线条时，艾伦用眼神示意我接过话题。我开始谈论桦树根部有能固定氮素的芽孢杆菌，以及能产生抗生素、降低附近冷杉受致病菌感染概率的荧光杆菌。我告诉他们，留下健康的桦树和有益细菌，能起到公共免疫计划的效果，促进冷杉健康生长。"这些细菌利用菌根网络在桦树和冷杉之间来回传送碳时泄露出来的碳补充能量。"那名绿帽子林务员的窃笑让我很难集中注意力，但是我坚持了下来，"我们可以精准地清除一些桦树，帮助冷杉缓解压力，但保留大部分的桦树，以降低感染概率。"

里克突然打断了我的话。他转过身，面向那群人的中心位置说道，根据1968年开始的一项研究，减少蜜环菌根病的最好方法是在皆伐后将受感染的树桩拔除，然后种植冷杉。我以前和他一起在野外共过事。我们两个人一起去查看人造林时，他一直热衷于讨论涂刷除草剂，而且特别喜欢引用文献。我觉得很奇怪，因为他似乎更关注文献，而不是亲自查看那些树木。我抑制住心头怒火。他说拔除树桩是标准做法，这个说法没错，而且有充分的证据证明这样做能降低发病率。但我还是解释说，我们需要找到替代方法，因为拔除树桩会导致土壤板结，破坏原生植物和微生物。"而且成本很高。"我说。

"你说得对，但这是最可靠的处理方案。"病理学家的这句话无异于板上钉钉。

人们纷纷赞同。我感觉汉娜未出生的妹妹被应激激素包围了起来。

我们来到状态"好"的那片人造林前。在这片混交林中，冷杉和桦树的生长取得了完美的平衡。但是里克已经失去了耐心，我甚至没有机会告诉众人，这片树林充分证明了桦树和冷杉相互帮助，形成了一种复杂的平衡，我们只需耐心地让它们在各个季节和各个年份中完成它们的两步舞。

里克很生气，那帮政策制定者的情绪也变得非常糟糕。可能是因为他认为我的研究不是很科学，也可能是因为他已经看到了他的政策上的漏洞。可以肯定的是，在某些情况下，选择性地清除杂树杂草是必要的，但在大多数人造林中，大规模清除阔叶树的做法肯定是不合理的。但他不想让我打乱他的计划。他走到离我只有几厘米的地方。看到他身高那么高，我本能地把手搭在腰上。我四下搜寻，发现其他人都已经散开到树林中。艾伦正在远处跟戴夫说话。林务员们像平常一样，都在观察树木，或者是在查看嫩芽、树皮和针叶。芭布和琼站在一棵优美的白桦树旁，呆若木鸡。

"嗯，桦树小姐，"他说，"你认为自己是专家吗？"

我听到过有人在我背后用这个名字称呼我。伯奇是他们在公开场合时给我的称呼，用来替代私下里给我取的外号。

接着，他大发雷霆。"你根本不知道这些森林是怎么运作的！"

我的宝宝第一次动了起来，我感到头晕目眩。

"你太天真了，竟然认为我们会把这些杂木留在这里，让树枯死！"他咆哮道。

我张开嘴，却说不出话。一只黑顶山雀在桦树树冠里扑棱着翅膀。在它的身边，三只嗷嗷待哺的小鸟张开了它们像蛤蜊壳一样的黄色小嘴，但是我没有听到它们的声音。我听到过有人用这种恶劣的方式对待说出自己心里话的女性（甚至在我自己的家庭里也有人做过这样的评论），现在我有了同样的遭遇。在背后指责女性，即使是开玩笑，也总是让我恼火。我的温妮外婆很安静，但在很大程度上，她之所以保持沉默以避免伤人，可能是因为这样做更容易一些。我不想招惹那些人的指责，可我还是来了。芭布瞪圆了眼睛，琼似乎随时都会尖叫起来。

这个人围着我，比我迷路时遇到的那些狼还近，我退后了几步。

艾伦出现在我身边。"该走了，伙计们。"他说。芭布急忙跑到我跟前低声说："呸！"我真想像条挨打的狗一样，夹着尾巴走开。

天空传来山雀的叫声，是那么清脆。实地考察结束了。

那天晚上，我开车送戴夫去机场，我们聊起了各自的孩子、他在哈得孙湾山上的小木屋，还有斯基纳河里即将到来的鲑鱼洄游。我们花了一个小时，沿着弯曲的道路从山上茂密的雪松、桦木、冷杉混交林中开下来，然后沿着河边，快速穿过干燥开阔的花旗松林。我不知道这两种树冠层下的菌根网络是什么样子的。在这片茂密潮湿的森林里，种类不同但年龄相同的树木在一场烧死了所有老树的大火后得以重生。我想，这个由数百种真菌组成的网络一定非常复杂，这些真菌有的是专一宿主型，有的是多宿主型，有的连接不同的树种，有的连接相同的树种。干燥的山谷里只有花旗松，林下层火灾频发，这为那些被厚树皮包裹着的幸存的老树播散种子创造了空间，也导致冷杉周期性地更新换代。

看着眼前的树林，我很想知道它的地下网络版图会是什么样子。当新苗在这片干旱土地扎根时，那些古树似乎会助一臂之力，但菌根网络似乎也在这一过程中发挥了作用。在干燥的土壤中，真菌发挥了输送管道的作用，将碳（或许还有水）从桦树输送到冷杉那里，这与我的博士研究中那片潮湿森林非常相似。

干燥的森林似乎是绘制地下网络图的最佳地点，因为同一种树木相互连接的可能性远高于潮湿混交林中的不同树种。这里的树林大多是纯花旗松林，在菌根真菌群落中占主导地位的应该是花旗松特有的真菌（例如须腹菌），因此它们会形成一种独有的、高度协同进化的伙伴关系。花旗松幼苗应该是通过这个单一菌种与老冷杉建立联系的，就像行星轨道上的卫星一样。毕竟，为那些由单一的专一宿主型真菌连接单一树种组成的网络绘制地图，与那些由多种多宿主型真菌连接多个树种组成的网络相比，难度应该小一些。也许有一天，我可以为这片干燥冷杉林绘制一幅不仅简单易懂，而且细节清晰可见的地图。与我追踪桦树与冷杉之间碳迁移的那片混交林相比，选择这片树林开始这项工作，应该会更容易一些。

戴夫提出帮我修改文稿，这篇稿子曾被一份期刊拒绝过。一位评审者给出的意见是："有的人看过几棵树就自认为对森林了如指掌，我们不能发表这种人写的文章。"这种评论很伤人，但我已经学会坦然面对这类批评了。最后，我们终于抵达坎卢普斯湖东端被一丛丛禾草和毛茛包围的简易着陆场。戴夫的目光从机场的登记柜台转到候机室的橙色座椅，再到行李区。他笑着说，这栋楼甚至比他所在地区的史密瑟斯机场还小。

我们一起吃松饼时，从旁边的窗户里可以看到我们风尘仆仆的形象。他突然说："我和里克谈了今天发生的事。我告诉他你是林务局最优秀的研究人员之一。"

我努力掩饰自己快要哭出来的样子。"他说什么了？"我问，其实我并不是很想知道。

"他不赞同。"戴夫直直地看着我，我却看着一个正在点咖啡的牛仔。

"至少他很诚实。"我笑着说。

"我不明白为什么这些人这样对待你。"他说。

我也不知道。也许是因为他们不喜欢被批评，也许是因为他们无法接受女性提出的观点。毫无疑问，他们还在因为我说的给石头刷除草剂的那番话而生气。戴夫的航班通知登机了，他给了我一个拥抱，很用力的那种，然后走了。

更糟糕的是，我在林务局的人事档案里被放了一封信，谴责我在采访中发表的给石头刷除草剂的言论。一位管理者说，我可能会被专业监管机构——不列颠哥伦比亚省森林管理专业协会取消从业资格，因为我发表了反对政府政策的言论。在他看来，这是典型的道德失当行为。政府的林务人员加强了对我的研究的审查，甚至在我的一篇文章发表之后，那些负责人还安排了同行评审。后来，我逐渐发现新的计划将我排斥在外，我的研究似乎也逐渐停止了。有一次，他们威胁要撤回一笔拨给我的专项资金。艾伦召集那些政策制定者召开电话会议。我用免提电话的方式向他们解释说，我申请的资金并不多，只要足够我把本地区除草剂使用效果研究取得的结果发表出来就可以了。

"问题不在于成本，而在于你要报告的结果。"从扬声器传来对方的回答。

"但我的研究结果已经通过了全面的同行评审，评审专家不仅有政府的，还有从外面请的科学家。"我的声音发紧。艾伦说，花1万美元得出结果是非常值得的，与10年来在野外研究上投入的几十万美元相比不值一提。他的态度非常坚定，最后，他们不情愿地同意为我发表报告拨付资金。

每天晚上，从诸如此类的斗争中脱身后，我就会把越来越大的肚子紧贴着汉娜的婴儿床，看着她睡觉。我很奇怪情况怎么会变成这样，当着同事的面被揪出来让我感到挫败和被羞辱。我深爱着这片森林，为我的研究感到骄傲，却被贴上了麻烦制造者的标签。

科学界也对我持怀疑态度。人们相信竞争是植物间唯一重要的相互作用。这种信念是如此强烈，以至于在我投稿后，我觉得我的实验似乎被肢解成了碎片，以寻找根本不存在的错误。也许他们本来就是这样做的，再加上我缺乏经验。但我忍不住想，他们对我在《自然》上发表成果感到不满，是因为一些著名科学家已经花了相当长的时间研究真菌网络对植物间相互作用的神秘影响，而我的研究一下子就把他们甩在了身后。

实地考察过了5个月后，我的女儿纳瓦出生了。她睁着眼睛，惊奇地环顾四周。我把纳瓦放进婴儿车里，把汉娜放进背

2001 年，纳瓦（左，一岁）和汉娜（三岁）在我们的木屋前

带。我们经常和琼一起，徒步走进大草原上的森林，寻找冠蓝鸦和仙人掌花。我那份398页的报告出版了，尽管之前被百般挑剔，但出版后仍立刻成为畅销出版物。一位林务员后来给我看了他手上的那本书，封面已经破损，他喜欢的书页上还贴有彩色标签。他告诉我那就是他的《圣经》。

纳瓦满8个月的时候，我又回去工作了，但艾伦看到了不祥之兆。他鼓励我去找一份新工作。新上台的政党偏向保守，在缩减行政机构规模的同时也减少了对科学创新的支持。因此，人们劝告科研人员有条件的话尽快离职。

我那位特立独行的、在不列颠哥伦比亚大学做博士后的朋友现在是一名教授，他很快联系我，介绍了一个新的教授职位空缺。我从来没有想过在大学获得长聘教职，但招聘委员会的一名成员来到了坎卢普斯,不仅和我商谈了一些具体细节,还鼓励我发表更多的文章,以便为竞争做好准备。我本来就已经累得要死。此时,汉娜3岁,纳瓦1岁。纳瓦已经断奶了,但还跟在我身边,而汉娜就像小狗一样顽皮。我喜欢我们在森林里的房子,喜欢我们晚上沿着森林小径散步,还有我就像对待自己的孩子那样精心呵护的几百个实验。再说,我已经41岁了,这个年龄开始从教是不是太老了?

最后我还是提出了申请。唐也赞同我去试试,但他说不想搬到温哥华,尽管他也不喜欢住在坎卢普斯(我的这份政府工作就是在这里)。自从他第一次看到小镇纳尔逊,他就想搬到那里去。纳尔逊位于哥伦比亚盆地,离我妈妈从小长大的纳卡斯普不远。那里森林茂密,城市很小,生活节奏缓慢;居民都受过教育,思想开明,充满艺术气息。我能理解他,纳尔逊的吸引力确实很大。毕竟,我的大多数直系亲属现在都住在那里,两个女儿可以和她们的朱尼布格外婆(我妈妈)、萝宾阿姨、比尔叔叔,还有同一辈的凯莉·萝丝、奥利弗和马修·凯利亲密相处。但纳尔逊又小又偏远,我们在那里根本找不到工作。还有一个难以理解的原因是,我怕去那里后无法继续从事我的研究。我从100名求职者中脱颖而出,通过了招聘委员会的初审。隆冬时节,我飞到温哥华参加面试。我告诉自己,成功与否都能接受。

几个月后,我和唐带着两个女儿去纳尔逊看望妈妈。山口雪后初晴,库特奈湖上的冰刚开始解冻,就已经有船扬帆出行了。在绿树成荫的街道两旁,一丛丛无患子张开了嫩叶。唐惆怅地发出一声叹息。我们的车沿着可卡尼大道，朝朱尼布格外婆的家驶去。汉娜想到能和表兄妹们一起寻找复活节彩蛋，不由高兴得尖叫起来；纳瓦也在姐姐身边大笑，尽管她刚满两岁，还不知道这么兴奋是因为什么。我的妈妈站在门口，手里拿着蜡笔和彩色画册。一只名叫费德帕夫的小猫咪扑向掠过草坪的蝴蝶，它长着蓬松的灰色皮毛，每只爪子上有6个脚趾。汉娜跑上楼梯，纳瓦跟在后面，费德帕夫跟在纳瓦后面。我打开笔记本电脑，发现大学给我发来了录用邮件。

妈妈马上说我应该接受这份工作。突然之间，这一切都变成了现实。在受到诱惑的同时，我也深感荣幸，于是又恢复了活力。但唐提醒我别忘了他说过的话。他逃离了家乡圣路易斯，不想再住在工厂、面包店、高速公路、地铁、拥挤的房屋和摩天大楼旁边，在那些地方，只有去城市公园才能看到树。但是我告诉他，既然我快要失业了，而他又不是特别反感住在坎卢普斯，也许在一段时间里去大城市就是我们需要进行的冒险。这将解决了我们迫在眉睫的财务问题。

我们站在妈妈的苹果树下，两个女儿和她们的外婆待在屋里。我和唐就他一再强调的"不想住在温哥华"展开了辩论。他向可卡尼冰川挥了挥手——我们可以去那里徒步、滑雪，说他当初就是因为这个才想来加拿大的。他说："你一定要对自己有信心，你不需要这份工作。我们两个一起努力，可以在这里过得很好。"

我抬头望向群山。在那里，雪松向刺人参和臭菘上投下自己的阴影，森林地面的有机物芬芳馥郁，沁人心脾，奔流不息的活水能让你保持柔软的发质；那里的树桩上长出了越橘，在涓涓细流中有杜衡绽放；在那里，古老的森林逐渐遭到皆伐，取而代之的是成行的冷杉、松树和云杉。

"但我再也不会得到这样的机会了。"我想象着接受这份工作后的样子，一幅幅画面在我的脑海里盘旋，久久不散。唐并不想当医生、律师或会计师，而是想住到滑雪场附近，过一种悠闲的生活。他的妈妈和阿姨们喜欢谈论他的兄弟和堂兄妹："见见我当医生的儿子。"而唐和他的爸爸则喜欢谈论钓鱼和棒球。即使是在唐29岁和我结识的时候，他也跟我谈及退休后住到山里去，但我当时太专注于我的森林研究，所以没有太当真，根本没有意识到他不仅仅是说说而已。

我剥开冷杉球果的三叉苞片，用手指摸了摸那个有翅种子曾经停留的心形凹痕。妈妈的花园苗床上有一棵新的冷杉幼苗，种皮已经从子叶上脱落了。再过100年，这棵小树的树皮也不会有厚厚的皱纹。

"我也喜欢纳尔逊。"我说。但我想要那个教职，因为我很快就要失业了。不管我们怎么决定，都会有一个人不开心。要是这份工作我做不下来，该怎么办？那座城市可能真的像唐担心的那样可怕。我担心会给我们的女儿和婚姻带来太多压力。

"我们不需要太多的钱。我们可以住在森林里。"唐说。我的目光越过妈妈那栋维多利亚式两层黄色小楼的陡峭屋顶（设计成这样便于积雪滑落），看向小巷对面邻居家的院子。唐的声音似乎有点儿高,我担心邻居会听见。

"可是我的研究怎么办?我还有很多问题要研究呢。"我一边说,一边用棒球的投球动作,把球果扔进了花圃里。

"苏苏,纳尔逊更适合孩子成长。"他的嘴唇在抽搐,我只见过一次这种情况,当时我们在争论是否要回研究生院继续深造。

我们前往精致的四季餐厅吃晚饭。我点的是三文鱼,唐点了些素食。我们一直避免眼神接触。最后,我说道:"想想看,有女儿在,我们会有多开心。"

他把盘子推到一边,直直地盯着我。"我很清楚会是什么样。我们要穿过市区,开两个小时的车才能到森林。等我们赶到梦想中那个宁静的徒步旅行点时,那里已经人满为患了。"我不知道他是什么意思。我在温哥华读大学时,徒步旅行或滑雪时从未遇到过很多人。

"没那么糟。"

"在圣路易斯没有这样的荒野。"

"我们可以夏天来纳尔逊玩。"

"我可不想当家庭主夫。"唐说。邻桌的人看了过来。

"有我呢,不需要你做家务活。"我竭力压低声音。

"不,我知道这些学术职位是什么样的。我看到过,俄勒冈州立大学的教授们工作起来都不要命。我了解你,你一旦工作就不会停下来,照顾孩子肯定就是我的事情了,因为我不确定我能在那里找到足够的工作。"唐说。他的数据建模和分析比较小众,客户群体高度专业化，而且他在温哥华几乎不认识任何人。他的另一个选择是在一家大一点儿的咨询公司工作，但是多年来他一直独立工作，他不想向其他人汇报工作。他对丛林里的工作一直没有我那么感兴趣，也许正是因为他来自城市，或者因为他更感兴趣的是在电脑上或者家里的工作室里捣鼓一些东西。不管怎样，此时此刻我们就像是来自不同星球。

第二天，我们在查看纳尔逊城外库特奈河上是否有土地出售时，发现有一对夫妇在林中开辟了一块空地，地势起伏不平，可以俯瞰河面，还能看到落叶松直插云霄的绿油油的针叶，以及冷杉高达40米的黝黑遒劲的树冠。一辆婴儿车停在整理出来准备建房子的平地上，一个草黄色头发的年轻女人从帐篷里走出来。她背着一个婴儿，还牵着一个蹒跚学步的孩子。他们曾准备在这里安家，但那个女人放弃了，因为帐篷里没有暖气和自来水。她丈夫邀请我们去看看这块地产。我拉着汉娜和纳瓦跨过地上的木头，穿过灌木丛，坐在落叶松下。唐和那个家伙谈价钱，而我在想这个地方真的很美，但我们不可能住在这儿，否则我们所有的时间都要用来砍树、照顾园子。我们俩都不会找到工作。我们继续争论生活方式、钱以及可能面临的各种情况。与此同时，我们带孩子去湖边公园，沿着贝克大街漫步，看街边艺术品和书。我们还跑到甜品店的柜台边买冰激凌。几十年前，温妮外婆就曾在那里给我们买冰激凌。那时，我还是一个孩子。

几天后，唐和两个女儿坐在苹果树下。他说："好吧，你去那里工作两年吧，我只能忍受这么长的时间。"

我拥抱了他,汉娜跑到我母亲面前喊道:"我们要搬到温哥华了!"

◆

我们决定冒险。从此以后,我再也不需要遵守林务局的命令,可以用我筹集到的经费做任何我想做的事,可以去研究森林中事物的相互关系这类基本问题——研究的层次已经从树木之间的联系和交流等概念加深到对森林智慧更全面的理解。

2002年秋,我第一次走上讲坛。此时,我们在市区购买的新房子还没有成交,我们在树林里的小木屋也还没有脱手,因此我还要在相距380千米的坎卢普斯和温哥华之间来回奔波。自从汉娜出生以来,我第一次每周有两个晚上是独自一人度过的,心里空落落的。但是可以独自一人度过一个晚上,出去散步不用带着孩子,不会拿起书就打瞌睡,开车时听珠儿(Jewel)的歌也不会有人反对,只是想一想都令人兴奋。在万圣节那天,我们把东西装上卡车,搬到了温哥华的新社区——此时,汉娜4岁,纳瓦2岁。汉娜很喜欢她的狮子装,纳瓦被我打扮成小牛的样子。我们甚至连那些行李箱都没有打开,就跑出了门。汉娜拎着枕套,跟着成群结队的孩子跑向新邻居家的门口,有样学样地大喊:"不给糖就捣蛋!"这是她第一次这样过万圣节。住在木屋时,邻居都离得太远,而且她还太小。纳瓦依偎在我怀里,头靠在我的肩膀上。那天晚上,孩子们盖着毯子,睡在楼上卧室里的行李箱中间。唐和我看着沙沙作响的树叶投在楼下墙壁上的影子，听着人行道上传来的脚步声、越来越近的警笛声和在我们屋顶上方降低高度的飞机发出的轰鸣声。我暗暗地想，我到底把我们全家带到了什么鬼地方啊！

那年夏天，政策制定者修订了他们的再造林政策，将全省森林中的除草剂喷洒量减少了一半。我从未得到过官方的通知，但后来听说是我的研究推动了这一变化。

担任长聘教轨副教授的头几年是我一生中最艰难的时期，我整天忙着上课、申请研究经费、建立研究项目、招研究生、做期刊编辑、写论文。我不能失败。一些大学导师告诉我，以前有一位女教授有了孩子后，发表的论文数量不够，最后没有得到终身教职。我给自己找来了一堆烦恼。

每天，我和唐都会在早上7点叫醒孩子们，给她们收拾好，然后送她们去日托所和学校。我会全力工作到下午5点，晚饭后和他们一起玩，然后准备第二天的课程，凌晨2点才能拖着疲惫不堪的身体上床睡觉，第二天起床后再把这些都重复一遍。我感到精疲力竭，经常感冒，有很多天我感觉自己精神不济。唐负责剩下的工作：从日托所接女儿，日常采购，做晚饭，还要挤出时间工作，比他预想的更像个家庭主夫。他发现在政府减少对森林研究的资助后，他很难找到足够的分析数据或运行模型的工作。他在坎卢普斯林务局有一些老客户，但是因为不能亲自到场而失去了几次机会。城市的喧嚣让他越来越不耐烦，因此他经常找一些空旷的道路骑自行车。

上午,他经常敲着电脑,为生计发愁。到了下午,他经常和两个女儿泡在枫叶园的游泳池里,我则忙着备课、写论文。他终于找到了他感兴趣的工作,那就是模拟不同的森林管理措施对山松甲虫侵扰的影响,但这样的工作不多。他说的城市不利于抚养女儿的那些话是对的。我们必须看紧她们,还要开车送她们去体育馆和自行车营,而不是让她们在家旁边的森林里玩。唐会带她们放风筝、骑自行车、去水族馆和科技馆,还给她们买冰沙和热狗。周末,我们骑着儿童拖拽自行车在市里闲逛,去海滩玩,和朋友们野餐,或者找一个公园,在雨中荡秋千。但是,在我用比我们商定的两年期多出一年的时间,成功地拿到终身教职后,我们的关系紧张起来。

与此同时,我有了一些新发现,解决了一个又一个问题。我申请到了经费,招到了学生,还获得过教学奖。然而,当我的研究项目一路高歌猛进,朝着破译森林语言和森林智慧的目标不断逼近时,我的婚姻出了问题,我们之间的交流开始出现裂痕。一天晚上,因为温哥华的问题和唐的不愉快,我们发生了争吵。事后,我同意搬到纳尔逊。在学期期间的工作日,我都会住在教工宿舍,周末则回纳尔逊,过完周末再回到城里。两地之间单程需要9个小时。

这是一个艰难的妥协,但是在女儿睡着时,我的脑海中萌芽的梦幻般的地下星座正在结出果实。我和我的学生们正在追踪从老花旗松流向附近的幼苗,以帮助它们生存的水、氮和碳。我正在寻找证据,证明我的早期理论——处在老树阴影深处的幼苗需要通过菌根的连接来获得这些资助。我发现原始森林中的真菌网络远比我想象的丰富、复杂，但在大型皆伐区，这些网络非常简单，而且很稀疏。皆伐区越大，真菌网络受到的损害就越大。

不过，一想到秋天我在温哥华，而汉娜和纳瓦在纳尔逊，我就觉得不可思议。为实地考察季做准备，处理审稿请求，向出资单位做年终报告，诸如此类的小事令我不胜其烦。一天下班后，我冲到课后托管班接上女儿，随着车流来到市中心的商店，去拿他们用精致羊皮纸裱好的枫叶和红拂子茅，然后赶回家吃晚饭。汉娜抱怨说她饿了，纳瓦也闹了起来，我让她们安静一点儿，但她们叫的声音更大了。我厉声喝道："住口！"然后猛踩刹车，把车停在了路边。那幅画飞到座位后面，玻璃都碎了。两个女儿惊呆了。我紧张地看着她们，担心伤害到了她们。我红着眼，把她们从汽车座椅里拉出来，然后坐在路边哭起来。汉娜和纳瓦哭着抱住我的脖子，我也紧紧抱住她们。汉娜止住了哭声，纳瓦也停了下来。汉娜抽着鼻子，抓着我的头发说："没事的，妈妈。"

我把摔坏的画带回画廊，说我不小心把它掉在地上了。等到他们打电话告诉我已经修好时，我以为他们把叶子和草排好后，会换一块玻璃装裱，但他们把碎片对好，然后像拼图一样，把所有碎片都拼到了一起。我觉得我更喜欢拼好后的样子。

现在，这幅画永远地改变了，就像一张布满皱纹的老人的脸。

即将搬到纳尔逊前，一想到上班地点与家相距那么远，我就忐忑不安。就在这时，我得到了一笔经费，为一片原始森林宛若迷宫的地下网络绘制地图。我提出了两个问题：这个网络采用了什么样的结构？这种模式有助于解释自然的智慧吗？

我们怎样才能在不破坏森林的情况下帮助小树成长呢？

2005 年夏天，我（45 岁）、纳瓦（5 岁）、唐（48 岁）和汉娜（7 岁）在我们温哥华的家里。我刚刚获得了不列颠哥伦比亚大学副教授的终身职位

第 12 章

9 小时上班路

我把车开到岔路口,猛踩刹车停下来,然后抓起背心,跑到伐木道的对面。一辆装着货物的卡车差一点儿撞到我。临近中午的阳光从这辆车的后面照射过来,它看上去像一只巨大的蚱蜢。我不停发出"喔—呼"的声音。如果有熊,听到这个声音它应该就会逃走。

在一条小溪与山顶之间的山坡上,长满了各种年龄的花旗松。这是我一直在寻找的东西,我感觉身体里的肾上腺素在涌动。年龄最老的花旗松看上去有 35 米高,枝干粗壮,每隔几年就会把种子洒到树荫下,一丛丛小树苗从针叶和腐殖质中冒出来,就像校园里在老师们看护下三五成群的孩子。从路上看,林线就像曼哈顿的天际线一样参差不齐。

我爬下碎石堤岸,来到一块岩石上,猛吸一口气,跳过一条沟渠。纯花旗松林非常适合绘制菌根网络图。我的第一个研究生布伦丹在 2007 年发表的硕士研究成果表明,花旗松根尖有一半的面积都包覆着同一种菌根真菌——须腹菌,另一半则东一块西一块地定植了大约60种其他真菌。单是须腹菌就撑起了菌根的半壁江山。无论老树还是小树，都定植有须腹菌，这对我至关重要，能帮助我了解这个网络是否有助于年幼的花旗松在长辈的树冠下站稳脚跟，了解须腹菌网络是不是森林能够持续再生、恢复活力、历经艰难险阻而不倒的关键。此外，研究人员已经对根须腹菌DNA的中枢部分进行了测序，以便像区分一个个人一样区分真菌个体的身份，为绘制连接树木的单一真菌链图提供关键信息。这片森林里的其他菌种还没有被测序。这是一个理想的系统，它会让我感受并欣赏那四通八达的连接。我想，在这片森林中，年轻的冷杉可能会侵入那些老杉树的真菌花园。我穿过草地，来到喧闹的小溪边，双脚蹬地，跳到了对面。"喔—呼"我又叫了一声，我的声音盖过了喧嚣的溪水，从悬崖传来越来越弱的回声："喔—呼，喔—呼"

小溪边的树木浓密又饱满，而山坡顶上的树木则显得稀疏又矮小。水会像雪橇滑下山坡一样从花岗岩山丘上流下，因此坡顶的土壤更干燥。通过比较高处那片干燥森林和低矮处这片潮湿森林的结构，我可以了解到在水资源更加宝贵的那片森林中，各种连接是否更加密集、丰富，对幼苗的生长是否更重要。在那里，幼苗要想存活下来，可能必须通过菌丝汲取那些古树主根从深深的花岗岩裂缝中提取的水分。与生长在潮湿环境中的幼苗相比，生长在干燥土壤中的幼苗可能会更加迫切地依附老树的菌丝网络，通过它们的帮助获取水分并站稳脚跟。

我沿着小溪大步走着，一边检查腐殖质上是否有熊的爪印。

水边的动物小道上没有熊的粪便，但我仔细观察着血黑色的紫柳丛，防止除了正常的叶子颤动外还有什么异动。我朝着山顶爬了20米，来到了第一棵古树前。在它的树冠周围有一圈树苗，看上去就像纳瓦的呼啦圈。我拿出T形份样取样器，查看树龄。谢天谢地，它的把手是橙色的，因为糙莓灌木的叶子像餐盘一样大，任何东西掉进去就很难找到。我把取样器扎进粗树皮齐肩高的一个裂缝里，一直扎到条纹状的树心，然后取出一个很小的横切片。

我仔细查看树心样本，然后掏出笔在上面画点，每10年画一个点。计算表明它已经282岁了。我在第一棵树附近又挑了十几棵树取样，它们的高度和周长各不相同，年龄最小的5岁，最老的有几百岁。每隔约几十年，这些森林就会经历一次火灾。在干燥的夏天，森林地面上堆满了老树的细枝和针叶以及野草掉落的干枯老叶，一簇簇新长出来的冷杉开始扼杀水嫩的颤杨和桦树。有这么多干燥的可燃物，只要一点儿火星，森林就会成片地燃烧起来。老树通常能存活下来，但下层植被会被烧得一干二净。如果发生火灾的那一年正好赶上球果丰产，第二年就会有大量新种子发芽。

我把树心样本塞进彩色塑料管里，用胶带封住末端，然后分别贴上标签，以便回到大学实验室后用显微镜再次查看树龄，测量年径向生长量，并对年生长量与相应年份的降雨量及温度记录进行比较。接着，我准备挖开森林地面，寻找锈褐色、长满疙瘩的地下蘑菇——须腹菌。我用拇指试了试小铲子，以确保它足够锋利。然后，我从第一棵老树的底部开始，沿着它的一条粗根往下挖，一直挖到根只有一根手指那么粗的位置。我用铲子划开凋落层和发酵层，扒开腐殖质，露出了下面矿物层的致密颗粒。这里散落的腐殖质和风化的黏土，是树根和菌根搜寻养分时追逐的目标。

半小时后，我被蚊子叮得满头是包，跪在树枝上的膝盖也疼痛难忍。就在这时，我挖到了一块法式巧克力蛋糕大小的松露。它恰好位于腐殖质层和矿物层之间。我刮去有机物碎屑，发现有一蓬黑色的菌丝从松露的一端一直延伸到老树的树根上。我顺着另一束柔软的菌丝往另一个方向搜寻。在它的引领下，我看到了一簇根尖，它看起来就像白色半透明的蝶须属植物。我从汉娜的画具里借来的那把精致柔软的刷子正好派上了用场。我把它们刷干净，看到有一个根尖特别引人注目，就像衣服褶边的线头一样。我轻轻一拉，相距一掌的一棵树苗微微颤抖起来。我又使劲拉了一下，树苗一边抵抗，一边向后倾斜。我看了看身边的老树，又看了看阴影里的小树苗。显然，真菌把老树和幼苗连到了一起。

附近的树枝抖动起来，一只黄色的蝴蝶飞过草地。起风了。我望着环绕在树木周围的野草，被这些草叶扎到会有刺痛的感觉。我凝神看向森林边缘——熊、郊狼和鸟儿经常会在那里逗留和嬉闹，但没发现有任何动静。

我沿着老树的另一条根，又找到了一块松露，接着是第三块。我把它们凑到鼻子边，闻着孢子、蘑菇和新生菌类的霉味与泥土气息。追踪每一块松露的柔软黑须，都能看到它与各个年龄段的幼苗和小树的根须相连。随着每一次挖掘，网络的框架逐渐展现在我的眼前——这棵老树与周围再生的每一棵小树都是连通的。后来，我的另一个研究生凯文回到这片森林中，对几乎所有与须腹菌相连的松露和树木都进行了DNA测序。他发现大多数的树木被通过须腹菌的菌丝体连接到了一起，那些最大、最老的树与周围所有比它们年轻的树几乎都是连通的。有一棵树连着47棵树，其中有些树远在20米以外。看到一棵树连着另一棵树，我们猜测整个森林都是连在一起的——这还仅仅是通过须腹菌实现的。我们在2010年发表了这些发现，随后在另外两篇论文中进一步揭示了一些更具体的细节。如果我们能绘制出其他60种真菌与冷杉的连接图，那么我们肯定会发现网络结构更厚实，层次感更强，连接方式更复杂。更不用说丛枝菌根真菌还会为这张图填补间隙，因为它们可能会将草本植物和灌木连接成一个独立网络。此外，杜鹃花类菌根真菌会通过自己的网络连接越橘，而兰科菌根也有自己的网络。

一堆包含有种子的松鼠粪便堆在一根潮湿的木头旁。我抬头看向树冠，寻找前一年结松果的痕迹。花旗松偶尔会结出球果，频率与多年来的气候变化同步。夏季，种子在风或重力作用下，或在松鼠或鸟类的帮助下，从裂开的球果中散播出去，然后在富含矿物质和焦炭、部分分解的森林地面形成的温暖苗床中发芽。被火烧过的混合苗床对发芽特别有益。

透过树枝，我看见一只鹰在头顶盘旋。森林里独自行动的动物非常罕见，因此我感到有点儿不安。但和煦的微风让我平静下来，继续埋头工作。我用瑞士军刀锋利的刀尖挖出一根比长脚蜘蛛还小的刚刚萌芽的幼苗。我拉了拉它裸露的茎的颈部，一条纤细的基根从与陈血颜色相近的腐殖质中滑了出来，看上去就像一块精致的骨瓷碎片，让我想起从三轮车上摔下来后被父亲紧紧抱在怀里的萝宾，当时她的小腿被划了一道很深的口子，露出白生生的胫骨。这条勇敢的根就像还未长成的骨头一样脆弱，它向隐藏在地下矿物颗粒中、通过长长的菌丝与参天大树的根须相连的真菌网络发出生化信号，并通过其帮助存活下来。老树的菌丝体形成分支结构，并发出回应信号，诱导幼苗涉世未深的根软化并生长成鱼脊形，为最终与之结合做好准备。

我蹲下来，透过手镜仔细观察这条基根，然后用沾满泥土的指甲摸索着在脆弱的外皮上撕开一条缝，看看菌丝是否已经成功嵌入皮质细胞。我的指甲太钝了！我转过身，让阳光照到手上。我仔细查看撕开的树根，看看细胞之间是否有油脂的痕迹。入侵后，真菌会将根细胞包裹起来，形成一个格子状结构，即"哈氏网"，颜色和蜂蜡、海水或玫瑰花瓣相近。真菌通过哈氏网将老树通过巨大的菌丝体提供的养分输送给幼苗。作为回报，幼苗为真菌提供数量极少但不可或缺的光合碳。

在我把它们拔出来之前，这些幼苗的根深深地扎到了地底下。富有活力的老树为这些幼苗输送含有碳和氮的水分，为新生的基根和子叶（初叶）提供能量、氮和水。为这些幼苗供应资源的成本对于这些老树来说可以忽略不计，因为它们的资源非常丰富。树木诉说着耐心的故事，诉说着老老少少以缓慢而持久的方式分享、忍受和坚持的故事。就像女儿们的坚定使我坚定一样，我对自己说，我有足够的力量熬过这离别的季节。除此之外，我一年之内就会有公休假，我还可以给她们准备午餐、做鸡腿、切黄瓜、在橙子上刻出笑脸，我可以教她们制作手推车、种花，我有更多的时间和纳瓦交替朗读《小猪梅西救难》。但在那神奇的一年到来之前，每到周末，我都会打起精神跨过千山万水回到她们身边。和女儿的团聚，简直就是通过延时摄影技术拍摄的影片。

2006年，在不列颠哥伦比亚省纳尔逊附近的一个皆伐区采摘越橘的汉娜（右，8岁）和凯莉·萝丝（10岁）。在这个皆伐区重新种植的云杉和亚高山冷杉林长势良好。从树桩的高度和烧焦的痕迹看，森林是在冬天砍伐的，残留的枝丫随后被烧毁

一旦哈氏网在新根内形成后,老树输送养分以弥补子叶微不足道的光合作用,真菌就会长出新的菌丝,在土壤中寻找水分和养分。当幼苗的微型树冠长出新的针叶后,它们会用自己的光合糖反哺菌丝体,以便真菌探索更远的孔隙。幼苗站稳脚跟后,生命就像股票交易所一样平稳地运转,生长中的根就有可能为真菌覆盖层提供支持。真菌覆盖层包裹在根的上面,就像是给它披上了一层菌丝体的外衣,更多的新生菌丝从这层外衣生长出来并扎到土壤中。覆盖层越厚,根反哺的菌丝越多,菌丝体就能包覆更多的土壤矿物质,从土壤颗粒中获取更多养分并运送回来与根交易。根与真菌相生相成,互为伙伴。它们保持着一个正反馈循环,直到幼苗长成大树,1立方英尺①的土壤被几千米长的菌丝体填满。这是一张生命之网,就像人类由动脉、静脉和毛细血管组成的心血管系统一样。我把两棵幼苗倒挂在头发上,开始往山坡上爬。

突然,我听到"咔嚓"一声。

我把防熊喷雾从套子里拿了出来,手指搭在橙色保险上,眼睛死死盯着一丛萨斯卡通灌木。拨开一根树枝,透过沙沙作响的树叶一看,我不由得松了口气。眼前是一个树桩,烧焦的树皮看上去就像黑色的动物皮毛。哦,天哪,我一大早从海边开车来,一定是累了。

我继续在树林中穿行,低头躲开长着厚树皮的老树的树冠,

---

① 1立方英尺≈0.03立方米。——编者注

大步走过小树苗点缀其间的草地，轻盈地绕过一丛丛纤细的幼苗。与此同时，我的大脑就像一台加法机，研究生们的数据在里面不停地翻腾。这些小树是在老树的阴影下生长起来的，它们连接到巨大的菌丝体中，并从中获取资源，直到它们长出足够的针叶和根。我的另一个研究生弗朗索瓦把花旗松的种子撒在成年树木周围，让它们连接到老树的真菌网络上。他发现，与他装在袋子里（袋子上只留有仅限水分子通过的孔隙）与外界分隔开的种子相比，这些连接到网络上的种子的存活率几乎翻了一番。

这片森林中的幼苗正在老树构成的网络中获得重生。

我坐在一个树桩上，喝了一大口水。就在这时，我看到一簇还没有瓦楞钉长的幼苗。地下真菌网络可以解释为什么幼苗可以在阴影中存活多年，甚至长达几十年。这些原始森林能够自我再生，是因为它们的父母帮助小树学会了自立。最终，这些小树会占领林线，向其他需要帮助的小树伸出援手。

太阳升到了头顶正上方。我再次查看了一下黑莓手机上的时间。纳尔逊离这里还有476千米远，为了能在午夜前回家，我必须在下午4点前动身。琼极力劝我买这款手机，她还给它起了个绰号叫"蓝莓"。它改变了我的生活，现在对我来说它更重要了，因为我经常花大量时间在路上奔波。我查看了一下电子邮件，发现我的一项经费申请遭到了拒绝，但另一项关于内陆干燥花旗松林皆伐及其对菌根网络完整性影响的研究申请通过了。太棒了！我花了数周时间琢磨文字和预算，现在收到了成效。看看这台小小的手机，我惊叹不已，互联网让我觉得自己与世界紧密相连。

这片森林也像万维网。但这个网络不是电脑通过电线或无线电波连接而成的,而是由这些树木通过菌根真菌连接构成。森林看起来像是一个中心卫星系统,老树是大型通信枢纽,小树是不那么繁忙的节点,信息通过真菌链路来回传输。早在1997年,在我的文章在《自然》上发表后,该杂志称它为"树维网",这个称呼比我想象的更具先见之明。当时,我只知道桦树和冷杉通过一些以简单的方式相互交织的菌根来回传输碳。然而,这片森林向我展示了更全面的信息。老树和小树分别是中心和节点,通过菌根真菌以一种复杂的模式连接在一起,为整个森林的再生提供动力。

一群黄蜂从木屑旁的一个洞里倾巢而出。被黄蜂蜇伤后,我赶紧朝坡上跑去。山坡有自动扶梯那么陡,我身上的森林巡查员背心像防弹衣那么重,跑到坡顶后我扑通一声扑倒在地,把水瓶压到了黄蜂蜇过的地方。受限于干旱,坡顶上高大的老树间隔比较大,树苗也比较稀少。糙莓和越橘不见了,取而代之的是一串串叶子长长的红拂子茅和表面光滑、像帽子一样的羽扇豆,偶尔还能看到一丛无患子。羽扇豆和无患子都能固定氮,可以给这种生长缓慢的林分增加氮的供应。虽然朝南的斜坡很干燥,但植物群落完好无损,没有入侵的杂草——我停车的路边就有一些蔓生的杂草。这片森林位于干旱的大盆地的北部边缘,但它的南边大部分区域过于干燥,不适合树木生长,因此原生草原上生长的是丛生禾草。这些原生草原受到了外来杂草的入侵压力。一旦有杂草入侵,菌根网络就会慢慢侵蚀它们的生命。通过牛传播的矢车菊会侵入草类分蘖的菌根，将磷直接从它们的根中偷走。矢车菊的真菌不会像帮助白桦和冷杉那样帮助草类茁壮成长，而是在人类放牧的基础上加剧了对草地的破坏。这些真菌可能通过向原生草类输送毒素或传染病来完成这种谋杀，或者是让原生草类挨饿，消耗其能量，从而破坏原生草原。它们就像入侵的盗墓人，或者是殖民美洲的欧洲人。

我用份样取样器从坡顶上的几棵古树上采集了样本。这些古树树龄最大的有302岁，最小的227岁，其中最大、最老的几棵树是这片森林中的年长者。它们厚厚的树皮被野火烧得伤痕累累，比下面潮湿地区的树木更明显，因为这里更热，更干燥，更容易招惹闪电。这些树年龄差异如此之大，这就是原因。我又看了看手机，已经两点钟了。一个小时后，唐就会去学校接汉娜和纳瓦。

我用小铲子刮掉泥土。就像小溪附近的老树一样，坡顶的这些树上也有松露和瘤状突起（被真菌硬皮覆盖的一丛菌根），还有像流星一样向外延伸的金色真菌丝。这里的树木和真菌也结成了一张紧密的网。与下面的树木相比，这里的土壤更干燥，树木承受的压力更大，因此它们之间的联系更多。这是可以理解的！坡顶的树木对菌根真菌的投入更多，因为它们需要更多的回报。

我靠在一棵树龄非常老的老树上，它至少有25米高，树枝就像鲸鱼的肋骨。在它的北面，沿着滴水线有一些刚刚发出嫩芽的幼苗，围成了一轮新月的形状。它们的针叶像蜘蛛腿一样伸展着。我用小刀挖出了一棵，看到它的根尖上流泻的真菌丝，我陶醉了，已经忘记了黄蜂留给我的刺痛。我把这棵幼苗和羊毛一样的菌根夹到笔记本中，以便回家后仔细观察。但我已经知道了，这些幼苗被连接到老树的真菌网络中，从那儿获取的水足够它们度过夏天最干燥的日子。我和学生们已经了解到，深根树木在夜间通过液压把水带到了土壤表面，并与浅根的植物分享，帮助这些缺水的植物安全度过漫长的干旱期。

如果不依附老树的网络，幼苗在进入炎热的8月后几乎会立即死去，针叶会变红，茎的颈部会被灼伤，下雪后就会被彻底地埋到积雪下面。对这些年轻的新成员来说，在脆弱时刻获得的少量资源将决定其生死。但是，一旦它们的根和菌根到达如迷宫一般的赤褐色孔隙，接触到以薄膜形式附着在土壤颗粒上的水分，它们就会振作起来，站稳脚跟。像这样靠抓住机会摆脱困境的根系，适应环境的能力会远远强于那些在苗圃中的聚乙烯泡沫管里培育出来的肥厚根系。那些为人造林培育的幼苗从来不会缺少水分和养分，因此它们不可能（也不需要）发出足够的根，与真菌一起建立和土壤的联系。在8月炎热的阳光下，它们粗壮的针叶需要连续不断的水分滋润，但它们的根在生长时受到重重限制。当皆伐区的土壤干得开裂时，它们无法向老树寻求帮助。

我从北面排成新月形的树苗那里走回到老树跟前，树冠下的地面光秃秃的，连草都没有长。这里没有一棵幼苗。老树的树冠太浓密，挡住了大部分的雨水和阳光；根系太发达，吸收了大部分的养分和水分。但弗朗索瓦后来发现，树冠边缘的滴水线划出了一个适合生长的区域，形状与甜甜圈相似。水从最外面的针叶上滴下，正好落在这个区域。那里有一些小树苗，长得很茂盛。它们与老树的距离不近也不远，距离太近就会因为老树索求无度而不得不忍饥挨饿，距离太远就会被中间草地上的青草夺去所需的资源。

我来到对面，面朝阳光直射的南边，站在老树树冠下的边缘，凝视着坡下的碎石堆。这边又热又干，就连真菌网络都不能保护幼苗不被灼伤。在极端情况下，比如在沙漠中，即使有真菌也无法让树木存活。一根老木头静静地躺在碎石坡上，随时会滚下去。在一块块刚刚暴露出来的心木旁边，甲虫和蚂蚁咬着白色的真菌，成群结队地爬来爬去。突然，我看到地上有爪印。我暗暗地想，是熊的爪印，至少几天前留下来的。在木头北侧狭长的阴影里，长出了大量花旗松幼苗，并且断断续续地一路蔓延到森林地面上。阴凉意味着水分流失会少一些，土壤孔隙上覆盖的水膜会略厚一些，这就是生存与否的差别。我不知道这些辐射状白色菌丝体是否与老树相连，是否会帮助木头保持湿润。我想，这些幼苗能活下来，可能就是因为真菌从某个地方输送来了水分。

太阳晒得我皮肤生疼，于是我回到阴凉处，查看黄蜂造成的蜇伤。我应该教女儿们怎么把小苏打做成膏药。我坐下来，靠着那棵通过菌根网络哺育那些一轮新月般的幼苗的老树，看着幼苗的针叶在午后的空气中颤动。

老树是森林的母亲。

母亲树是中心。

嗯，花旗松是既当爹又当妈，因为每一棵花旗松都会结出雌雄两种球果。

但是……我觉得它就是一位母亲。年长的照顾年幼的。是的，就是这样。它是母亲树。母亲树将森林连成一体。

这棵母亲树是中心枢纽，小树和幼苗簇拥在它的周围，不同种类、不同颜色、不同重量的真菌丝将它们逐层连接起来，形成一张强大而复杂的网。我拿出铅笔和笔记本，画了一幅图：母亲树、小树、幼苗，彼此之间用线条连接。图中逐渐呈现出一种类似神经网络的模式，就像我们大脑中的神经元，节点连接的线条数目不等。

神圣的母亲树！

如果菌根网络是神经网络的复制品，在树木之间移动的分子就像神经递质。树木之间的信号可能像神经元之间的电化学脉冲一样清晰（神经元的化学机制让我们能思考、交流）。树木会不会像我们能感知自己的思想和情绪一样，能感知它们的邻居呢？不仅如此，树木之间的社会互动是否还会像两个人之间的对话一样，对彼此所在的现实环境产生重要影响？树木能像我们一样快地辨别事物吗？它们能像我们一样，不断地测量它们的信号和相互作用并做出相应的调整吗？我根据唐喊我"苏苏"的语气和他那一瞬间的眼神，就能领会他要表达的意思。也许树木以这种协调一致的方式微妙地联系在一起，像我们大脑中的神经元一样发出精确的信号，就是为了理解这个世界。我根据我们的同位素研究结果，草草地做了计算。我突然想到，碳—氮转移量的比例关系与它们在一种叫作谷氨酸的氨基酸分子中的数量关系惊人地相似。我们在实验中并没有试图追踪谷氨酸的碳—氮迁移，但其他研究人员已经证实，氨基酸确实会通过菌根网络发生迁移。

我用手机快速搜索了一下。谷氨酸是人类大脑中最丰富的神经递质，为其他神经递质的发展奠定了基础。它甚至比血清素更丰富，而血清素的碳氮比仅略高于谷氨酸。

那只鹰绕着我旁边的小丘盘旋，现在又有两只鹰加入了它的行列，它们的影子投射在碎石散落的森林里。菌根网络与神经网络的相似程度到底有多高？当然，网络以及分子通过链接从一个节点传输到另一个节点的模式可能是相似的。那么突触的存在呢？难道这对神经网络的信号传递不是至关重要的吗？这对于树木检测它的"邻居"是面临压力还是非常健康也很重要。就像神经递质可以将信号从大脑中的一个神经元传递到位于突触间隙另一侧的神经元一样，信号或许也可以通过连接真菌和植物膜间的突触，在菌根中扩散。

信息真的可以像人类大脑中那样，通过突触在菌根网络中传递吗？我们已经知道氨基酸、水、激素、防御信号、化感物质（毒素）和其他代谢物可以跨过真菌和植物膜之间的突触。从另一棵树通过菌根网络传递过来的分子，或许都可以通过突触传播。

也许我的猜测是对的：神经网络和菌根网络都通过突触传递信息分子。分子不仅可以穿过相邻植物细胞的横壁和背对背的真菌细胞的端孔，还可以穿过不同植物根部或不同菌根顶端的横隔突触。化学物质被释放到这些突触中，然后信息肯定是沿着电化学源—汇梯度在真菌根尖末梢之间传输的，工作原理与神经系统类似。我觉得菌根真菌网络和我们的神经网络中发生的基本过程是一样的——当我们解决问题、做出重要决定或者调整我们的关系时，我们的神经网络经常让我们灵光一现。也许联系、沟通和凝聚力都源于这两个网络。

人们普遍认为，植物可以利用其类似神经的生理机能感知周围环境。它们的叶、茎和根可以感知并理解周围的环境，然后改变它们的生理机能——生长、寻找营养物质的能力、光合速率和为节约水分而关闭气孔的比率。真菌丝也能感知周围环境，然后改变它们的结构和生理机能，就像父母和孩子（比如唐、我和两个女儿）那样适应变化、调整、学习新事物，学会忍受。我今晚就会回到家，履行母亲的职责。

拉丁语动词 *intelligere* 的意思是理解或感知，名词的意思是智慧。

菌根网络可能具有智慧的特征。

森林神经网络的中枢是母亲树，就像我关乎汉娜和纳瓦的幸福一样，母亲树对小树的生活质量同样至关重要。

时间不早了，我带着歉意爬了起来，因为我靠着那块树皮，让它的温度升高了。与此同时，我为自己的那些想法而高兴得喘不过气来，我觉得自己和母亲树有一种亲近感，感谢它们接纳了我，给了我这些洞见。我想起了坡顶有一条通往主干道的小路，于是我沿着鹿留下的足迹，大致朝着那条小路的方向，向坡顶走

花旗松母亲树

去。在这片古老的森林中，坚韧的须腹菌松露有一缕缕厚重的真菌丝，脆弱的威氏盘菌有纤细的辐射状菌丝，还有其他数百种真菌，它们都有获取、运输和传送养分的独特结构和能力。它们把长长的菌丝伸向那些宝贵资源，然后用柔软的卷须包裹住自己的成果。传递信息的化学物质肯定是根据树木之间的贫富源汇梯度，沿着不同的路线，通过这些真菌"高速公路"传播的。

　　脚下的小路与另一条小路汇合，就像一根磨损的线与一根绳子汇合到一起一样。我知道这些真菌网络很复杂，纤细的菌丝就像是二级道路，在这些网状二级道路中穿梭的粗线就像是高速公路。粗线其实就是许多简单缠绕在一起的菌丝，它们形成了包裹在空地周围的一层外皮。传递信息的化学物质可以通过这些线输送，就像水沿着管道流动一样。

　　主路变宽了，再拐几个弯，就到那条小路了。须腹菌及类似真菌的"粗管"道适合远距离交流，而威氏盘菌及类似真菌的辐射状菌丝体肯定善于做出快速反应，能够迅速传播化学物质，从而引发快速生长和变化。当温妮外婆被诊断出阿尔茨海默病时，我查阅过一些资料，知道了我们的大脑为什么会痴呆。也许负责远距离交流的须腹菌类似于我们大脑由于重复、修剪和退行而产生的强烈联系，我们的长期记忆就源于这些强烈联系。更细的威氏盘菌菌丝生长得更快、数量更多，也许能帮助菌根网络适应新的机会，就像我们人类可以快速、灵活地对新情况做出反应一样，而温妮外婆失去了这种能力。

　　温妮外婆仍然有长期记忆。她知道她得穿衣服，只是不记得天气热的时候该穿几件衣服,也不记得胸罩应该扣前面还是扣后面。就像须腹菌要用菌丝处理溶液的长距离传输问题一样,外婆关于穿衣服的记忆来自从一出生就有的大脑神经通路。但是,她的快速调整能力和短期记忆随着新突触的丧失而逐渐减少,就好像她逐渐失去了由威氏盘菌扇形菌丝体建立的与树木的连接一样。

从母亲树延伸出来的大股复杂菌丝,肯定能将大量养分高效地传送给再生的幼苗。较细的发散菌丝肯定能帮助新发芽的幼苗做出一些调整,以适应紧迫的、快速的需求,例如如何在特别炎热的日子找到新的水源。就像液态智力一样,它们对植物生长的帮助具有脉动性、主动性和适应性等特点。

这个新项目最终会告诉我们,复杂的菌根网络会把皆伐区破坏得面目全非。随着母亲树消失,森林将轰然倒塌。但几年后,随着幼苗长成小树,新的森林会慢慢地重新组织起来,再次形成一个网络。但是,没有了母亲树的引领,新的森林网络可能永远不会是原来的样子,特别是在大面积皆伐和气候变化的情况下。树木中的碳,以及藏在土壤、菌丝体和根中的另一半的碳,可能会消失殆尽,导致气候变化加剧。然后呢?

这难道不是我们生活中需要解决的最重要的问题吗?

我走到一棵巨大的树前。从地面开始,它就发出了浓密的枝条,枝条粗得像一棵棵树,形成了一面树墙。在周围树木的映衬下,它的庞大体积和古老沧桑是那么显眼。它看起来就像所有母亲树的母亲。林务人员称之为"狼树"(wolf tree)——比其他树老得多、大得多，树冠也宽得多，是以往灾难中唯一的幸存者。它经历了几个世纪的地表火，而其他树木曾一度屈服于这些火灾。我穿过浓密的幼苗，走到她的树冠边缘，捡起一个可能被松鼠咬过的球果，它的苞片上沾满了白色的孢子。早在欧洲人到来之前，在赛克维派克人（Secwepemc）生活在这片土地上的时候，它就已经存在了。当地的原住民经常放火，为他们的猎物营造栖息地，促进珍贵的原生植物生长，或是为他们与邻国的贸易开辟道路。他们控制好可燃物的数量，使火焰不至于过大，以免彻底烧毁它的厚树皮。我敢肯定，如果从它的身上取一个样本，大约每20年就能从它那像斑马条纹一样的年轮上看到烧焦的痕迹。它的忍受力和几百年来一直保持着的节奏深深地震撼了我。这是生存问题，没有选择，也没有迁就。太阳就要落山了。它的树皮折射出白色的光，给人一种熠熠生辉的感觉。

我告诉自己要尽快把我对母亲树的想法发表出来。回到小路上，拐过最后一个弯后，我踏上了回去的那条路。

在距离道路边缘只有两米远的地方，有两只泰迪熊那么大的小熊，透过紫色的飞燕草和粉色的欧洲芍兰盯着我。一只熊是棕色的，一只熊是黑色的，看向我的眼神很有礼貌。它们身后是黑色毛皮的熊妈妈。在熊妈妈的咆哮声中，两只小熊钻进了越橘和桦树丛中，只剩下我独自一人，完好无损地站在那儿，但整个人都吓呆了。

我赶紧上了那条小路，朝主干道跑去，心想它们是不是一整天都跟我在一起。

2007 年，我在路边停靠的大众面包车上工作（47 岁）

❦

黄昏降临时，我转过几个发针形弯道，朝莫纳西山驶去。

前面那辆车的尾灯突然示意要转向。

然后我就看到了一头驼鹿。

由于疲劳，我的反应有点儿慢，但我朝左猛打方向盘，然后减速。从那头驼鹿身边驶过的时候，我透过挡风玻璃直直地看着它的眼睛，直到它消失在黑暗之中。那双苍老的眼睛似乎看透了我，知道我不可能不减速。

凌晨两点，我把车停在纳尔逊的车道上，累得都快散架了。我悄悄走进汉娜的房间，亲吻了她的额头。她动了一下。我钻进纳瓦的被窝。她的床是从温哥华搬来的，勉强够我们俩睡在上面。我用双手握住她的手,我可以确定,与上周末相比,她的手指变长了。她也紧握着我的手。

2008年的休假跟我预想的一样,让我松了一口气。我发表了两篇文章,讨论母亲树这个概念。但第二年秋天,我又踏上了漫长的9小时征程,回到了工作岗位上。女儿上学、跳舞,唐照顾她们、滑雪,偶尔找到一份计算机建模的工作,而我越来越疲惫,和唐争吵的次数越来越多。

实验室工作十分繁忙。我完成了一个又一个项目,写了更多的文章。我继续从事教学工作,同时还在研究自由生长的问题,并在2010年发表了三篇期刊文章,指出自由生长的人造黑松林正受到气候变暖的威胁。琼帮我收集数据,唐分析数据,我们发现全省1/2以上的松树都将死于虫害、疾病以及干旱胁迫等问题,超过1/4的人造林都将被认定为立木度不足。

2010年8月底,在秋季研究营结束之后,我开着车,开始了一年一度的回家征程。不久前,我在一个省级会议上介绍了我的松树研究成果。在一个加油站加油时,我查看了一下手机。政策制定者们发来了一条消息,指出我们在测量西部瘤锈病(松树常感染的50种病害之一)的感染情况时,使用的方法已经过时。现在,对于树枝上发生的感染,只有感染位置距离主茎2厘米以内时才被认为是致命的,而不是4厘米。我感到很奇怪:他们怎么突然发现4厘米处的感染不是问题,而2厘米处的感染却会致命呢?而且我们一发表论文,他们就发现了。不过,另一项独立研究证实,大多数人造松树林的健康状况不佳。最让我难以理解的是一位长期以来受人尊敬的政府统计学家发来的电子邮件。这个令我钦佩的人之前批准了我们的抽样方法，但是在这封邮件里他说我们的实验设计中重复次数不够。

我穿行在温哥华和纳尔逊之间的山脉中，看着甲虫致死的森林变成一片片疥癣般的皆伐区，我对林业界习惯做法的怒火越烧越旺。我与北不列颠哥伦比亚大学的同事凯西·刘易斯博士合写了一篇《温哥华太阳报》社论，题为《拯救森林需要制定新政策》。我们强调了皆伐区比比皆是，同时指出它们"减少了森林的复杂性，广泛影响了水文、碳通量和物种迁移等生态过程"。我们认为，仅种植单一树种的年轻森林结构过于简单，由于昆虫、疾病和非生物破坏，这些森林正在衰败，而且气候变化将加剧这种情况。林业科学研究经费的大幅削减大大降低了不列颠哥伦比亚省评估全省森林真实状况和做出适当反应的能力。最后，我们大声疾呼，要求修改政策，以提高不列颠哥伦比亚省环境和经济的适应能力。在这篇社论的后面，我们还写了另一篇文章，就如何解决这些问题提出了一些建议。

第一篇专栏文章发表的那天上午，我在家里的客厅里踱来踱去，想象着首府会做出多么尖刻的回应。尽管疲惫不堪，但我非常兴奋。一天时间里，有上百名林务员给报纸写信，认同我们的观点，其中一人说："凯西和苏珊娜，谢谢你们对不列颠哥伦比亚省肮脏小秘密的出色又准确的描述。"我请求加拿大林业部在全省恢复研究经费支持，并向几十位同事收集签名。"太棒了！"不列颠哥伦比亚大学的一位荣休教授称赞道，但几乎没有教授签名。

周末在家里，我无法入睡。一天晚上开车经过山口时，我撞上了一头鹿。还有一次，车上的交流发电机在零下20摄氏度停止了工作，我只好沿着山坡滑行，勉强开到了一个修理厂。

一个星期天的深夜，我开车去上班。看着后视镜里的黑眼圈，我知道我不能再这样下去了。唐也到了山穷水尽的地步。我深深体会到了异地上班的压力，而他对我不愿辞职感到更加沮丧。2012年7月20日，我在客厅对14岁的汉娜和12岁的纳瓦说："我们都非常爱你们，但我和你们的爸爸决定分开。"唐脸色苍白，我蹲下身，一方面是因为我渴望健全的人生，另一方面是想要保护呆呆地坐在那儿的汉娜。纳瓦茫然地盯着她的姐姐。

唐努力坐直了身子，说道："这会很有趣的。你们每人都将多一间卧室！"汉娜高兴起来，问她是否可以要一张双人床。纳瓦看着汉娜，在沙发上跳了跳。

在妈妈的帮助下，再加上离唐家不远的一栋有百年历史的小房子刚刚挂牌出售，我和女儿们很快就搬了家。我们把纳瓦的房间漆成知更鸟蛋那种蓝色，汉娜的房间漆成奶油黄色，纳瓦楼上卧室的小阳台漆成石灰绿色。晚上我们坐在那里，凝视着湖对面的那座山。我紧紧地搂着两个女儿，闻着她们的孩童气息。有时，在山上的风儿带走夕阳的余晖后，我们会坐在那里安然入睡。我希望我能保护她们不受父母分手的伤害，但我知道从长远来看，她们更希望有一个健康的母亲和一个幸福的父亲。到了仲夏，随着气温飙升，干旱使树林变得脆弱不堪，全省各地火灾频发，山谷中烟雾缭绕。

第13章

钻芯取样

"时间很充裕,足够我们爬到山顶,然后在天黑前赶回来。"玛丽一边说,一边沿着煤渣小道朝俄勒冈州泰姆·麦克阿瑟边缘步道走去。

午后的太阳高高挂在天空。我还在适应"玛丽时间"——我们是在喝完奶油咖啡、浏览地图、制订好徒步计划后,才不急不忙地出发的。我已经习惯了匆忙赶路——即使是短途旅行,也会把孩子、食物和箱包一股脑儿地塞进车里,但今天出发时我们并不是很着急,还从她的园子里摘了一些番茄和黄瓜当午餐。她对步道了如指掌,知道到达她最喜欢的景点需要多长时间,也知道我们可以花多少时间照料她的南瓜和豆子。

"我们很准时。"她说,朝我微微一笑。我们是在下午两点到达步道起点的。准时对我们的冒险来说是很宝贵的。她大步走着,仿佛她就属于这片天地,像煤渣中间的老松树一样自由自在。她磨损的鞋带和破旧的腰包都已经系好了,草帽上的带子也在下巴底下打好了结。那些年轻的徒步旅行者已经下来了,他们脱掉了太空时代的背包,但她一点儿也不在意。这个玄武岩高原的边缘海拔有1 000英尺,一只秃鹰在饱经风霜的树林上翱翔。傍晚时分和她一起在这条步道上漫步是多么美妙啊,堪称完美!我想要更多的"玛丽时间",因此我搭着她的肩膀说:"我们会在日落前走到岩架的。"

唐和我在科瓦利斯攻读博士学位时,玛丽是我们的邻居。8月底,我在一个会议上发表了一篇关于菌根连接的论文后,和她在一起待了几天。那几个晚上,我们谈到了很多东西,包括背包旅行和划独木舟的路线、我们读过的书和看过的电影,还有我的两个女儿——纳瓦已经上八年级了,汉娜上十年级,从她们上幼儿园起玛丽就再也没见过她们。此外,我们去看了俄勒冈州喀斯喀特山脉的白皮松。听完我最近的发现后,玛丽说:"也许你可以带我看看母亲树。"玛丽是一位经验丰富的徒步旅行者,在加州的塞拉斯长大,在澳大利亚做博士后,随后定居科瓦利斯,成了一名研发型物理化学家。我告诉她,她可以帮我找出菌根网络传送的是哪些化学物质。这些年来她一直一个人,专注于开发打印机使用的墨水,同时也在努力地从一场车祸中恢复过来。那次车祸导致她的一个朋友死亡,另一个朋友受伤,她本人也受了重伤。

"这些小东西是什么?"玛丽指着路边枯死的美国黑松树皮上一滴一滴的黄色树脂问道。

"山松大小蠹制造的树脂管。"我说。在6 600英尺的高度,空气稀薄,我感觉有点儿喘不过气来。我几乎跟不上她的步伐,尽管她的右腿装了钢板,而且比左腿短了整整一英寸。我扣下一块硬得像嚼过的口香糖的树脂,放在她手里。"这是这棵松树死亡的原因吗?"她问道。几缕金色的头发从她的马尾辫中滑了出来,太阳镜上系着挂带。我解释说,大小蠹钻进树皮后,松树想把大小蠹赶走,但导致松树死亡的最终原因是大小蠹腿上携带的蓝变真菌。这些致病菌通过木质部传播,它们会堵塞细胞,切断从土壤中汲取水分的路线。

"这棵松树是因为缺水而死亡的。"我说。

"天啊,树的死因真的很难搞清楚啊!"她一边说,一边从她的水瓶里给我倒了一些水,然后自己也喝了一大口。"我肯定猜不到是这个原因。"

我们查看了能看到的所有死树,有些树的针叶是红色的,有些还是绿色的。在灰色的树干之间,羽扇豆仍然保持着鲜亮的紫色。因为没有植物竞争阳光和水,鹅莓灌木长得翠绿欲滴,紫红色浆果甜得像覆盆子酱。"大小蠹杀死老松树,野火融化了球果中的树脂,释放种子,所以在野火发生后,这些小黑松长得非常茂密。"我把一些比雨滴还小的浆果放在她的手掌上,指着一丛年幼的松树说。我告诉她,这些森林过去是由不同年龄的树木组成的,有的树已经很老了,但大多数还很小,大小蠹不能在这些树上大量繁殖。"现在情况不一样了。"我解释说,人工灭火使得许多树都能长到很老、很大,它们的韧皮部非常厚,可以供养大量的幼虫。这次山松大小蠹暴发始于加拿大不列颠哥伦比亚省的西北部,并向南蔓延到美国俄勒冈州,现在北美有超过40万平方千米的森林死亡或即将死亡。

尽管小蠹虫、真菌与松树共同进化,但在过去几十年的灭火过程中,大片的成年松树林形成,这为大规模虫害创造了条件。冬天的气温不再长时间下降到零下30摄氏度,不足以杀死韧皮部中的幼虫,于是这些物种之间微妙的共生关系破裂了。我们都没有想到这次虫害暴发的规模竟然有这么大,因此大家都茫然不知所措。

"这些树都要死了吗?"她问道,一边沿着小路往回走。她的小腿上沾满了赭色的尘土,裸露的胳膊上能看到因为搬运过冬木柴而变得非常发达的肌肉,从步态看,她早已适应了骨骼上发生的变化。

"有的会活下来,但大多数会死。"我回答说。松树会产生一系列防御性单萜类化合物,以抑制大小蠹。我很高兴她为这些树担心。她的手在一棵死树干上扫过,抓了一把红色针叶让我检查。"这次暴发非常严重,大多数树木都无法抵御。他们甚至用卫星探测这些害虫。"我说。

她指着一小片针叶呈深绿色的松林说,未来可能也不一定是一片暗淡。我有点儿窘迫地表示同意。松树枯死现象席卷了整个西部地区,触目惊心。有的松树可以加大单萜的产量,以增强自身的防御能力,但即便如此,在这次暴发中幸存的树也不多。在死树下面,亚高山冷杉在西部云杉卷蛾(另一种侵袭西部针叶林的昆虫)啃食了它们的针叶和嫩芽后再次发出了新芽。尽管冷杉的新芽中有卷蛾,松树的身体内有小蠹虫,但这里的森林没有一点儿死亡的迹象。许多幼苗都长得很好，各种植物也在枯松倒下的空隙里蔓延开来。我说："活下来的树繁殖的后代应该有更强的适应性，可以把甲虫赶出去。"我需要从更长远的角度看问题，而不能纠结于这些垂死的树木。玛丽挽着我的胳膊说："你会看到的，苏西，最终会好起来的。"她是对的，我想。尽管如此，情况还是失控了——从育空地区到加利福尼亚的山谷中，松树全部死亡了。

沿着小径继续前行时，我说道："杉树和松树甚至有可能互相提醒虫害来袭。"我解释说，中国科学家宋圆圆博士一直在和我合作，调查感染了卷蛾的杉树是否会警告邻近的松树做好准备。有一天，她突如其来地问我，是否可以来我这里做为期5个月的博士后研究，测试她在实验室里检测到的番茄植株预警系统是否也出现在森林中的针叶树中。她发现番茄植株会把它们的压力传递给附近的番茄。我们都很好奇，想知道类似的信号传递是否会在树木之间发生。

一只灰噪鸦"啾喔啾喔"地叫着从玛丽面前飞过。

不到一个小时，我们就爬上了高原，开始在旱叶草和火山岩中漫步。路边的亚高山冷杉越来越少。玛丽把几块闪闪发亮的黑曜石和羽毛状浮岩放进包里，还塞了几块到我的包里。"纳瓦肯定喜欢这块。"她拿着一块石头在T恤的褶边上擦了擦。我们来到高原边缘，沿着旁边的步道往前走去。山崖下玄武岩柱林立，悬崖周边长有一丛丛树龄千年的白皮松，形成了林线。

我指给她看白皮松树枝上的针叶。白皮松的针叶每束有5

根，而黑松的针叶每束只有2根。

白皮松靠北美星鸦散播种子，而美国黑松则需要野火烧开它的球果。就在这时，一只灰黑相间的鸟从树上飞下来，嘴里衔着一个球果，在熔岩流上跳来跳去，可能是想在岩石间找一个最中意的洞，把那枚球果藏进去。这也是白皮松通常成簇生长的一个原因。这两个物种是相互关联的，鸟将种子散播到肥沃的土壤中，以换取营养丰富食物的储备。在严酷的高山环境中，两种生物共同进化，通过重组和突变对基因实施严格的调整改造，一点儿一点儿地适应冰川缓慢地变化。

"这些白皮松是母亲树吗？"玛丽走到三棵树旁。它们的树皮皱巴巴的，树枝迎风伸展。昨晚我们看了短片《母亲树连接森林》，这是我和一个研究生以及一位兼任大学教授的电影制作人共同制作的。她想知道这些亚高山树木与热带雨林中的树木有什么异同。我指着其中最高的一棵树说，母亲树是最大、最老的树。我拉着她的手来到树冠下，看看树根是否缠绕在旁边那些树的树根上。玛丽指了指树冠边缘的一小片幼苗。它们粗壮的根像蔓生植物一样交织在一起，肯定有一个菌根网络将它们连成了一体。

当太阳从西边落下时，我们到达了玛丽最喜欢的岩架，8 000英尺高的岩架给下面红绿相间的森林投下了阴影。我知道，我的下一步研究是要弄清楚树木是否会互相发出疾病或危险警报，以及弄清楚垂死的物种是继续存在下去，还是被其他物种占据领地。玛丽拿出她带的番茄和黄瓜，我打开酒瓶，看着那一串古老火山（南边的三姐妹火山、北边的杰斐逊火山、华盛顿火山和亚当斯火山）从黄色变成粉红色。它们像纪念碑一样矗立着，邻近的斜坡在它们面前相形见绌。它们不同于我家乡的落基山脉，那里的山峰非常密集，变质岩和沉积层随处可见，层峦叠嶂，交相辉映。最后一缕阳光从玛丽的脸上消失了。我们俩相互为伴，享受着这种自由。我感受到了熟悉的灵魂出窍的感觉，就好像雪花从高高的天上飘下，轻轻地落在山上。

第二天早上，玛丽摘了一些带泥土芬芳的蓝莓，还有一些黑莓，我们坐在她那棵椴梓树下吃了起来。她给我读了一段

2012年，不列颠哥伦比亚省纳尔逊市，我在萝宾和比尔家后院研究异叶铁杉的根。异叶铁杉的根系非常浅，这有助于树木从年头较新的冰碛土中寻找稀缺的营养物质。像不列颠哥伦比亚省的许多人一样，萝宾和比尔住在森林的边缘。他们砍掉了林下层的小树，以减少可燃物，降低火灾烧毁树冠和房屋的可能性。由于气候变化，不列颠哥伦比亚省各个小镇的火灾风险迅速增加

肯·克西的《永不让步》(Sometimes a Great Notion)，并邀请我秋天去威拉米特河划独木舟。此情此景让我流连忘返，我感觉身体里的每个细胞都激动不已。因为第二天我要教授野外课程，再不走就无法在午夜之前赶到1 100千米外的教学地点，我才心不甘情不愿地动身出发。让我心动的"玛丽时间"。这是爱情吗？在过了加拿大边境100千米后，秋天的寒意已经开始侵蚀树木，我在一个电话亭前停下脚步，给她打了个电话。冷冰冰的雪花刺激着我裸露的胳膊，俄勒冈州的阳光带给我的热度还没有从那里散去。我告诉她，等我9月回到大学，就去划独木舟。

电话里传来只有最安静时才能听到的嗡嗡声。

"我已经迫不及待了。"她说。

一个星期后，我开车回纳尔逊，为汉娜和纳瓦上学做准备，路上经过了一片绵延约160千米的松树林，它们被山松甲虫咬死后变成灰色。在坎卢普斯以西的道路上，一棵黄松孤零零地伫立着，它那疲惫不堪的红色树冠缩成一团。我想看看它死的时候有多少岁，有没有再生出一些树苗来替代它。我走向这棵母亲树，它枯萎的针叶在我脚下噼啪作响。在它向外伸展的枝杈上，再也听不到五子雀"啾—啾—啾"的歌声。

我把份样取样器插入它的橙棕色树皮，但线圈无法进入干燥的木栓层。随着木屑像随机的拼图块一样脱落，形成层下面白色的木头露了出来。干瘪的球果挂在枝上，苞片张开，种子撒落，那是最后一次道别。看起来，它已经死了至少一年了。我脚边有一堆残枝枯叶，这肯定是从树上掉落的。干燥的地面上有深深的裂口。死亡已经沿着这链条传递下去，带走了松鼠和真菌的生命。在汤普森河谷的另一边，空气中弥漫着野火的浓烟，河水呈现出焦炭的颜色，而不是蓝色。夹在谷底草地和山上花旗松之间的黄松都死了。冷杉被西部云杉卷蛾啃食过，带有一丝血红色。这些死树让我想起玛丽和我在泰姆·麦克阿瑟边缘步道看到的情景。但是，她在的话，肯定会提醒我这里仍然有生命存在。

我的黑莓手机显示现在是下午3点，距离我计划到家的时间还有7个小时。我检查了一下枯死的母亲树周围，看看有没有幼苗，最后在一个裂缝里找到了几棵两岁的小树苗。它们是世间仅剩的携带着这棵母亲树基因的树苗。我跪下来，仔细察看这两棵树苗。蚱蜢从旱雀草低垂着的芒下跳出来——旱雀草是一种原生植物，在贫瘠的土地上也可以肆意生长。如果白皮松幼苗能在亚高山地区寒冷的土壤中生存，那么这些黄松幼苗肯定也能在这里生存。在这个年龄，它们本应该与泥土亲密接触，但真菌和细菌不再让沙和淤泥颗粒黏在一起，使土壤形成能保持水分的结构。我把崭新的土壤湿度传感器的金属探头（在中子探头的基础上取得的一大进步）伸进松散的泥土，测量土壤的含水量。结果显示只有10%，勉强够用。这些幼苗居然能存活下来，真是令人难以置信。也许它们的菌根无法从干枯的土壤颗粒中吸收到充足的水分。母亲树的残枝仍然能投下一些阴影，我不知道它是否能坚持足够长的时间来帮助这些幼苗。我看过的资料称，草在临死前会通过丛枝菌根网络将磷和氮传递给它们的后代，我不知道这棵母亲树临死前是否也会这样做，给这些幼苗送去最后几滴水，还有一些养分和食物。

树木死得如此之快，甲虫害蔓延得如此之快，夏天变暖得如此之快，以至于大自然似乎没有时间搞清情况，也来不及跟上变化。真是悲哀啊！即使这些幼苗度过了童年，它们也可能在长成小树苗之前就已经无法适应环境，容易受到感染和虫害的侵袭，并可能因气候科学家预测的变化而注定失败。在花旗松林被黄松取代的同时，黄松林地正在变成草地。

这是森林所能期望的最好结果吗？论填充这些干燥土地的能力，更有可能是旱雀草（还有长斑点的矢车菊和小牛蒡）强于这些树木，至少在这个山谷里是这样。这些植物种子丰富，生长速度快，很容易入侵被火灾和极端气候削弱的森林。这些树似乎成了人类谋求便利的牺牲品。具有讽刺意味的是，正是那些杀死森林的杂草和昆虫，携带着在气温上升、降雨量发生变化时能存续的基因。

太阳为远处遭过虫害的花旗松树冠抹上了一层绯红。不过，混在其中的黄松像绿宝石一样熠熠生辉，尽管生长在海拔更高处，它们仍然活下来了，而且在小蠹害的暴发中幸免于难。我猜测上坡的松树面临的压力要小一些，因为那里雨量更充足。但是，那些花旗松与这个群落过渡带（下层和上层森林群落之间的过渡区域)中的松树不同,它们受到了干旱的影响,主根无法深入母质,因此它们抵御共同进化的食草动物侵扰的能力减弱了。也许这就是它们看上去被虫蛀后落叶严重的原因。

黄松长得好是因为它们的主根很深、上坡雨量充足,还是因为它们与邻居花旗松有联系?我读博士时的导师戴夫·佩里发现,在俄勒冈州的森林里,这两个物种通过菌根网络连在了一起。他认为花旗松共享的养分足以影响黄松的生长速度。我想这里也可能是这种情况。

这两个物种在菌根网络中融合,得到的很可能不仅仅是交换资源的途径。如果在干旱中死去的花旗松是在给更能适应气候变暖的松树让位,那么它们在垂死的时候,甚至在死亡之后,还能与松树保持联系和交流吗?花旗松能警告松树这些新的区域有生存压力吗?也许它们可以把疾病的信息发给松树。

我的同事宋圆圆研究发现,番茄植株不仅通过相互连接的丛枝网络向邻近的番茄植株传递致病菌侵染的警告信号,而且作为回应,邻近的番茄植株上调了自己的防御基因。更重要的是,邻近植株的基因发挥了作用,产生了大量的防御酶。这些酶肯定抑制了致病菌的侵染,因为当这种真菌被用于侵染窃听了警告信号的番茄上时,令人难以置信的是,这株番茄没有生病。宋圆圆帮助我对生病的花旗松做同样的研究,看看它们在面临困境时发出的信号是否会提高这些松树在新环境中的生存机会。

我捡起了这棵母亲树的两块拼图块似的树皮(一块给汉娜,

另一块给纳瓦），放在我的仪表盘上，以祈求好运。我快速驶过莫纳西山口。夜幕降临，我的眼睛还没来得及适应车头灯的灯光，黑夜已经模糊了道路的轮廓。等渡船把我送到箭湖的另一边时，我已经累得要死。"傍晚时要留意鹿。"温妮外婆的警告总是带给我一种熟悉的不安感。我摸着最近在乳房上发现的肿块，提醒自己要尽快去看医生。我确信她是对的。肯定没什么，我上次的乳房X线检查结果是完全正常的。

❦

"把18号针递给我，"肿瘤医生指着托盘上的一根细而短的针对护士说。

我趴在高高的手术台上，左边的乳房从一个月亮大小的洞里垂下，方便医生从下面操作。在这间狭小的活组织检查室里，防腐剂的气味和体味令人难以忍受。我想逃到母亲树那清新的树荫下——无论它是死是活。我面前的屏幕上显示出白色蜘蛛一样的图像，那是我的乳房。我反复念叨琼告诉我的话：任何小事都会过去的。我住在森林里，经常背包旅行，去偏僻乡村和野地滑雪，吃有机食品，不抽烟，用母乳喂养了两个孩子。玛丽捏着我的手，小声说："你会好起来的。"

针枪砰的一声响了，我的胸部一阵剧痛。

"嗯。给我16号针。"医生说。

护士拿起一根更大的针。这些针排成了一排，大小不一，有的又细又短,有的又粗又长,这让我想起了我把碳13二氧化碳注入我和丹挂在幼苗上的密封袋时使用的那些针。所有的针都装在跟奥克菲尔德取样器一样的套子里(奥克菲尔德取样器用于采集土壤样品,非常锋利,足以切割树根)。玛丽看了看屏幕,又看了看那些针,身体微微向墙靠了靠。尽管她有足够的勇气在任何时候去泰姆·麦克阿瑟边缘步道徒步,但是看到别人痛苦的样子,她就无力抵抗。我永远不会忘记凯利去世时,玛丽写给我的那封信,信中说她很难过,她知道我有多痛苦,还说有的时候只要挺过去,情况就会好转。她的善良减轻了悲伤带给我的孤独感。

"这个肿块硬得像石头一样,这根针也扎不进去。"医生的声音有点儿紧张,"我们试试14号针。"

我突然想到了"疾病"这个词。疾病就是身体出了问题。

任何小事都会过去的。

"好了,取到了一个样本,还要取4个。"医生额头上冒出了汗珠,呼吸中带着咖啡的气味。

还要取4个?情况似乎不是很好啊。护士传递着器械。玛丽的手指冒汗,但我紧紧地抓住它们,就像担心从悬崖上摔下来一样。我想起了我们徒步时经过的那些白皮松,那些母亲树在经历甲虫害和锈病后幸存了下来,它们的后代生活在到夏天才会融化的积雪中。

针熟练地从一双手传到另一双手,几乎听不到有人说话。

"我不知道结果会怎么样。"医生面无表情地说。

我有一种天旋地转的感觉。这句话是什么意思?我的手从玛丽的手中滑落,护士跑过去扶她坐到椅子上。医生突然脱下外科手术手套,说一周后我就能拿到结果,然后走了。护士轻轻地说了几句安慰的话,玛丽摸索着帮我扣上衬衫扣子。她一向很坚定,但这时候她的手指在颤抖。

当我们走到诊所后面的小巷里,坐在车里时,我感到万分恐慌。我该怎么办?打电话给汉娜和纳瓦吗?哦,天啊,如果我得了癌症怎么办?

"我们不能惊动姑娘们。"玛丽说。她抓住我的手腕,让我用鼻子慢慢呼吸。"我们必须等待活检结果,才能确定到底是怎么回事。"

我转动钥匙准备发动汽车,但她拦住了我,说:"不,等你冷静下来再开车吧。""玛丽时间"再次发挥作用。我双手抱住方向盘,靠在上面,她的手放在我的背上。我真想跑出停车场,逃离这一切,但这只会让事情变得更糟。

回到学校公寓后,我抱头大哭。孩子们在操场上大喊大叫。看到窗台上的绿植正努力地向着光线伸展,我不由自主地站起来给它们浇水。我给妈妈和萝宾,还有妈妈的表妹芭芭拉打了电话。芭芭拉是一名护士,她是一名乳腺癌幸存者。她答应会密切关注此事。琼掩饰不住自己的担忧,说道:"你会没事的,HH。"HH代表"霍默猪",这是上大学时她给我起的绰号,因为我像土拨鼠一样喜欢四处挖土。听到她柔声喊着我的绰号,我的心情缓和了一些。我感觉自己飘出了公寓,进入了另一个世界。玛丽说我肯定饿了,然后她开始翻箱倒柜地找巧克力和辣椒酱,给我做墨西哥魔力鸡。

她说得太对了。我靠在她身上，饿极了。

我和玛丽唱着改过歌词的儿歌《我的这盏小灯》："我的这个小肿块，我知道它是良性的。"萝宾鼓励我在焦虑时就唱这首歌。我和玛丽正沿着一条陡峭的小路往上爬，周围是冰箱大小的石头和树干有手枪枪托那么粗、被积雪压弯了腰的美国西部铁杉。我们决定继续执行周末去温哥华附近斯阔米什河和阿什鲁河交汇处的西格德峰步道徒步旅行的计划，这可比在家里发愁好多了。考虑到是癌症的概率很小，我和唐决定不告诉两个女儿。她们不知道，就不会受到伤害。

沿着之字形路线步行是一种很好的分散注意力的方式。我从容地迈着小步，反复唱着那首歌，焦虑像潮水一样，一会儿汹涌澎湃，一会儿又悄然退去。西部铁杉对此似乎一点儿也不担心，我很欣赏它们的冷静态度。它们生来就是为了履行职责，一面牢牢地抓住岩石不放，一面四处抛洒球果，根本不担心会发生最坏的情况。在山顶上，我们看到无力抗拒气候变化的冰川自峰顶向下流淌。我想继续走，以消耗掉我过剩的精力，但玛丽一屁股坐下来，把我们的野餐拿了出来。

她摆出苹果和我们没吃完打包的魔力鸡。看到我的胃口很好，她说："你看起来不像生病的样子。你刚刚已经走了快18千米,还迫不及待地要继续走下去。"

"但我不知道为什么我总是很累。"我说,不由自主地去摸腋窝里的肿块。

玛丽坚持让我吃些燕麦饼干,她知道我喜欢吃饼干。她还让我戴上羊毛帽子,因为我在发抖。她低垂着眼眸,说多带一顶羊毛帽子是多么明智。她说这些,目的是引导我不要谈论肿块这个话题。我坐在她身后,用胳膊和腿围住她,她靠向我。我低声说:"谢谢。"回到步道起点时,我们已经走了18千米,唱歌唱得口干舌燥。在等待活检结果的这几天里,我要把那些苦恼的想法抛到脑后。此外,今年早些时候我和宋圆圆做的温室实验的碳13质谱数据很快就会到来,实验目的是测试冷杉是否把它们面临压力的消息传递给了黄松。我正急切地等待结果。

更不用说我还有两门课要教,还要带五名新研究生和一名博士后,他们的研究将围绕我的研究项目的主要问题展开:在不断变化的气候下,菌根网络对树木的再生有什么影响?

我们直接开车去了酒吧,玛丽要了几杯烈性黑啤,我们坐在楼上,俯瞰着冰冷的斯阔米什河。在夕阳的映衬下,坦塔罗斯山脉白雪皑皑的山峰昂然耸立。她举起酒杯,碰了碰我的杯子,用她最好听的苏格兰盖尔语说:"Sláinte!"(祝你健康!)凯蒂莲悦耳的歌声从酒吧里飘了出来。我把椅子挪到她旁边。她抓着我的手,给了我一个调皮的笑容,然后向后靠,让逐渐暗淡的阳光照到她的头上。我迎着阳光,看着一只鹗停到跟灌木丛差不多大的鸟巢上。但是恐惧涌上了我的心头。

新数据显示在我的屏幕上。

看到这些数据，我很吃惊。

被我和宋圆圆利用西部云杉色卷蛾侵染的花旗松把一半的光合碳排到了它们的根和菌根中，其中的10%直接流向了邻近的黄松。但促使我给宋圆圆（现在是福建农林大学的教授）发电子邮件的原因是，只有那些通过菌根网络与即将死去的冷杉相连的松树，而不是那些连接受到限制的松树，才是这些遗产的接收者。

点击发送之前，我看了看窗外的太平洋。一只秃鹰滑行着，降落在海岸线上的一棵花旗松上，嘴里叼着的一条银色的鱼正在不停地扭动。一周过去了，我仍然没有接到医生的电话。我又查了一遍语音信箱，心想也许没有消息就是好消息。

我的眼睛扫过那一栏栏数据，从头到尾又看了一遍。我低声对自己说："太棒了！"把邮件发给宋圆圆后，我靠到椅背上，咧着嘴笑了。

这是忙活了整整一年才取得的胜利，现在答案就在这里。她提出和我合作研究时，我欣然接受了她的建议，到目前为止，我在一篇评论文章中提到了她的研究，还正在课程上讨论她取得的发现。她通过给实验室培养的植物接种大量菌根网络菌丝，大胆地推进了我们对菌根网络的认识，消除了过去对植物间连接由什么构成这个问题的困惑。一些科学家仍然因为不知道连接到菌根网络是否会影响受体植物的福利而困惑,而她的研究已经远远超出了这一范畴。她不仅研究了受体番茄的生长反应,还测量了其防御基因的活性、防御酶的产量和抗病能力。她精力充沛,思维不受约束,在《自然》期刊的《科学报告》上发表了她的番茄实验。在给她的回信中,我提到了自从昆虫害暴发把我们的森林变成死树的海洋之后,我就萌生的一个想法:如果正在死去的树可以与传入的物种交流,那么我们或许可以利用这些知识,更好地帮助已经不适应原生地的老森林完成树种的迁移。在老森林的枝叶逐渐枯萎的过程中,警报和援助系统(例如,那些感染的花旗松告诉松树升级它们的防御武器)对新物种或新种族(基因型)的生长可能具有非常重要的意义。

衰老的草会把剩余的光合物传递给下一代。当受伤的母亲树慢慢放弃挣扎时,作为主动死亡过程的一部分,它们也会把剩余的碳和能量传给后代吗?也许它们只是将濒死细胞中的物质随机分散到生态系统中,因为能量既不会产生,也不会被破坏。

如果我们能揭示其中的奥秘,就能更好地预测树种会如何随着气温升高向北或向高处迁移——也就是说,迁移到更适合它们基因的地方。随着气候变暖,森林会生病,许多树木都会死亡(这种情况已经发生了),但是已经提前适应更温暖环境的新物种会取而代之。同样,在濒临死亡的森林中,种子也会分散到与它们基因相匹配的新区域。这些预测有一个问题:它们都假设树木会以创纪录的速度迁移——每年超过一千米,而不是我们最近看到的每年不到一百米的速度。此外,它们假设树木会迁移到空无一物的空地上,就好像老森林的所有植物全部死光了;就好像把皆伐区里的杂草清除干净,新种植的一波树苗就会在光溜溜的石板上扎根、不会受到任何老树的阻碍:就好像他们已经把所有东西都收拾干净,连地面也打扫过,以便为新的树木让路。这个假设似乎也很普遍,但我觉得这是没有道理的。至少一些老树(它们是森林留下来的遗产)会生存下来,并不是所有的树都会死,就像我和玛丽在泰姆·麦克阿瑟边缘步道上看到的那样。这些遗产对于帮助新的树木生根发芽具有至关重要的意义。它们也许会把这些新来者纳入它们的菌根网络,以便新来者尽快获取养分,或者用树荫帮助新来者抵御灼热的太阳或夏季的霜冻。

当宋圆圆在2011年秋天来到这里的时候,我们已经从坎卢普斯附近的花旗松和黄松林收集了一桶桶表土,并通过电子邮件完成了实验设计,因此她一到就可以开展工作。我们谈笑风生地驾车穿过沿海山脉,前往内陆森林采集泥土。她的笑声深沉,略带沙哑。我们很快就亲近起来,也许是因为作为女性科学家我们面临相同的挑战,另外我们对植物之间的网络有着共同的兴趣。我钦佩她那种不拖泥带水的工作干劲儿、一心想找到答案的工作热情,以及渴望投身野外研究的工作态度。

在大学的温室里,我们把90个1加仑(4升)的花盆放在工作台上,然后把森林土壤装进去。我们在每个盆里栽了一棵花旗松和一棵黄松幼苗。为了改变黄松与花旗松菌根的连接程度,我们把1/3的黄松种在装有土壤的网眼袋中,网眼能容菌根的菌丝通过,但树根都无法通过;还有1/3的黄松同样栽在网眼袋中,但网眼非常小，只允许水分在花旗松和黄松之间自由流动；剩下1/3的黄松直接栽在裸露的土壤中，它们的菌根可以自由地与花旗松连接，两者的根部也能混杂到一起。我们计划用西部云杉卷蛾侵染每种土壤方案中1/3的花旗松，用剪刀剪掉第二个1/3的花旗松的针叶，剩下的1/3保持原样作为对照。一共有9种处理方案，土壤处理和脱叶处理完全交叉，每种处理方案会有10次重复实验。

在等待的过程中，宋圆圆越来越着急，因为她只有5个月的时间，她希望幼苗形成足够多的菌根，能在签证到期前完成实验。

4个月后，我们在立体显微镜下检查了一些幼苗的根部。听到我说它们看上去光秃秃的，宋圆圆慌了。我取了一些薄薄的横切片，压到载物片上，通过复合镜，我看到它们形成了哈氏网。花旗松和黄松的根都定植了一种菌根真菌——威氏盘菌。这说明花旗松和黄松（除了栽在细网眼袋中的那些黄松）通过威氏盘菌菌根网络连接到了一起，我们可以继续实施脱叶处理方案了。

宋圆圆跑到育虫实验室，拿来了她培育的正在不断蠕动的卷蛾，我去菌根实验室拿来了剪刀和消毒酒精，然后我们一起走进温室，给幼苗脱叶。她在1/3的幼苗上放了一个透气的袋子，并在每个幼苗上放了两只卷蛾，让它们啃食针叶。我剪掉了第二个1/3的幼苗的针叶，仅留一些小枝进行光合作用。剩下1/3的幼苗不做任何处理。

在脱叶处理后的第二天，我们在花旗松上放了一个气密塑料袋，不断泵入碳13二氧化碳，然后再一次等待。我们猜想糖分子肯定会像奶昔通过吸管一样在网络中穿行。那天晚上我打电话回家时，纳瓦正在兴奋地练习芭蕾舞足尖站立的舞姿，汉娜在跳街舞。想到她们将在几个月后的母亲节上表演，我就迫不及待地想回家。第二天，我和宋圆圆采集了松针样本，第三天、第四天同样如此，以了解防御酶的产生情况。6天后，我们把所有的幼苗都拔了出来，把它们磨成碎片，然后把这些样本送到实验室，用质谱仪检测这些花旗松是否通过真菌连接把碳同位素送给了黄松。

在几个月后的今天，数据终于来了。宋圆圆已经回到了福建金山，而我在温哥华。

"看到脱叶程度更重的花旗松根部多了多少碳吗？"我通过电子邮件问宋圆圆。我们分别位于世界的两端，但电子表格让我们彼此相连。她回复道："是的，我想我们会发现的。"她说，众所周知，这是一种帮助受攻击树木在随后的脱叶中存活下来的行为策略。几分钟后，她又补充说："但我从未见过脱叶后碳迁移到邻近植物的嫩枝里。"脱叶后，花旗松成了一个很大的碳源，而迅速生长的黄松则将碳直接吸收进了它们的顶枝。

"这与防御酶的数据相符。"5分钟后，她发来了一张图表。花旗松在受到卷蛾侵袭时增加了防御酶的产生，这是正常的，但是在一天之内，黄松产生的防御酶也增加了。"你看，"我写道，"如果这两个树种没有通过网络相连，就不可能发生这种情况。"

宋圆圆通过电子邮件发出了一声惊叹："哇！"

黄松的防御酶（其中4种）急剧增加，而且与碳的排放完全同步。除非黄松与花旗松在地下彼此相连，否则不可能发生这种现象。即使花旗松受到的伤害非常轻微，也引起了黄松的酶反应。花旗松在24个小时内把它们的压力传递给了黄松。

树木传递这些信息是可以理解的。在数百万年的时间里，它们为了生存而不断进化，与它们的共生伙伴和竞争对手建立了关系，并融入同一个系统。花旗松发出森林有险情发生的警告信号，而黄松通过连接做好了偷听的准备，随时准备接收信息，因此整个群落得以保全，仍然是一个适合养育后代的健康环境。

我一下子就明白了：尽管我非常害怕，但我应该像那些垂死的树木一样，和孩子们保持密切联系。我退出邮箱，摸了摸肿块，发现比活检时小了一些。我给回到了俄勒冈州的玛丽打了个电话，她也正准备给我打电话。

我说："我要回家，把这件事告诉两个女儿。"我告诉她，我和宋圆圆发现垂死的花旗松把碳传递给了黄松。据我推测，我看到的那棵死去的母亲树也做了同样的事情，因此她2岁的孩子在干旱中幸存下来了。这说明我应该向女儿们表达我的爱，把我能给的都给她们，以防我也快要死了。我现在应该赶紧去做这件事，以弥补我在上班路上错过的和她们在一起的时间。

我喋喋不休地说，数据告诉我应该回家，让孩子们为可能发生的事情做好准备。"别着急，你这样做没有意义。"玛丽说，"你还没有听到医生的诊断。"

她提出要飞到纳尔逊，陪我一起把这件事告诉孩子们。孩子们喜欢她率直的幽默感,她的谦虚,她修理东西的能力。有一次,她只用了一个小时就找来工具,把我们家摇摇晃晃的椅子上的螺丝都拧紧了。孩子们可以指望玛丽直接告诉她们发生了什么事。但我必须亲自去,和她们一起,尽可能不受任何干扰地接受这件事。

我知道玛丽也刚到家,因此我告诉玛丽希望她在家休息。

萝宾主动提出下课后就过来,一旦确定我的肿块是良性的,就可以和我们一起庆祝。她非常乐观。"回家吧,"她说。我要留在女儿身边,让她们稳定下来,也让她们知道我很冷静。

我告诉系主任我下周要回家。

活检做了已经快两周了。如果明天还没有消息,我就给医生办公室打电话。我叫妈妈过来,陪我一起打这个电话。我的堂姐——护士芭芭拉,也会从纳库斯普开车过来。

我开车驶过山口,看到那片垂死的森林,我深感同情。所有的树木团结一致,通过相互间的连接,将智慧传递给下一代。温妮外婆对我也是这样做的。但是,被感染的树木全部被砍倒,死去的树木被迅速卖给市场。我想,我们如此急切地追求经济利益,会不会切断垂死树木与新生幼苗交流的机会。

我带着比萨走进家门,汉娜和纳瓦在等着我,唐也在那里。我把两个女儿抱在怀里,亲吻汉娜的额头,然后是纳瓦的额头。汉娜给我看了她的新生物试剂盒,说她非常喜欢她的老师,他们已经在学森林生态学了。纳瓦先做了一个芭蕾舞姿阿拉贝斯,又拉着我的手,屈身来了个倾斜。她说他们正在为春季秀编排一首

《白色冬天的赞美诗》,将会穿上蓝色的裙子,头发上插着鲜花。我们靠在厨房的台子上,吃着比萨。唐谈论着山顶上的新雪,说今年冬天很快就要到了,又可以滑雪了,真是太美妙了。两个女儿跑到她们新买的双人床上听她们的iPod(苹果播放器),我暗自后悔,没有让她们坐下来,然后告诉她们这件事。"我知道你很担心,苏苏。"女儿跑上楼梯时,唐说,"但你一直都很健康,肯定没事的。"他双手插在口袋里站着,脸上挂着轻松的微笑。他总是知道如何让我安心。

"谢谢你,唐。"我一边说,一边把目光从他身上移开。

当他穿上靴子时,我皱着眉头忍住了眼泪。他给了我一个拥抱。"瞧,我知道的,你壮得像头牛,无论如何你都会挺过去的。有消息一定要给我打电话。"我们站了一会儿,我们之间现在这种状况让彼此感觉很怪异。接着,他抓起外套,走出了后门。他的汽车尾灯消失在小巷里。我拿起剩下的比萨爬上了楼梯,和两个女儿来到纳瓦房间的阳台,看象山的日落。夕阳下,雪染上了一抹淡淡的红色。

外面越来越冷。我们坐到纳瓦的床上,我告诉她们我做了一些检查,明天就会得到结果。她们睁大眼睛看着我。我接着说:"不管结果如何,我想让你们知道,我会没事的,我们都会没事的。"

汉娜问这个检查是怎么做的,纳瓦问我什么是乳腺癌,我把我知道的都告诉了她们。我还告诉她们,等她们长大后也得做检查,所有的女人都需要做这些检查,都需要照顾好自己。她们拥抱我，我告诉她们我爱她们。给她们晚安吻时，我感觉自己轻松了一点儿。

星期五早上，女儿们去上学了，我想再推迟几个小时打那个电话，于是来到了我最喜爱的那条山间小道，在开阔的森林里快速奔跑起来。黄松给花旗松让路，还给更远的颤杨和美国黑松让路。现在是10月，路上可以看到羽毛状的霜冻。半路上，我看到有两只棕熊正在狼吞虎咽地吃着成熟的越橘。我从它们身边溜了过去。跑到山顶后，我打电话给玛丽，告诉她我准备好和医生谈话了。下山时，为了躲开那两头熊，我绕了一个大圈——我们都清楚地知道彼此之间力量悬殊。一路上，黄松的香草芬芳扑鼻而来。所有小事都会过去。我想象着真菌把黄松和花旗松连接起来，把美国黑松和颤杨连接起来，涓涓细流在它们之间流淌。这些树就是性格温柔的朋友，是我的知己，我和它们在一起特别自在。

妈妈端着咖啡，沿着小巷走过来。她的头发已经白了，穿着红色胶靴和在园子里干活时穿的旧衣服。芭芭拉端来一锅炖牛肉，锅盖上还盖着抹布。他们坐在我家门廊的长凳上，啜饮着咖啡，这时我家的电话响了起来。我走进去，拿起话筒走了出来。正在聊天的妈妈和芭芭拉突然停了下来，透过杯子上的热气看着我。

话筒里传来医生的声音。检查，面临的选项，还有很多我记不住的单词。我想到了那些母亲树，即使快要死了，也还在为其他树木遮风挡雨，提供养分，保护和照料它们。我想到了我的两个女儿。她们是我最珍贵的宝贝,她们是那么美丽,生机勃发,就像灿烂的花朵一样。

我闭上眼睛。

即使是母亲树也不能长生不老。

第14章 生日

"这里有一些树苗幸存下来。"我的硕士研究生阿曼达蹲在母亲树的滴水线旁边说。那是10月下旬,我们所在的位置位于坎卢普斯和30年前我观看凯利牛仔竞技表演的场地之间。满天星一样的雪花轻轻地飘落。

那棵花旗松母亲树一副狼狈的模样,树冠被旁边伐倒的树木砸得支离破碎,树干也被倒车的基材机撞得伤痕累累。不过,在刚刚过去的这个夏天,它长出了很多球果,因此黑顶山雀很喜欢它,在它的树枝上跳来跳去。我钦佩它坚持下去的决心,它尽管饱受打击还在照顾自己的孩子。我将在一个月后接受乳房切除手术,接下来的治疗取决于癌细胞是否扩散到了淋巴结。芭芭拉建议我尽量不要做那些可怕的假设。我和我的实验室团队撰写了一篇论文,对菌根网络的结构以及我提出的母亲树概念进行了描述。这篇论文的发表,再加上公众对我们的短片《母亲树连接森林》的热烈反应,对我都很有帮助。一位德高望重的科学家写信给我说,这一发现将"永远改变人们对森林的看法"。和母亲树在一起，对我也很有帮助。

我一直在思考一个问题：我们通常认为人类和动物才会有的亲缘识别现象，是否也可能发生在花旗松身上呢？当我在路上停下来加油的时候，我会记下一些想法，同时还会列出我还没做的事情。这个问题并不是我在深夜开车时于疲劳之中想起的，而是别人灌输给我的。我读过加拿大麦克马斯特大学苏珊·达德利博士的一篇论文，她发现五大湖沙丘的一种一年生植物——美洲海滩芥（Cakile edentula）——可以区分哪些邻居与自己有亲缘关系（属于同一个母亲的兄弟姐妹），哪些邻居是不同母的陌生人，而线索就在它们的根上。月光下，我一边开着车在悬崖上蜿蜒前进，一边想着针叶树是否也能认出自己的亲戚。花旗松林有多样化的基因，在母亲树周围生长的风媒传粉的幼苗，有的跟它有亲缘关系，有的没有亲缘关系。母亲树能区分这些幼苗中哪些是自己的孩子，哪些不是吗？

在发现长大的花旗松幼苗接入了老树的菌根网络之后，我想到一个问题：如果它们真的有亲缘识别机制，而且与苏珊在海滩芥根部发现的线索有关，那么信号肯定是通过真菌连接发出的，因为它们的根上都有菌根真菌。此外，考虑到花旗松种群具有区域性差异，而且在山谷局部地区发生的遗传变异比横跨山脉的少，这里与母亲树亲缘关系很近的树应该非常多。我想，有亲缘关系的树木几个世纪以来都紧密地生活在一起，亲缘识别、相互帮助、代代传承肯定对它们的适合度有好处。也许母亲树会改变它的行为以增加它的亲属的适合度，例如：腾出一些活动空间，向后代传递营养或信号，甚至在土壤不利于生存时把它们赶走。我这样想，并不是否认维持遗传多样性在确保森林具有适应性、保持强壮和抵抗侵害这方面发挥的关键作用，只是说在那个纷繁复杂的基因库中，老树也可能发挥某些作用，例如播撒一些已经适应当地环境的种子，哺育它们的后代。

我一向乐于挑战极限，但近些年来我在科研上的压力小多了。这是因为我发表的关于菌根网络的文章得到了越来越多的好评。我不知道为什么，也许是因为越来越多的研究证实了我最初的发现——桦树和花旗松共享碳，也可能是因为我的知名度达到了我职业生涯的新高度。不管是什么原因，我都很享受，因为我可以自由地提出一些风险更大的问题。阿曼达也很乐意和我一同探索。"这可能会徒劳无功。"我提醒她花旗松的母亲树能认出自己后代的可能性很低。我们最终可能一无所获，但至少她能学会如何做实验。

"怎么样？"我问道。在她6个月前埋进土里的那个午餐盒大小的网眼袋边缘，有三株很小的绿色环柄菇。阿曼达并没有被积雪吓退。她身高5英尺9英寸[①]，身体强壮，曾经是加拿大国家棒球队和曲棍球队队员。检查完另一个袋子后，她指着一簇红色的幼苗说："有亲缘关系的树苗还有很多是活着的，但没有亲缘关系的都死了。"那些与母亲树毫无关系、没有与之建立连接的树苗都在夏季的干旱中死去了。

---

① 约合175厘米。——译者注

我们朝其他14棵母亲树走去,它们是伐木工留给野生动物的栖息地。就在这时,我想起了一件不是那么美好的往事。一位朋友告诉我,曾有一个位高权重的同事对他说:"你应该认为树木互相合作是无稽之谈,对吧?"我觉得老派林务员有可能这样做,但在自由的学术殿堂不应该发生这样的事情。围绕着竞争是森林中唯一重要的植物间相互作用这个根深蒂固的信条,30年来斗争不断,今天正在把越来越多的压力压到我的身上。

我跟着阿曼达跨过地上的木头,绕过水坑,来到下一棵母亲树旁边。它的树枝上覆盖着新雪。阿曼达问我是否需要休息。这是一个非常合理的建议。我结结巴巴地说:"我没事。"但是在她查看那些网眼袋时,我还是一屁股坐在树桩上记录数据。就像第一棵母亲树一样,在这棵树的下面,存活的亲缘树苗多于非亲缘树苗,尤其是被种植在网眼袋中但能连接到菌根网络的那些树苗。我咬着笔头想,在混交林中,桦树输送给有亲缘关系的桦树苗的碳也可能比输送给花旗松的多,但我在博士研究中没有做过这个测试。正如我和宋圆圆做的实验所表明的那样,垂死的花旗松输送给其他花旗松的碳可能比输送给黄松的多,但我们在温室里成对栽种的花旗松还没有彻底扎下根,因此无法进行这个测试。我的一个研究生已经证实,花旗松的母亲树可以促进花旗松幼苗生根,但当时我们没有想过测试它是否更喜欢自己的后代。从进化的角度来看,无论是什么树种,母亲树应该都会偏爱自己的孩子。

阿曼达是在一年前,也就是2011年秋天,开始硕士研究生学业的。在我们发表了菌根网络图之后,她的研究课题是继续探究母亲树能否像海滩芥一样识别它们的后代并给予特殊照顾。我已经知道母亲树会和陌生树木分享资源,因为在听说苏珊·达德利博士的研究之前,我已经和学生们对这个问题进行过广泛的研究。如果母亲树有亲缘识别的能力,而且是通过菌根网络实现的,那么这种能力是否会表现在适合度相关的特征上——有亲缘关系的树木会比陌生的树木长得更大或生存得更好,或者表现在适应性相关的特征上(比如根或茎的生长)?阿曼达正在通过这次田间试验以及在大学的温室里进行的两个试验,测试这些问题。

在我休息的时候,阿曼达查看了更多的网眼袋。这年春天,她在这个皆伐区的15棵母亲树周围分别放置了24个网眼袋:其中12个袋子的网眼很大,足以让母亲树的菌根菌丝穿过网眼并定植到新苗上;另外12个袋子的网眼非常小,因此菌根真菌无法形成网络。阿曼达在每个袋子里分别播下了该母亲树的6颗种子(有亲缘关系)和不同母亲树的6颗种子(无亲缘关系)。这4种处理方案(两种网眼袋、有无亲缘关系完全交叉)分别应用于这15棵母亲树,这么大的一个数字意味着无论实验结果呈现出什么趋势,我们都有信心取得成功。为了确保我们的发现不是这个特定地点导致的异常情况,我们在另外两个场地重复了这个实验。坎卢普斯附近的这个皆伐区是其中最热、最干燥的,北边的另外两个试验场地凉爽一些,也潮湿一些。

为了播种有亲缘关系的种子,阿曼达在前一年的秋天采集了这45棵母亲树的球果。有的母亲树不到10米高，她就用修枝剪采集球果。有的母亲树超过10米高，她就雇了一个女孩，用猎枪采集球果。我想象着她肩扛温彻斯特霰弹枪的样子，还有冲着上方瞄准的枪管，震耳欲聋的枪声，四处乱飞的树枝和球果，一边盯着地上的美味一边仓皇逃窜的松鼠。冬天里，我们雇用了一群大学生，帮我们敲开球果苞片，收集种子，并测试它们是否能成活。那年的气候不是很适合花旗松，很多种子都死了。

我们来到这个场地最后一棵母亲树旁。阿曼达帮我拂去一个树桩上的积雪，然后给我倒了一杯茶。她让我用热茶暖暖手和脸，而她自己则有条不紊地检查这最后一批袋子，然后报出存活幼苗的棵数。

我的电话响了。玛丽已经回家了，给她的植物做好过冬准备就会回来。我的诊断结果出来后，她就迅速来到纳尔逊。那天，我告诉家人我有新伴侣了，妈妈只是说她很高兴我恋爱了。我为我的家人感到骄傲，他们接受了这一切，无论如何，他们都坦然接受。

雪下得更大了。我甚至在把那些数字加起来之前就知道，我和阿曼达不仅可以确定与健康的、不相关的花旗松母亲树建立了联系的那些花旗松幼苗往往长得更好，而且可以确定有亲缘关系的幼苗的生存率明显高于连接到这个网络中的没有亲缘关系的幼苗——这强烈地暗示了花旗松母亲树能够识别自己的后代。我建议对这些幼苗再观察一年。

"如果可以，那当然更好。"阿曼达说着，把记录本塞进了背包。她喜欢这个实验,这是她的第一个实验。我想只要这些幼苗还活着,她就会经常回来。在这棵母亲树舒适的庇护下,努力是值得的。

◆

琼和我一起来到温哥华,参加了一个癌症病人健康研讨会。专家们向我们介绍了一些提高生存机会的方法,包括锻炼、加强营养、改善睡眠和减少压力等。但最重要的是,我们必须加强联系,不断交流我们的感受。"我们的人际关系决定我们的生存机会。"一位医生说。活下来的癌症病人都有一个特点:他们从不放弃希望。

我的天啊!太棒了!我想,这是我可以做的事情。我还是那么内向、敏感,很容易相信别人的话。有一个护林员对我说:"我要把这些该死的树砍倒,反正都要被风吹倒了。这样的话,我们还能赚点儿钱。"我竟然也觉得他说得有道理。我仍然不敢竭尽全力地坚持自己的信念。但是,健康取决于联系和沟通的能力,这不正是我研究的树木向我展示的东西吗?癌症诊断结果告诉我,我必须放慢脚步,挺起脊梁,大声说出我从树木那里学到的东西。

手术切除了我的两个乳房,我醒来时发现玛丽、琼、芭芭拉和萝宾都围在我的身边。我看着自己扁平的胸部,然后按下了吗啡泵。几天后,我住在公寓里,吃着羽衣甘蓝和鲑鱼。我身上的刀口还是红色的，肿得像紫茄子一样。我走了100米，然后又走了100米接着又走了100米。我想回家和汉娜、纳瓦一起过圣诞节，但我们还需要等待活检的完整结果。"如果你的淋巴结是干净的，可能就不需要进一步治疗了。"芭芭拉告诉我。

在出城的路上，我们得到了癌细胞已经扩散到淋巴结的消息。

纳尔逊的马尔帕斯博士和温哥华的孙博士说，我将接受新的"密集剂量"化疗方案。整个化疗将持续4个月，分8次进行，每两周一次化疗。这是对我所患的这种癌症来说最有效的选择。他们认为我还年轻，身体状况也足够好，能够挺过去。前半疗程将组合使用两种老药——环磷酰胺和阿霉素（芭芭拉称之为"红魔"），后半疗程使用紫杉醇——从太平洋紫杉中提取的一种药物。瘦高个儿、富有同情心的马尔帕斯博士将在我化疗期间照顾我，然后由身材矮小、喜欢笑的孙博士接手后续的工作。当他们给我解释可能的副作用时，我暗暗地想，我当初就应该搬到纳尔逊，过一种安静的家庭生活。常见的副作用包括恶心、疲劳、感染，还有一些不太常见的副作用，例如中风、心脏病、白血病。唐是对的，我当初就不该追求那份大学工作。谁知道呢，也许在做最初的那些实验时我就不应该去喷洒农达，也许我不应该忘记检查中子探测器上的安全插销，也许在研磨放射性幼苗的时候我不应该忘记压紧防尘面罩上的鼻夹。另外，婚姻破裂带来的压力，肯定也不会带来什么好处。

几周后，也就是2013年1月初，护士在我的身上扎了一针，把樱桃色的"红魔"注入我的血管。我一边想象着癌细胞不断萎缩，一边看着雪花飘落在医院窗外一棵孤零零的树上。它站在那里，守卫着这家医院，也守卫着低处的城镇与街道两旁的白蜡树、板栗树和榆树。树木相互帮助，人也在相互帮助。来吧，如果这棵树的根被人从野生森林里砍下来还能活下去，那我也能活下去。第二天，我在我最喜欢的那条小径上滑雪，滑了20千米，把萝宾和比尔都甩在身后，仿佛要证明我比癌症更坚强。我从一个皆伐区旁边滑过，那里种植的松树比去年长高了一米。我感谢边界上的那些树木，它们为旁边的那些小树供了帮助。"我需要你们的帮助，我要恢复健康！"我站在小径的最高点说。那些树坚固、平静地站在那里，我从它们的树枝下方滑过，一些树枝碰到了我的胳膊。第二天，我勉强滑过了那个一千米长的环道，我的身体沉甸甸的，就像一袋吸饱了水的水泥一样。比尔查看我的状况时，我瘫在沙发上。他是一个电影人，极具创造力，但处于停工期，所以过来帮忙。他耐心地坐在我旁边，话不多，也没有过分担心，就这样陪我坐在那里。一周后，药物在我的细胞里平静下来，我又开始滑雪，距离增加到2千米、5千米，然后是10千米。比尔跟在我后面，以确保我没事。

"看看我的皮鲁埃特单脚尖旋转。"纳瓦说着,踮起了脚尖。我把她的手举过头顶,她就像陀螺一样旋转起来。汉娜穿上了朱尼布格外婆送给她的闪亮的黑色和金色相间的高跟鞋,做了几个霹雳舞的手上动作和跳转动作。我也试着跳了一下,但我的腿脚太僵硬了。她们的舞蹈编排得非常优美,身体也经过了严格的训练。在她们表演的时候,我热泪盈眶地看着,我的眼中只有她们。

我本以为化疗会在母亲节前完成。母亲节恰逢周末,在她们一年一度的春季演出中分量最重的最后一场音乐会就安排在那天。但在我接受第二次注射时,马尔帕斯博士给我看了我的胸部X线片。资深化疗护士谢丽尔的制服上别着鲜花,她关切地看着屏幕。另一位护士安妮特拍着病人准备挂点滴管的手臂,询问他们感觉如何。"我从来没见过这种情况。两周来,你的心脏长大了25%。"马尔帕斯博士指着X线片说。医生在我的右锁骨下植入的输液港特别醒目。在标着"术前"和"术后"的影像中,我的肺、肋骨和心脏看上去非常清晰。这就是我——至少是新的我,我想。我把手放到胸口,抚摸着肋骨。

"我看到了。"我低声说。

"你可能得心脏病了。"他说。"你需要接受一些检查。请不要再滑雪了,还是集中精力与癌症抗争吧。"

汉娜建议我去散步。那天晚上,她依偎在我身上,和我一起看《欢乐合唱团》。我的笔记本电脑放在橡木咖啡桌上的一堆书上,两个女儿的家庭作业就扔在旁边。我们坐在飘窗边,吃着鹰嘴豆、山药和米饭。湖对面的象山熠熠生辉。我们看了科特和布赖恩、布里特尼和桑塔纳这两对新人的婚礼,汉娜很喜欢这样的场面,纳瓦也一样。我暗自庆幸,现在的孩子们更容易接受新的事物。"我只能在平地上走走。"电视结束后我说。我从来没有错过任何一个滑雪季,她们也是如此,她们刚能走路就开始滑雪了,但纳瓦突然说:"不管怎样,明年的雪会更好的,妈妈。"

2013 年 1 月,化疗已经开始两周,之后不久我就开始掉头发了

我们会坚持下去,也必须坚持下去。

玛丽过来陪我接受下一轮化疗。此时,我的心脏已经完全

第 14 章 生日

康复了。我们到医院时，一位围着头巾的70岁左右的矮小妇女坐在窗边的椅子上。"她占了我们的位置。"玛丽小声说。我们重新找了一个位置。一共有4个位置，分别位于房间的4个角落，米色窗帘保证了最基本的隐私，护士站位于房间中间，房间四壁都有一排大落地窗。那个女人正在摆弄她的那袋药丸。现在，我已经熟练掌握了这些药的作用了，粉色药片是为了减轻恶心，蓝色药片是为了控制霉菌性口腔炎，那些特别难吃的药片是促进肠道蠕动的。我走到窗帘那边，做了自我介绍。她叫安妮，她的丈夫在另一个房间里，因为心脏衰竭，已经奄奄一息了。

第二天洗澡的时候，我低下头，看到脚边有很多头发，就像雨中的假发一样。我摸了摸头，剩下的头发像蒲公英的种子一样四处散开。从镜子前走过时，我都不敢看镜子里的自己。"我们去森林里走走吧。"玛丽说。我戴上了两顶暖乎乎的帽子，第一顶代替头发，第二顶是防止冷风吹到我的头皮。天正在下雪，我们身边都是雪松，那些小树一层一层地簇拥在老雪松的周围。从雪松树苗旁边经过时，我暗暗地想，幼苗可能是相距很远的母亲树之间的节点，最终它们自己也会变成母亲树。我低声说道："这是显而易见的。"这条连接老树和小树的不间断的线，这条连接几代树木的线，同所有生物一样是森林的遗产，也是我们生存的根源。

玛丽每天早上把早餐端到床上，给我读一章《出人意表的波利费克斯夫人》，然后挽着我的胳膊，沿着库特奈湖在风中艰难地散步。她做了三文鱼和羽衣甘蓝，还抱怨加拿大的羽衣甘蓝太硬了,所以她又悄悄地加了一份鸡肉派和一碗冰激凌。

第三轮治疗时,马尔帕斯博士让我和另一位病人交谈。40多岁的朗尼和她的姐妹一起来到我的椅子旁,和我谈起了朗尼的"密集剂量"治疗。她的手里拿着带老式吻扣的钱包,眼睛盯着正在给我输液的输液管。"没那么糟。"我说,虽然每一轮治疗后我都感到更加疲惫。

"我不想掉头发。"朗尼看着我的帽子,用干巴巴的声音说道。当我们最需要的时候却失去了一个表明身份的特征,这是多么高昂的代价。她第一次接受治疗后,我邀请她来我家,让她在沙发上躺一会儿,她接受了邀请。之后她再次来到了我家。很快我们就开起了玩笑,说化疗一结束就要扔掉沙发、衣服、帽子和假发。朗尼住在森林里,离市区半小时路程,我们有时坐在她家的切斯特菲尔德沙发上,看着屋子周围的树木和积雪,盼望着春天早一点儿到来。

"你应该见见安妮,"我说,很快我们三个就开始互发短信了。

我每天都做记录,给自己的疲劳、情绪、头脑不清醒程度打分,从1分到10分不等——他们把化疗后头脑混乱、记不住单词、语不成句的状态称作"化疗脑"。接受化疗后,我感觉精力不济,情绪低落。哪怕是在街区里散步,也像在激流中游泳那样吃力,我明白了生命的终结是什么感觉——体力不支,一步也走不动。如果不能吃饭,不能上厕所,不能起床,不能穿上滑雪板沿着河沿滑下滑雪道,也不能为孩子做晚饭,那么死亡并不是一个坏选择。"我在努力做回自己。"我在日记中写道。我希望恢复正常,和两个女儿一起滑雪。记录显示,第一天我能振作精神,但是一天后就会情绪低落,然后振作起来,再低落下去,如此反复,直到下一轮药物治疗开始。孙博士在我给她看了我的记录中的蛇形曲线后说:"你这是二次探底。"

在第四次也是最后一次输注"红魔"时,我对马尔帕斯博士说我不知道还能不能坚持下去了。现在连流眼泪都会感到疼了。他建议我冥想、吃安眠药、晒太阳,还说后半个疗程的4次治疗会改用紫杉醇,我肯定会感觉好一些。

安妮给我发了一条短信:"想想你想变成什么样,不要去想自己不想变成的样子。"我想,我要像我的那些树一样强壮,像我的枫树一样强壮。那天下午,我坐在枫树的基部,秋千一动不动。我背靠着树身,感受着面前的温暖。我感觉自己渗入了它的根。在那一瞬间,我进入了枫树体内,它的纤维和我的血肉相互交织,融入了它的心木。

阿曼达在三个皆伐区完成的亲缘识别实验只是一个开始。我不能让她的硕士学位依赖于一项可能会失败的野外研究,所以我们把它与一项温室实验挂上了钩。她花了8个月时间,种了100棵幼苗(我们把它们称作本次实验的"母亲树"),然后把它们分别栽到100个盆里,其中50个盆里并排栽了一棵有亲缘关系的幼苗，另外50个花盆并排栽了一棵没有亲缘关系的幼苗。在这两组邻居（按照有无亲缘关系区分）中，各有25对栽种在粗网眼袋中，菌根可以通过网眼建立连接并传递信号；另外25对栽种在细网眼袋中，菌根无法形成网络。我们精心栽培这些成对树苗，直到母亲树满一周岁，它们的新邻居满4个月了。

早在3月，在我第四次输注"红魔"之前，阿曼达就发邮件说她已经准备收取那100盆树苗了。我回复说："在收取之前，你和布赖恩先利用碳13二氧化碳标记这些母亲树，看看它们分享给有亲缘关系树苗的碳是不是更多一些。"我的内心深处一直有一个非常强烈的愿望：我一定要弄清楚母亲树在多大程度上可以识别自己的后代，并把更多的碳传递给它们。布赖恩是我新招的博士后，他一直在帮助我的研究生进行实验室工作和数据分析。"别担心，苏珊娜，我知道怎么做了。"他用英国口音向我保证。我们得根据我的体力来决定用Skype（即时通信软件）进行会议的时间。在他们做标记的那一天，我感觉自己就像在攀登一座没有空气的山。我非常希望自己也能参与，又非常庆幸我不在的时候他们照样干得很好。"我们在温室里熬了个通宵。"布赖恩告诉我。采收这些树后，他们统计了它们的菌根，研磨了一些组织，用于碳13分析。我叹了口气，躺回到沙发上。

一个月后，我们通过Skype交流。阿曼达让她的数据表和数字显示在屏幕上，然后说道："嘿，你看上去气色挺好。"

"是的，谢谢，我还挺得住。"我说，一边倾斜着笔记本电脑，希望她在操纵光标介绍那些数据时不会看到我的眼袋。我曾和汉娜、纳瓦一起去看她的冰球比赛。她的父母洛丽丝、乔治，还有她的姨妈黛安，在我们后面一排为她加油。阿曼达是不列颠哥伦比亚大学女子冰球队队长，她脚下速度快，手上动作灵活。她知道如何瞄准目标，把事情安排好。

"有亲缘关系的邻居的铁元素含量高于没有亲缘关系的邻居。"她移动光标，让我看这两组邻居铁元素含量的差异，然后又让我看铜和铝含量的差异。"母亲树可能也会把这些营养物质传给它们的后代。"我说，脑海中闪现出她突然把球传给中锋，后者带着球冲向球门，然后迅速传给她的搭档，而阿曼达在蓝线上防守的情景。我接着说，这三种微量元素是光合作用和幼苗生长所必需的。随后，我们开起了玩笑，说铁、铜或铝是否也可能是信号分子的一部分，母亲树就像传球一样，把这些分子传递给她的后代。

"亲缘树苗的根尖也比非亲缘树苗厚实，而且定植的母亲树菌根更多。"她把光标悬停在数据点上。

"哦，这就对了！"我说。

"我们发现，如果旁边的邻居是它们的后代，母亲树自己也会长得更大一些。你认为这个发现重要吗？"阿曼达问道，"如果它们来回传递信号，这就说得通了。"

当然了。联系和交流对父母的影响不亚于对孩子的影响。

第二天，我点击Skype，和阿曼达、布赖恩一起查看同位素数据。甚至在他们的影像变清晰之前，布赖恩就兴奋地说道："看这个！"

"数量很少,"阿曼达说,"但是,母亲树向亲缘树苗的菌根真菌输送了更多的碳!亲缘识别分子似乎不仅有碳,还有微量营养素。"她的光标从屏幕上扫过。

"太棒了!"布赖恩轻声说,尽管那些碳元素还没有完全进入亲缘幼苗的嫩枝。我已经观察到碳从桦树向花旗松的嫩枝迁移,从垂死的花旗松向与之相连的松树的嫩枝迁移,所以看到母亲树传递过来的碳元素到达亲缘幼苗的菌根真菌后就戛然而止,而不是转移到那些嫩枝上,我感到非常吃惊。但阿曼达的亲缘花旗松幼苗的重量,只有在宋圆圆的花旗松脱叶实验中担任受体的那些松树的1/5。我想,与那些松树不同,阿曼达的亲缘花旗松仍然太小,无法产生足够强的汇,把碳吸收到它们的嫩枝中。不仅如此,在阿曼达实验中担任供体的花旗松的源强度要小于宋圆圆实验中那些垂死的花旗松,因为它们会把大部分的源用于维持自己的生长,而不是全部扔进网络中。我想,如果我能熬过该死的化疗,我一定要在后面的实验中用垂死的母亲树和大一些的亲缘树苗重新做这个测试。

"如果幼苗非常小,那么即使进入幼苗菌根真菌的量非常小,也可能意味着生与死的区别。"我说。当幼苗在树荫下或夏季干旱期挣扎求生时,哪怕给它们一点儿小小的助力,给它们一点点儿好处,只要时机合适,它们也能存活下来,而不是死亡。不仅如此,母亲树越大,就越健康,释放的碳也越多。

这里的母亲树提供的帮助更大,我一边想,一边退出了Skype。厨房里,冷霜慢慢地爬上了窗玻璃。我正在期待着玛丽和琼的到来。亲属之间的交流很重要，但邻里之间的交往也很重要。在实验中，有几个家族的母亲树给其他菌根的养分，甚至和给同族树苗的养分一样多。当然，不是所有的家族都一样，森林的组成非常复杂，这也是它们苗壮成长的原因。尽管是不同的物种，但桦树和花旗松会相互传递碳元素，还会通过它们独特的丛枝菌根网络将碳传递给雪松。这些老树不仅喜欢它们的亲属，还要保证它们养育后代的这个群落健康发展。

当然是这样！母亲树会给它们的孩子一个良好的开端，也会照顾好整个"村子"，以确保孩子能在这里苗壮成长。

我和阿曼达仔细查看了现场数据。三个皆伐区只有9%的种子发了芽。我记得在她查看那些网眼袋时，我坐在木头上做记录，那时根本不知道什么叫累。但磨难有时反而会让金子发光，而我也不会抛下看起来有趣的趋势不管。

"生根的亲缘树苗数量和干旱气候之间的相关性很弱，"阿曼达的声音里似乎带着几分歉意，"但我在温室实验中也看到了这个趋势。"亲缘树苗在干燥气候区对母亲树的依赖性大于在潮湿气候区。在最干燥的地区，母亲树的帮助尤其明显，它们可能是通过网络把水分输送给幼苗的。

我坐在桌边写日记，旁边是几杯喝了一半的苏打水。今天我的精力可以得5分，心情特别好。也许不应该将群落里大多数年老的母亲树都砍掉，而是将它们保留下来，让它们自然播撒种子，哺育自己的幼苗。即使老树的状况已经不太好了，把它们全部砍掉也可能并不是一个好主意。垂死的老树也能做很多贡献。

我们已经知道，老树是依赖原生树木的鸟类、哺乳动物和真菌的栖息地。老树的储碳能力远强于小树，它们保护了藏在土壤中的大量碳元素，还是淡水和清洁空气的来源。老树经历过巨变，它们的基因因此受到了影响。它们通过这些变化积累了至关重要的智慧，并将这些智慧传递给后代，为下一代提供保护，为下一代的出生和成长奠定基础。

门"砰"的一声开了。纳瓦和汉娜放学回家了，帽子上落满了雪。汉娜在数学这一科上需要帮助，我陪着她一起打开了她的书。

我未完成的事业集中在一个问题上（这也是我念念不忘的一个主要问题）：那些年老的、健康状况不佳的花旗松母亲树（要么是生病了，要么是气候变化造成的干旱给了它们压力，要么是大限将至）是否会利用它们最后的时刻，将剩余的能量和物质传递给它们的后代？这么多森林正在消失，我们应该弄清楚那些老树是否留下了遗产。我和宋圆圆已经发现，受到压力的花旗松比健康的花旗松传递给邻近松树的碳更多。阿曼达还发现，在健康母亲树附近的幼苗中，亲缘幼苗得到的营养比非亲缘幼苗多，它们的菌根真菌吸收了更多的碳。但到目前为止，我们还不知道，濒死的母亲树是否会超出真菌网络的范围，把它们的碳遗产传递给亲缘幼苗的嫩枝，这是那些幼苗的生命线。因此，我们无法证实碳转移到真菌中是否真的提高了亲缘幼苗的适合度。我们不知道真菌是否像中间人那样把这些碳留下来自己使用，还是说母亲树送出的碳真的被用来提高其后代的存活率了。

如果死亡的迫近迫使母亲树将更多的物质输送给它的后代以进入光合作用机制，这将对整个生态系统产生影响。

要得到完整的答案还需要数年时间。但首先我得爬上医院的楼梯，去接受紫杉醇输注。那是一种从紫杉树中提取的药物。

✿

萝宾对我说："为了纳瓦，你必须振作起来。"她努力掩饰她的担忧。我盯着那些需要包装的礼物，我的静脉输液港上满是针孔，喉咙感染的地方变成了白色，光秃秃的头皮阵阵发痒。在为生日派对准备腊肠三明治时，我差点儿吐了。我的药都堆在古玩橱柜里，还有玛丽追踪我服药情况的那些表格。把非格司亭这种药物注射到我胃里的针头放在外面，这是为了提醒我每晚都要使用它。我的嘴里有一股很难受的味道。紫杉醇输注带给我的恶心程度没有那么严重，但让我感觉更疲劳。我一面享受和女儿在一起的时光（这对我来说是最重要的东西），一面忍受着痛苦。

"我做不到。"

"不，你能做到。"她平静地说。她做好了三明治，用蜡纸把它们包了起来。

在过去的几个星期里，玛丽不在，萝宾搬了过来。她睡在我卧室外的走廊上，我的每次呻吟都会把她吵醒。她每天教完一年级的课就来做晚饭。

纳瓦在门口偷偷朝里看。今天她就满13岁了。她穿上了她最喜欢的裙子,那是装饰着粉红色花朵的栗色裙子,提醒着人们3月22日是春天到来后的第一天。她的5个朋友预定在一个小时内到离我家几个街区远的湖边公园。她用她那双海绿色的眼睛望着我,问我她的生日派对能不能举行。

"哦,我的宝贝。"我从椅子上爬起来,"稍等一会儿我就去公园。"

三明治,汽水,巧克力蛋糕。我把装着派对食物和气球的小推车拖到野餐桌边。地上有一块一块的积雪,枫树和栗树的枝丫都是光秃秃的,玫瑰上盖着粗麻布,但从野餐桌到湖边的沙地上满是脚印。汉娜和她的朱尼布格外婆来的时候,萝宾正在摆放黄色的餐巾和杯子(黄色是纳瓦最喜欢的颜色)。萝宾让小寿星打开她的礼物,那是一个水绿色的杯子,上面用黑色字母写着纳瓦的名字。朱尼布格外婆把一个小盒子放在纳瓦面前,说:"这块手表是(我的妈妈)温妮外婆在我13岁的时候送给我的,现在我把它送给你。"我的妈妈有时就是那么讨人喜欢。纳瓦戴上手表试了试——椭圆形的表盘上镶嵌着珍珠,表链是由金色和银色的心形连接而成的。

纸碟上印着芭蕾舞演员的图案。女孩们吃着三明治,喝着橘子汽水,嘴唇染上了汽水的颜色。我们把蜡烛放在蛋糕上,巧克力糖霜上用黄色印着纳瓦的名字。她们以前过生日时,我经常组织寻宝活动,我会精心设计好提示、迷宫和奖品。这一次,汉娜提议来一场托鸡蛋赛跑。她带来了一盒鸡蛋和6把勺子。在她的催促下,我让女孩们排好队,每个人拿一把勺子,上面放着

2013年3月22日,过13岁生日的纳瓦

一个鸡蛋。随着我一声令下:"跑!"他们就向终点线跑去。看到包括纳瓦在内的所有人的鸡蛋都"啪"的一声掉在地上,大家哄堂大笑。

微风从湖上吹来,一艘帆船在寒冷的空气中开始了年度首航。颤杨无性系的光秃秃的枝干泛着白光,桦树顶着红色的树冠,黄松和花旗松的黑色枝条指向天空,期待着春天的到来。

我把蜡烛插在蛋糕上,摸出火柴,用身体挡住风,以免火被吹灭。"许个愿吧!"萝宾说。在纳瓦吸气的时候,我也许了一个愿,希望我们所有人都健康,希望我很快就能再次和我的树木待在一起。我们帮着纳瓦一起吹,以保证所有蜡烛都被吹灭。最后一支蜡烛吹灭后,我们唱起了《生日快乐》歌。一只灰噪鸦在空中盘旋。纳瓦的脸上带着灿烂的笑容:"谢谢妈妈。"我低声说:"亲爱的,整个世界都在祝福你。"我也觉得一种全新的精神解救了我,我的生活进入了一个新的充满生机的阶段。我用手转动她的肩膀,她优雅地旋转起来,每转一圈,她的目光都会与我的目光相遇。最后,她拍了拍我的手指,然后松开了手。

我决定要在这里等着孩子们毕业。4月22日,汉娜就要满15岁了,那天正好是地球日。纳瓦是在春天刚开始的时候出生的,在这一天我们应该停下来想一想陆地、海洋、鸟类及其他生物，想想彼此——我总是忍不住产生一些异想天开的想法，觉得我把她们带到这个世界的时机选择得真是太奇妙了！

那年秋天，我将走出我的亲戚圈子，去帮助其他孩子健康成长。尽管身体一直疲惫不堪，我还要赶到新奥尔良，给100名坐在豆袋椅上的14岁孩子做一场TEDxYouth演讲。为了保证质量以便他们拍好视频并上传到YouTube（优兔）上，我和玛丽进行了一些练习。在我反复试讲时，玛丽始终很有耐心。尽管化疗后的放疗仍然让我的大脑处于混乱状态，但是玛丽介绍了一些记忆小技巧，帮助我把句子连了起来。我知道拟人化描述会受到科学家批评，但我还是选择使用"母亲"、"她"和"孩子"这些表达来帮助孩子们理解这些概念。后来，我发现主持人十分活泼，他的生动主持大大缓解了内向性格带给我的压力。我站在比尔准备的那些美丽的树木和网络图像前，谈起了联系的重要性，一共谈了7分钟。主持人非常高兴，一直站在我旁边。这个视频传到了网上，得到了7万多的点击量。两年后，我被邀请到TED的主舞台上。我很高兴我最近的研究受到好评，屈指可数的那几篇评论论文引用量超过了一千次。

在纳瓦生日派对后不久，朗尼、安妮和我挤到了癌症互助小组成员丹尼丝的身边。第一次化疗时，丹尼丝哭着逃走了，因为我坐在椅子上，看上去随时都会断气，她想她很快就会和我一样。安妮、朗尼和我已经在互联网上建立了联系，我们会通过文字交流我们感受到的疼痛和恐惧，还会互相赠送幸运石和诗歌，分享一些关于这种或那种可以消除喉咙痛或皮疹的药膏或药剂的信息。安妮说："你的身体会跟着你的想法走，所以想想痊愈后的情况吧。"在我们忍受最后一轮输注带给我们的痛苦时，她成了我们的母亲树。

丹尼丝和我们一起吃午饭，她很快就成了我们的姐妹。我们坐在我家的圆桌旁，朗尼带来了罗宋汤，丹尼丝带了无麸质饼干，我准备了甘蓝沙拉。安妮还带了黑巧克力，说有的规定她遵守不了。我的霉菌性口腔炎发作了，朗尼睡眠不好，丹尼丝的脚麻木了，安妮则提醒我们化疗快结束了。"坚持下去，多想想回报。"她说。我们都知道，真正的回报就是我们有彼此的陪伴，在毁灭性的诊断和困难中结下的这段友谊会让我们携手面对死亡，不让任何人放弃，在无法忍受的时候相互扶持。我知道，我的这些关系一直很牢固，即使面临死亡，我也会没事的。朗尼问她的金色假发是不是比她原来的头发好看，我们大声说是的。

"我们给自己起个名字吧，"朗尼说。"就叫BFF吧，没有乳房的永远的好朋友（Breastless Friends Forever）。""但我的乳房还在。"丹尼丝说。

我说，她做过乳房肿瘤切除手术，叫这个名字也是可以的。

一周后，安妮完成第三次输注从化疗室出来时遇到了我，当时我正准备进去。"我可怜的丹很快就要死了。"她一边说，一边拨弄着她的围巾。我正要说我很难过,她拍了拍我的胳膊。

几个小时后,她发来了短信,说丹死在了她的怀里。

马尔帕斯博士说得对。紫杉醇比之前的化疗药物更容易吸收,我恢复了一些体力,又开始在森林里散步了。紫杉醇取自紫杉的形成层,这是一种矮小的灌木,生长在老雪松、枫树和花旗松的下面。澳大利亚的原住民知道它具有药效,把它制成浸剂和膏药治疗疾病,用它的针叶在皮肤上摩擦以增强力量,还用它配制的药剂洗澡以清洁身体。他们用这种树做碗、梳子和雪鞋,制作钩子、长矛和箭。紫杉的抗癌特性引起现代制药工业的注意后,栽种这种树就能获得收益。我看到这些矮小的紫杉树(它们的枝条和茎一样长)被剥去了树皮,看上去就像十字架,又仿佛受到了惨不忍睹的虐待。近年来,制药实验室已经学会人工合成紫杉醇,从此森林里的紫杉摆脱了悲惨的命运,可以在凉爽的树冠下茁壮成长。然而,当人们为了木材将那些原始森林砍伐一空后,这些矮小的紫杉树就暴露在炎热的阳光下,慢慢地萎缩了。

玛丽一到,我们就去找紫杉树,最后在雪松和枫树的阴影中发现了它们。它们枝叶繁茂,粗糙的树皮有一种古老的沧桑感,高度不超过霍比特人的身高。在它们下面的树枝触及的地面上,新的枝干已经生根,与母亲树缠绕在一起。我用双手捧起它的一根树枝,一排排针叶成对排列,上面是深绿色,下面是灰绿色。它的表皮摸起来像丝绸般柔滑，但是它已经上了年纪，而它在英国最年长的亲戚都有上千年的树龄了。我握着树皮跟它打招呼，树皮却剥落了，掉在我手里，露出了下面的紫色形成层。

最后一点紫杉醇被输注到我的血管里后，我带着汉娜和纳瓦来到了这片树林。春美草和臭菘开花了。"我的药就是用这些紫杉制成的。"我说，我们把它们粗糙的树干搂在怀里。我请它们照顾我的女儿，就像照顾我一样。作为回报，我答应保护它们，研究它们，发掘未知的宝藏。与这里的大多数针叶树不同，它们与丛枝菌根建立了关系，那么它们连上了雪松和枫树吗？我敢打赌，它们既会和那些大树交流，也会与它们脚下的那些小植物沟通，包括野山姜、玫瑰色的扭柄花和假山谷百合。如果整个群落茁壮成长，而且形成了网络，那么紫杉醇的产量可能会增加，药效也更强。

如果我不愿回馈，那算什么呢？

我憧憬着等我身体好转后，在紫杉丛中漫步，闻着它们的树液散发的浓烈气息，和它们一起在树荫下工作。我走到俯瞰紫杉的雪松和枫树之间，把这个想法告诉了女儿们。汉娜说："妈妈，你应该这么做。"我们从母亲树的树冠下走过，穿过围在它们周围的小树。纳瓦解开玛丽给她的围巾，把它缠在树龄最大的那棵小树上，它的树枝很长，都能接触到地面了。

现代社会认为，树木不具备人类所具备的一些能力，例如它们没有培养后代的本能，它们不会互相治疗，也不会护理。但现在我们知道，母亲树确实能哺育它们的后代。事实证明，花旗松能够识别它们的亲缘树，并将其与其他家族的树木以及不同物种区分开来。它们会交流并输送碳元素（这是生命的基石），交流和输送的对象并不限于它们亲缘树的菌根，也包括群落的其他成员，以保证群落完好无损。就像母亲们会把最好的食谱传给女儿一样，它们似乎也会与自己的后代建立联系，把自己的生命力和智慧传递给后代，让生命向前发展。紫杉也在这个网中，与它们的终身伴侣，与像我这样从疾病中恢复过来的人，或只是在树林中漫步的人，建立起了联系。

在最后一次治疗过了几天后，紫杉醇正在我的细胞里完成它们最后的使命，琼长途跋涉来到了莫纳西，帮我打理园子，庆祝我重新回到户外。"你看起来不错，HH。"她说，尽管我脸色苍白。我们翻地时，不时看到蠕动的虫子和潮湿的谷物。我们连续工作了几个小时，直到腰酸背痛，手上起了水泡，才来到阴凉处，瘫坐在那里喝康普茶。第二天，我们种下了豆子、玉米和南瓜。种子发芽时，它们的基根会向丛枝菌根真菌发出信号，让真菌连接这些幼苗，形成一张紧密的网。我觉得湖对岸的紫杉、雪松和枫树之间就有这样的网。随后，充满活力的高大雪松开始向没有生气的小紫杉注入糖分。紫杉会利用这些糖分，长出粗糙的树皮，制造出一滴滴紫杉醇。当枫树展开叶子时，它们会把含糖的水传递给树荫下的雪松和紫杉，帮助它们在干燥的夏天获得足够的水分。作为回报，紫杉可能会在深秋将它们储存在绿色细胞中的糖分传递给枫树和雪松，帮助这些邻居们在睡眠中度过冬季。菌根真菌会包裹矿物颗粒，此举会引起螨虫、线虫和细菌的注意。

我把一颗白色的种子放进我在地里压出来的洞里。再过几个星期，土壤就会充满生机。到了母亲节，生命将唤醒三姐妹的种子。

❦

在宣布我体内的癌细胞已经全部消失的那天，马尔帕斯博士警告说，如果癌症复发，我就活不下去了。我希望确定我的病是不是好了，但他耸了耸肩说："苏珊娜，这是生命的奥秘，你只有坦然接受。"

回到家后，我坐在正在萌发新叶的枫树下，听着松鼠爬进树冠的声音。它在冬天失去了一根大树枝，它的汁液正在帮助伤口愈合，但它仍在竭尽全力长出新叶。它产生了大量的新种子，这也许是它最后一次拼命生长，一些种子会产生后代，另一些种子则会被松鼠吃掉。

关于即将死亡的母亲树的那个恼人问题仍然没有解决。生病的母亲树会不会把剩余的碳送给后代（一股劲儿把它所有的碳都送出去）？这些碳会不会从包裹在弱小的根部周围的真菌网络中转移到新生的叶子中，帮助叶子中刚刚形成的光合组织成长呢？它的最后一口气变成后代的一部分。

我用手指扒开园子里的土壤，想看看豌豆有没有发芽，结果我吃惊地发现在摇曳的卷须中长出了一棵枫树苗。

第15章

传承

汉娜"啪"的一声拍死了脖子上一只B-52轰炸机似的大蚊子。当她跨过花旗松苗根部周围磨损的塑料墙时,我对她说:"亲爱的,先摸摸它的树皮,以表示你的尊敬。"她把手放在这棵小花旗松光滑的表面上,用卷尺沿树干绕了一圈测直径,然后喊道:"8厘米!",这个直径跟垒球的直径差不多。然后她又喊了一声"2"——这是"养分不足"的代码,树苗淡黄色的针叶说明它染上了根病。琼把这些数字记到数据表中。我的侄女凯莉·萝丝用口袋大小的激光测高器对准了根部,然后又对准了顶芽。"7米高。"她喊道。纳瓦和我正在测量附近的一棵桦树,它只有花旗松一半大小,基部长了一些蜜环菌。

我们已经回到了亚当斯湖。1993年,我选定了包括亚当斯湖这个地点在内的几个实验场地,在花旗松和桦树之间挖了几条一米深的沟渠,然后用塑料把树根包围成一个个圆柱形孤岛,切断了连接树木的菌根网络。21年后的2014年7月,我们可以看到这些彼此隔绝的树木非常痛苦,它们的免疫系统很弱,活力明显不足。在离我只有30米远的位置,作为对照组的树木长得非常好,我没有破坏那里的真菌连接。

此时距离化疗结束刚好一年,我和琼带着纳瓦、汉娜和凯莉·萝丝(分别是14、16和18岁)来到这里,让她们了解森林是如何运作的,生态系统是否和我几十年的研究所表明的以及世界各地原住民长期认为的那样——所有组成部分全部连接在一起,所有物种都相互依存。和女孩们在丛林里度过一个夏日,也是我向她们展示这些知识的一个机会。

"来,戴上防虫网。"琼说。她从工作背心上取下绿色的养蜂人戴的帽子,教姑娘们如何把帽子套在盘起的马尾辫上。凯莉·萝丝说:"这东西太棒了。"她悬着的心终于放了下来。

这个场地有几个很早以前就已经开始的实验。测量完有沟渠的那块地里的59棵树后,我们来到了没有沟渠的对照区,那里的林下层有茂密的糙莓和越橘。纳瓦说:"至少桦树下面很凉快。"她的身高已有5英尺7英寸(1.70米),和萝宾一样高,超过了汉娜和凯莉·萝丝——这两个人和温妮外婆一样高,5英尺1.5英寸(1.56米)。三个女孩都有温妮外婆那种安静又坚强的性格——埋头工作、安静、爱笑、善良、温柔、互相照顾。对于爬树、在树枝上荡秋千、爬高摘苹果、冒险、做苹果派这类事,她们做起来眼睛都不眨一下。纳瓦剥去一片跟纸一样薄的树皮,然后测量了树的周长。"这是谁干的?"她指着树干一周整整齐齐的6排小洞问道。

"吸汁啄木鸟。"我说,"它们啄开树皮吸树汁,吃昆虫。"纳瓦突然转过身来，一只蜂鸟快速扇动翅膀，啾啾地叫着朝她的红色背心飞来。"哦，"我看着这个现实版的告密者，笑着说，"蜂鸟也喜欢干这样的事。"这只红褐色的鸟儿飞向一个由种翅和蜘蛛网织成的巢穴，那里有4只小鸟张着嘴等着。下一棵桦树被啃食、它的嫩枝也被驼鹿压弯了。在500米以东的亚当斯河畔，桦树有30米高，那里也有麋鹿、鹿和白靴兔啃食树枝和嫩芽，还有海狸用能防水的树干建造的小屋，松鸡用树叶做的巢，吸汁啄木鸟和啄木鸟在树干上啄出来、随后被猫头鹰和老鹰占用的窝。这些与众不同的桦树的根汲取冰川注入的河水，秋天鲑鱼产卵时河水会变成红色。

我不知道这些桦树是否也会从腐烂后渗到河岸里的死鱼那里获取养分。

几个小时后，我们发现树根可以自由伸展并与花旗松连到一起的那些桦树几乎是有沟渠的地块上那些桦树的两倍大，而且它们没有生病。与20年前我们沿附近那条小溪进行过间苗处理的桦树相比，这些树要小一些，但它们很健康，树皮很厚，皮孔紧密，为数不多的树枝很适合做篮子。赛克维派克族的老人玛丽·托马斯说，那些较大的桦树尤其适合收割树皮。玛丽·托马斯的祖母麦克利特教会了她如何剥树皮而不会伤到树。麦克利特知道这些知识，是因为她的祖母教过她，玛丽将来也会把这些知识教给她自己的孙辈。她会教他们怎样做才不会伤及树木柔嫩的形成层，让创伤慢慢愈合，确保这棵树能播下新的种子。他们用树皮制作各种大小的篮子，有的是用来装糙莓、越橘和草莓的。

河岸边这些较大桦树的树皮不渗水，非常适合制作独木舟，茂密的树叶可以用来制作肥皂和洗发水，树液可以用来制作补品和药物，最好的木材可以用来制作碗和雪橇。只要精心照料（把它们种植到肥沃的土壤中，为它们选好邻居，控制好数量，不限制树根的发展），即使是这些高地桦树也可以成为森林中非常重要的经济树种。

混杂在桦树中的花旗松也比我们挖有沟渠的那块地里的花旗松大一些，而且长得很好。在花旗松树苗的早期阶段，通过菌根连接桦树有利于它们长高，而在这些树苗成年后，这种领先优势仍然很重要。20年后，在桦树旁边长大的花旗松比附近桦树被砍光以及旁边只有其他花旗松的那些花旗松长得更好。它们的营养更充足（大量的桦树叶不断提升土壤的肥力）。此外，由于桦树根上的细菌会提供大量氮元素和抗生素及其他抑制性化合物，这会大大提升花旗松的免疫力，因此它们的蜜环菌根病发病率更低。在这片森林中，所有树木之间的关系非常紧密，生产率几乎是20年前我们在两种树之间挖有沟渠的那片森林的两倍。这与林务人员通常期望的情况正好相反。他们认为，没有桦树的干扰，花旗松的根将获得更多的资源，就好像生态系统是一个零和游戏一样。他们坚信，如果不同树种相互作用，总生产率不可能更高。更让我吃惊的是，桦树也会因为花旗松而受益。当桦树与花旗松紧密相连时，桦树的生长速度是单独生长时的两倍，而且根感染更少。这些桦树曾经给幼年花旗松提供过养分，帮助幼松健康成长。在花旗松成年后的今天，它们得到了长得比它们高大的花旗松对等的帮助。尽管随着花旗松长成了参天大树,桦树会逐渐凋落,这是随着森林年龄增长而自然发生的一个现象,但桦树的根仍然深深扎在土壤里,它们遗留下来的真菌和细菌完好无损,它们的命脉在森林这块画布上留下了不可磨灭的一笔。当下一次大的扰动(火灾、虫害暴发或病原体感染)到来时,它们的根和树桩就会重新发芽,新一代的桦树就会登场,和花旗松一样成为这个循环的一部分。

我们坐在一棵枝繁叶茂的桦树下吃午饭,有我们在野营地做的三文鱼三明治、沿路摘的浆果,还有从瓦文比杂货店买的饼干。凯莉·萝丝在吃那些血红色的糙莓时精挑细选,每次挑一个,就像从盒子里挑选巧克力一样。"苏西阿姨,为什么桦树下面的植物都这么甜?"她问道。

我告诉她,它们的根和真菌从土壤深处汲取水分,水里有钙、镁等矿物质,有了这些矿物质,树叶就可以制造糖分。桦树通过真菌丝把其他树木和植物编织在一起,通过网络分享从土壤中汲取的营养汤,以及树叶产生的糖和蛋白质。"作为回报,桦树到秋天就会落叶,为土壤提供养分。"我说。

玛丽·托马斯的母亲和祖母麦克利特曾教过她要对桦树心怀感激,不能多拿多占,还要献上祭品表示感谢。玛丽·托马斯甚至称桦树为"母亲树",远在我偶然提出这个概念之前她就这么称呼了。几千年前,玛丽的族人就已经对桦树很了解,因为他们生活在森林里(这是深受他们热爱的家园),把所有生物视为知识的来源和平等的、值得尊重的伙伴。"平等"这个词是西方哲学所欠缺的。西方哲学认为人类至高无上，拥有支配自然界一切事物的权力。

我问她们："还记得我说过桦树和花旗松在地下通过真菌网交流吗？"然后，我把手放在耳朵后面，把另一只手的食指放在嘴唇上。几个女孩侧耳倾听，但她们只能听到蚊子的嗡嗡声。我告诉他们，我不是第一个发现这个秘密的人，这也是许多原住民的古老智慧。斯科克米希民族（居住在华盛顿州奥林匹克半岛东部）已故的"苏比亚"布鲁斯·米勒曾经讲过一个与共生自然和森林多样性有关的故事，他说在森林地面下"根和真菌构成了一个复杂而巨大的系统，帮助森林茁壮成长"。

"这个煎饼状蘑菇是地下网络的产物。"我说着，把一个散发泥土芬芳的牛肝菌递给凯莉·萝丝，她仔细查看了牛肝菌细小的管孔，问为什么人们花了这么长时间才明白这一点。

以西方科学的严苛程度，我竟然窥探到了这样的观点，不得不说我的运气不错。大学里的老师告诉我要把生态系统分解成各个部分，孤立地研究树木、植物和土壤，这样才能客观地了解森林。人们认为，通过对照、分类和烧灼术来解剖事物，应该能取得清晰可靠的发现。如果按照这些步骤把系统拆开来查看各个部分，我就能发表我的成果；而且我很快了解到，如果研究的是整个生态系统的多样性和连通性，那么你得到的任何结果几乎都不可能发表。审稿人对我早期的论文很不满，认为里面没有对照组！我不断地摆弄着那些拉丁方阵和析因实验，折腾着那些同位素、质谱仪和闪烁计数器，同时牢记老师们对我的谆谆教诲：除非线条能清晰地反映出具有统计学意义的差异，否则无须考虑。但是在兜了一圈之后，我最终在偶然间接触到了本地人的一个观念：多样性很重要。宇宙万物之间，森林与草原、土地与水、天空与土壤、灵魂与活着的人、人与所有生物之间，都是相通的。

我们冒着雨，走到我按照不同密度栽种针叶树的地方，看看它们在纯林中生长时是喜欢身边的邻居多一些还是少一些。我熟悉这里的每一棵树，每一块地，每一个角落。我知道落叶松和雪松种在哪里，也知道花旗松和桦树种在哪里。我告诉几个女孩这棵花旗松栽得太深，那棵桦树是被驼鹿压断的，这棵落叶松是被黑熊推倒的。5年来，我每年都会在另一块地上种树，但没有一棵树生根。现在，那块地自然而然地长出了一片美丽的百合花。在混合栽种的几块地里，桦树下的雪松枝繁叶茂，它们需要桦树为它们遮蔽阳光，防止娇嫩叶子上的色素遭到破坏。在絮絮叨叨地说了一通之后，我抬起头来，看到琼和几个女孩都在咧着嘴笑。

我们开始测量以不同密度种植的花旗松。没有桦树陪伴，多达20%的花旗松被蜜环菌侵染，密集聚集的花旗松感染率更高。它们的根长到了土壤中的感染区，由于没有受到桦树根阻止，病菌在树皮下蔓延，对韧皮部构成了威胁。有些受感染的花旗松还活着，但针叶逐渐变黄了；有些花旗松已经死了很久了，灰色的树皮不时掉落。它们所在的地方长出了其他植物，甚至一些桦树也播下了种子，因此引来了莺、熊和松鼠。有的时候死亡并不是坏事，它为多样性、再生和复杂性留出了空间，还能抑制病菌传播，构筑防火屏障。但大量树木死亡可能会引起一连串的变化，并会波及整片森林，破坏平衡。

琼教几个女孩子在花旗松树皮上使用份样取样器。琼告诉她们："如果取样器无法取样，最多再试一次，以免伤到树。"凯莉·萝丝问她是否可以试试。几分钟后，她找到了树心——正中靶心，琼将树心样本放到红色塑料管中，用胶带封住末端，并贴上了标签。

在花旗松密度较高的那几块地里（栽种的花旗松彼此之间的距离只有几米），林下层漆黑一团，地面上光秃秃的，只有铁锈色的针叶，它们的酸性减缓了养分的循环。我们在树林中穿行时，不断听到灰色树枝折断时发出的噼啪声。我猜测菌根网络已经呈现出了和我们栽种的树木相同的模式，将一排排电线杆似的树木连接在一起。当大树伸展枝干和根，占据枯死树木留下的生长空间时，情况会变得更复杂一些。

我们不顾小腿上的擦伤，来到了花旗松间距稍大（最高可达5米）的一块地的旁边。这些花旗松更粗壮一些，几年下来，在我们栽种的树木之间的空隙里，已经散布一些种子，有些可能是它们的近亲，有些是被清除的树木的后代，还有一些则来自周围森林的花旗松。有邻近树木的花粉和其他山谷的花旗松帮忙授粉，种群的恢复能力得到了保证。整片森林看上去就像是学校一样，这些新种植的树木既体现了多样性又有亲缘关系，有的是蹒跚学步的幼儿，有的是幼儿园的孩子，还有一些是初中生。我想，随着森林的年龄增长，菌根网络会变得更加复杂，最大的那些树木会成为网络的中心——母亲树。最终，它会变得像我们几年前在那片花旗松原始森林中绘制的那个网络一样。

测量完最后一棵树后，我们沿着驼鹿的足迹来到了河边我们停车的位置。森林正在慢慢接管我做实验的这片地，自我复制的过程充满了惊喜：十几个树种自然地在森林边缘播下种子，驼鹿啃食种植的桦树，蜜环菌感染树木，花旗松帮助桦树，年轻的雪松挤在阔叶树下躲避阳光。只要条件合适，这片森林天生就知道如何恢复活力，它会把种子播撒在易感土壤里，杀死我种下的不属于这个地方的树，耐心地等待着，直到我听到它发出的声音。我暗暗地想，这些数据肯定很难发表。大自然凭借本身特点就降低了我的实验的严格程度——由于新树种入侵，我最初关于物种组成和密度的假设已经无法测试。但通过倾听，而不是一意孤行地寻找答案，我学到了更多。

我们沿着Z字形道路在群山间穿行。几个女孩在车后座睡觉，琼在整理数据，我回想着这么多年来森林给我带来的好运。在做第一个实验，也就是测试桦树是否通过菌根将碳传递给了花旗松的实验时，我想，如果能取得任何发现，就很幸运了，而后来我检测到菌根在不断地传送足够种子生根发芽所需的碳。我看到花旗松把春天长新叶所需的能量回馈给桦树。我的学生们证实了那些发现，互惠互利不是仅限于桦树和花旗松之间，而是发生在各种树木之间。

在制作菌根网络图时，我想我们可能会看到一些连接。

事实上，我们发现了菌根精心制作的织锦。

和宋圆圆合作时，我觉得垂死的花旗松把信息传递给黄松的可能性不大，但它们确实是这样做的。我的另一个学生在第二项研究中证实了这一点，世界各地实验室的其他研究者也证实了这一点。后来，我们假设花旗松的母亲树能认出它们自己的亲属，而且它们不介意信号可能会通过菌根网络传播。我认为这个实验无异于赌博，但是天哪，花旗松真的能认出它们的亲属！母亲树不仅输送碳元素，支持它们的菌根真菌共生体，还以某种方式促进了亲缘树的健康成长。不仅如此，它们除了帮助自己的亲属以外，还会帮助非亲缘树和其他物种，促进群落的多样性。这都是运气吗？

我想，这是因为这些树一直在告诉我一些事情。

早在1980年，我就有一种预感，那些小小的黄色云杉幼苗（就是它们送我踏上这条占用我一辈子时光的漫长旅程）正蒙受痛苦，因为它们光秃秃的根无法与土壤相连。现在，我知道那是因为它们缺少菌根真菌。菌根真菌的菌丝不仅能从森林地面提取养分，还能把这些幼苗和母亲树连接起来，为它们提供碳和氮，直到它们能够独立生存。但是它们的根被限制在了塞子状结构中，与老树隔绝了。不过，在母亲树外围自然再生的亚高山冷杉有非常充足的养分。

但是，自从我生病以来就挥之不去的那个问题仍然萦绕在我心头：如果我们与自然界的一切生灵都是平等的，那么我们在面对死亡时是否会抱有同样的目标呢？例如，尽可能地做好传承工作，把最重要的物资传给孩子们。除非基本能量直接进入母亲树的后代体内（包括茎、针、芽等），而不仅仅是进入地下网络，否则我不能确定这种联系会使它们比真菌更适合生存。

莫妮卡是一名刚开始学业的博士生，她在这条知识链上又增加了一环。2015年秋，她用180个花盆开始了一个温室实验。在每个花盆里，她种了三棵幼苗：两棵亲缘苗和一棵非亲缘苗，其中一棵亲缘苗被指定为"母亲树"。这样做的目的是，一旦母亲树受了伤，她可以选择将它最后的能量送到哪里，是送给它的亲缘树、非亲缘树还是送到土壤里。莫妮卡将这些幼苗种在网眼袋中，网眼大小有所不同，有的允许菌根连接，有的抑制菌根连接。她还利用剪刀或西部云杉卷蛾，让一部分被指定为母亲树的幼苗受到伤害。然后她用碳13对母亲树进行了脉冲标记，以追踪碳的去向。

似乎是为了提醒我们大自然的反复无常，一阵热浪袭来，虽然温室里有吊扇，但还是有一部分幼苗死掉了。我和莫妮卡跪在一排排幼苗旁边，逐盆测试干得冒烟的土壤。温室里那只胖胖的橙色虎斑猫轻轻地摇动着自己的尾巴。大部分幼苗都还活着，我们的运气不错。即使在温室实验中，许多环境因素都在我们的控制之下，也仍有可能出错。与野外实验相比，这就显得微不足道了。即使是精心设计的野外实验，也会发生无数的灾难，尤其是那些持续数十年的研究长期模式的实验。我心中暗想，难怪大多数科学家都待在实验室里。

但我们没有放弃这个实验。此外，莫妮卡的亲缘幼苗比阿曼达的那些幼苗大很多倍，我很想知道它们是否足够结实，能把受伤的母亲树释放出的碳吸收到它们的嫩枝中。我们利用幸存的幼苗,继续这个实验。这一天,我和莫妮卡像看电影一样查看着数据图表,我们测试的所有因素都很重要——这些幼苗是否与母亲树有亲缘关系,是否相连,是否受了伤。

正如布赖恩和阿曼达发现的那样,莫妮卡的母亲树幼苗传递给亲缘树的碳比传递给非亲缘树的碳多。之前的研究只检测到碳进入了亲缘幼苗的菌根真菌中,而在这一次的研究中,莫妮卡发现碳直接进入了它们长长的顶枝中。大量碳带着能量,被母亲树幼苗输送到菌根网络中,深入亲缘树苗的针叶中。很快,母亲树幼苗就把自己的养分输送到了亲缘树苗的体内。果然如此!数据还显示,无论是西部云杉卷蛾还是剪刀造成的伤害,都会导致母亲树幼苗向亲缘幼苗转移更多的碳元素。面对不确定的未来,母亲树将生命力直接传递给了后代,帮助它们为未来的变化做好准备。

死亡使生者得以生存,长者给幼者以动力。

我想象着从母亲树那里流淌出来的能量,它肯定像海潮一样强大,像阳光一样强烈,像山风一样势不可当,像保护孩子的母亲一样勇往直前。甚至在我发现森林中的这些对话之前,我就知道我拥有这种力量。当我静静地思考马尔帕斯博士说的坦然接受生命奥秘的那些话语中蕴含的智慧时,我从院子里那棵枫树流入我体内的能量中,从我们在合作研究中突然遇到的那些神奇现象中,从还原论科学经常错过的相互协作(以至于我们在理解社会和生态系统时经常犯过于简化的错误)中,体会到了这种力量。

在经受了各种各样的气候条件后，树木会进化出具有超强适应环境变化能力的基因。后代适应了父母承受过的压力，拥有强大的防御能力和充沛的能量，所以从未来的混乱中成功恢复过来的可能性最大。这对森林管理而言可能具有非常重要的实践意义：在过去的气候变化中幸存下来的老树应该保留下来，因为它们可以将种子传播到受气候变化影响的区域，并将基因、能量和复原力传承下去。不仅要保留几棵老树，还要保留一系列的物种，它们具有各种各样的基因型，有或无亲缘关系，使它们自然地构成一个混合体，以确保森林的多样性和适应性。

2017年TED温哥华活动期间，我在斯坦利公园进行的TED步行演讲

我希望我们在抢救性采伐垂死的母亲树时三思而行，或许应该留下一部分母亲树来照顾那些幼小的树木，包括它们自己的后代和邻近树木的后代。在干旱、甲虫、卷蛾和火灾导致树木顶

梢枯死之后，木材行业砍伐了大片的森林，整个流域皆伐区连成一片，整座山谷被砍伐一空。这些枯树被认为是火灾隐患，但更可能是一种方便的商品。它们邻近的大量健康树木也受到了附带损害，被砍倒运进了木材厂。这种抢救性皆伐增加了碳排放，改变了流域的季节性水文状况，在某些情况下还会导致河流冲破河堤。由于树木所剩无几，沉积物顺着小溪流入已经因气候变化而变暖的河流，进一步加大了对鲑鱼的危害。

这让我想到了另一个冒险，一个我还在探索的冒险，因为它生动地描述了被我们忽略的物种联系。在我之前的科学家们，在河流沿岸的树木年轮中发现了来自腐烂鲑鱼的氮元素。我想知道鲑鱼体内的氮是否会被母亲树的菌根真菌吸收，并通过它们的网络传播到森林深处的其他树木。更重要的是，随着鲑鱼数量减少、栖息地丧失，树木体内来自鲑鱼的营养物质是否也在减少，并导致森林面临困境呢？如果是这样，这种情况可以补救吗？

🍂

在莫妮卡的实验结束几个月后，我来到了不列颠哥伦比亚省中部海岸的贝拉贝拉，进入了黑尔苏克人的鲑鱼森林。小船滑进一个原始的水湾后，顺着黑尔苏克向导罗恩的指引，我们看到了一些标志着部落领地的赭色象形文字。太平洋的薄雾如丝绸一般从垂直的石墙倾泻而下，覆盖在高大的树木上。同行的还有艾伦·拉罗克，他是我新招的博士生，将研究真菌网络的模式；还有博士后研究员"斯迈耶茨克"特蕾莎·瑞安博士,她是茨姆锡安人(茨姆锡安族生活在北部斯基纳河流域)。特蕾莎是一位传统的雪松篮子编织高手,也是加拿大—美国太平洋鲑鱼委员会下辖的联合奇努克技术委员会的渔业科学家。除此以外,她还有其他多个头衔。作为一名原住民和一名科学家,她想知道的是重新启用潮汐石头陷阱技术这种传统捕鱼方式,是否可以使鲑鱼群恢复元气,甚至使其恢复到殖民者控制渔业之前的水平。这样一来,雪松可能会得到更多的养分,这对需要采集雪松树皮的她来说是一个好消息。

我们来这里,是要寻找被熊、狼和鹰带进森林里的鲑鱼骨头。鱼肉被吃掉,残留的组织腐烂,营养物质渗入森林地面后,剩下的就只有鱼骨头了。维多利亚大学的汤姆·莱姆森博士和西蒙·弗雷泽大学的约翰·雷诺兹博士在这个水湾的雪松和北美云杉的年轮以及植物、昆虫和土壤中发现了来自鲑鱼的氮元素。在我们后来开始的研究中,艾伦将根据河流沿岸菌根真菌群落随鲑鱼群规模不同而发生的变化,探索菌根真菌是如何将鲑鱼的营养物质传播到树木中,或者在树木之间传播的。真菌在传播鲑鱼营养物质的能力上的差异,是否有助于解释这些热带雨林的巨大肥力呢?和艾伦、特蕾莎一起穿着高筒胶靴跳进莎草丛,朝岸上走去时,我几乎无法抑制我的兴奋。

"这是熊走过的路。"特蕾莎指着一条小径说。"它们最近来过这里。"

"继续往前走吧。"我就像一条拉着主人往前跑的狗。

沿着这条小路，我们很容易地走进了岸上的美莓丛，那里长满了密密麻麻的带刺的藤。手脚并用地在腐殖质里爬行了半个小时后，特蕾莎突然说："你们这些家伙疯了。跟着熊最近才留下的痕迹走，就是在自找麻烦。"她掉头走去，和罗恩一起在船上等我们。

我看着艾伦，想看看他有没有感受到压力，但他似乎一点儿也不紧张。"如果我是熊，抓到鲑鱼后我就会躲到一个不会被打扰的地方。"我说，同时也为他敢于冒险感到高兴。我们继续往前爬，穿过美莓丛中开辟的一条通道，朝着斜坡上方平地上一棵50米高的雪松走去。它的顶枝分出了多个枝杈，仿佛一个枝形烛台。黑尔苏克人把这棵树称作祖母树。

每只捕食产卵鲑鱼的熊每天将大约150条鱼运送到森林中，那里的树木通过根部四处寻找腐烂的蛋白质和营养物质，它们需要的氮元素有3/4以上是鲑鱼肉提供的。从树木年轮中发现的来自鲑鱼的氮与土壤中的氮不同，因为海鱼体内含有大量重同位素氮15，它是树木中大量鲑鱼氮的天然示踪剂。科学家可以根据树木年轮中氮元素的逐年变化，找出鲑鱼数量与气候变化、森林砍伐和捕鱼方式变化之间的关系。古老的雪松可以保留鲑鱼洄游的千年记录。

快到雪松祖母树所在的那个平台时，我大声打了个招呼："喂！"但我的喊声很难穿透茂密的美莓枝叶。如果这里出现一头灰熊，毫无疑问我这个举动就意味着死亡。尽管如此，我还是很平静。这样的体验让接受过化疗的我身心愉悦。我比最近在班夫的TED大舞台上要平静得多，那里有摄像机和上千人盯着我的一举一动。走上灯光明亮的舞台时，我不由得庆幸玛丽让我在蓝衬衫外面穿了一件黑色外套。那件蓝衬衫是我以前最喜欢的一件衣服，但玛丽发现它掉了一颗纽扣。我把听众想象成不时点头的卷心菜，然后开始了演讲。走下台的时候，我对自己说，我做到了！一想到自己克服了害羞，说出了心里话，把我的发现展示了出来，供大家各取所需，自豪感就油然而生。芝加哥的一位女性观看了视频后写道："我早就知道树木的这些知识了，但一直藏在心底。"《电合实验室》(Radiolab)的罗伯特·克鲁维奇找我录制播客。《国家地理》希望发表一篇文章，并拍成电影。我还收到了成千上万封电子邮件和信件。来自世界各地的人，包括孩子、母亲、父亲、艺术家、律师、萨满教僧、作曲家和学生，通过他们的故事、诗歌、绘画、电影、书籍、音乐、舞蹈、交响乐和会演，表达了他们与树木的联系。"我们希望模仿菌根连接的模式来设计我们的城市。"温哥华的一位城市规划师写道。母亲树的概念以及它与周围树木的联系甚至进入了好莱坞，成为电影《阿凡达》中树木的中心概念。这部电影引起了人们的共鸣，也让我意识到人与母亲、父亲、孩子、家庭（包括我们自己的家庭和他人的家庭）以及树木、动物乃至所有自然生物保持联系并融为一体是多么重要。

我收到了一些邀请，并出席了一些活动，结果收到了大量令人振奋的回复。人们关心森林，想要提供帮助。

"我们采取的措施并没有起作用。"一位政府林务员写道。

这可是一个好消息！我们讨论了留下母亲树以帮助采伐后的土地恢复这个问题。目前，还没有足够多的林务人员接受这种做法，但漫漫征程，至少已经迈出了一小步。

我和艾伦爬上那块平地。"天哪！"放眼看去，我不由得喊出声来，"你看！"在那棵古老母亲树的树枝下，有一张舒适的长满青苔的"床"，大得足以躺下熊妈妈和它的孩子。地上有几十副白色的鲑鱼骨架，鱼肉早已腐烂，椎骨四分五裂，折断的鱼骨包裹在鱼皮里面，就像折断的蝴蝶翅膀，鱼鳞和鱼鳃都被扒开，鱼的精华正慢慢地被树根吸收，然后被输送到木质部，传递给下一个生命。

这是树的骨头。

我和艾伦从鱼骨下面收集了一些泥土；作为比较，又从没有鱼骨的地方收集了一些泥土。回到特蕾莎和罗恩那里，从高潮水位线跳上船后，我们把样本放在冰上，以防止微生物DNA降解。罗恩开着船，"噗噗"地驶离了海岸，掠过沿着海岸线修葺的石墙，从河口的一边来到了另一边。这样的石墙有数百堵，都是黑尔苏克人沿着太平洋海岸线建造的潮汐捕鱼陷阱，与努查努阿特人（Nuu-Chah-Nulth）、夸夸嘉夸人（Kwakwaka'wakw）、钦西安人（Tsishian）、海达人（Haida）和特林吉特人（Tlingit）建造的潮汐捕鱼陷阱非常相似，用于被动捕获鲑鱼，掌握鱼群规模，并相应地调整捕捞数量。在退潮时，他们取回陷阱捕获的鱼，将最大的产卵雌鱼放回水中，让它们继续去上游产卵。他们将鱼熏制、晒干或烹煮，将内脏埋在森林地表下，将骨头放回水中以滋养生态系统。这种做法增加了鲑鱼的数量和森林、河流及河口的生产率。森林在接收鲑鱼带来的丰富资源后,作为回报,为河流遮阴,将营养物质注入水中,为熊、狼和鹰提供栖息地。

特蕾莎说,殖民者接管水域和森林的管辖权后,禁止人们使用石头陷阱。鲑鱼在最初的20年里被过度捕捞,至今仍未完全恢复。气候变化和太平洋变暖给鱼类带来了新的问题,使它们在完成从海洋回到出生地(同时也是产卵地)的漫长征程时更加疲惫,降低了它们到达产卵河流的成功率。这是破坏栖息地连通性的普遍模式的一部分。在夏洛特皇后群岛北部,格雷厄姆岛上仅存的雪松(有些有1 000多年的历史)即将被砍伐一空,此举会导致产卵河流沿岸的森林退化,也让海达人疑虑重重,不知道他们的生活方式将会发生什么样的变化。

什么时候这种破坏行为才能停止?

我们离开水湾,在快速驶往贝拉贝拉的途中,罗恩指向右侧,让我们看几百米外浮出水面的一条驼背鲑鱼。几十头白侧海豚不知从哪里冒出来,来到了我们的船旁边。它们不时跃出水面,翻着筋斗,互相吹着口哨。我非常惊讶,同时也十分振奋,不由得站了起来,艾伦和特蕾莎也站了起来,任由咸咸的海水溅到我们身上。

这项研究正在进行中,但前期数据显示,鲑鱼森林中的菌根真菌群落会随着返回出生地河流的鲑鱼数量的不同而不同。我们仍然不知道菌根网络能将鲑鱼氮素输送到森林深处多远的地方,也不知道潮汐石头陷阱的重新启用是否会影响森林健康(或者说，产生什么样的影响），但我们即将开展新的研究，并重建一些石墙来寻找答案。我在想，也许我们应该检查鲑鱼是否也通过流经内陆的河流滋养了大陆森林。产卵的鲑鱼是否哺育了绵延数千公里流入山区的河流沿岸的雪松、桦树和云杉？比如在我的实验场地下方流过的亚当斯河。鲑鱼就是这样把海洋和大陆连接起来的。赛克维派克人知道鲑鱼对内陆森林和他们的生计有多么重要，因此他们根据一些影响深远的相互联系原理，对鲑鱼群加以照料。

❦

那一年的感恩节，我开车回家。在路边的皆伐区里，人们正拿着链锯采伐受到甲虫侵扰的母亲树。落叶层被翻了一遍，但母亲树播下的种子还没有发芽。老树砍伐后留下来的枝丫堆得像公寓大楼那么高，进山公路在山谷里纵横交错，河流被沉积物堵塞。种下的幼苗被包裹在像十字架一样的白色塑料管里。

地面的裂缝清晰可见。

我来自一个伐木工家庭，我并非没有意识到我们需要靠树木维持生计。但那次鲑鱼之旅告诉我，接受了某些东西就有义务做出回报。最近，苏比亚说的那些话越来越让我着迷。他谈起树木来，就像谈论人一样。树木不仅有一种类似于人类的智慧，甚至有一种可能与人类相似的精神品质。

它们有着同样的举止风度，但它们不只是等同于人，它们就是人，我愿意称它们为树族。

我并不认为自己完全掌握了原住民的知识。这些知识来自他们对地球的认识（一种认识论），不同于我所在文化的认识论。它告诉我们，要知道苦根会开花，鲑鱼会洄游，月亮有周期性变化。它告诉我们，要认识到我们与土地（树木、动物、土壤和水）之间以及我们相互之间都是有联系的。为了子孙后代，我们有责任照顾好这些联系和资源，确保这些生态系统的可持续性；此外，我们应向前人致敬。它告诉我们不要肆意妄为，应根据需要领取并回馈给我们的馈赠。它告诉我们，在面对这个生命循环中与我们有关系的人或物时，都应表现出谦卑和宽容。但是，我从事林业的多年经验也告诉我，有太多的决策者对这种自然观不屑一顾，只依赖科学中关于选择的那些内容。他们的影响越来越具有破坏性，不容忽视。我们可以对两种土地进行比较，一种是被分割得七零八落、所有资源都被孤立的土地，另一种是按照赛克维派克人的"k'wseltktnews"原则（意即"世间万物都相互关联"）或者萨利希人的"nə́ċaʔmat ct"理念（即"我们是一个整体"）精心照料的土地。

我们必须留意我们听到的答案。

我相信这种变革性思想将拯救我们。它认为世间万物及其馈赠对我们都具有同样重要的意义。首先，我们要认识到树木和植物具有能动性。它们能感知、联系和交流，能实施各种各样的行为。它们会合作、做决定、学习和记忆，我们通常将这些品质归因于感觉、智慧、智力。只要注意到树木、动物甚至是真菌

（所有非人类物种）都具有这种能动性，我们就有可能承认它们应该得到与我们给予自己的同样多的尊重。我们面临两种可能：如果温室气体排放逐年加速，就有可能推动地球朝着失衡的方向越走越远；如果承认我们对一个物种、一片森林、一个湖泊的伤害会波及整个复杂的网络，就有可能恢复平衡。虐待一个物种就是虐待我们全体。

地球上的其他生物一直在耐心地等待我们找出答案。

要实现这一转变，人类必须重新与自然（森林、草原、海洋）建立联系，而不是把每个事物、每个人都当作可利用的对象。这意味着我们要以原住民的知识为基础，在与之保持一致的前提下补充、扩展我们的现代处事方式、认识论和科学方法。仅仅因为我们有能力，就肆意砍伐森林，采收水源，以实现我们最大胆的物质财富梦，这样做的恶果已经落在了我们的身上。

我在离家只有半个小时路程的卡斯尔加渡过了哥伦比亚河。我急切地想见到汉娜和纳瓦，同时也庆幸玛丽已经赶到北方，准备欢庆加拿大的感恩节了。河里的水位很低，水的自然流动受上游的云母坝、雷夫尔斯托克峡谷大坝和休·金利赛德水坝控制（哥伦比亚流

2019年7月，在丛林中工作的汉娜（21岁）正在吃越橘

域一共有60座大坝）。这些大坝意味着箭湖损失的鲑鱼数量会减少，锡尼克斯族的村庄、墓地和贸易路线遭遇洪水的次数也会减少。锡尼克斯族的祖先居住在莫纳西山脉向东至珀塞尔山脉和从哥伦比亚源头至华盛顿州之间的区域。我不知道，在加拿大政府宣布锡尼克斯族灭绝、修筑水坝、砍伐树木、开采土地之前，这块土地是什么样子的。然而，坚韧不拔的锡尼克斯人继续维护这块土地上的法律，并联合起来推动哥伦比亚流域的恢复。

我回到家时，月亮已经高高地挂在白雪皑皑的山顶上了，玛丽和全家人欢聚一堂。这个感恩节特别令人难忘，因为桌上的茶香味蜡烛被打翻了，火焰舔舐着火鸡。当时我正在搅拌肉卤。我一抬头，就看见唐（他的新女友带着她自己的孩子去了外地）把一锅烹煮甘蓝菜的水倒在燃烧的火鸡上，萝宾和比尔则把酒杯里的酒泼到餐巾上。朱尼布格外婆端着她做的屈莱弗甜食，从趴在地板上读《哈利·波特》的奥利弗身边走过。

这就是家庭。尽管它有不完美的地方，也会有磕磕碰碰和小火灾，但是在重要的时候，我们都会彼此守候。

尽管有那些皆伐区，尽管我担心工作和气候变化，担心我的健康和我的孩子，以及其他一切——包括我的那些珍贵的树木，但能回到家里，和所有人待在一起，我仍然觉得一切是那么美好。

🍃

汉娜跟着我进入了悬崖下面岩石堆之间的那片铁杉林。悬崖上有一个黑色洞口，里面是一个世纪前矿工为寻找铜和锌而在山上开挖的隧道，深达数千米。我们在树林地面上挖了一个坑，挖出了一些绿色的矿物颗粒，还有一些是铁锈色的。我们手上戴着外科手术手套，胳膊外面有长袖。入口处的渗流含有铜、铅和其他金属，污染了森林的地面。在细菌的帮助下，金属与矿石中的硫化物结合，形成矿山酸性污水，从废石堆渗透到土壤深处。然而，这里的树木仍在生长（尽管速度缓慢），竭尽全力为森林的恢复提供养分。

那是2017年的夏天，我们所在的位置是不列颠尼亚矿坑。它位于温哥华以北45千米处的豪湾海岸，属于斯阔米什族未割让领地。它曾是大英帝国最大的矿坑，1904年启用以提取火山碎屑流到沉积岩后产生的变质岩石与深成侵入体接触后形成的矿体。矿工们在蕴藏丰富矿石的断层和裂缝处进行开采，从北侧的不列颠溪开始，贯穿不列颠山，一直开采到南侧的弗里溪，占地面积约40平方千米。他们留下了20多个洞口，从洞口进去是210千米长的隧道，隧道尽头是位于海平面以下650米处的竖井，竖井的深度超过1 100米。

矿工沿着轨道把矿石从山里运出来，整条轨道只有在入口处才能见到阳光。他们把矿石装上轨道车和缆车，废石被留下来，堆成了堆。即使矿坑在1974年被关闭，它仍然是北美海洋环境中最大的金属污染源之一。尾矿和废石被用来填充海岸线，不列颠溪的水流携带有数千克铜，看起来清澈见底，但没有生命气息。溪水流入豪湾，杀死了沿岸至少两千米范围内的海洋生物。在煤矿关闭时，不列颠溪水毒性非常大，投放的奇努克鲑鱼苗在48小时内就被毒死了。经过多年的补救，鲑鱼已经成功地回到了不列颠溪产卵，不列颠海滩的海岸线又恢复了生机，岩石上出现了植物和无脊椎动物，豪湾里也能看到海豚和逆戟鲸了。

这些都表明地球是宽容的。

我和汉娜是应环境毒理学家特里希·米勒的邀请来这里的，评估废石堆对周围森林的影响。废石堆的影响并不仅限于溪流，还深入森林，她希望来一次超过以往的广泛程度的评估。我欣然接受了和特里希一起工作的机会，在我们的孩子还小的时候，我们就是朋友了，多年来我听着她谈论环境整治。我很好奇森林是否有能力修复支离破碎的生态系统，古老的树木是否有能力在原土中播种，真菌和微生物网络是否有能力修复受到的伤害。那些被金属污染的森林像光晕一样围在碎石堆周围，那里的树木生长得怎么样？森林在恢复吗？我们应该采取更多的补救措施吗，还是说森林自己可以慢慢地恢复？

森林受到多大的创伤，就会无法恢复？

我和汉娜找到了隐藏在铁杉丛中的山洞入口，树木就像披肩一样，包裹在入口周围。手工挖出的矿道和轨道从高处峭壁上的隧道通往下方海岸线上的分离磨粉厂，路两旁长着桤木和桦树。矿工们睡过的营地上长满了苔藓和地衣，他们家人住过的城镇里一片寂静。在废石堆的光晕森林里，腐殖质比周围未受污染的森林里的腐殖质贫瘠，但树木的根盘绕在裸露的石头上，几株喜酸的假杜鹃、黑越橘和欧洲蕨也在那里找到了立足之地。站在雨水淋漓的铁杉树枝下，我心中暗想，如果地球有什么地方拥有治愈的力量，那一定是在太平洋海岸上的这片雨林里，它是世界上最富饶的雨林之一。

这也是一个向汉娜展示如何评估破坏（树木、植物、土壤和苔藓受到的破坏）以及大自然恢复能力的机会——即使地表上的血管已经开始流血，她也能恢复。这些废石堆要比方圆几百米的皆伐区小得多。一千个废石堆才相当于遍布山谷的那些皆伐区，要几千个废石堆才抵得上世界各地的露天铜矿。皆伐造成的破坏非常严重，但是在地面完好无损的地方，森林可以很容易地恢复元气，而挖走土壤、从地下深处开采金属则会对森林和河流产生长期的影响。

"这些树又回来了，真是太好了。"汉娜一边说，一边在一棵矮小的西部铁杉上采集样本。除了这棵树以外，还有十几棵树也在朽木中找到了合适的位置，它们像步兵一样保持着整齐的队形。它们的种子是从邻近的健康森林传播过来的，它们的根在腐烂的哺养木中搜寻目标。在这里，真菌共生体可以吸收到稀缺的营养物质，纤维素像海绵一样吸收水分，斑斑点点的阳光透过林上层照射下来。汉娜采样的那棵树的生长速度只有附近老树的1/2（它的根较浅，树冠也较稀疏），但我知道它能挺过去。我的硕士研究生加布里埃尔发现，即使是像这样的铁杉树苗（它们的根紧紧抓住了老朽的哺养木），也能连接上附近的母亲树，吸收来自母亲树强大树冠的碳元素，直到它们能够自给自足。这个林下层的植物群落也在恢复，一半的原生灌木和草本植物出现在小块小块的地方，其中大多数是喜酸的（比如铁杉），它们慢慢地改变土壤，加速了养分的循环。这些回馈对于帮助树木重新振作至关重要。我利用那个土坑测量了森林地表（包括凋落层、发酵层和腐殖质层）的厚度，发现它已经达到邻近健康森林地表厚度的1/2了。

就在我拨开森林地面，查看下面的矿质土壤时，一条有蝾螈那么大的青铜色蜈蚣爬到了我的手上。"啊！"我大叫着甩手，把它甩到一根木头上，它掉进了腐殖质里。蜈蚣猛烈地扭动身体，尘土都翻腾起来。这个惊人的迹象表明森林地表正在恢复。蜈蚣从土里钻出来，爬出我们的视野，去继续它一天的工作——吃小虫子，而那些小虫子吃更小的虫子，通过进食和排泄这一系列的动作，循环养分，帮助树木生长。吃过巧克力饼干后，我和汉娜开始测量并记录土壤的厚度和质地、树木的高度和年龄、植物的种类和覆盖面积、鸟类和动物留下的痕迹。

我们开着车，又朝着山上行驶了5千米，调查一个废石堆成的斜坡上的植物和土壤。这个斜坡的倾斜度有70%，非常陡峭，工人们下坡时都要抓着一根绳子。坡面中间大部分区域都是光秃秃的，只有一些地衣爬到了碎石上面，还有一些奇怪的草在那里扎下了根。铁杉幼苗发现了一小块腐殖质，然后在其中生根，它由于缺氮而呈现出病态的苍白色（这是缺绿症的表现），让我想起了很久以前利卢埃特山脉中的那些发黄的小树苗。汉娜跟在我的身后，穿过这个陡峭的斜坡。越靠近树带界线，废石堆周围的母亲树播下的种子长成的铁杉就越茁壮。在森林的边缘，薄雾笼罩着的树苗长得更大了，叶子也更加鲜艳，菌根与矿物质缠绕在一起，自己就造出了土壤。在母亲树的帮助下，这些生物（真菌和细菌，植物和蜈蚣）正在齐心协力地帮助这个雄伟的地方，一点儿一点儿地治疗被开发留下的创伤。

"从老森林里引入土壤也有好处。"我想起温妮外婆用堆肥给园子施肥，她把伯特外公捕到的鱼的内脏埋在悬钩子藤的基部，就像黑尔苏克人、熊和狼用鲑鱼的骨头喂养雪松祖母树一样，通过回馈完成循环。我敢发誓，温妮外婆照料的地里长出的浆果最甜。汉娜跟着我，就像我陪着温妮外婆走过玉米地和土豆地一样，这让我非常高兴。

"你也可以在这里种桦树和桤木。"汉娜说。她建议我们去溪边采集桤木种子，去那条老采矿路采集一些桦树种子。

"想法不错。"我说，"而且要种成一簇簇的，而不是整整齐齐的几行。"树木需要彼此靠近，需要在易感土壤中生根，所有树木一起建立生态系统，并与其他物种混合，相互联系以形成一张树维网，因为这种复杂性可以提升森林防御灾害的能力。现在，科学家更乐于把森林视为复杂的适应性系统，它由许多能够适应和学习的物种组成，其中包括古树、种子库和原木等遗产，这些组成部分通过信息反馈和自组织，在复杂的动态网络中相互作用。这个过程会产生整体属性，它大于各组成部分的总和。生态系统的属性体现在健康状况、生产率、美和精神等方面，这些都离不开干净的空气、干净的水和肥沃的土壤。为了恢复健康，森林以这种方式连成一体，我们只需有样学样，就有可能起作用。

我们来到了顶部入口处的那堆废石前。爆破使一个洞穴状岩壁暴露出来，它有几百米高，几百米宽，废石胡乱地堆在底部。这里的空气比较稀薄，云层在花岗岩塔楼上翻腾，冷雨向我们袭来。入口周围的高山铁杉依然茂盛，针叶像天鹅绒那样柔软，树枝被风吹得参差不齐，树梢被积雪压得向下弯曲。它们的根在森林地面下蔓延，就像老人手上的血管一样，通过循环将花岗岩变成木材，为植物和动物提供养分。

但是，在那块因为含有地球深部金属而闪闪发光的岩壁前，树根停止了蔓延，就像下面入口处的轨道在半空中戛然而止（好像有人从那儿冲到河里淹死了）。凿出来的洞太深，树根无法继续生长；裸露的岩石没有经过处理，无法提供营养；水是酸的，无法吸收利用。因此，伤口无法愈合。含有金属的岩石被峭壁渗出的水浸湿后闪闪发光。在长达100年的平静之后，岩石上竟然还没有地衣和苔藓。我能体会到汉娜的震惊，如果伤害太大，地球有时也无法承受，无法恢复过来。它能承受的伤害也是有限的。有时候，连接被断开得过于彻底，血液流淌得过于枯竭，即使母亲树再强大、再顽强，它的根系再发达、恢复能力再强，面对这样的创伤时也会无能为力。

我们到达最低的入口。这个高地上的矿坑要小一些，这里的森林是可以恢复的。汉娜数了数今天最后一次提取的样品上的年轮，然后写下了"87年"。她把铅笔状的年轮样品插回树里，用树脂封住伤口，然后拍了拍树皮。

"这个地方的最大妙处在于，"我说，"只要给它一点儿动力

不列颠哥伦比亚省纳尔逊市附近内陆雨林中的母亲树

和一点儿帮助，动植物就会回来。"动植物会让森林重新变成一个整体，帮助它恢复。土地都希望自我疗愈，就像我的身体一样。我很庆幸能来到这里，继续我的研究，教育我的女儿。一旦系统达到一个临界点，一旦做出了良好的决策并付诸实施，等到某些部分和过程再次接入网络、土壤得到重建后，森林就有可能恢复——至少在某些地方是这样。我们收拾好装备，沿着斜坡蜿蜒而下，土壤里仍然有斑斑点点的铜绿色，渗水仍然有一点儿酸，但一切都在慢慢地改变。

在我们的脚边，郁郁葱葱的幼苗在风中窸窸窣窣地摆动。在倒在地上的木头旁边，有一行行铁杉，它们比那些幼苗高，顶枝在努力地寻找阳光，树根缠绕在那些木头上。"我的理想是成为一名森林生态学家，妈妈。"女儿一边说，一边抚摸着小树苗柔软的针叶。

我停下来，回头看了看。在落日的余晖中，有一棵树昂首耸立，比其他树都高。它的根扎在滋养它的火山岩石上，它的枝杈伸展开来，就好像张开的胳膊，树皮因为常年积雪而变得疙疙瘩瘩的，伤疤早已愈合，树枝上挂满了松果。它是这一大片幼苗的母亲树。我很平静，很快乐，但也需要休息。在弗吉尼亚州的一个教室里，我收到了一首题为《妈妈树》的诗，在诗中，一个妈妈对我们大家说："晚安，我的宝贝们，该睡觉了。"今天晚上，我会沿着那条小路走到斯阔米什河边，和苍鹭一起坐在河岸上，闭上眼睛，让温暖的空气抚摸我的全身。

汉娜从背心口袋里拿出相机和GPS（全球定位系统）设备，

拍了一张照片，记录下了那棵古老的母亲树和它的那些幼苗的位置。"我们可以把它写进报告里。"她说。她指的是她通过观察能体会到森林有无限生机这件事。

太阳落到母亲树伸展的树冠后面，一只白头海雕降落在它最高的树枝上，把它的球果撒得满地都是。白头海雕歪着头，直直地盯着我们。我猛地呼了一口气，呼出的气很快就与山中的空气混在一起，但我觉得它肯定被带到白头海雕那里去了，因为在我呼气的时候，它正在扇动巨大的翅膀。现在我知道为什么了。我知道为什么这些幼苗尽管遭受了破坏和摧残，却依然很健康，不像多年前利卢埃特山上的那些发黄的幼苗一样（那些幼苗得到了我将奉献一生的承诺）。因为这里的种子是在母亲树庞大的菌根网络中发芽的。

它们新生的根从母亲树的网中汲取营养，嫩枝接收了关于母亲树以往苦苦挣扎的信息，这让它们从一开始就领先一步。

它们用这片柔若轻羽的翠绿针叶做出了回应。

突然，白头海雕随着一股上升气流腾空而起，随后消失在山峰之上。在这个世界上，没有任何一个时刻可以忽视，没有任何一个事物可以失去，万物都有它存在的意义，都需要呵护。这是我的信条。只要我们欣然接受，就能看到世间万物欣欣向荣的样子。同样地，在任何时候财富和上天的恩典都会飞速增长。

汉娜把土壤样本塞进包里。下雨了，雨点打得蕨类植物不停颤抖，她拉上了帽子。她朝天上看去，想看看那只白头海雕飞到哪里去了。然后，她指向天空，那只白头海雕和另一只鹰在一起，正在花岗岩山脊上方展翅翱翔。

　　风吹过母亲树的针叶，但是它站在那里，稳如泰山。它见识过大自然的千变万化：蚊虫肆虐的炎热夏日，连绵数周的倾盆大雨，压断树枝的暴雪，干旱之后的长时间潮湿天气。天空变成了红色，它的枝丫变成了团团火焰，仿佛冲锋号一般令人热血沸腾。它还会在这里待上几百年，倾其所有，引导森林的恢复过程。到那时，我早已离开了这个世界。再见，亲爱的妈妈！我精疲力竭，慢慢地整理好背心。汉娜把沉重的背包背到肩上，调整了一下平衡，扣紧了包扣。她似乎根本没有注意到它的重量。

　　她拿起我的铲子以减轻我的负担，抓住我的手，带领我踏上了回家的路。

不列颠哥伦比亚省南部沿海雨林中有百年树龄的花旗松母亲树。它的旁边有花旗松、西部铁杉和北美乔柏，林下层则生长着茂盛的剑蕨和红果越橘。太平洋西北部原住民利用剑蕨的叶子制作坑式烤炉的保护层，以及包裹储存的食物，还铺在地面和床上；春天把根茎从地下挖出来，烤熟去皮后可以食用。越橘的红色浆果可以当作鱼饵投入溪流中，或者晒干捣碎后制作糕点，还可以榨汁，用来刺激食欲或漱口

夏洛特皇后群岛上雅昆河沿岸的北美云杉母亲树，周围是西部铁杉和云杉树苗。一些树苗在腐败的哺养木上再生，哺养木可以保护它们免受捕食者、病原体和干旱的伤害。西海岸的海达人、特林吉特人、茨姆锡安人以及其他民族会收割云杉的根来制作防水的帽子和篮子，还会食用云杉的内树皮，或者将内树皮晾干后制成糕点，和浆果一起食用。生的云杉嫩枝是维生素C的极佳来源

从菌柄（茎）基部长出白色菌丝的西方着色乳牛肝菌。蘑菇是在森林地表扩散并与附近树木相连的菌丝形成的子实体。树木通过光合作用为真菌提供糖分，以换取真菌从土壤中收集的养分

有大量外延菌丝的外生菌根根尖。这张照片是利用微根管（也称微根窗）技术在美国橡树岭国家实验室拍摄的

黑熊妈妈和她的两个宝宝

白头鹰

北美乔柏

外生菌根真菌子座中长出来的根状菌索

土壤剖面上层土中的外生菌根真菌网络

不列颠哥伦比亚省温哥华市,斯坦利公园里一棵有千年树龄的北美乔柏母亲树。纵裂的疤痕是剥树皮这种传统文化造成的,因此这棵树被称为文化改良树(CMT)

作者坐在一棵北美乔柏母亲树下

尾声

母亲树项目

我是在2015年启动母亲树项目的,当时我刚刚摆脱癌症,重获新生。这是我做过的最大的实验,其指导原则是保留母亲树,维持森林中的各种联系,以保持森林的可再生性,特别是在气候变化的情况下。

母亲树项目由9个实验林地组成,涵盖了不列颠哥伦比亚省的各种气候——有该省东南角干燥炎热的森林,也有中北部寒冷潮湿的内陆森林。我们研究森林的结构和功能,调查像网一样相互交织的各种关系在真实环境中发挥的作用,了解森林砍伐模式的变化(保留不同数量的母亲树)和人造林(包含不同树种的混交林)会导致这些关系发生什么样的变化。我们希望就采伐和种植的哪些组合最能适应地球所面临的压力,如何让最健康的连接随着我们对森林资源的利用而蓬勃发展等问题,做出一些有理有据的猜测。

我们的目标是发展一门新兴哲学：复杂性科学。基于竞争与合作这两种关系，事实上，是在充分利用构成森林的各种相互作用的基础上，复杂性科学可以变革林业实践，使其兼具适应性和全局性，改正过度专制和简化的缺点。

气候变化的后果如今已经尽人皆知，几乎没有人能摆脱它的直接影响。二氧化碳浓度从1850年的百万分之285（即100万个空气分子中含有285个二氧化碳分子）激增到1958年的百万分之315。当我坐在这里写作的时候，浓度已经超过了412 ppm（百万分比浓度），按照这样的增长速度，当汉娜和纳瓦到了生育年龄时，二氧化碳浓度将达到科学家认为的临界点：450 ppm。

但我还是比较乐观。有时候，当你觉得什么都不会改变的时候，变化反而就来了。在我的研究的基础上，自由生长政策在2000年做了修改，允许在不列颠哥伦比亚省的某些地区留一些桦树和颤杨，尽管基本态度没有彻底改变——这些枝繁叶茂的树木仍然被视为竞争对手和眼中钉。但是，现在这片土地上来了一些年轻的林务人员，他们在制定意见书时都会深思熟虑，践行拯救老树和鼓励森林多样性的理念。

我们有能力改变方向。我们感到绝望，在很大程度上是因为我们破坏了连接（再加上我们对大自然的惊人能力不够了解），而且我们伤害的对象是植物。通过了解它们的感知力，我们对树木、植物及森林的同理心和爱自然会加深，并将找到创新性解决方案。关键在于，我们要求助于大自然本身的智慧。

这取决于我们每一个人。与你认为属于自己的植物建立联系吧。如果你在城市，就在阳台上放一个花盆。如果你有院子，那就建一个花园或加入社区地块。有一个简单而深刻的行动，你现在就可以执行：去找一棵树，你的树。想象一下连接到它的网络，连接到附近的其他树，然后打开你的感官。

如果你想更进一步，那么我邀请你深入母亲树项目的核心部分，对保护、增强生物多样性和碳储量的技术与解决方案，以及无数支撑我们生命维持系统的生态产品和服务，做更深入的了解。机遇就像我们的想象力一样无穷无尽。科学家、学生和公众如果想要参与这项在森林深处进行的跨学科研究，并成为公民科学计划（一项拯救全世界森林的运动）的一部分，可以在 http://mothertreeproject.org 上了解更多信息。

生活在森林中吧！

致谢

本书的创作得到了很多人的支持，很多具体工作都得益于他们的帮助，我几乎不可能向他们一一表示感谢。每一章都是合作的成果，我永远感谢所有和我一起生活、工作和学习的人，他们和我一起创造了这些内容并公之于众。我的家人、朋友、学生、老师和同事，以及我的写作指导老师、经纪人和出版商给了我坚持下去的力量、耐性和勇气。

我要感谢Idea Architects的道格·艾布拉姆斯和拉拉·拉夫·哈丁。如果没有他们的兴趣、洞察力和创造力，这本书的内容不会像现在这样丰富。我要特别感谢Idea Architects的写作指导老师凯瑟琳·瓦斯的密切合作。在我创作每一章时，凯瑟琳都会深入挖掘我的记忆和想法，启发和引导我写出重要的细节，删除不贴切的文字，把内容精心组织起来，让人产生继续读下去的欲望。她的支持和鼓励贯穿了我创作的全过程。我觉得，到本次创作结束时，她对我的生活的了解达到了和我一样的程度。从我们相遇的那一刻起，我们的友谊就在不断加深。诚挚感谢凯瑟琳,是你的卓越才华成就了这本书。

我非常感谢我在克诺普夫-道布尔迪出版集团的编辑维姬·威尔逊。感谢她关注一份关于树木的书稿,不仅如此,她还知道使森林深受其害的那种世界观同样让我们的社会动荡不安,而解决这些问题需要我们深入了解我们自己、我们在大自然中的位置和大自然能够教给我们哪些东西。我和我的家人都很感激维姬,是她想到了用我们以往的照片贯穿全书这个主意。谢谢你,维姬,谢谢你看到了这本书的价值,并赋予它勃勃生机。

英国企鹅出版社的编辑劳拉·斯蒂克尼利用她谨慎的眼光,帮助我改进了涉及科学的那些文字。谢谢你,劳拉,感谢你在这本书最后阶段的关注和发挥了关键作用的那些编辑技巧。

感谢我的家人,这本书承载了我给你们的爱,它是一首表达感激之情的诗。感谢我的外祖父母温妮和伯特,以及加德纳和弗格森家族,也感谢我的祖父母亨利和玛莎,以及西马德和安提拉家族,是他们教给了我关于水、溪流和森林的知识。从他们那里,我了解了我们是如何在这片土地上定居的,以及如何在艰难困苦中快乐地生活。最重要的是,感谢我的父母埃伦·琼·西马德和欧内斯特·查尔斯(彼得)·西马德,以及我的姐姐萝宾·伊丽莎白·西马德和弟弟凯利·查尔斯·西马德,本书中的每一个字描写的都是我们兄弟姐妹、我们从小长大的那个地方和对我们的成长产生了深远影响的那些森林。这本书也是送给他们家人的礼物,尤其是奥利弗·雷文·詹姆斯·希斯、凯莉·萝丝·伊丽莎白·希斯、马修·凯利·查尔斯·西马德和蒂法妮·西马德,这些故事将在他们的生活中永远流传下去。

感谢我美丽的朋友们,我爱你们稀奇古怪的爱好,就像你们爱我一样。特别感谢温妮弗雷德·琼·洛奇(原姓马瑟),你是我不敢想象的最美丽、最好的朋友,40年来,我们一道将自己的生命奉献给了森林。也要谢谢你,芭布·兹莫尼克,10多年来,你一直担任我在林务局的技术员,帮助我管理账目、卡车、设备和暑期学生。即使是在你的孩子还小的时候,你也经常和我们一起,长时间地出城工作。我衷心感谢芭布和她的家人这些年所做的一切。

在这项研究中,不列颠哥伦比亚大学的很多学生、博士后和助理研究员提供了帮助和启发,我无法将所有人的名字一一列出。你们的工作深深融入了我在这些章节中提到的那些科研活动中,我按照你们跟在我身边学习的先后顺序向你们表示感谢:朗达·德隆,凯伦·巴利什塔,琳娜·菲利普,布伦丹·特维格,弗朗索瓦·塔斯特,杰森·巴克,马库斯·宾汉姆,马蒂·克拉纳贝特,茱莉亚·多德尔,朱莉·德斯利佩,凯文·贝勒,费德里科·奥索里奥,香农·吉川,特雷弗·布伦纳-哈塞特,茱莉亚·钱德勒,茱莉亚·阿莫龙根·麦迪逊,阿曼达·阿赛,莫妮卡·戈尔泽拉克,格雷戈里·佩克,加布里埃尔·奥雷戈,瓦马尼·奥雷戈,安东尼·梁,阿曼达·马泰斯,卡米尔·德弗雷纳,迪西·莫迪,凯蒂·麦克玛亨,艾伦·拉洛克,伊娃·施耐德,艾莉西亚·康斯坦丁诺和约瑟夫·库珀尔。我的博士后和研究助理们,你们是这项工作的无名英雄。感谢你们,特蕾莎·莱恩,布赖恩·皮克尔斯,宋圆圆,奥尔佳·卡赞采夫娃,西比尔·霍伊斯勒,贾斯汀·卡斯特和陶塔姆·萨捷迪。感谢20年来我教过的成千上万名本科生,是你们让我学会了教学,让我跋山涉水走进森林,去观察、触摸和倾听森林中的奇迹。我希望我已经把对那些一直让我着迷的事物的热情传递给了你们。

多年来,我有幸与之共事的同事不胜枚举,但我要特别感谢丹·杜拉尔、梅兰妮·琼斯和兰迪·莫利纳这三位博士,感谢他们分享了对森林地下生活的热情。感谢黛博拉·德隆与我分享了她在政府和学术界多姿多彩的职业生涯,我们在最有趣的时刻走到了一起。我也很感谢早期与林务局的同事们在造林方面的合作,特别是戴夫·科茨和特蕾莎·纽瑟姆,以及我早先的合作作者琼·海涅曼。

感谢我的导师和老师,他们加深了我对森林科学的兴趣。我最早的导师莱斯·拉夫库里奇是一位开创性的土壤化学家,他向我展示了成为一名优秀教师的意义,他让土壤形成过程变成了世界上最吸引人的话题,他还指导我完成了学士学位论文。1990年,自我成为林务局的一名森林培育研究人员以后,我就得到了艾伦·维斯的精心呵护,他启发我在学习科学技能的同时,也要看到森林是一个整体。此外,他不遗余力,为我攻读森林生态学研究生创造机会。我永远感激艾伦教给我的一切以及提供给我的机会。我很感激我的理学硕士研究生导师史蒂夫·拉多塞维奇,是他把物种相互作用的精确研究从农田带到了森林里,后来他发现人类在植物群落中与植物本身一样重要。我非常感谢我的博士研究生导师戴维·A. 佩里，他教我如何从生态学的角度理解林业。我很自豪我是你们所有人的学生。

非常感谢与我合作的许多艺术家、作家和电影人，他们对我的作品感兴趣，并把我的作品展示给更多的人看。我尤其要感谢《编织的树林》的作者洛林·罗伊、《神奇的真菌》的作者路易·施瓦茨伯格、《树语》的作者理查德·鲍尔斯、《聪明的植物》的作者欧娜·巴菲、《母亲树连接森林》的创作者丹·麦金尼和茱莉亚·多德尔。非常高兴能与姐夫比尔·希斯合作，将我的研究成果带到TED的舞台，将母亲树项目和鲑鱼森林项目拍成纪录片，并利用历史照片创建了我的家庭和生活档案，本书还使用了其中一些照片。

如果没有若干机构、出资单位和基金会的资助与支持，就根本不会有这本书。它们包括不列颠哥伦比亚省森林和牧场部、不列颠哥伦比亚大学、加拿大自然科学和工程研究委员会（NSERC）、加拿大创新基金会（CFI）、不列颠哥伦比亚省基因组协会（Genome BC）、不列颠哥伦比亚省森林改善协会（FESBC）、森林碳计划（FCI）等。我也非常感谢唐纳加拿大人基金会对鲑鱼森林项目的慷慨支持，以及耶拿和迈克尔·金基金会对母亲树项目的慷慨支持。

一些对我来说非常重要的人阅读并评论了我的书稿，提供了非常有帮助的反馈，他们是琼·西马德、彼得·西马德、萝宾·西马德、比尔·希斯、唐·萨克斯、特里希·米勒、琼·洛奇和艾伦·维斯。我也非常感谢"Sm'hayetsk"特蕾莎·莱恩博士

(茨姆锡安族),她审查了有关原住民的内容,教我了解原住民看待世界的方式,她还看到了将这些小的科学发现与那些对原住民生活方式来说至关重要的、更深层的社会生态关系联系到一起的价值。感谢企鹅兰登书屋的制作编辑诺拉·理查德,感谢她对书稿的精心制作和编辑。

感谢海边萨利希人、黑尔苏克人、茨姆锡安人、海达人、阿萨巴斯坎人、内陆萨利希人和库特尼第一民族人的合作和讨论,我们曾在他们的传统领地、祖先领地和未割让领地上生活并进行本书的创作。

感谢唐在我最困难的时候以及最快乐的时候陪伴着我,他是我们美丽女儿汉娜·丽贝卡·萨克斯和纳瓦·索菲娅·萨克斯的好父亲。我一直感激你给我的爱和支持。

最后,谢谢你,玛丽,你总是帮我收拾残局,小心翼翼地为下一次冒险做好准备。

这本书的最终内容由我负责。我一直努力做一个诚实的历史讲述者,但有时我不得不创造性地填补我记忆中的空白,或者做出一些小的改变以保护个人隐私。为了简洁起见,有些名字被省略了,或者为了保护隐私而做了修改,但我希望我给了他们应有的赞誉。对于我的学生和同事,即使我没有提到你的名字,或只使用你的名字的第一个字,我也在参考文献中引用了你的重要研究成果。

参考文献

引言 连接

Enderby and District Museum and Archives Historical Photograph Collection. *Log chute at falls near Mabel Lake in Winter. 1898.* (Located near Simard Creek on the east shore of Mabel Lake.) www.enderbymuseum.ca/archives.php.

Pierce, Daniel. 2018. 25 years after the war in the woods: Why B.C.'s forests are still in crisis. *The Narwhal.* https://thenarwhal.ca/25-years-after-clayoquot-sound-blockades-the-war-in-the-woods-never-ended-and-its-heating-back-up/.

Raygorodetsky, Greg. 2014. Ancient woods. Chapter 3 in *Everything Is Connected.* National Geographic. https://blog.nationalgeographic.org/2014/04/22/everything-is-connected-chapter-3-ancient-woods/.

Simard, Isobel. 1977. The Simard story. In *Flowing Through Time: Stories of Kingfisher and Mabel Lake.* Kingfisher History Committee, 321–22.

UBC Faculty of Forestry Alumni Relations and Development. Welcome forestry alumni. https://getinvolved.forestry.ubc.ca/alumni/.

Western Canada Wilderness Committee. 1985. Massive clearcut logging is ruining Clayoquot Sound. *Meares Island,* 2–3.

第 1 章 森林深处的幽灵

Ashton, M. S., and Kelty, M. J. 2019. *The Practice of Silviculture: Applied Forest Ecology,* 10th ed. Hoboken, NJ: Wiley.

Edgewood Inonoaklin Women's Institute. 1991. *Just Where Is Edgewood?* Edgewood, BC: Edgewood History Book Committee, 138–41.

Hosie, R. C. 1979. *Native Trees of Canada,* 8th ed. Markham, ON: Fitzhenry & Whiteside Ltd.

Kimmins, J. P. 1996. *Forest Ecology: A Foundation for Sustainable Management,* 3rd ed. Upper Saddle River, NJ: Pearson Education.

Klinka, K., Worrall, J., Skoda, L., and Varga, P. 1999. *The Distribution and Synopsis of Ecological and Silvical Characteristics of Tree Species in British Columbia's Forests,* 2nd ed. Coquitlam, BC: Canadian Cartographics Ltd.

Ministry of Forest Act. 1979. *Revised Statutes of British Columbia.* Victoria, BC: Queen's Printer.

Ministry of Forests. 1980. *Forest and Range Resource Analysis Technical Report.* Victoria, BC: Queen's Printer.

National Audubon Society. 1981. *Field Guide to North American Mushrooms*. New York: Knopf.

Pearkes, Eileen Delehanty. 2016. *A River Captured: The Columbia River Treaty and Catastrophic Challenge*. Calgary, AB: Rocky Mountain Books.

Pojar, J., and MacKinnon, A. 2004. *Plants of Coastal British Columbia*, rev. ed. Vancouver, BC: Lone Pine Publishing.

Stamets, Paul. 2005. *Mycelium Running: How Mushrooms Can Save the World*. Berkeley, CA: Ten Speed Press.

Vaillant, John. 2006. *The Golden Spruce: A True Story of Myth, Madness and Greed*. Toronto: Vintage Canada.

Weil, R. R., and Brady, N. C. 2016. *The Nature and Properties of Soils*, 15th ed. Upper Saddle River, NJ: Pearson Education.

第 2 章　手工伐木工人

Enderby and District Museum and Archives Historical Photograph Collection. *Henry Simard, Wilfred Simard, and a third unknown man breaking up a log jam in the Skookumchuck Rapids on part of a log drive down the Shuswap River. 1925.* www.enderbymuseum.ca/archives.php.

———. *Moving Simard's houseboat on Mabel Lake. 1925.* www.enderbymuseum.ca/archives.php.

Hatt, Diane. 1989. Wilfred and Isobel Simard. In *Flowing Through Time: Stories of Kingfisher and Mabel Lake*. Kingfisher History Committee, 323–24.

Mitchell, Hugh. 2014. Memories of Henry Simard. In *Flowing Through Time: Stories of Kingfisher and Mabel Lake*. Kingfisher History Committee, 325.

Oliver, C. D., and Larson, B. C. 1996. *Forest Stand Dynamics*, updated ed. City: Wiley & Sons.

Pearase, Jackie. 2014. Jack Simard: A life in the Kingfisher. In *Flowing Through Time: Stories of Kingfisher and Mabel Lake*. Kingfisher History Committee, 326–28.

Soil Classification Working Group. 1998. *The Canadian System of Soil Classification*, 3rd ed. Agriculture and Agri-Food Canada Publication 1646. Ottawa, ON: NRC Research Press.

第 3 章　水！水！

Arora, David. 1986. *Mushrooms Demystified*, 2nd ed. Berkeley, CA: Ten Speed Press.

British Columbia Ministry of Forests. 1991. *Ecosystems of British Columbia*. Special Report Series 6. Victoria, BC: BC Ministry of Forests. http://www.for.gov.bc.ca/hfd/pubs/Docs/Srs/SRseries.htm.

Burns, R. M., and Honkala, B. H., coord. 1990. *Silvics of North America*. Vol. 1, *Conifers*. Vol. 2, *Hardwoods*. USDA Agriculture Handbook 654. Washington, DC: U.S. Forest Service. Only available online at http://www.na.fs.fed.us/spfo/pubs/silvics%5Fmanual.

Parish, R., Coupe, R., and Lloyd, D. 1999. *Plants of Southern Interior British Columbia*, 2nd ed. Vancouver, BC: Lone Pine Publishing.

Pati, A. J. 2014. *Formica integroides* of Swakum Mountain: A qualitative and quantitative assessment and narrative of *Formica* mounding behaviors influencing litter decomposition in a dry, interior Douglas-fir forest in British Columbia. Master of science thesis, University of British Columbia. DOI: 10.14288/1.0166984.

第 4 章　陷入困境

Bjorkman, E. 1960. *Monotropa hypopitys* L.—An epiparasite on tree roots. *Physiologia Plantarum* 13: 308–27.

Fraser Basin Council. 2013. *Bridge Between Nations*. Vancouver, BC: Fraser Basin Council and Simon Fraser University.

Herrero, S. 2018. *Bear Attacks: Their Causes and Avoidance*, 3rd ed. Lanham, MD: Lyons Press.

Martin, K., and Eadie, J. M. 1999. Nest webs: A community wide approach to the management and conservation of cavity nesting birds. *Forest Ecology and Management* 115: 243–257.

M'Gonigle, Michael, and Wickwire, Wendy. 1988. *Stein: The Way of the River*. Vancouver, BC: Talonbooks.

Perry, D.A., Oren, R., and Hart, S. C. 2008. *Forest Ecosystems*, 2nd ed. Baltimore: The Johns Hopkins University Press.

Prince, N. 2002. Plateau fishing technology and activity: Stl'atl'imx, Secwepemc and Nlaka'pamux knowledge. In *Putting Fishers' Knowledge to Work*, ed. N. Haggan, C. Brignall, and L. J. Wood. Conference proceedings, August 27–30, 2001. *Fisheries Centre Research Reports* 11 (1): 381–91.

Smith, S., and Read, D. 2008. *Mycorrhizal Symbiosis*. London: Academic Press.

Swinomish Indian Tribal Community. 2010. *Swinomish Climate Change Initiative: Climate Adaptation Action Plan*. La Conner, WA: Swinomish Indian Tribal Community. http://www.swinomish-nsn.gov/climate_change/climate_main.html.

Thompson, D., and Freeman, R. 1979. *Exploring the Stein River Valley*. Vancouver, BC: Douglas & McIntyre.

Walmsley, M., Utzig, G., Vold, T., et al. 1980. *Describing Ecosystems in the Field*. RAB Technical Paper 2; Land Management Report 7. Victoria, BC: Research Branch, British Columbia Ministry of Environment, and British Columbia Ministry of Forests.

Wickwire, W. C. 1991. Ethnography and archaeology as ideology: The case of the Stein River valley. *BC Studies* 91–92: 51–78.

Wilson, M. 2011. Co-management re-conceptualized: Human-land relations in the Stein Valley, British Columbia. BA thesis, University of Victoria.

York, A., Daly, R., and Arnett, C. 2019. *They Write Their Dreams on the Rock Forever: Rock Writings in the Stein River Valley of British Columbia*, 2nd ed. Vancouver, BC: Talonbooks.

第 5 章　杀死土壤

British Columbia Ministry of Forests. 1986. *Silviculture Manual*. Victoria, BC: Silviculture Branch.

———. 1987. *Forest Amendment Act (No. 2)*. Victoria, BC: Queen's Printer. This act enabled enforcement of silvicultural performance and shifted cost and responsibility for reforestation to companies harvesting timber.

British Columbia Parks. 2000. *Management Plan for Stein Valley Nlaka'pamux Heritage Park*. City: British Columbia Ministry of Environment, Lands and Parks, Parks Division.

Chazan, M., Helps, L., Stanley, A., and Thakkar, S., eds. 2011. *Home and Native Land: Unsettling Multiculturalism in Canada*. Toronto, ON: Between the Lines.

Dunford, M. P. 2002. The Simpcw of the North Thompson. *British Columbia Historical News* 25 (3): 6–8.

First Nations land rights and environmentalism in British Columbia. http://www.first nations.de/indian_land.htm.

Haeussler, S., and Coates, D. 1986. *Autecological Characteristics of Selected Species That Compete with Conifers in British Columbia: A Literature Review.* BC Land Management Report 33. Victoria, BC: BC Ministry of Forests.

Ignace, Ron. 2008. Our oral histories are our iron posts: Secwepemc stories and historical consciousness. PhD thesis, Simon Fraser University.

Lindsay, Bethany. 2018. "It blows my mind": How B.C. destroys a key natural wildfire defence every year. CBC News, Nov. 17, 2018. https://www.cbc.ca/news/canada /british-columbia/it-blows-my-mind-how-b-c-destroys-a-key-natural-wildfire -defence-every-year-1.4907358.

Malik, N., and Vanden Bom, W. H. 1986. *Use of Herbicides in Forest Management.* Information Report NOR-X-282. City: Canadian Forestry Service.

Mather, J. 1986. *Assessment of Silviculture Treatments Used in the IDF Zone in the Western Kamloops Forest Region.* City: BC Ministry of Forestry Research Section, Kamloops Forest Region.

Nelson, J. 2019. Monsanto's rain of death on Canada's forests. Global Research. https:// www.globalresearch.ca/monsantos-rain-death-forests/5677614.

Simard, S. W. 1996. Design of a birch/conifer mixture study in the southern interior of British Columbia. In *Designing Mixedwood Experiments: Workshop Proceedings, March 2, 1995, Richmond, BC,* ed. P. G. Comeau and K. D. Thomas. Working Paper 20. Victoria, BC: Research Branch, BC Ministry of Forests, 8–11.

———. 1996. Mixtures of paper birch and conifers: An ecological balancing act. In *Silviculture of Temperate and Boreal Broadleaf-Conifer Mixtures: Proceedings of a Workshop Held Feb. 28–March 1, 1995, Richmond, BC,* ed. P. G. Comeau and K. D. Thomas. BC Ministry of Forests Land Management Handbook 36. Victoria, BC: BC Ministry of Forests, 15–21.

———. 1997. Intensive management of young mixed forests: Effects on forest health. In *Proceedings of the 45th Western International Forest Disease Work Conference, Sept. 15–19, 1997,* ed. R. Sturrock. Prince George, BC: Publisher, 48–54.

———. 2009. Response diversity of mycorrhizas in forest succession following disturbance. Chapter 13 in *Mycorrhizas: Functional Processes and Ecological Impacts,* ed. C. Azcon-Aguilar, J. M. Barea, S. Gianinazzi, and V. Gianinazzi-Pearson. Heidelberg: Springer-Verlag, 187–206.

Simard, S. W., and Heineman, J. L. 1996. *Nine-Year Response of Douglas-Fir and the Mixed Hardwood-Shrub Complex to Chemical and Manual Release Treatments on an ICHmw2 Site Near Salmon Arm.* FRDA Research Report 257. Victoria, BC: Canadian Forest Service and BC Ministry of Forests.

———. 1996. *Nine-Year Response of Engelmann Spruce and the Willow Complex to Chemical and Manual Release Treatments on an Ichmw2 Site Near Vernon.* FRDA Research Report 258. Victoria, BC: Canadian Forest Service and BC Ministry of Forests.

———. 1996. *Nine-Year Response of Lodgepole Pine and the Dry Alder Complex to Chemical and Manual Release Treatments on an Ichmk1 Site Near Kelowna.* FRDA Research Report 259. Victoria, BC: Canadian Forest Service and BC Ministry of Forests.

Simard, S. W., Heineman, J. L., and Youwe, P. 1998. *Effects of Chemical and Manual Brushing on Conifer Seedlings, Plant Communities and Range Forage in the Southern*

Interior of British Columbia: Nine-Year Response. Land Management Report 45. Victoria, BC: BC Ministry of Forests.

Swanson, F., and Franklin, J. 1992. New principles from ecosystem analysis of Pacific Northwest forests. *Ecological Applications* 2: 262–74.

Wang, J. R., Zhong, A. L., Simard, S. W., and Kimmins, J. P. 1996. Aboveground biomass and nutrient accumulation in an age sequence of paper birch (*Betula papyrifera*) stands in the Interior Cedar Hemlock zone, British Columbia. *Forest Ecology and Management* 83: 27–38.

第6章 桤木洼地

Arnebrant, K., Ek, H., Finlay, R. D., and Söderström, B. 1993. Nitrogen translocation between *Alnus glutinosa* (L.) Gaertn. seedlings inoculated with *Frankia* sp. and *Pinus contorta* Doug, ex Loud seedlings connected by a common ectomycorrhizal mycelium. *New Phytologist* 124: 231–42.

Bidartondo, M. I., Redecker, D., Hijri, I., et al. 2002. Epiparasitic plants specialized on arbuscular mycorrhizal fungi. *Nature* 419: 389–92.

British Columbia Ministry of Forests, Lands and Natural Resources Operations. 1911–2012. Annual Service Plant Reports/Annual Reports. Victoria, BC: Crown Publications, www.for.gov.bc.ca/mof/annualreports.htm.

Brooks, J. R., Meinzer, F. C., Warren, J. M., et al. 2006. Hydraulic redistribution in a Douglas-fir forest: Lessons from system manipulations. *Plant, Cell and Environment* 29: 138–50.

Carpenter, C. V., Robertson, L. R., Gordon, J. C., and Perry, D. A. 1982. The effect of four new *Frankia* isolates on growth and nitrogenase activity in clones of *Alnus rubra* and *Alnus sinuata*. *Canadian Journal of Forest Research* 14: 701–6.

Cole, E. C., and Newton, M. 1987. Fifth-year responses of Douglas fir to crowding and non-coniferous competition. *Canadian Journal of Forest Research* 17: 181–86.

Daniels, L. D., Yocom, L. L., Sherriff, R. L., and Heyerdahl, E. K. 2018. Deciphering the complexity of historical hire regimes: Diversity among forests of western North America. In *Dendroecology*, ed. M. M. Amoroso et al. Ecological Studies vol. 231. City: Springer International Publishing AG. DOI 10.1007/978-3-319-61669-8_8.

Hessburg, P. F., Miller, C. L., Parks, S. A., et al. 2019. Climate, environment, and disturbance history govern resilience of western North American forests. *Frontiers in Ecology and Evolution* 7: 239.

Ingham, R. E., Trofymow, J. A., Ingham, E. R., and Coleman, D. C. 1985. Interactions of bacteria, fungi, and their nematode grazers: Effects on nutrient cycling and plant growth. *Ecological Monographs* 55: 119–40.

Klironomos, J. N, and Hart, M. M. 2001. Animal nitrogen swap for plant carbon. *Nature* 410: 651–52.

Querejeta, J., Egerton-Warburton, L. M., and Allen, M. F. 2003. Direct nocturnal water transfer from oaks to their mycorrhizal symbionts during severe soil drying. *Oecologia* 134: 55–64.

Radosevich, S. R., and Roush, M. L. 1990. The role of competition in agriculture. In *Perspectives on Plant Competition*, ed. J. B. Grace and D. Tilman. San Diego, CA: Academic Press, Inc.

Sachs, D. L. 1991. *Calibration and initial testing of FORECAST for stands of lodgepole pine and Sitka alder in the interior of British Columbia.* Report 035-510-07403. Victoria, BC: British Columbia Ministry of Forests.

Simard, S. W. 1989. Competition among lodgepole pine seedlings and plant species in a Sitka alder dominated shrub community in the southern interior of British Columbia. Master of science thesis, Oregon State University.

———. 1990. *Competition between Sitka alder and lodgepole pine in the Montane Spruce zone in the southern interior of British Columbia.* FRDA Report 150. Victoria: BC: Forestry Canada and BC Ministry of Forests, 150.

Simard, S. W., Radosevich, S. R., Sachs, D. L., and Hagerman, S. M. 2006. Evidence for competition/facilitation trade-offs: Effects of Sitka alder density on pine regeneration and soil productivity. *Canadian Journal of Forest Research* 36: 1286–98.

Simard, S. W., Roach, W. J., Daniels, L. D., et al. Removal of neighboring vegetation predisposes planted lodgepole pine to growth loss during climatic drought and mortality from a mountain pine beetle infestation. In preparation.

Southworth, D., He, X. H., Swenson, W., et al. 2003. Application of network theory to potential mycorrhizal networks. *Mycorrhiza* 15: 589–95.

Wagner, R. G., Little, K. M., Richardson, B., and McNabb, K. 2006. The role of vegetation management for enhancing productivity of the world's forests. *Forestry* 79 (1): 57–79.

Wagner, R. G., Peterson, T. D., Ross, D. W., and Radosevich, S. R. 1989. Competition thresholds for the survival and growth of ponderosa pine seedlings associated with woody and herbaceous vegetation. *New Forests* 3: 151–70.

Walstad, J. D., and Kuch, P. J., eds. 1987. *Forest Vegetation Management for Conifer Production.* New York: John Wiley and Sons, Inc.

第 7 章　酒吧争执

Frey, B., and Schüepp, H. 1992. Transfer of symbiotically fixed nitrogen from berseem (*Trifolium alexandrinum* L.) to maize via vesicular-arbuscular mycorrhizal hyphae. *New Phytologist* 122: 447–54.

Haeussler, S., Coates, D., and Mather, J. 1990. *Autecology of common plants in British Columbia: A literature review.* FRDA Report 158. Victoria, BC: Forestry Canada and BC Ministry of Forests.

Heineman, J. L., Sachs, D. L., Simard, S. W., and Mather, W. J. 2010. Climate and site characteristics affect juvenile trembling aspen development in conifer plantations across southern British Columbia. *Forest Ecology & Management* 260: 1975–84.

Heineman, J. L., Simard, S. W., Sachs, D. L., and Mather, W. J. 2005. Chemical, grazing, and manual cutting treatments in mixed herb-shrub communities have no effect on interior spruce survival or growth in southern interior British Columbia. *Forest Ecology and Management* 205: 359–74.

———. 2007. Ten-year responses of Engelmann spruce and a high elevation Ericaceous shrub community to manual cutting treatments in southern interior British Columbia. *Forest Ecology and Management* 248: 153–62.

———. 2009. Trembling aspen removal effects on lodgepole pine in southern interior British Columbia: 10-year results. *Western Journal of Applied Forestry* 24: 17–23.

Miller, S. L., Durall, D. M., and Rygiewicz, P. T. 1989. Temporal allocation of ^{14}C to extramatrical hyphae of ectomycorrhizal ponderosa pine seedlings. *Tree Physiology* 5: 239–49.

Molina, R., Massicotte, H., and Trappe, J. M. 1992. Specificity phenomena in mycorrhizal symbiosis: Community-ecological consequences and practical implications.

In *Mycorrhizal Functioning: An Integrative Plant-Fungal Process,* ed. M. F. Allen. New York: Chapman and Hall, 357–423.

Morrison, D., Merler, H., and Norris, D. 1991. *Detection, recognition and management of Armillaria and Phellinus root diseases in the southern interior of British Columbia.* FRDA Report 179. Victoria, BC: Forestry Canada and BC Ministry of Forests.

Perry, D. A., Margolis, H., Choquette, C., et al. 1989. Ectomycorrhizal mediation of competition between coniferous tree species. *New Phytologist* 112: 501–11.

Rolando, C. A., Baillie, B. R., Thompson, D. G., and Little, K. M. 2007. The risks associated with glyphosate-based herbicide use in planted forests. *Forests* 8: 208.

Sachs, D. L., Sollins, P., and Cohen, W. B. 1998. Detecting landscape changes in the interior of British Columbia from 1975 to 1992 using satellite imagery. *Canadian Journal of Forest Research* 28: 23–36.

Simard, S. W. 1993. *PROBE: Protocol for operational brushing evaluations (first approximation).* Land Management Report 86. Victoria, BC: BC Ministry of Forests.

———. 1995. *PROBE: Vegetation management monitoring in the southern interior of B.C.* Northern Interior Vegetation Management Association, Annual General Meeting, Jan. 18, 1995, Williams Lake, BC.

Simard, S. W., Heineman, J. L., Hagerman, S. M., et al. 2004. Manual cutting of Sitka alder-dominated plant communities: Effects on conifer growth and plant community structure. *Western Journal of Applied Forestry* 19: 277–87.

Simard, S. W., Heineman, J. L., Mather, W. J., et al. 2001. *Brushing effects on conifers and plant communities in the southern interior of British Columbia: Summary of PROBE results 1991–2000.* Extension Note 58. Victoria, BC: BC Ministry of Forestry.

Simard, S. W., Jones, M. D., Durall, D. M., et al. 2003. Chemical and mechanical site preparation: Effects on *Pinus contorta* growth, physiology, and microsite quality on steep forest sites in British Columbia. *Canadian Journal of Forest Research* 33: 1495–515.

Thompson, D. G., and Pitt, D. G. 2003. A review of Canadian forest vegetation management research and practice. *Annals of Forest Science.* 60: 559–72.

第 8 章　放射性

Brownlee, C., Duddridge, J. A., Malibari, A., and Read, D. J. 1983. The structure and function of mycelial systems of ectomycorrhizal roots with special reference to their role in forming inter-plant connections and providing pathways for assimilate and water transport. *Plant Soil* 71: 433–43.

Callaway, R. M. 1995. Positive interactions among plants. *Botanical Review* 61 (4): 306–49.

Finlay, R. D., and Read, D. J. 1986. The structure and function of the vegetative mycelium of ectomycorrhizal plants. I. Translocation of ^{14}C-labelled carbon between plants interconnected by a common mycelium. *New Phytologist* 103: 143–56.

Francis, R., and Read, D. J. 1984. Direct transfer of carbon between plants connected by vesicular-arbuscular mycorrhizal mycelium. *Nature* 307: 53–56.

Jones, M. D., Durall, D. M., Harniman, S. M. K., et al. 1997. Ectomycorrhizal diversity on *Betula papyrifera* and *Pseudotsuga menziesii* seedlings grown in the greenhouse or outplanted in single-species and mixed plots in southern British Columbia. *Canadian Journal of Forest Research* 27: 1872–89.

McPherson, S. S. 2009. *Tim Berners-Lee: Inventor of the World Wide Web.* Minneapolis: Twenty-First Century Books.

Read, D. J., Francis, R., and Finlay, R. D. 1985. Mycorrhizal mycelia and nutrient cycling in plant communities. In *Ecological Interactions in Soil*, ed. A. H. Fitter, D. Atkinson, D. J. Read, and M. B. Usher. Oxford: Blackwell Scientific, 193–217.

Ryan, M. G., and Asao, S. 2014. Phloem transport in trees. *Tree Physiology* 34: 1–4.

Simard, S. W. 1990. *A retrospective study of competition between paper birch and planted Douglas-fir.* FRDA Report 147. Victoria, BC: Forestry Canada and BC Ministry of Forests.

Simard, S. W., Molina, R., Smith, J. E., et al. 1997. Shared compatibility of ectomycorrhizae on *Pseudotsuga menziesii* and *Betula papyrifera* seedlings grown in mixture in soils from southern British Columbia. *Canadian Journal of Forest Research* 27: 331–42.

Simard, S. W., Perry, D. A., Jones, M. D., et al. 1997. Net transfer of carbon between tree species with shared ectomycorrhizal fungi. *Nature* 388: 579–82.

Simard, S. W., and Vyse, A. 1992. *Ecology and management of paper birch and black cottonwood.* Land Management Report 75. Victoria, BC: BC Ministry of Forests.

第9章　互惠互利

Baleshta, K. E. 1998. The effect of ectomycorrhizae hyphal links on interactions between *Pseudotsuga menziesii* (Mirb.) Franco and *Betula papyrifera* Marsh. seedlings. Bachelors of natural resource sciences thesis, University College of the Cariboo.

Baleshta, K. E., Simard, S. W., Guy, R. D., and Chanway, C. P. 2005. Reducing paper birch density increases Douglas-fir growth and Armillaria root disease incidence in southern interior British Columbia. *Forest Ecology and Management* 208: 1–13.

Baleshta, K. E., Simard, S. W., and Roach, W. J. 2015. Effects of thinning paper birch on conifer productivity and understory plant diversity. *Scandinavian Journal of Forest Research* 30: 699–709.

DeLong, R., Lewis, K. J., Simard, S. W., and Gibson, S. 2002. Fluorescent pseudomonad population sizes baited from soils under pure birch, pure Douglas-fir and mixed forest stands and their antagonism toward *Armillaria ostoyae* in vitro. *Canadian Journal of Forest Research* 32: 2146–59.

Durall, D. M., Gamiet, S., Simard, S. W., et al. 2006. Effects of clearcut logging and tree species composition on the diversity and community composition of epigeous fruit bodies formed by ectomycorrhizal fungi. *Canadian Journal of Botany* 84: 966–80.

Fitter, A. H., Graves, J. D., Watkins, N. K., et al. 1998. Carbon transfer between plants and its control in networks of arbuscular mycorrhizas. *Functional Ecology* 12: 406–12.

Fitter, A. H., Hodge, A., Daniell, T. J., and Robinson, D. 1999. Resource sharing in plant-fungus communities: Did the carbon move for you? *Trends in Ecology and Evolution* 14: 70–71.

Kimmerer, Robin Wall. 2015. *Braiding Sweetgrass: Indigenous Wisdom, Scientific Knowledge and the Teachings of Plants.* Minneapolis: Milkweed Editions.

Perry, D. A. 1998. A moveable feast: The evolution of resource sharing in plant-fungus communities. *Trends in Ecology and Evolution* 13: 432–34.

———. 1999. Reply from D. A. Perry. *Trends in Ecology and Evolution* 14: 70–71.

Philip, Leanne. 2006. The role of ectomycorrhizal fungi in carbon transfer within common mycorrhizal networks. PhD dissertation, University of British Columbia. https://open.library.ubc.ca/collections/ubctheses/831/items/1.0075066.

Sachs, D. L. 1996. Simulation of the growth of mixed stands of Douglas-fir and paper birch using the FORECAST model. In *Silviculture of Temperate and Boreal Broadleaf-Conifer Mixtures: Proceedings of a Workshop Held Feb. 28–March 1, 1995,*

Simard, S. W., and Durall, D. M. 2004. Mycorrhizal networks: A review of their extent, function and importance. *Canadian Journal of Botany* 82: 1140–65.

Simard, S. W., Durall, D. M., and Jones, M. D. 1997. Carbon allocation and carbon transfer between *Betula papyrifera* and *Pseudotsuga menziesii* seedlings using a ^{13}C pulse-labeling method. *Plant and Soil* 191: 41–55.

Simard, S. W., and Hannam, K. D. 2000. Effects of thinning overstory paper birch on survival and growth of interior spruce in British Columbia: Implications for reforestation policy and biodiversity. *Forest Ecology and Management* 129: 237–51.

Simard, S. W., Jones, M. D., and Durall, D. M. 2002. Carbon and nutrient fluxes within and between mycorrhizal plants. In *Mycorrhizal Ecology,* ed. M. van der Heijden and I. Sanders. Heidelberg: Springer-Verlag, 33–61.

Simard, S. W., Jones, M. D., Durall, D. M., et al. 1997. Reciprocal transfer of carbon isotopes between ectomycorrhizal *Betula papyrifera* and *Pseudotsuga menziesii*. *New Phytologist* 137: 529–42.

Simard, S. W., Perry, D. A., Smith, J. E., and Molina, R. 1997. Effects of soil trenching on occurrence of ectomycorrhizae on *Pseudotsuga menziesii* seedlings grown in mature forests of *Betula papyrifera* and *Pseudotsuga menziesii*. *New Phytologist* 136: 327–40.

Simard, S. W., and Sachs, D. L. 2004. Assessment of interspecific competition using relative height and distance indices in an age sequence of seral interior cedar-hemlock forests in British Columbia. *Canadian Journal of Forest Research* 34: 1228–40.

Simard, S. W., Sachs, D. L., Vyse, A., and Blevins, L. L. 2004. Paper birch competitive effects vary with conifer tree species and stand age in interior British Columbia forests: Implications for reforestation policy and practice. *Forest Ecology and Management* 198: 55–74.

Simard, S. W., and Zimonick, B. J. 2005. Neighborhood size effects on mortality, growth and crown morphology of paper birch. *Forest Ecology and Management* 214: 251–69.

Twieg, B. D., Durall, D. M., and Simard, S. W. 2007. Ectomycorrhizal fungal succession in mixed temperate forests. *New Phytologist* 176: 437–47.

Wilkinson, D. A. 1998. The evolutionary ecology of mycorrhizal networks. *Oikos* 82: 407–10.

Zimonick, B. J., Roach, W. J., and Simard, S. W. 2017. Selective removal of paper birch increases growth of juvenile Douglas fir while minimizing impacts on the plant community. *Scandinavian Journal of Forest Research* 32: 708–16.

第 10 章　给石头刷除草剂

Aukema, B. H., Carroll, A. L., Zhu, J., et al. 2006. Landscape level analysis of mountain pine beetle in British Columbia, Canada: Spatiotemporal development and spatial synchrony within the present outbreak. *Ecography* 29: 427–41.

Beschta, R. L., and Ripple, W. L. 2014. Wolves, elk, and aspen in the winter range of Jasper National Park, Canada. *Canadian Journal of Forest Research* 37: 1873–85.

Chavardes, R. D., Daniels, L. D., Gedalof, Z., and Andison, D. W. 2018. Human influences superseded climate to disrupt the 20th century fire regime in Jasper National Park, Canada. *Dendrochronologia* 48: 10–19.

Cooke, B. J., and Carroll, A. L. 2017. Predicting the risk of mountain pine beetle spread to eastern pine forests: Considering uncertainty in uncertain times. *Forest Ecology and Management* 396: 11–25.

Cripps, C. L., Alger, G., and Sissons, R. 2018. Designer niches promote seedling survival in forest restoration: A 7-year study of whitebark pine (*Pinus albicaulis*) seedlings in Waterton Lakes National Park. *Forests* 9 (8): 477.

Cripps, C., and Miller Jr., O. K. 1993. Ectomycorrhizal fungi associated with aspen on three sites in the north-central Rocky Mountains. *Canadian Journal of Botany* 71: 1414–20.

Fraser, E. C., Lieffers, V. J., and Landhäusser, S. M. 2005. Age, stand density, and tree size as factors in root and basal grafting of lodgepole pine. *Canadian Journal of Botany* 83: 983–88.

———. 2006. Carbohydrate transfer through root grafts to support shaded trees. *Tree Physiology* 26: 1019–23.

Gorzelak, M., Pickles, B. J., Asay, A. K., and Simard, S. W. 2015. Inter-plant communication through mycorrhizal networks mediates complex adaptive behaviour in plant communities. *Annals of Botany Plants* 7: plv050.

Hutchins, H. E., and Lanner, R. M. 1982. The central role of Clark's nutcracker in the dispersal and establishment of whitebark pine. *Oecologia* 55: 192–201.

Mattson, D. J., Blanchard, D. M., and Knight, R. R. 1991. Food habits of Yellowstone grizzly bears, 1977–1987. *Canadian Journal of Zoology* 69: 1619–29.

McIntire, E. J. B., and Fajardo, A. 2011. Facilitation within species: A possible origin of group-selected superorganisms. *American Naturalist* 178: 88–97.

Miller, R., Tausch, R., and Waicher, W. 1999. Old-growth juniper and pinyon woodlands. In *Proceedings: Ecology and Management of Pinyon-Juniper Communities Within the Interior West, September 15–18, 1997, Provo, UT,* comp. Stephen B. Monsen and Richard Stevens. Proc. RMRS-P-9. Ogden, UT: U.S. Department of Agriculture, Forest Service, Rocky Mountain Research Station.

Mitton, J. B., and Grant, M. C. 1996. Genetic variation and the natural history of quaking aspen. *BioScience* 46: 25–31.

Munro, Margaret. 1998. Weed trees are crucial to forest, research shows. *Vancouver Sun,* May 14, 1998.

Perkins, D. L. 1995. A dendrochronological assessment of whitebark pine in the Sawtooth Salmon River Region, Idaho. Master of science thesis, University of Arizona.

Perry, D. A. 1995. Self-organizing systems across scales. *Trends in Ecology and Evolution* 10: 241–44.

———. 1998. A moveable feast: The evolution of resource sharing in plant-fungus communities. *Trends in Ecology and Evolution* 13: 432–34.

Raffa, K. F., Aukema, B. H., Bentz, B. J., et al. 2008. Cross-scale drivers of natural disturbances prone to anthropogenic amplification: Dynamics of biome-wide bark beetle eruptions. *BioScience* 58: 501–17.

Ripple, W. J., Beschta, R. L., Fortin, J. K., and Robbins, C. T. 2014. Trophic cascades from wolves to grizzly bears in Yellowstone. *Journal of Animal Ecology* 83: 223–33.

Schulman, E. 1954. Longevity under adversity in conifers. *Science* 119: 396–99.

Seip, D. R. 1992. Factors limiting woodland caribou populations and their interrelationships with wolves and moose in southeastern British Columbia. *Canadian Journal of Zoology* 70: 1494–1503.

———. 1996. Ecosystem management and the conservation of caribou habitat in British Columbia. *Rangifer* special issue 10: 203–7.

Simard, S. W. 2009. Mycorrhizal networks and complex systems: Contributions of soil ecology science to managing climate change effects in forested ecosystems. *Canadian Journal of Soil Science* 89 (4): 369–82.

———. 2009. The foundational role of mycorrhizal networks in self-organization of interior Douglas-fir forests. *Forest Ecology and Management* 258S: S95–107.

Tomback, D. F. 1982. Dispersal of whitebark pine seeds by Clark's nutcracker: A mutualism hypothesis. *Journal of Animal Ecology* 51: 451–67.

Van Wagner, C. E., Finney, M. A., and Heathcott, M. 2006. Historical fire cycles in the Canadian Rocky Mountain parks. *Forest Science* 52: 704–17.

第 11 章　桦树小姐

Baldocchi, D. B., Black, A., Curtis, P. S., et al. 2005. Predicting the onset of net carbon uptake by deciduous forests with soil temperature and climate data: A synthesis of FLUXNET data. *International Journal of Biometeorology* 49: 377–87.

Bérubé, J. A., and Dessureault, M. 1988. Morphological characterization of *Armillaria ostoyae* and *Armillaria sinapina* sp. nov. *Canadian Journal of Botany* 66: 2027–34.

Bradley, R. L., and Fyles, J. W. 1995. Growth of paper birch (*Betula papyrifera*) seedlings increases soil available C and microbial acquisition of soil-nutrients. *Soil Biology and Biochemistry* 27: 1565–71.

British Columbia Ministry of Forests. 2000. *Establishment to Free Growing Guidebook*, rev. ed, version 2.2. Victoria, BC: British Columbia Ministry of Forests, Forest Practices Branch.

British Columbia Ministry of Forests and BC Ministry of Environment, Lands and Parks. 1995. *Root Disease Management Guidebook*. Victoria, BC: Forest Practices Code. http://www.for.gov.bc.ca/tasb/legsregs/fpc/fpcguide/root/roottoc.htm.

Castello, J. D., Leopold, D. J., and Smallidge, P. J. 1995. Pathogens, patterns, and processes in forest ecosystems. *BioScience* 45: 16–24.

Chanway, C. P., and Holl, F. B. 1991. Biomass increase and associative nitrogen fixation of mycorrhizal *Pinus contorta* seedlings inoculated with a plant growth promoting *Bacillus* strain. *Canadian Journal of Botany* 69: 507–11.

Cleary, M. R., Arhipova, N., Morrison, D. J., et al. 2013. Stump removal to control root disease in Canada and Scandinavia: A synthesis of results from long-term trials. *Forest Ecology and Management* 290: 5–14.

Cleary, M., van der Kamp, B., and Morrison, D. 2008. British Columbia's southern interior forests: Armillaria root disease stand establishment decision aid. *BC Journal of Ecosystems and Management* 9 (2): 60–65.

Coates, K. D., and Burton, P. J. 1999. Growth of planted tree seedlings in response to ambient light levels in northwestern interior cedar-hemlock forests of British Columbia. *Canadian Journal of Forest Research* 29: 1374–82.

Comeau, P. G., White, M., Kerr, G., and Hale, S. E. 2010. Maximum density-size relationships for Sitka spruce and coastal Douglas fir in Britain and Canada. *Forestry* 83: 461–68.

DeLong, D. L., Simard, S. W., Comeau, P. G., et al. 2005. Survival and growth responses of planted seedlings in root disease infected partial cuts in the Interior Cedar Hemlock zone of southeastern British Columbia. *Forest Ecology and Management* 206: 365–79.

Dixon, R. K., Brown, S., Houghton, R. A., et al. 1994. Carbon pools and flux of global forest ecosystems. *Science* 263: 185–91.

Fall, A., Shore, T. L., Safranyik, L., et al. 2003. Integrating landscape-scale mountain pine beetle projection and spatial harvesting models to assess management strategies. In *Mountain Pine Beetle Symposium: Challenges and Solutions. Oct. 30–31, 2003,*

Kelowna, British Columbia, ed. T. L. Shore, J. E. Brooks, and J. E. Stone. Information Report BC-X-399. Victoria, BC: Natural Resources Canada, Canadian Forest Service, Pacific Forestry Centre, 114–32.

Feurdean, A., Veski, S., Florescu, G., et al. 2017. Broadleaf deciduous forest counterbalanced the direct effect of climate on Holocene fire regime in hemiboreal/boreal region (NE Europe). *Quaternary Science Reviews* 169: 378–90.

Hély, C., Bergeron, Y., and Flannigan, M. D. 2000. Effects of stand composition on fire hazard in mixed-wood Canadian boreal forest. *Journal of Vegetation Science* 11: 813–24.

———. 2001. Role of vegetation and weather on fire behavior in the Canadian mixed-wood boreal forest using two fire behavior prediction systems. *Canadian Journal of Forest Research* 31: 430–41.

Hoekstra, J. M., Boucher, T. M., Ricketts, T. H., and Roberts, C. 2005. Confronting a biome crisis: Global disparities of habitat loss and protection. *Ecology Letters* 8: 23–29.

Hope, G. D. 2007. Changes in soil properties, tree growth, and nutrition over a period of 10 years after stump removal and scarification on moderately coarse soils in interior British Columbia. *Forest Ecology and Management* 242: 625–35.

Kinzig, A. P., Pacala, S., and Tilman, G. D., eds. 2002. *The Functional Consequences of Biodiversity: Empirical Progress and Theoretical Extensions.* Princeton: Princeton University Press.

Knohl, A., Schulze, E. D., Kolle, O., and Buchmann, N. 2003. Large carbon uptake by an unmanaged 250-year-old deciduous forest in Central Germany. *Agricultural and Forest Meteorology* 118: 151–67.

LePage, P., and Coates, K. D. 1994. Growth of planted lodgepole pine and hybrid spruce following chemical and manual vegetation control on a frost-prone site. *Canadian Journal of Forest Research* 24: 208–16.

Mann, M. E., Bradley, R. S., and Hughs, M. K. 1998. Global-scale temperature patterns and climate forcing over the past six centuries. *Nature* 392: 779–87.

Morrison, D. J., Wallis, G. W., and Weir, L. C. 1988. *Control of Armillaria and Phellinus root diseases: 20-year results from the Skimikin stump removal experiment.* Information Report BC x-302. Victoria, BC: Canadian Forest Service.

Newsome, T. A., Heineman, J. L, and Nemec, A. F. L. 2010. A comparison of lodgepole pine responses to varying levels of trembling aspen removal in two dry south-central British Columbia ecosystems. *Forest Ecology and Management* 259: 1170–80.

Simard, S. W., Beiler, K. J., Bingham, M. A., et al. 2012. Mycorrhizal networks: Mechanisms, ecology and modelling. *Fungal Biology Reviews* 26: 39–60.

Simard, S. W., Blenner-Hassett, T., and Cameron, I. R. 2004. Precommercial thinning effects on growth, yield and mortality in even-aged paper birch stands in British Columbia. *Forest Ecology and Management* 190: 163–78.

Simard, S. W., Hagerman, S. M., Sachs, D. L., et al. 2005. Conifer growth, *Armillaria ostoyae* root disease and plant diversity responses to broadleaf competition reduction in temperate mixed forests of southern interior British Columbia. *Canadian Journal of Forest Research* 35: 843–59.

Simard, S. W., Heineman, J. L., Mather, W. J., et al. 2001. *Effects of Operational Brushing on Conifers and Plant Communities in the Southern Interior of British Columbia: Results from PROBE 1991–2000.* BC Ministry of Forests and Land Management Handbook 48. Victoria, BC: BC Ministry of Forests.

Simard, S. W., and Vyse, A. 2006. Trade-offs between competition and facilitation: A case study of vegetation management in the interior cedar-hemlock forests of southern British Columbia. *Canadian Journal of Forest Research* 36: 2486–96.

van der Kamp, B. J. 1991. Pathogens as agents of diversity in forested landscapes. *Forestry Chronicle* 67: 353–54.

Vyse, A., Cleary, M. A., and Cameron, I. R. 2013. Tree species selection revisited for plantations in the Interior Cedar Hemlock zone of southern British Columbia. *Forestry Chronicle* 89: 382–91.

Vyse, A., and Simard, S. W. 2009. Broadleaves in the interior of British Columbia: Their extent, use, management and prospects for investment in genetic conservation and improvement. *Forestry Chronicle* 85: 528–37.

Weir, L.C., and Johnson, A.L.S. 1970. Control of *Poria weirii* study establishment and preliminary evaluations. Canadian Forest Service, Forest Research Laboratory, Victoria, Canada.

White, R. H., and Zipperer, W. C. 2010. Testing and classification of individual plants for fire behaviour: Plant selection for the wildland-urban interface. *International Journal of Wildland Fire* 19: 213–27.

第 12 章 9 小时上班路

Babikova, Z., Gilbert, L., Bruce, T. J. A., et al. 2013. Underground signals carried through common mycelial networks warn neighbouring plants of aphid attack. *Ecology Letters* 16: 835–43.

Barker, J. S., Simard, S. W., and Jones, M. D. 2014. Clearcutting and wildfire have comparable effects on growth of directly seeded interior Douglas-fir. *Forest Ecology and Management* 331: 188–95.

Barker, J. S., Simard, S. W., Jones, M. D., and Durall, D. M. 2013. Ectomycorrhizal fungal community assembly on regenerating Douglas-fir after wildfire and clearcut harvesting. *Oecologia* 172: 1179–89.

Barto, E. K., Hilker, M., Müller, F., et al. 2011. The fungal fast lane: Common mycorrhizal networks extend bioactive zones of allelochemicals in soils. *PLOS ONE* 6: e27195.

Barto, E. K., Weidenhamer, J. D., Cipollini, D., and Rillig, M. C. 2012. Fungal superhighways: Do common mycorrhizal networks enhance below ground communication? *Trends in Plant Science* 17: 633–37.

Beiler, K. J., Durall, D. M., Simard, S.W., et al. 2010. Mapping the wood-wide web: Mycorrhizal networks link multiple Douglas-fir cohorts. *New Phytologist* 185: 543–53.

Beiler, K. J., Simard, S. W., and Durall, D. M. 2015. Topology of *Rhizopogon* spp. mycorrhizal meta-networks in xeric and mesic old-growth interior Douglas-fir forests. *Journal of Ecology* 103: 616–28.

Beiler, K. J., Simard, S. W., Lemay, V., and Durall, D. M. 2012. Vertical partitioning between sister species of *Rhizopogon* fungi on mesic and xeric sites in an interior Douglas-fir forest. *Molecular Ecology* 21: 6163–74.

Bingham, M. A., and Simard, S. W. 2011. Do mycorrhizal network benefits to survival and growth of interior Douglas-fir seedlings increase with soil moisture stress? *Ecology and Evolution* 3: 306–16.

———. 2012. Ectomycorrhizal networks of old *Pseudotsuga menziesii* var. *glauca* trees facilitate establishment of conspecific seedlings under drought. *Ecosystems* 15: 188–99.

———. 2012. Mycorrhizal networks affect ectomycorrhizal fungal community similarity between conspecific trees and seedlings. *Mycorrhiza* 22: 317–26.

———. 2013. Seedling genetics and life history outweigh mycorrhizal network potential to improve conifer regeneration under drought. *Forest Ecology and Management* 287: 132–39.

Carey, E. V., Marler, M. J., and Callaway R. M. 2004. Mycorrhizae transfer carbon from a native grass to an invasive weed: Evidence from stable isotopes and physiology. *Plant Ecology* 172: 133–41.

Defrenne, C. A., Oka, G. A., Wilson, J. E., et al. 2016. Disturbance legacy on soil carbon stocks and stability within a coastal temperate forest of southwestern British Columbia. *Open Journal of Forestry* 6: 305–23.

Erland, L. A. E., Shukla, M. R., Singh, A. S., and Murch, S. J. 2018. Melatonin and serotonin: Mediators in the symphony of plant morphogenesis. *Journal of Pineal Research* 64: e12452.

Heineman, J. L., Simard, S. W., and Mather, W. J. 2002. *Natural regeneration of small patch cuts in a southern interior ICH forest.* Working Paper 64. Victoria, BC: BC Ministry of Forests.

Jones, M. D., Twieg, B., Ward, V., et al. 2010. Functional complementarity of Douglas-fir ectomycorrhizas for extracellular enzyme activity after wildfire or clearcut logging. *Functional Ecology* 4: 1139–51.

Kazantseva, O., Bingham, M. A., Simard, S. W., and Berch, S. M. 2009. Effects of growth medium, nutrients, water and aeration on mycorrhization and biomass allocation of greenhouse-grown interior Douglas-fir seedlings. *Mycorrhiza* 20: 51–66.

Kiers, E. T., Duhamel, M., Beesetty, Y., et al. 2011. Reciprocal rewards stabilize cooperation in the mycorrhizal symbiosis. *Science* 333: 880–82.

Kretzer, A. M., Dunham, S., Molina, R., and Spatafora, J. W. 2004. Microsatellite markers reveal the below ground distribution of genets in two species of *Rhizopogon* forming tuberculate ectomycorrhizas on Douglas fir. *New Phytologist* 161: 313–20.

Lewis, K., and Simard, S. W. 2012. Transforming forest management in B.C. Opinion editorial, special to the *Vancouver Sun,* March 11, 2012.

Marcoux, H. M., Daniels, L. D., Gergel, S. E., et al. 2015. Differentiating mixed- and high-severity fire regimes in mixed-conifer forests of the Canadian Cordillera. *Forest Ecology and Management* 341: 45–58.

Marler, M. J., Zabinski, C. A., and Callaway R. M. 1999. Mycorrhizae indirectly enhance competitive effects of an invasive forb on a native bunchgrass. *Ecology* 80: 1180–86.

Mather, W. J., Simard, S. W., Heineman, J. L., Sachs, D. L. 2010. Decline of young lodgepole pine in southern interior British Columbia. *Forestry Chronicle* 86: 484–97.

Perry, D. A., Hessburg, P. F., Skinner, C. N., et al. 2011. The ecology of mixed severity fire regimes in Washington, Oregon, and Northern California, *Forest Ecology and Management* 262: 703–17.

Philip, L. J., Simard, S. W., and Jones, M. D. 2011. Pathways for belowground carbon transfer between paper birch and Douglas-fir seedlings. *Plant Ecology and Diversity* 3: 221–33.

Roach, W. J., Simard, S. W., and Sachs, D. L. 2015. Evidence against planting lodgepole pine monocultures in cedar-hemlock forests in southern British Columbia. *Forestry* 88: 345–58.

Schoonmaker, A. L., Teste, F. P., Simard, S. W., and Guy, R. D. 2007. Tree proximity, soil pathways and common mycorrhizal networks: Their influence on utilization of redistributed water by understory seedlings. *Oecologia* 154: 455–66.

Simard, S. W. 2009. The foundational role of mycorrhizal networks in self-organization of interior Douglas-fir forests. *Forest Ecology and Management* 258S: S95–107.

Simard, S. W., ed. 2010. *Climate Change and Variability.* Intech. https://www.intechopen.com/books/climate-change-and-variability.
———. 2012. Mycorrhizal networks and seedling establishment in Douglas-fir forests. Chapter 4 in *Biocomplexity of Plant-Fungal Interactions,* ed. D. Southworth. Hoboken, NJ: John Wiley & Sons, Inc., 85–107.
———. 2017. The mother tree. In *The Word for World Is Still Forest,* ed. Anna-Sophie Springer and Etienne Turpin. Berlin: K. Verlag and the Haus der Kulturen der Welt.
———. 2018. Mycorrhizal networks facilitate tree communication, learning and memory. Chapter 10 in *Memory and Learning in Plants,* ed. F. Baluska, M. Gagliano, and G. Witzany. West Sussex, UK: Springer, 191–213.
Simard, S. W., Asay, A. K., Beiler, K. J., et al. 2015. Resource transfer between plants through ectomycorrhizal networks. In *Mycorrhizal Networks,* ed. T. R. Horton. Ecological Studies vol. 224. Dordrecht: Springer, 133–76.
Simard, S. W., and Lewis, K. 2011. New policies needed to save our forests. Opinion editorial, special to the *Vancouver Sun,* April 8, 2011.
Simard, S. W., Martin, K., Vyse, A., and Larson, B. 2013. Meta-networks of fungi, fauna and flora as agents of complex adaptive systems. Chapter 7 in *Managing World Forests as Complex Adaptive Systems: Building Resilience to the Challenge of Global Change,* ed. K. Puettmann, C. Messier, and K. D. Coates. New York: Routledge, 133–64.
Simard, S. W., Mather, W. J., Heineman, J. L., and Sachs, D. L. 2010. Too much of a good thing? Planted lodgepole pine at risk of decline in British Columbia. *Silviculture Magazine* Winter 2010: 26–29.
Teste, F. P., Karst, J., Jones, M. D., et al. 2006. Methods to control ectomycorrhizal colonization: Effectiveness of chemical and physical barriers. *Mycorrhiza* 17: 51–65.
Teste, F. P., and Simard, S. W. 2008. Mycorrhizal networks and distance from mature trees alter patterns of competition and facilitation in dry Douglas-fir forests. *Oecologia* 158: 193–203.
Teste, F. P., Simard, S. W., and Durall, D. M. 2009. Role of mycorrhizal networks and tree proximity in ectomycorrhizal colonization of planted seedlings. *Fungal Ecology* 2: 21–30.
Teste, F. P., Simard, S. W., Durall, D. M., et al. 2010. Net carbon transfer occurs under soil disturbance between *Pseudotsuga menziesii* var. *glauca* seedlings in the field. *Journal of Ecology* 98: 429–39.
Teste, F. P., Simard, S. W., Durall, D. M., et al. 2009. Access to mycorrhizal networks and tree roots: Importance for seedling survival and resource transfer. *Ecology* 90: 2808–22.
Twieg, B., Durall, D. M., Simard, S. W., and Jones, M. D. 2009. Influence of soil nutrients on ectomycorrhizal communities in a chronosequence of mixed temperate forests. *Mycorrhiza* 19: 305–16.
Van Dorp, C. 2016. Rhizopogon mycorrhizal networks with interior Douglas fir in selectively harvested and non-harvested forests. Master of science thesis, University of British Columbia.
Vyse, A., Ferguson, C., Simard, S. W., et al. 2006. Growth of Douglas-fir, lodgepole pine, and ponderosa pine seedlings underplanted in a partially-cut, dry Douglas-fir stand in south-central British Columbia. *Forestry Chronicle* 82: 723–32.
Woods, A., and Bergerud, W. 2008. *Are free-growing stands meeting timber productivity expectations in the Lakes Timber supply area?* FREP Report 13. Victoria, BC: BC Ministry of Forests and Range, Forest Practices Branch.

Woods, A., Coates, K. D., and Hamann, A. 2005. Is an unprecedented *Dothistroma* needle blight epidemic related to climate change? *BioScience* 55 (9): 761–69.

Zabinski, C. A., Quinn, L., and Callaway, R. M. 2002. Phosphorus uptake, not carbon transfer, explains arbuscular mycorrhizal enhancement of *Centaurea maculosa* in the presence of native grassland species. *Functional Ecology* 16: 758–65.

Zustovic, M. 2012. The effects of forest gap size on Douglas-fir seedling establishment in the southern interior of British Columbia. Master of science thesis, University of British Columbia.

第 13 章　钻芯取样

Aitken, S. N., Yeaman, S., Holliday, J. A., et al. 2008. Adaptation, migration or extirpation: Climate change outcomes for tree populations. *Evolutionary Applications* 1: 95–111.

D'Antonio, C. M., and Vitousek, P. M. 1992. Biological invasions by exotic grasses, the grass/fire cycle, and global change. *Annual Review of Ecology and Systematics* 23: 63–87.

Eason, W. R., and Newman, E. I. 1990. Rapid cycling of nitrogen and phosphorus from dying roots of *Lolium perenne*. *Oecologia* 82: 432.

Eason, W. R., Newman, E. I., and Chuba, P. N. 1991. Specificity of interplant cycling of phosphorus: The role of mycorrhizas. *Plant Soil* 137: 267–74.

Franklin, J. F., Shugart, H. H., and Harmon, M. E. 1987. Tree death as an ecological process: Causes, consequences and variability of tree mortality. *BioScience* 37: 550–56.

Hamann, A., and Wang, T. 2006. Potential effects of climate change on ecosystem and tree species distribution in British Columbia. *Ecology* 87: 2773–86.

Johnstone, J. F., Allen, C. D., Franklin, J. F., et al. 2016. Changing disturbance regimes, ecological memory, and forest resilience. *Frontiers in Ecology and the Environment* 14: 369–78.

Kesey, Ken. 1977. *Sometimes a Great Notion*. New York: Penguin Books.

Lotan, J. E., and Perry, D. A. 1983. *Ecology and Regeneration of Lodgepole Pine*. Agriculture Handbook 606. Missoula, MT: INTF&RES, USDA Forest Service.

Maclauchlan, L. E., Daniels, L. D., Hodge, J. C., and Brooks, J. E. 2018. Characterization of western spruce budworm outbreak regions in the British Columbia Interior. *Canadian Journal of Forest Research* 48: 783–802.

McKinney, D., and Dordel, J. 2011. *Mother Trees Connect the Forest* (video). http://www.karmatube.org/videos.php?id=2764.

Safranyik, L., and Carroll, A. L. 2006. The biology and epidemiology of the mountain pine beetle in lodgepole pine forests. Chapter 1 in *The Mountain Pine Beetle: A Synthesis of Biology, Management, and Impacts on Lodgepole Pine*, ed. L. Safranyik and W. R. Wilson. Victoria, BC: Natural Resources Canada, Canadian Forest Service, Pacific Forestry Centre, 3–66.

Song, Y. Y., Chen, D., Lu, K., et al. 2015. Enhanced tomato disease resistance primed by arbuscular mycorrhizal fungus. *Frontiers in Plant Science* 6: 1–13.

Song, Y. Y., Simard, S. W., Carroll, A., et al. 2015. Defoliation of interior Douglas-fir elicits carbon transfer and defense signalling to ponderosa pine neighbors through ectomycorrhizal networks. *Scientific Reports* 5: 8495.

Song, Y. Y., Ye, M., Li, C., et al. 2014. Hijacking common mycorrhizal networks for herbivore-induced defence signal transfer between tomato plants. *Scientific Reports* 4: 3915.

Song, Y. Y., Zeng, R. S., Xu, J. F., et al. 2010. Interplant communication of tomato plants through underground common mycorrhizal networks. *PLOS ONE* 5: e13324.

Taylor, S. W., and Carroll, A. L. 2004. Disturbance, forest age dynamics and mountain pine beetle outbreaks in BC: A historical perspective. In *Challenges and Solutions: Proceedings of the Mountain Pine Beetle Symposium. Kelowna, British Columbia, Canada, Oct. 30–31, 2003*, ed. T. L. Shore, J. E. Brooks, and J. E. Stone. Information Report BC-X-399. City: Canadian Forest Service, Pacific Forestry Centre, 41–51.

第 14 章　生日

Allen, C. D., Macalady, A. K., Chenchouni, H., et al. 2010. A global overview of drought and heat-induced tree mortality reveals emerging climate change risks for forests. *Forest Ecology and Management* 259: 660–84.

Asay, A. K. 2013. Mycorrhizal facilitation of kin recognition in interior Douglas-fir (*Pseudotsuga menziesii* var. *glauca*). Master of science thesis, University of British Columbia. DOI: 10.14288/1.0103374.

Bhatt, M., Khandelwal, A., and Dudley, S. A. 2011. Kin recognition, not competitive interactions, predicts root allocation in young *Cakile edentula* seedling pairs. *New Phytologist* 189: 1135–42.

Biedrzycki, M. L., Jilany, T. A., Dudley, S. A., and Bais, H. P. 2010. Root exudates mediate kin recognition in plants. *Communicative and Integrative Biology* 3: 28–35.

Brooker, R. W., Maestre F. T., Callaway R. M., et al. 2008. Facilitation in plant communities: The past, the present, and the future. *Journal of Ecology* 96: 18–34.

Donohue, K. 2003. The influence of neighbor relatedness on multilevel selection in the Great Lakes sea rocket. *American Naturalist* 162: 77–92.

Dudley, S. A., and File, A. L. 2007. Kin recognition in an annual plant. *Biology Letters* 3: 435–38.

File, A. L., Klironomos, J., Maherali, H., and Dudley, S. A. 2012. Plant kin recognition enhances abundance of symbiotic microbial partner. *PLOS ONE* 7: e45648.

Fontaine, S., Bardoux, G., Abbadie, L., and Mariotti, A. 2004. Carbon input to soil may decrease soil carbon content. *Ecology Letters* 7: 314–20.

Fontaine, S., Barot, S., Barré, P., et al. 2007. Stability of organic carbon in deep soil layers controlled by fresh carbon supply. *Nature* 450: 277–80.

Franklin, J. F., Cromack, K. Jr., Denison, W., et al. 1981. *Ecological characteristics of old-growth Douglas-fir forests*. General Technical Report PNW-GTR-118. Portland, OR: U.S. Department of Agriculture, Forest Service, Pacific Northwest Forest and Range Experiment Station.

Gilman, Dorothy. 1966. *The Unexpected Mrs. Pollifax*. New York: Fawcett.

Hamilton, W. D. 1964. The genetical evolution of social behaviour. *Journal of Theoretical Biology* 7: 1–16.

Harper, T. 2019. Breastless friends forever: How breast cancer brought four women together. *Nelson Star*, August 2, 2019. https://www.nelsonstar.com/community/breastless-friends-forever-how-breast-cancer-brought-four-women-together/.

Harte, J. 1996. How old is that old yew? *At the Edge* 4: 1–9.

Karban, R., Shiojiri, K., Ishizaki, S., et al. 2013. Kin recognition affects plant communication and defence. *Proceedings of the Royal Society B: Biological Sciences* 280: 20123062.

Luyssaert, S., Schulze, E. D., Börner, A., et al. 2008. Old-growth forests as global carbon sinks. *Nature* 455: 213–15.

Pickles, B. J., Twieg, B. D., O'Neill, G. A., et al. 2015. Local adaptation in migrated interior Douglas-fir seedlings is mediated by ectomycorrhizae and other soil factors. *New Phytologist* 207: 858–71.

Pickles, B. J., Wilhelm, R., Asay, A. K., et al. 2017. Transfer of ^{13}C between paired Douglas-fir seedlings reveals plant kinship effects and uptake of exudates by ectomycorrhizas. *New Phytologist* 214: 400–411.

Rehfeldt, G. E., Leites, L. P., St. Clair, J. B., et al. 2014. Comparative genetic responses to climate in the varieties of *Pinus ponderosa* and *Pseudotsuga menziesii*: Clines in growth potential. *Forest Ecology and Management* 324: 138–46.

Restaino, C. M., Peterson, D. L., and Littell, J. 2016. Increased water deficit decreases Douglas fir growth throughout western US forests. *Proceedings of the National Academy of Sciences* 113: 9557–62.

Simard, S. W. 2014. The networked beauty of forests. TED-Ed, New Orleans. https://ed.ted.com/lessons/the-networked-beauty-of-forests-suzanne-simard.

St. Clair, J. B., Mandel, N. L., and Vance-Borland, K. W. 2005. Genecology of Douglas fir in western Oregon and Washington. 96: 1199–214.

Turner, N. J. 2008. *The Earth's Blanket: Traditional Teachings for Sustainable Living*. Seattle: University of Washington Press.

Turner, N. J., and Cocksedge, W. 2001. Aboriginal use of non-timber forest products in northwestern North America. *Journal of Sustainable Forestry* 13: 31–58.

Wall, M. E., and Wani, M. C. 1995. Camptothecin and taxol: Discovery to clinic—Thirteenth Bruce F. Cain Memorial Award Lecture. *Cancer Research* 55: 753–60.

第15章 传承

Alila, Y., Kuras, P. K., Schnorbus, M., and Hudson, R. 2009. Forests and floods: A new paradigm sheds light on age-old controversies. American Geophysical Union. *Water Resources Research* 45: W08416.

Artelle, K. A., Stephenson, J., Bragg, C., et al. 2018. Values-led management: The guidance of place-based values in environmental relationships of the past, present, and future. *Ecology and Society* 23 (3): 35.

Asay, A. K. 2019. Influence of kin, density, soil inoculum potential and interspecific competition on interior Douglas-fir (*Pseudotsuga menziesii* var. *glauca*) performance and adaptive traits. PhD dissertation, University of British Columbia.

British Columbia Ministry of Forests and Range and British Columbia Ministry of Environment. 2010. *Field Manual for Describing Terrestrial Ecosystems*, 2nd ed. Land Management Handbook 25. Victoria, BC: Ministry of Forests and Range Research Branch.

Cox, Sarah. 2019. "You can't drink money": Kootenay communities fight logging to protect their drinking water. *The Narwhal*. https://thenarwhal.ca/you-cant-drink-money-kootenay-communities-fight-logging-protect-drinking-water/.

Gill, I. 2009. *All That We Say Is Ours: Guujaaw and the Reawakening of the Haida Nation*. Vancouver: Douglas & McIntyre.

Golder Associates. 2014. *Furry Creek detailed site investigations and human health and ecological risk assessment*. Vol. 1, *Methods and results*. Report 1014210038-501-R-RevO.

Gorzelak, M. A. 2017. Kin-selected signal transfer through mycorrhizal networks in Douglas-fir. PhD dissertation, University of British Columbia. DOI: 10.14288/1.0355225.

Harding, J. N., and Reynolds, J. D. 2014. Opposing forces: Evaluating multiple ecological roles of Pacific salmon in coastal stream ecosystems. *Ecosphere* 5: art157.

Hocking, M. D., and Reynolds, J. D. 2011. Impacts of salmon on riparian plant diversity. *Science* 331 (6024): 1609–12.

Kinzig, A. P., Ryan, P., Etienne, M., et al. 2006. Resilience and regime shifts: Assessing cascading effects. *Ecology and Society* 11: 20.

Kurz, W. A., Dymond, C. C., Stinson, G., et al. 2008. Mountain pine beetle and forest carbon: Feedback to climate change. *Nature* 452: 987–90.

Larocque, A. 2105. Forests, fish, fungi: Mycorrhizal associations in the salmon forests of BC. PhD proposal, University of British Columbia.

Louw, Deon. 2015. Interspecific interactions in mixed stands of paper birch (*Betula papyrifera*) and interior Douglas-fir (*Pseudotsuga mensiezii* var. *glauca*). Master of science thesis, University of British Columbia. https://open.library.ubc.ca/collections/ubctheses/24/items/1.0166375.

Marren, P., Marwan, H., and Alila, Y. 2013. Hydrological impacts of mountain pine beetle infestation: Potential for river channel changes. In *Cold and Mountain Region Hydrological Systems Under Climate Change: Towards Improved Projections, Proceedings of H02, IAHS-IAPSO-IASPEI Assembly, Gothenburg, Sweden, July 2013*. IAHS Publication 360: 77–82.

Mathews, D. L., and Turner, N. J. 2017. Ocean cultures: Northwest coast ecosystems and indigenous management systems. Chapter 9 in *Conservation for the Anthropocene Ocean,* ed. Phillip S. Levin and Melissa R. Poe. London: Academic Press, 169–206.

Newcombe, C. P., and Macdonald, D. D. 1991. Effects of suspended sediments on aquatic ecosystems. *North American Journal of Fisheries Management* 11: 1, 72–82.

Palmer, A. D. 2005. *Maps of Experience: The Anchoring of Land to Story in Secwepemc Discourse.* Toronto, ON: University of Toronto Press.

Reimchen, T., and Fox, C. H. 2013. Fine-scale spatiotemporal influences of salmon on growth and nitrogen signatures of Sitka spruce tree rings. *BMC Ecology* 13: 1–13.

Ryan, T. 2014. Territorial jurisdiction: The cultural and economic significance of eulachon *Thaleichthys pacificus* in the north-central coast region of British Columbia. PhD dissertation, University of British Columbia. DOI: 10.14288/1.0167417.

Scheffer, M., and Carpenter, S. R. 2003. Catastrophic regime shifts in ecosystems: Linking theory to observation. *Trends in Ecology and Evolution* 18: 648–56.

Simard, S. W. 2016. How trees talk to each other. TED Summit, Banff, AB. https://www.ted.com/talks/suzanne_simard_how_trees_talk_to_each_other?language=en.

Simard, S. W., et al. 2016. From tree to shining tree. *Radiolab* with Robert Krulwich and others. https://www.wnycstudios.org/story/from-tree-to-shining-tree.

Turner, N. J. 2008. Kinship lessons of the birch. *Resurgence* 250: 46–48.

———. 2014. *Ancient Pathways, Ancestral Knowledge: Ethnobotany and Ecological Wisdom of Indigenous Peoples of Northwestern North America.* Montreal, QC: McGill–Queen's Press.

Turner, N. J., Berkes, F., Stephenson, J., and Dick, J., 2013. Blundering intruders: Multiscale impacts on Indigenous food systems. *Human Ecology* 41: 563–74.

Turner, N. J., Ignace, M. B., and Ignace, R. 2000. Traditional ecological knowledge and wisdom of Aboriginal peoples in British Columbia. *Ecological Applications* 10: 1275- 87.

White, E. A. F. (Xanius). 2006. Heiltsuk stone fish traps: Products of my ancestors' labour. Master of arts thesis, Simon Fraser University.

Aitken, S. N., and Simard, S. W. 2015. Restoring forests: How we can protect the water we drink and the air we breathe. *Alternatives Journal* 4: 30–35.

Chambers, J. Q., Higuchi, N., Tribuzy, E. S., and Trumbore, S. E. 2001. Carbon sink for a century. *Nature* 410: 429.

Dickinson, R. E., and Cicerone, R. J. 1986. Future global warming from atmospheric trace gases. *Nature* 319: 109–15.

Harris, D. C. 2010. Charles David Keeling and the story of atmospheric CO_2 measurements. *Analytical Chemistry* 82: 7865–70.

Roach, W. J., Simard, S. W., Defrenne, C. E., et al. 2020. Carbon storage, productivity and biodiversity of mature Douglas-fir forests across a climate gradient in British Columbia. (In prep.)

Simard, S. W. 2013. Practicing mindful silviculture in our changing climate. *Silviculture Magazine* Fall 2013: 6–8.

———. 2015. Designing successful forest renewal practices for our changing climate. Natural Sciences and Engineering Council of Canada, Strategic Project Grant. (Proposal for the Mother Tree Project.)

Simard, S. W., Martin, K., Vyse, A., and Larson, B. 2013. Meta-networks of fungi, fauna and flora as agents of complex adaptive systems. Chapter 7 in *Managing World Forests as Complex Adaptive Systems: Building Resilience to the Challenge of Global Change*, ed. K. Puettmann, C. Messier, and K. D. Coates. New York: Routledge, 133–64.

图片权利说明

内页图

Page 9: Peter Simard; page 10: Sterling Lorence; page 12: Jens Wieting; page 15: Gerald Ferguson; page 22: Winnifred Gardner; page 27: Courtesy of Enderby & District Museum & Archives, EMDS 1430; page 28: Peter Simard; page 29: Courtesy of Enderby & District Museum & Archives, EMDS 1434; page 32: Courtesy of Enderby & District Museum & Archives, EMDS 0541; page 33: Courtesy of Enderby & District Museum & Archives, EMDS 0460; page 34: Courtesy of Enderby & District Museum & Archives, EMDS 0464; page 37: (top) Courtesy of Enderby & District Museum & Archives, EMDS 0461; page 37: (bottom) Courtesy of Enderby & District Museum & Archives, EMDS 0392; page 47: Jean Roach; page 55: Patrick Hattenberger; page 73: Jean Roach; page 86: Jean Roach; page 139: Patrick Hattenberger; page 223: Bill Heath; page 231: Jens Wieting; page 234: Bill Heath; page 243: Bill Heath; page 265: Bill Heath; page 273: Robyn Simard; page 288: Bill Heath; page 295: Emily Kemps; page 301: Bill Heath

插页图（第一部分）

Page 1: Jens Wieting; page 2: Jens Wieting; page 3: Jens Wieting; page 4: (top) Bill Heath; page 4: (bottom) Paul Stamets; page 5: Dr. Teresa (Sm'hayetsk) Ryan; page 6: (top) Camille Defrenne; page 6: (bottom) Peter Kennedy, University of Minnesota; page 7: (top) Camille Vernet; page 7: (bottom) Jens Wieting; page 8: Jens Wieting

插页图（第二部分）

Page 1: Bill Heath; page 2: Dr. Teresa (Sm'hayetsk) Ryan; page 3: (top) Camille Vernet; page 3: (bottom) Joanne Childs and Colleen Iversen / Oak Ridge National Laboratory, U.S. Department of Energy; page 4: Jens Wieting; page 5: (top and bottom) Jens Wieting; page 6: (top) Paul Stamets; page 6: (bottom) Kevin Beiler; page 7: Dr. Teresa (Sm'hayetsk) Ryan; page 8: Diana Markosian

All other photographs are courtesy of the author.